KB045626

저 물레에서 운명의 실이

이어령 전집
19

저 물레에서 운명의 실이

사회문화론 컬렉션 3
에세이_1960년대 페미니즘의 고전

이어령 지음

21세기북스

추천사

상상력과 흥의 근원에 관한 깊은 탐구

박보균 | 문화체육관광부 장관

이어령 초대 문화부 장관이 작고하신 지 1년이 지났습니다. 그러나 그의 언어는 여전히 우리 곁에 남아 새로운 것을 볼 수 있는 창조적 통찰과 지혜를 주고 있습니다. 이 스물네 권의 전집은 그가 평생을 걸쳐 집대성한 언어의 힘을 보여줍니다. 특히 '한국문화론' 컬렉션에는 지금 전 세계가 갈채를 보내는 K컬처의 바탕인 한국인의 핏속에 흐르는 상상력과 흥의 근원에 관한 깊은 탐구가 담겨 있습니다.

선생은 우리 시대를 대표하는 지성이자 언어의 승부사셨습니다. 그는 "국가 간 경쟁에서 군사력, 정치력 그리고 문화력 중에서 언어의 힘, 언력言力이 중요한 시대"라며 문화의 힘, 언어의 힘을 강조했습니다. 제가 기자 시절 리더십의 언어를 주목하고 추적하는 데도 선생의 말씀이 주효하게 작용했습니다. 문체부 장관 지명을 받고 처음 떠올린 것도 이어령 선생의 말씀이었습니다. 그 개념을 발전시키고 제 방식의 언어로 다듬어 새 정부의 문화정책 방향을 '문화매력국가'로 설정했습니다. 문화의 힘은 경제력이나 군사력같이 상대방을 압도하고 누르는 것이 아닙니다. 문화는 스며들고 상대방의 마음을 잡고 훔치는 것입니다. 그래야 문화의 힘이 오래갑니다. 선생께서 말씀하신 “매력으로 스며들어야만 상대방의 마음을 잡을 수 있다”라는 말에서도 힌트를 얻었습니다. 그 가치를 윤석열 정부의 문화정책에 주입해 펼쳐나가고 있습니다.

선생께서는 뛰어난 문인이자 논객이었고, 교육자, 행정가였습니다. 선생은 인식과 사고思考의 기성질서를 대담한 파격으로 재구성했습니다. 그는 “현실에서 눈뜨고 꾸는 꿈은 오직 문학적 상상력, 미지를 향한 호기심”뿐이었다고 말했습니다. 그는 마지막까지 왕성한 호기심으로 지知를 탐구하고 실천하는 삶을 사셨으며 진정한 학문적 통섭을 이룬 지식인이었습니다. 인문학 전반을 아우르는 방대한 지적 스펙트럼과 탁월한 필력은 그가 남긴 160여 권의 저작물로 남아 있습니다. 이 전집은 비교적 초기작인 1960~1980년대 글들을 많이 품고 있습니다. 선생께서 젊은 시절 걸어오신 왕성한 탐구와 언어의 발자취를 따라가다 보면 지적 풍요와 함께 삶에 대한 진지한 고찰을 마주할 것입니다. 이 전집이 독자들, 특히 대한민국 젊은 세대에게 문화 전반을 아우르는 교과서이자 삶의 지표가 되어줄 것으로 확신합니다.

추천사

100년 한국을 깨운 '이어령학'의 대전大全

이근배 | 시인, 대한민국예술원 회원

여기 빛의 붓 한 자루의 대역사大役事가 있습니다. 저 나라 잃고 말과 글도 빼앗기던 항일기抗日期 한복판에서 하늘이 내린 붓을 쥐고 태어난 한국의 아들이 있습니다. 어려서부터 책 읽기와 글쓰기로 한국은 어떤 나라이며 한국인은 누구인가에 대한 깊고 먼 천착穿鑿을 하였습니다. 「우상의 파괴」로 한국 문단 미망迷妄의 껍데기를 깨고 『흙 속에 저 바람 속에』로 이어령의 붓 길은 옛날과 오늘, 동양과 서양을 넘나들며 한국을 넘어 인류를 향한 거침없는 지성의 새 문법을 만들기 시작했습니다.

서울올림픽의 마당을 가로지르던 굴렁쇠는 아직도 세계인의 눈 속에 분단 한국의 자유, 평화의 글자로 새겨지고 있으며 디지로그, 지성에서 영성으로, 생명 자본주의…… 등은 세계의 지성들에 앞장서 한국의 미래, 인류의 미래를 위한 문명의 먹거리를 경작해냈습니다.

빛의 붓 한 자루가 수확한 '이어령학'을 집대성한 이 대전大全은 오늘과 내일을 사는 모든 이들이 한번은 기어코 넘어야 할 높은 산이며 건너야 할 깊은 강입니다. 옷깃을 여미며 추천의 글을 올립니다.

추천사

시대의 언어를 창조한 위대한 상상력

'이어령 전집' 발간에 부쳐

권영민 | 문학평론가, 서울대학교 명예교수

이어령 선생은 언제나 시대를 앞서가는 예지의 힘을 모두에게 보여주었다. 선생은 한국전쟁이 끝난 뒤 불모의 문단에 서서 이념적 잣대에 휘둘리던 문학을 위해 저항의 정신을 내세웠다. 어떤 경우에라도 문학의 언어는 자유가 되어야 한다는 신념으로 문단의 고정된 가치와 우상을 파괴하는 일에도 주저함 없이 앞장섰다.

선생은 한국의 역사와 한국인의 삶의 현장을 섬세하게 살피고 그 속에서 슬기로움과 아름다움을 찾아내어 문화의 이름으로 그 가치를 빛내는 일을 선도했다. '디지로그'와 '생명자본주의' 같은 새로운 말을 만들어 다가오는 시대의 변화를 내다보는 통찰력을 보여준 것도 선생이었다. 선생은 문화의 개념과 가치의 중요성을 일깨우고 그 새로운 방향을 제시하면서 삶의 현실을 따스하게 보살펴야 하는 지성의 역할을 가르쳤다.

이어령 선생이 자랑해온 우리 언어와 창조의 힘, 우리 문화와 자유의 가치 그리고 우리 모두의 상생과 생명의 의미는 이제 한국문화사의 빛나는 기록이 되었다. 새롭게 엮어낸 '이어령 전집'은 시대의 언어를 창조한 위대한 상상력의 보고다.

일러두기

- '이어령 전집'은 문학사상사에서 2002년부터 2006년 사이에 출간한 '이어령 라이브러리' 시리즈를 정본으로 삼았다.
- 『시 다시 읽기』는 문학사상사에서 1995년에 출간한 단행본을 정본으로 삼았다.
- 『공간의 기호학』은 민음사에서 2000년에 출간한 단행본을 정본으로 삼았다.
- 『문화 코드』는 문학사상사에서 2006년에 출간한 단행본을 정본으로 삼았다.
- '이어령 라이브러리' 및 단행본에서 한자로 표기했던 것은 가능한 한 한글로 옮겨 적었다.
- '이어령 라이브러리'에서 오자로 표기했던 것은 바로잡았고, 옛 말투는 현대 문법에 맞지 않더라도 가능한 한 그대로 살렸다.
- 원어 병기는 첨자로 달았다.
- 인물의 영문 풀네임은 가독성을 위해 되도록 생략했고, 의미가 통하지 않을 경우 선별적으로 달았다.
- 인용문은 크기만 줄이고 서체는 그대로 두었다.
- 전집을 통틀어 괄호와 따옴표의 사용은 아래와 같다.

  『 』: 장편소설, 단행본, 단편소설이지만 같은 제목의 단편소설집이 출간된 경우
  「 」: 단편소설, 단행본에 포함된 장, 논문
  《 》: 신문, 잡지 등의 매체명
  〈 〉: 신문 기사, 잡지 기사, 영화, 연극, 그림, 음악, 기타 글, 작품 등
  ' ': 시리즈명, 강조
- 표제지 일러스트는 소설가 김승옥이 그린 이어령 캐리커처.

차례

II 내일의 여성을 위한 엽서

III 한국 고전에 나타난 여인상

저자의 말

문명의 과제로 확대된 여성 문제

당신에게 이 책을 드립니다. 당신은 이 글을 읽을 때, 혹은 노여워하기도 하고 혹은 흰눈으로 흘겨보기도 하고, 혹은 그 예쁜 입술을 뾰로통하니 내밀고 욕을 할지도 모릅니다. 아닙니다. 당신은 웃을 것입니다. 어머니의 세간살이를 몰래 훔쳐다가 소꿉장난을 하던 계집아이들이 갑자기 어른들에게 들켰을 때처럼 그렇게 웃을 것입니다.

그러나 당신은 노여워해서도 안 되며 웃어서도 안 됩니다. 왜냐하면 이 글은 여성들을 욕한 것도 아니며, 추어올린 것도 아닙니다. 더구나 꼭 여성을 향해서 들으라고 한 소리도 아닙니다. 차라리 이것은 남성들 자신의 고백이며, 우리가 살고 있는 현대 문명의 한 성격을 진단한 글이라고 하는 편이 좋을 것입니다. (…)

당신에게 이 책을 드립니다. 그 자리에서 그냥 덮어버려도 좋습니다. '남자들은……'이라고 역습을 가해도 좋습니다.

이 글을 쓰게 된 동기나 의도가 바로 그런 것입니다. 여성 문제가 오늘에 와서는 여성들만의 문제가 아니라 사회의 문제요, 문명의 과제로 확대되었다는 사실을 나는 잘 알고 있습니다. 그런데도 '남자가 잘났느냐 여자가 잘났느냐!' 사춘기 이전의 아이들이 곧잘 서로 말싸움을 벌이는 그런 차원에서밖에 우리는 여성문제에 대해 진지한 토의를 하려고 들지 않습니다.

그렇습니다. 당신은 우리와 함께 한숨을 내쉬어야 합니다. 다만 당신이 화려한 화장대의 서랍이나 핸드백을 열듯이 그렇게 이 책을 열어서는 안 됩니다. 한번쯤은 엄숙하게, 자신의 모습을 바라볼 줄 아는 침묵이 필요합니다. 그 침묵의 시간을 위해서 서 툰 이 글을 당신에게 바칩니다.(《저 물레에서 운명의 실이》의 서문 중에서, 1972년)

이 글은 「저 물레에서 운명의 실이」를 신문 연재하고 그것을 단행본으로 묶어 출판하던 때의 서문으로 써진 것이다. 이 서문만이 아니라 페미니즘이라는 말조차 듣기 힘들었을 때의 글이라 격세지감이 있을 것이다. 소설가 정비석의 『자유부인』이 여성의 성 해방문제와 얽혀 센세이셔널한 논쟁을 불러일으키고 미국에서 온 가수 윤복희가 미니스커트를 입고 공연하는 모습이 컬처 쇼크를 몰고 오던 그런 상황에서 집필된 여성론이니 무리도 아니다. 그리고 부분적으로 보면 페미니스트의 글인지 반 페미니스트의 글인지 분간하기 힘든 대목도 많을 것이다.

그러면서도 이 책을 거의 수정하지 않고 출간 당시의 내용 그대로 발표하는 까닭은 한국의 페미니즘이 걸어온 작은 마일스톤으로 남겨두고 싶기 때문이다. 남성은 어떤 경우라도 여성을 멸시하거나 폄하할 수가 없다. 왜냐하면 그를 낳아준 어머니가 여자이므로 그리고 그가 사랑한 연인과 아내가 여자이므로 그리고 그에게 언제나 가득한 미소를 준 사랑하는 딸이 여자이므로—.

2003년 8월

이어령

I
저 물레에서 운명의 실이

여성 공포증

코끼리 사냥을 하는 인도차이나의 남자들은 이상한 미신을 갖고 있다. 애써 잡은 코끼리가 밧줄이 끊겨 도망치게 되면 집에 있는 아내가 머리카락을 잘랐기 때문이라고 생각한다. 밧줄이 미끄러져 떨어지면 이번엔 또 그 아내가 몸에 기름을 칠한 탓이라고 믿는다. 그래서 사냥꾼들은 집에 돌아오자마자 애꿎은 아내를 내쫓는다.

이런 이야기를 들으면 여권론자女權論者들은 회심의 미소를 지을 것이다.

'남자들은 원시인이나 문화인이나 또 옛날이고 오늘이고 똑같지. 어쩌면 인도차이나의 그 사냥꾼들은 잘못된 정치나 교육을 모두 치맛바람 탓으로 돌려버리는 한국 남자와 그렇게 똑같단 말인가! 그들은 모든 잘못을 여자의 탓으로만 돌리지. 그래서 여자는 언제나 억울한 누명 속에서 눈물을 흘려야 했지. 불쌍한 여자! 힘없는 여자!'

그러고는 여성의 신세타령을 늘어놓을 것이 틀림없다.

그러나 그 미신을 한번 뒤집어서 가만히 생각해보면 참으로 한탄할 것은 여자가 아니라 바로 남자라는 점이다. 남자들은 어리석다. 여성들을 경멸했더라면 절대로 그런 미신은 생겨나지 않았을 것이다. 겉으로는 강한 체하면서도 속으로는 늘 여성을 두렵게 생각한 불쌍한 약자였다.

'여자가 머리카락을 자르면 그 굵은 밧줄도 힘없이 끊기고 만다'는 미신은 그만큼 여자의 힘을 신비하게 생각한 탓이다. 여자들이 흔히 믿고 있듯이 수탉처럼 자신만만한 남성들이라면 무엇 때문에 여자들을 그렇게까지 구속할 필요가 있었겠는가? 누가 약한 짐승을 울안에 가두고 밧줄로 튼튼히 묶어두려 할 것인가?

심리학자들은 누구나 남자들에겐 여성 공포증이라는 것이 있게 마련이라고 증언한다. 원시 문화의 공통된 미신은 모두가 남자들의 여성 공포증에서 생겨난 것이라는 이야기다. 벵골의 미리족들은 절대로 여자들에게 호랑이 고기를 먹이지 않는다. 여자들의 힘이 강해질 것을 두려워했기 때문이다.

동아프리카에서 사는 와타웰라족은 그들의 아내에게 불을 일으키는 방법을 가르쳐주지 않는다. 그렇게 되면 여성들이 자기들을 지배하게 될지도 모른다는 두려움 때문이다. 심지어 잠들어 있는 동안에 여성들의 입김을 쐬면 남성들은 힘을 잃는다 하여 잠자리를 멀리하는 불쌍한 종족들도 있다.

이러한 미신은 모두가 '여성들에게는 남자가 갖고 있지 않은 신비한 마력이 있고, 그것이 남자들을 해칠지도 모른다'는 강박관념에서 생겨난 터부다.

문명인들이 아직도 여성의 상징으로 믿고 있는 이브의 신화 역시 마찬가지다. 인간의 원죄原罪를 여자 탓으로 돌린 이 신화를 보고 여자들은 횡포한 남성들이 멋대로 날조한 이야기라고 분개할지도 모른다.

그러나 자세히 분석해보면 그렇지가 않다. 실은 남성 모욕의 신화다. 인류라는 생의 첫 페이지를 장식하는 그 남성 아담은 슬프게도 공처가로 그려져 있지 않은가. 아담은 최초의 남성이었으며 동시에 최초의 공처가였다.

뱀도 그것을 잘 알고 있었던 것 같다. 그렇지 않았다면 뱀은 왜 하필 이브를 유혹했는가? 비록 그 늑골로 만들었으나 이브는 아담(남자)보다도 용기가 있고 힘이 있고 야심이 있었다. 만약 뱀이 고지식한 아담을 설득하는 데 성공했다 하더라도 아담은 이브에게 야단을 맞을까 두려워 감히 그 선악과善惡果를 함께 따먹자고 말할 수는 없었을 것이다.

이브는 확실히 아담보다 똑똑하게 그려져 있다. 신처럼 눈이 밝아진다는 말을 들었을 때 이브는 자기도 신이 되고 싶다는 욕망을 갖는다. 이브는 무엇인가 보다 나은 것을 향해 발돋움치려고 한다. 그런데 아담은 에덴 동산의 그 상태에 만족을 느끼고 언제고 주어진 현상 속에 머물러 살아가려고 하는 사람이다.

아담이 선악과를 따먹은 것은 신처럼 눈이 밝아지고 싶다는 욕망 때문이 아니라 신보다도 그의 아내 이브의 말을 더 두렵게 생각한 데 지나지 않는다. 『성서聖書』에는 이브가 주니까 그냥 아담이 선악과를 받아먹은 것으로 기록되어 있다. 그런데도 책임은 아담에게로 돌아온다.

신은 이브가 아니라 아담에게 책임 추궁을 한다. "내가 너더러 먹지 말라고 명한 그 나무 실과를 네가 먹었느냐?"라고 신이 물었을 때 아담은 이렇게 대답한다.

"하나님이 주셔서 나와 함께한 여자, 그녀가 그 나무 실과를 내게 주므로 내가 먹었나이다."

남자라면 아담의 그 비굴한 답변에 누구든 얼굴을 붉히지 않을 수 없을 것이다.

태초의 그 우리 공처가는 자신의 행동을 아내 탓으로, 그리고 그 여인을 만든 '신의 탓'으로 돌리려고 한다. '탓'은 약자가 하는 것이다. 우리가 무엇을 '탓'한다는 것은 언제나 자기 힘보다 더 큰 원인을 찾아낸다는 것이다.

'여자의 탓'으로 돌린다는 것은 그만큼 여자가 남자보다 강한 것으로 느끼고 있는 남성들의 콤플렉스를 의미한다.

어느 험구가險口家는 아담의 늑골 하나로 이브를 만들었다는 것은 결코 남성 우월의 신화가 아니라고 말한다. 왜냐하면 그 때문에 밤마다 아담은 이브에게 그의 늑골을 검사받아야 했기 때문이라는 것이다. 어디에다 또 늑골을 빼서 여자 하나를 만들어두지 않았는가? 질투심이 많은 이브는 그래서 매일 밤 아담의 늑골을 세어보았을 게 틀림없다는 것이다. 그렇게 아담은 바보스럽게 그려져 있다. 결국 「창세기創世記」신화는 '여자란 남자를 파멸케 하는 존재다'라는 잠재적인 그 여성 공포증의 반영이었던 것이다.

현대라고 별로 달라진 것은 없다. "소를 보면 앞을 조심하고 나귀를 보면 뒤를 조심해야 한다(소는 받고 나귀는 뒷발로 차니까). 그런데 여자를 만나면 사방팔방을 다 조심해야 된다"는 이탈리아의 속담 하나를 드는 것만으로 충분하다.

「창세기」때부터 오늘날까지 이렇게 남성들은 여성을 사랑하면서도 그에 못지않게 여자를 기피하고 불신하고 두려워하는 콤플렉 속에서 살아왔다.

여인 델릴라에게 머리를 잘리고 힘을 상실한 역사力士 삼손— 남자들은 모두 이러한 '삼손콤플렉스(여성 공포증)' 속에서 생활을 한다. 그래서 원시 문화(미신)가 남성들의 그 '삼손 콤플렉스'에서 생겨난 것처럼 현대의 역사와 그 문화 역시 예외일 수는 없다.

오늘의 문명과 사회를 향해 가만히 귀를 기울여보면 옛날과 마찬가지로 여인이 베를 짜는 소리가 들려올 것이다. 베틀에 앉아 한 인간과 그 시대의 운명을 잠시도 쉬지 않고 짜가고 있는 그 소리가…….

이제 여성들이 짜내는 운명의 그 베를 펼쳐보기로 하자.

의상은 여성의 운명

그리스의 영웅들이 약탈당한 헬레네를 되찾기 위해서 트로이로 쳐들어가려고 하던 때의 이야기다. 그리스에서 으뜸가는 장사는 아킬레우스였지만 그의 어머니는 그에게 여장女裝을 시켜 딸들과 함께 피난을 보낸다. 트로이의 싸움터에 가면 그가 죽으리라는 것을 알았기 때문이다.

그래서 오디세우스 장군은 그리스 원정군遠征軍에 없어서는 안 될 그 영웅 아킬레우스를 찾아내기 위해 행상인으로 가장해 헬라스로 간다. 보통 사람 같았으면 여장을 하고 누이동생들 틈에 섞여 있는 아킬레우스를 도저히 알아낼 수가 없었을 것이다. 그러나 꾀가 많은 오디세우스는 그들 앞에 행상 보따리를 펼쳐놓고 여자 옷과 칼을 진열해놓았다. 딸들은 모두 아름다운 여자 옷을 뒤지는데 아킬레우스만은 칼을 만지작거렸다. 여자 옷을 입었지만 남자의 본색만은 감출 수가 없었던 것이다.

이와 비슷한 이야기가 또 있다. 파리에서 죄수 하나가 여인으로 분장을 하여 탈옥을 했다. 그의 몸짓, 목소리 그리고 그 옷차림은 영락없는 여자로 보였는데도 거리에 나오자마자 그만 체포를 당하고 말았다. 왜냐하면 이 죄수는 패션 의상이 걸려 있는 양장점 진열장 앞을 그냥 지나치고 말았기 때문이다. 여자 같았으면 화려한 그 진열장 앞을 그렇게 무관심하게 지나쳤을 리 만무하다. 아무리 가장을 해도 남성과 여성의 그 본질은 숨길 수 없다.

그러나 조심해둘 것이 하나 있다. 오디세우스가 이미 3000년 전에 발견한 남성, 여성의 그 성별 테스트 방식은 여자에게는 그대로 적용될 수 있으나 남성에게는 합당치 않다는 사실이다. 창을 가지고 싸우는 트로이 전쟁의 시대이든, 미사일이 한 도시를 날려버리는 3차 대전의 그 미래의 시대이든 옷에 쏠리는 여성의 그 태도에는 역사란 것이 없다.

하지만 남성들은 어떤가? 칼이나 총을 잡는 경우는 그것이 장난감의 경우 그리고 유치원의 개구쟁이 시절에만 있을 수 있는 일이다. 여자들이 옷을 잡을 때 그것을 거들떠보지도 않고 용감하게 칼을 잡았던 것은 저 위대한 영웅들의 시대, 호메로스의 장렬한 서사 시대敍事時代의 남성들이었다. 직업 군인이라 해도 현대의 남성들은 여자들이 옷에 넋을 잃듯이 그렇게 병기兵器를 바라보지는 않을 것이다.

아니다. 총칼을 잡는 것까지는 원하지 않는다. 칼 대신 골프채나 낚싯대를 잡았다 해서 서글퍼할 것도 실상 없다. 오늘날 오디세우스가 다시 그 행상 보따리를 풀어놓는다면 남자들도 틀림없이 그 황홀한 손으로 여자 옷을 만지작거릴 것이기 때문이다.

조금도 과장이 아닌 것은 김포공항 세관에서 외유를 끝마치고 돌아온 우리 신사들의 여행 트렁크 속을 잠시 조사해보자. 말이 신사의 봇짐이지 그 안에서 나오는 것을 보면 숙녀의 장롱과 구별할 수 없다. 밍크코트에서 스타킹에 이르기까지 양품점 리스트에 오를 것들뿐이다. 실로 남성 물품이라는 것은 맹장같이 딸려 나오는 넥타이 정도일 것이다. 트로이 전쟁 이후 3000년 동안 여성의 본질에는 변함이 없었으나 남성은 삼손처럼 서서히 그 남성적인 힘을 상실해가고 있다는 증거다.

단순한 소화笑話로 까닭 없이 '여성의 본질은 그 의상의 장식에 있다'라고 중상하려는 것은 결코 아니다. 이 경우도 좀 싱겁고 할 일 없는 어느 남성이 조사한 것이긴 하나 '여자의 본질이 의상으로 향해 있다'는 것은 우리는 과학적 분석의 통계 숫자로 제시할 수가 있다. 어린아이들은 어른들에게 무엇인가를 잘 물어본다. 질문은 관심인 것이다. 데이비스는 바로 이 질문 내용을 그 종류에 따라 분석해서 사내아이와 여자아이의 관심이 어떻게 다른가를 알아보려고 했다.

결과는 놀랍게도 여자아이들은 데이트가 무엇인지 알기 전부터 벌써 의상에 대해서 제일 많은 관심을 품고 있다는 것을 알아냈다. 남자들은 의류에 대한 질문이 1.36으로서 6개 항목 중 랭킹 제5위인 데 비해, 여자의 경우엔 2.35로 당당 제2위의 은메달권圈이다. 남자애들은 그 대신 3.30의 기계류가 톱이고, 여자애들은 언어의 의미에 대한 것이 제1위로 되어 있다.

데이비스의 이 통계를 가지고 보면 유치원에 다니는 아이라 해도 예비 숙녀로서의 유감없는 소질을 갖추고 있다는 것을 알수 있다. 파티에 나가 끝없이 떠들고(언어의 의미) 끝없이 옷자랑을 하는[衣類] 그 소질이 말이다. 아킬레우스의 영웅은 현대에 와서 트로이의 벌판이 아니라 공장의 기계를 만지작거리는 엔지니어로 전락(?)되었지만 여전히 헬레네는 그 성城 안에서 화려한 옷을 입고 패션쇼를 즐긴다.

그리스가 아니라 태초의 「창세기」에서도 여성과 옷의 그 본질은 밀접하다. 따지고 보면 아담과 이브가 낙원을 쫓겨났을 때 신神은 그래도 그들이 불쌍해서 가죽 옷 한 벌씩을 만들어 입혔다. 아담은 우울하게 한숨을 내쉬며 낙원을 떠났겠지만 사랑하는 우리의 이브에겐 실락원失樂園의 슬픔보다도 가죽 옷을 입은 그 최초의 성장盛裝에 더 가슴을 설레었을 것이 분명하다. 그래서 그 경황 없는 틈에도 실락원 최초의 대화는 파티장으로 가는 오늘의 어느 부부의 대화와도 비슷했을 것이다.

"여보, 내 옷 잘 맞수?"

"좀 길지 않우? 왜 말이 없어요. 이 가죽 옷 말야, 잎사귀 옷보다는 훨씬 잘 어울리죠?"

아담은 한숨을 쉬면서 일어섰다 앉았다 돌아섰다 앞으로 갔다 하는 이브의 그 모습을 처량한 눈으로 쳐다보았을 것이다. 그리고 험하고 험한 길을 앞에 두고도 철없이 좋아하는 그 이브를 보며 이렇게 생각했을 것이다.

"대체 저 옷이 무엇이기에 저토록 실락원의 비극보다도 더 위대한 힘을 가지고 저 여인을 끌어당기는 것일까? 대체 옷의 그 힘은 무엇인가?"

아담과 마찬가지로 여성을 논하기 위해서는 이 의상의 비밀부터 따져봐야 한다.

여성과 포장지 문화

의상이란 무엇인가? 그 의미를 알기 위해서 우리는 굳이 양장점을 방문할 필요가 없을 것이다. 이런 공상을 해보는 것만으로 충분하니까. 말하자면 인간들처럼 옷을 입는다고 가정해보자. 일대 혼란이 벌어질 것이 틀림없다.

사자탈을 쓰고 횡포를 부린 이솝 우화寓話의 여우만이 문제가 되는 것은 아닐 것이다. 거꾸로 사자가 양 같은 옷을 입고 나타날 때, 얼마나 많은 짐승들이 희생을 당할 것인가? 박물학자博物學者는 또 그렇다 치더라도 짐승들이 옷을 입고 다닌다면 보통 사람은 얼룩말과 망아지도 제대로 구별할 수 없을 것이며 다람쥐와 쥐를 식별할 수 없을 것이다. 옷을 입지 않고 자연 그대로의 모습으로 다니기 때문에 우리는 그 외모만 보고도 그 짐승이 우리를 해칠 것인지 아닌지를 금세 알아내고 안심하거나 방어할 수가 있다.

이렇게 의상은 생명체의 본성을 감추고 때로는 그것으로 사람의 눈을 현혹시키는 마법 같은 힘을 나타낸다. 의상을 입는 한 인간은 제일 정직하지 못한 짐승인 것이다. 그래서 인간의 세계에서는 늑대가 양처럼 행세하고 참새가 파랑새 노릇을 하고 다닌다. 마크 트웨인이라는 작가는 일찍이 이 비밀을 간파했기 때문에 왕자와 거지가 단지 옷을 하나 바꿔 입은 것만으로 하루아침에 그 지위가 뒤바뀌고 마는 소설을 쓴 적이 있다.

아무리 의상을 제2의 피부라고는 하지만 한 가지 분명한 것은 그것이 '알맹이(본질)가 아니라 껍질(형식)'이라는 것을 부정할 수 없다는 사실이다. 그런데 사람들은 호두를 보면 으레 그 맛이 껍데기에 있지 않고 그 알맹이 속에 있다는 것을 알고 누구나 깨뜨려 먹을 줄 아는데 어쩐 일인지 사람이 사람을 대할 때는 의상(껍데기)부터 감식하려는 버릇이 있다.

『여성의 역사』를 쓴 데이비스는 어떤 소년 소녀가 런던 국립미술관의 〈아담과 이브〉의 그림을 보면서 이런 대화를 주고받는 내용을 그 저서의 서두에서 소개하고 있다.

"어느 쪽이 아담[男子]이고, 어느 쪽이 이브[女子]지?"

소년이 그렇게 물으니까 소녀는 고개를 갸웃거리며 대답한다.

"글쎄? 두 사람이 옷을 입고 있으면 금세 알 수 있을 텐데 말야……."

원래 남녀의 성이란 옷이 생기기 이전부터 있었던 것이다. 그런데 이제는 주객이 전도돼서 치마를 걸치면 여자요, 바지를 입으면 남자라고 생각한다. 이 경우야 대수로울 것이 없다. 옷이 아무리 남루해도 성 구별을 하는 데 지장이 없으니까! 그러나 성 구별이 아니고 사람의 본질을 옷으로 대신하게 될 경우 많은 혼란과 비극이 생기게 마련이다. 신데렐라는 누더기 옷을 걸치고서는 도저히 왕자님의 파티에 초대될 수가 없었을 것이다.

실제로 옛날 보삼장寶三藏이란 이름난 스님은 일왕사一王寺에서 다회茶會가 열렸을 때 초대를 받고서도 들어갈 수가 없었다. 수문인守門人들은 그 누추한 옷만을 보고 그를 들여놓지 않았던 것이다. 그래서 그는 새 옷을 갈아입고 일왕사에 들어간 다음 주는 음식마다 옷에다가 쏟곤 했다. 좌석에 모여 있던 사람들이 이상하게 여기자 "당신네들은 내가 아니라 바로 이 옷을 초대한 것이니까 마땅히 음식도 이 옷이 먹어야 하지 않겠소"라고 그 스님은 말했다는 것이다.

결국 의상에 관심을 쏟는 것은 인간의 본질보다 그 형식을 존중한다는 의미다. 그것은 또한 손님이 주인이 되고 주인이 거꾸로 손님이 되는 인간 소외 현상을 긍정하는 것이 된다.

인간이란 다 그런 것이지만 여성이 더욱 심하다. 춘향春香의 어머니를 보라. 이도령이 남원南原으로 찾아왔을 때 처음에는 반색을 하여 맞아들인다. 그러나 촛불을 켜고 거지꼴을 한 이도령의 남루한 행색을 보게 되자 태도가 돌변한다. 찬밥조차 주질 않는다. 춘향의 어머니는 이도령을 기다린 것이 아니라 바로 이도령의 비단 옷을 기다렸다고 하는 편이 옳지 않겠는가?

여성들이 남성들보다 의상에 더 많은 관심을 갖고 있다는 사실은 곧 호두 속보다 호두 껍데기에 더 집념하고 있는 그 성격의 한 단면을 상징하고 있는 것이라 해도 빰 맞을 소리는 아니다. 아니 그렇다 해서 여성을 비난할 처지도 못 된다. 본질보다 외형을 더 소중히 생각하는 인간 소외의 시대, 그것이 지금 바로 우리가 표류하고 있는 현대 문명의 그 조류가 아닌가? 정치도 경제도 문화도 속보다 의상에 집착하는 여성화女性化 속에서 한 대목을 단단히 누리고 있는 셈이다.

남자들이 장을 보러 다니던 옛날엔 포장지라는 것이 그렇게까지 위세가 당당하질 않았다. 모든 상품은 양잿물을 싸듯 지푸라기나 신문지 쪽으로 싸면 족했다. 상품의 질이 그것을 싼 껍데기에 의해서 좌우되질 않았다. 그러나 여성들이 쇼핑을 전문으로 하면서부터 사정은 만만찮은 변화를 일으키게 되었다.

'껍데기! 껍데기! 모든 것은 껍데기에 달려 있다.' 이렇게 외치는 포장지 문화의 시대가 도래한 것이다. 간판 문화, 장식 문화가 날갯짓을 한다.

여성들의 상징인 향수만 해도 그렇다. 어느 짓궂은 심리학자가 실험을 해보았다는 것이다. 여인들은 정말 향수 냄새를 어느 정도나 알고 뿌리고 다니는가 하고. 그는 고급 향수병에다 값싼 향수를, 그리고 값싼 향수병에 고급 향수를 바꿔 넣어 팔았다는 것이다. 그랬더니 여인들은 냄새를 맡아보고도 싸구려 향수가 든 고급 향수병을 사더라는 것이다. 물론 비싼 값을 지불하고 말이다. 향수를 뿌리는 것이 아니라 그들은 상표의 권위를 뿌리는 것이다.

다음 실험을 해보았다. 똑같은 향수에다 정가만 다르게 매겨놓은 것이다. 어느 것이 인기가 있는가 하고. 물을 필요도 없이 값비싼 향수 쪽이었다. 이때는 향수가 아니라 돈을 뿌리고 다니는 경우다.

겉이 속보다 더 행세하는 이러한 포장지 문화는 백화점의 현실이 아니라, 여성 문화에만 국한된 것이 아니라 인류 문화 전반의 현상이 되어가고 있다는 사실을 우리는 부정하기 힘들 것이다.

약한 것이 힘

옷을 입는다는 것은 결국 위장僞裝을 한다는 것이다. 남자도 여자도 옷을 입고 있는 이상 다 같이 위장의 공범자라는 면에서는 대동소이하다. 그러나 남복男服과 여복女服의 특징을 조심스럽게 관찰해본 사람이라면 그 위장의 목적이 정반대라는 것을 알 수 있을 것이다.

남자 옷은 일종의 뿔[角]과도 같은 역할을 한다. 자신을 강하게 보이기 위한 허세가 그 옷에 잠재되어 있다. 옷감의 선택부터가 여성들의 옷과는 달리 두툼하다. 어깨에는 으레 솜을 넣고 목은 높은 칼라로 감춘다. 짐승들이 목을 물어뜯고 싸우던 정글의 시대가 지났는데도 여전히 남성들은 자신을 목이 짧고 어깨가 딱 벌어진 맹수처럼 보이려 든다.

그 가슴은 훈장을 차든 안 차든, 그리고 그 어깨에 금몰을 장식하든 안 하든 널찍하게 보여야 한다. 근본적으로 남자의 의상은 타인을 이렇게 은근히 압도하려는 기세를 갖추고 있다. 그러니까 되도록 약점을 감추고 공격적인 면을 강조하려고 한 것이 남성 복식男性服飾의 특징이다.

그러나 여성들의 의상은 아무리 칠면조의 벼슬처럼 바뀌어도 맹수식 위장이라고는 할 수 없다. '목은 백조처럼 길고 허리는 꿀벌처럼 가늘어야 한다'는 공식을 잘 지키고 있다. 유니섹스 스타일로 남자처럼 바지를 입고 다니는 여자가 많아졌지만 아직 그 칼라가 목의 반이나 감싸는 와이셔츠를 입고 다니는 여성은 드물다.

그 이유는 무엇인가? 노천명盧天命의 시 한 구절처럼 "모가지가 길어서 슬픈 짐승이여!"라는 사슴의 경우를 두고 생각해보면 알 것이다. 약한 짐승, 힘없는 초식동물일수록 목이 길다.

남자는 레슬링 선수처럼 목이 굵고 짧게 보이도록 하기 위해 와이셔츠 칼라를 높이 세우지만 여자는 반대로 자신을 슬프고 약한 사슴처럼 보이기 위해서 목을 드러내놓는다. 목은 생명의 급소이기 때문에 공격과 투쟁시에는 본능적으로 그것을 감추려는 경향이 있다. 그러므로 여성들이 목을 드러내놓는다는 것은 스스로 공격의 의지를 포기하는 것과 다름이 없다. 생명의 무방비 상태, 남성들이 여성에게 사로잡히는 것은 아름다운 그 목걸이보다도 실은 노출된 목의 그 나약성에 있는 것이다.

어떻게 하면 또 허리가 가늘게 보이는가? 조금만 바람이 불어도 꺾이는 버들가지는 여성들의 이상이었다. 그래서 동양의 여인들은 앞치마로 허리를 졸라맸고 서양의 여인들은 기절할 정도로 코르셋의 끈을 졸라맸다. 이것은 모두 어떻게 하면 자기를 보다 더 약하게 보일까 하는 위장술이었다.

옷감 역시 하늘하늘해야 된다. 거미줄처럼 가늘고 투명한 실일수록 남성을 옭아매는 데 있어서는 가장 굵은 동아줄이 되었다. 사람들은 보통 육체미를 노출시키기 위해서 여성들이 박사薄紗의 옷을 즐겨 입는다고 생각한다.

그러나 그보다 더 큰 이유는 약한 것을 강조하자는 데 있는 것이다. 만지기만 하면 금세 터질 것 같은 그 유충幼蟲을 본 적이 있는가? 우리는 손만 대도 찢어질 것 같은 여인의 의상을 보았을 때 감히 거칠게 대할 수가 없다.

사춘기에 '병에 걸려 한번 입원해보고 싶다'는 유혹을 받지 않은 여성은 여성이 아니다. 좀 더 지능적인 여학생은 자신을 병적으로 보이기 위해서 멀쩡한 눈에 하얀 안대眼帶를 두르고 다니는 경우도 있다. 여성은 이렇게 '약한 것'으로 남성의 시선을 끌려고 한다.

레이디 퍼스트의 중세적中世的인 예의가 생겨난 것도 여성들의 그 '위장술' 때문이었다. '여자란 자기네들 없이는 문 하나도 변변히 못 열고 어린아이들처럼 외투도 벗을 줄 모르는 자'라고 멋모르고 자기도취에 빠져 있다가 어느덧 그들의 종처럼 되어버린 것이 저 가련한 서양 신사들인 것이다.

파티에서는 기절을 잘 할수록 남성들에게 인기 있는 귀부인이 되었다. 그래야 남성들이 기사도를 발휘할 수 있는 기회를 가질 수가 있으니까!

여성의 체력이 남자만 못하다는 것은 과학적으로도 증명이 된다. 그러나 차이는 생리적인 면보다는 심리적인 면에서 더욱 크다는 사실을 놓쳐서는 안 된다. 유치원 아이들을 보면 남자나 여자나 별 차이가 없다. 때로는 완력이 강한 여자애가 남자애의 코피를 터뜨리는 일쯤은 허다하게 목격할 수가 있다.

그런데 여학교에 들어갈 나이쯤 되면, 그래서 보이 프렌드를 이성으로 느끼는 나이가 되면 여자는 남자보다 열 배나 더 약해진다. 거미 하나만 봐도 벌벌 떠는 어처구니없는 상태로 퇴화된다. 왜 여자는 나이를 먹어가며 이렇게 더 약해지는가?

그 비밀은 여자가 방 안에 혼자 있을 때는 결코 거미가 기어나온다고 해서 비명을 지르는 일까지는 없다는 데 있다. 그런데 만약 여성이 거미를 보고도 마치 늑대를 만난 것처럼 기절할 듯이 비명을 질렀다면 반드시 그 옆에는 사랑하는 남자가 있다는 증거다. 여성은 남자 앞에서 열 배나 더 약해지는 묘한 심리를 갖고 있다.

왜 그럴까? 그 반대의 경우를 생각하면 어째서 여자는 남자 앞에서 약하게 보이려는 본능을 가지고 있는지 이해가 갈 것이다. 사랑하는 남자와 숲길을 산책하던 한 '줄리엣'이 있었다고 하자. 그때 마침 송충이 한 마리가 나무에서 기어 내려오는 것을 보고 그 여인이 마치 스파르타의 여성처럼 씩씩하게 눈 하나 깜짝도 하지 않고 손으로 눌러 죽였다면 어떻게 될까? 그 남자는 다시는 그 여자에게 데이트 신청을 하지 않을 것이다.

여자에겐 '약한 것이 거꾸로 힘'이다. 그들이 남성을 이길 수 있었던 것도 헤라클레스 같은 힘이 아니라 다름 아닌 이 '약한 무기', 기묘한 위장술의 덕이었다. 그것을 우리는 '엄살'이라고 부른다. 여성은 엄살로 자신을 보호한다. 엄살이란 무엇인가? 유리그릇은 놋그릇과는 달리 약하기 때문에 소중히 다루어야 한다. 잘 모시고 항상 불안한 마음으로 보살펴야 한다. 유리그릇은 그렇기에 때로는 놋그릇보다 강하다는 역설이 생겨난다. 엄살은 약자가 강자로부터 자기를 보호할 수 있는 힘, 약한 것을 과시하여 오히려 강자의 힘을 꺾는 기묘한 술책이다.

엄살은 여성만의 속성일까? 아니다. 시골의 약한 농민들도 엄살을 잘 부리지 않는가? 세무서 직원 앞에서 장사하는 사람들도 엄살을 부리지 않던가? 수염터가 파란 관리들이 그들의 상관 앞에서는 여자처럼 엄살을 부리지 않던가?

"오랜 압박 속에서 살아온 민족은 어딘가 여성적인 데가 있다"라는 유명한 말이 있다. 수천 년을 두고 남성 지배하에서 살아온 여성들은 약한 것이 힘이었고 미美였다. 우리는 한국인 전체가 여성적인 엄살의 기질을 지니고 있다는 것을 알고 있다. 여성의 운명은 한국인의 운명이기도 했다.

덩굴의 생리生理

남자 옷과 여자 옷의 또 다른 차이가 하나 있다. 그것은 젖먹이 어린아이들의 옷과 마찬가지로 여자들의 옷 중에는 단추나 지퍼가 등 뒤에 달려 있는 것이 많다는 점이다. 조물주는 인간을 전진적前進的인 자세로 만들어주셨기 때문에 눈도 손도 앞으로 향해 있다. 그러므로 옷을 잠그는 단추나 지퍼도 전면前面에 달려 있어야 마땅하다.

그런데 어째서 여성들의 옷은 등을 터놓고 등 뒤로 옷을 잠그도록 디자인이 되어 있을까. 미학상美學上만의 이유라고는 볼 수 없다. 여자라 해서 눈이 뒤통수에 달려 있는 것은 아니다. 결국 아이들의 턱받이처럼 여자가 그런 옷을 입을 때는 누군가 뒤에서 도와주어야 한다. 대체 여성은 나이 스물을 넘어 당당히 투표권을 행사할 만한 성인이 된 후에도 옷 하나 제 힘으로 입지 못할 만큼 의존적인 존재란 말인가?

너무 꾸짖을 필요는 없다. 등 뒤에 달린 지퍼를 보고 독립심 운

운하는 남성은 분개하기 전에 여성의 심리가 무엇인지를 잘 살펴보아야 할 것이다. 여성들의 의상에 깃들여 있는 '의존성'과 '후향성後向性'의 그 상징적 의미를 우리는 여성들의 모든 성격과 그 행동 양식에서 발견할 수 있다.

여성들은 덩굴인 것이다. 포도덩굴이든 담쟁이덩굴이든 그것은 나무처럼 혼자서는 뻗어갈 수가 없다. 무엇인가에 의존해서만 생명의 잎과 그 꽃을 피울 수가 있는 것이다. 등 뒤에 단추가 달린 옷을 볼 때 여성은 자기 손이 아니라 그것을 잠가주는 따뜻한 타인의 손을 상상하며 안심할 것이다. 남편이든 애인이든 혹은 옷시중을 드는 사람이든 '자기의 손' 아닌 '다른 손'이면 된다. 덩굴처럼 '다른 생명'에 의지하고 싶은 충동을 무슨 형태로든지 발산하기만 하면 되는 까닭이다.

여인들의 손을 보면 알 것이다. 예로부터 많은 시인들은 여인의 손을 상아나 옥에 비겼지만 그것은 모두 직관력의 결핍에서 오는 착각일 것이다. 여인의 손이야말로 허공에 드리운 담쟁이덩굴, 허전한 그 공간에서 무엇인가를 잡으려고 더듬대는 그 담쟁이덩굴이다. 그래서 여인들의 손은 무엇이든 잡지 않고는 허전한 법이다.

남자들은 빈손으로 곧잘 다니지만 여자들은 핸드백을 들어야 비로소 안심한다. 물론 화장 도구 때문이라고 변명할 것이다. 그러나 핸드백이 아닌 경우라 해도 양산이든 책이든 여성은 거추장스러운 것을 꼭 손에 들고 다니는 버릇이 있지 않은가? 그렇지 않으면 허전해서 견디지 못한다. 여자의 옷에 달린 호주머니는 남성들 것과는 달리 단순한 장식물에 지나지 않는다. 그 이유는 넣고 다니는 것보다 손에 쥐는 맛, 하다 못해 손수건이라도 쥐고 다녀야 하는 덩굴의 생리가 그 심층 심리에 잠재해 있는 탓이다.

세상에서 가장 아름다운 것은 어린아이를 품에 안고 있는 어머니 모습이라고 한다. 그러나 심리적으로 보면 그것 역시 핸드백을 껴안고 다니는 여성들의 또 하나 다른 습관에 지나지 않는다. 잠시도 보호를 받지 않고는 살아갈 수 없는 아이들이 어머니의 가슴에 의존해 있는 것 이상으로 여인들은 바로 그 아이에 의존해 있는 것이라고 말할 수 있다.

여성들의 그 후향성만 해도 그렇다. 등 뒤의 단추를 잠가줄 만한 남편도 아이도 애인도 없는 외로운 여인, 그들은 뒤를 돌아다보며 거북살스럽게 혼자 애를 쓸 수밖에 없다. 그러나 생각해보라. 혼자 입는다 해도 남자들처럼 앞을 바라보며 쉽게 옷을 입는 것보다 이렇게 뒤를 돌아다보며 옷을 입는 편이 훨씬 위안이 된다. 남이 없으면 자기가 다른 자기가 된다. 남처럼 된 자기에게 자기가 의존하고 있는 서글픈 현장인 것이다. 그래서 여자는 빈 방에 혼자 있을 때도 결코 혼자가 아닌 것이다. 절대로 혼자일 수 없는 것이 여성의 운명이다.

뒤를 돌아다본다는 것은 무엇인가? 등 뒤를 의식한다는 것은 무엇인가? 남자는 후발제라도 나지 않는 한 자기의 뒤통수를 바라본 적이 여간해서 없을 것이다. 그러나 여인들은 아침저녁으로 자신의 헤어스타일을 확인하기 위해 뒤를 본다. 여자란 등 뒤로 남성의 시선을 느낄 때가 더 많은 법이다.

여성이 남성보다 과거에 더 집념하는 것도 바로 이 후향성을 의미한다. 추억! 아무리 불행한 여성, 홀로 있는 여성이라 해도 항상 이 추억 속의 자기에 의존해 있기 때문에 그들은 덩굴의 생리를 충족할 수가 없다. 여성의 덩굴은 시간, 이미 흘러가버린 과거의 그 시간까지를 잡고 뻗어간다. 여성들이 첫사랑을 못 잊어 하는 것은 그 마음이 반드시 정숙하기 때문이 아니라 바로 과거에 의존하려는 덩굴의 생리 탓도 있다.

그래서 "여자는 항상 뒤돌아보며 걸어온 길의 길이를 재고 있기 때문에 약진력이 줄어들고 만다"고 개탄한 철학자도 있다.

여성에겐 독립심만이 아니라 미래 지향력도 희박하다. 미래는 모험성이고 과거의 의존성이기 때문에 여자가 알고 있는 시간의 세계는 오로지 과거인 것이다. 그들은 과거에 매달려 있다. 그래서 신화나 전설을 보면 뒤를 돌아다보다가 파멸한 여인들의 이야기가 많이 나온다. 불타는 소돔 성城을 뒤돌아보다가 소금 기둥이 된 롯의 아내만 해도 그랬다.

시몬 드 보부아르는 말한다. "여성들은 먹이를 잡는 남성들의 그 기물器物을 탐내지 않고 잡아온 그 먹이만을 탐낸다……"고.

어렵게 설명할 필요가 없다. 아이들이 노는 것을 보면 알 것이다. 사내애들은 포접망捕蝶網으로 나비를 잡는다. 여자애들은 자기도 나비를 잡을 수 있는 포접망을 갖고 싶어 하는 것이 아니고 사내애들이 잡은 예쁜 '나비'만을 부러워하고 또 갖고 싶어 한다.

여권女權이 시퍼런 오늘날에도 여자들은 자기가 돈을 벌 생각보다는 부자의 아내가 되어 그 돈을 쓰고 싶어 하고, 자기가 정치가가 되어 권력을 누릴 생각보다는 어떻게 하면 정치가의 아내가 되어 그 권력을 맛볼 수 있는가 하는 생각을 한다.

여인의 일생이 부모에, 남편에 그리고 자식에 의존하는 삼종지도三從之道에서 살아왔기 때문인가? 그 원인은 좀 더 뒤에서 밝혀보기로 하겠다.

칼과 바늘

플라톤은 자기가 여성으로 태어나지 않은 것을 언제나 신神에게 감사드렸다고 한다. 나 역시 철인哲人은 아니었지만 어렸을 때 그와 비슷한 체험을 여러 번 했다. 무슨 심각한 이유라도 있어서가 아니다. 그 버선 말이다. 어머니나 누나는 버선을 벗을 때마다 "얘, 이것 좀 잡아당겨주지 않겠니" 하고 곧잘 도움을 청한다.

남자는 어려서나 커서나 여자들 앞에서는 으레 자기의 힘 자랑을 하고 싶어 하는 서글픈 우월 의식을 가지고 산다. 나는 트로이 성城이라도 기어오르는 영웅처럼 있는 힘을 다해 어머니의 버선발을 잡아드린다. 얼굴이 홍당무가 되는 그러한 고통을 겪고서야 버선을 벗을 수 있는 여성들이 웬일인지 측은하다는 생각이 들었다. 만약 내가 여자로 태어났다면 죄수의 족쇄 같은 저 버선 속에서 고생을 해야 하며 그것을 벗을 때마다 평생 땀을 흘려야 하는 고통을 겪을 것이다. 여인들이 버선을 벗을 때마다 나는 남자로 태어난 것을 은근히 신에게 감사드렸다.

버선만이 아니다. 여자들의 의상은 모두 다 자기 구속적인 데 그 특징을 지니고 있다. 앞가슴을 졸라매는 치마의 허리끈이라든가, 코르셋, 브래지어, 좁은 소매와 꼭 죄는 스커트……. 여자들의 옷이나 장신구를 가만히 관찰해볼 때 그것은 어떻게 하면 자유로운 자기 몸을 되도록 부자연스럽게 구속할 수 있느냐 하는 면으로만 고안되어 있다는 사실을 알 수 있다. "여자라는 것은 새장 없이는 살지 못하는 새들과 같다"라고 소설가 아스트리 아스가 한탄을 하고 있는 것도 무리가 아니다. 여성의 미는 그러한 자학 속에서 발휘되고 있으니까.

그 증거로 여성의 머리카락을 보자. 인체에서 제일 잘 흐트러지는 것이 두발頭髮이다. 인간이 머리카락으로부터 자유로워질 수 있는 경우는 율 브리너처럼 삭발을 했을 경우다. 그러나 유감스럽게도 아프리카의 부시맨 여인들을 제외하고는 이 불편한 머리를 되도록 길게 기르는 것이 여성 공통의 특질로 되어 있다. 여성들이 머리카락을 가지고 멋을 부리려고 했다는 것은 그만큼 머리카락이 자학적인 구실을 했기 때문인지도 모른다.

근대적인 미장원이란 것이 생겨나기 전부터 여성들의 헤어스타일은 변화무쌍한 것이었다. 한 왕조王朝를 뒤엎은 양귀비楊貴妃는 타고난 그 미모에도 불구하고 20종 이상의 헤어스타일을 갖고 있었다고 전하지 않던가! 그러므로 여성들은 머릿속에 든 지성보다는 그 바깥에 있는 머리카락에 항상 신경을 쓰지 않으면 안 되었다. 그것이 흩어지지 않게 하기 위해서 항상 물동이를 이고 다니는 여인들처럼 마음대로 목을 움직일 수가 없다.

결발사結髮師란 것이 없었던 식민지 시절의 미국 여인들은 한 번 볼 형型으로 머리를 딴 뒤에는 그 머리가 흩어질까 봐 앉은 채로 잠을 잤다고 한다. 깨끗하게 빗어 올린 머리카락을 두 주일 이나 간직했다니 그 고생이 어찌 카이사르가 갈리아를 정벌하던 그것과 비길 수 있겠는가?

'자학적인 쾌감' 없이는 이 모든 자기 구속을 여성들이 자진해서 감수했을 리 만무다. 여자에게 참을성이 있는가 없는가, 이런 질문에 대해서 ○×식 '예스' 또는 '노'로 답변한다는 것은 어리석은 짓일 것 같다.

여성들은 자학적인 경우에 한해서만 잘 참는다. 남의 비밀을 단 1분도 못 참고 떠들어대는 여성이라 해도 살을 빼기 위해서 다이어트를 할 때는 일주일이라도 참고 굶을 수가 있다.

프리단은 미국의 어느 백화점 구매 담당자가 "옷을 여성에 맞추지 않아도 여성이 옷의 치수에 맞춰준답니다"라고 좋아했다는 일화를 우리에게 몰래 귀띔해준 적이 있다. 여성들은 표준형 옷에 자신을 맞추기 위해서 식욕까지도 거부한다. 표면적으로는 날씬해지려는 욕망 때문이지만 그 잠재 심리를 분석해보면 굶는 고통을 즐기는 자학의 생리가 숨어 있는 까닭이다. 왜냐하면 간디처럼 단식해서 마르는 것이 여성의 절대적인 미美라는 것은 근거가 희박한 일이기 때문이다.

미라는 것은 주관적이다. 킬리만자로의 산 밑에서 사는 남성들은 뚱뚱한 여성을 좋아한다. 그래서 딸들을 결혼시킬 때는 모두 2, 3개월 전에 울 속에 가두어 돼지처럼 기르는 습속이 있다는 것을 봐도 알 수 있다.

단군 신화檀君神話는 여성의 자학성을 잘 설명해준다. 호랑이는 남을 잡아먹는 사디스트sadist지만 곰은 자기의 고통을 참고 즐기는 마조히스트masochist다. 어두운 동굴 속에 가두어놓고 쑥과 마늘만 먹는 다이어트를 시켰을 때 호랑이는 도망쳤어도 곰은 그 자학의 고통을 견뎌내어 웅녀熊女가 되지 않았는가.

이런 안목에서 보면 외모만이 아니라 여성이 지닌 그 정신의 미덕 역시 자학 속에서 움튼다는 것을 알 수 있다. 인당수에 빠져 죽는 심청이의 효성, 매를 맞으며 옥고를 치르는 춘향의 정절…… 모두가 자학 속에서 우러나온 미덕이 아닌가?

자학 속에서 도리어 쾌감을 느끼는 잠재의식이 있기에 여성들은 사금파리를 넣고 비비는 것처럼 괴롭다는 저 산고産苦에서 모정母情을 발견한다. 그 산고의 고생을 잘 알면서도 아이를 잉태하고 또 잉태한다. 남성들 같았으면 멋모르고 첫아이를 낳을지언정, 다시는 두 번씩 애를 낳으려 하지 않을 것이다.

그렇기에 테니슨은 "남자는 칼, 여자는 바늘"이라고 노래 부른다. 칼은 자기 자신이 아니라 남을 해치는 도구다. 남의 생명을 빼앗고 타인에게 고통을 준다. 그러나 바늘을 보아라. 시집살이의 온갖 설움을 가슴에 간직한 여인이 등잔 밑에서 바늘을 들고 있는 모습을 보아라. 여자가 그 뾰족한 바늘로 한 구멍 한 구멍 콕콕 찔러가며 바느질을 하는 것, 그것은 다름 아닌 자기의 멍든 가슴을 찌르는 자학의 도취인 것이다.

오, 수선화여

'여행을 하다가 곤란한 일이 생길 때 남자는 우선 호주머니부터 살핀다. 돈이 얼마나 남아 있는가를 확인하기 위해서다. 그러나 여자는 지갑이 아니라 핸드백을 열고 거울을 꺼내 본다. 자기의 얼굴이 얼마나 아름다워 보이는가를 확인하기 위해서인 것이다.'

이것이 남자와 여자의 차이라고 한다.

여성의 재산은 예금통장이 아니라 언제나 경대의 거울 속에 있는 법이다. 여성은 여러 가지 면에서 오해를 잘 한다. 그러나 그 중에서도 자기 얼굴에 대해 과신過信을 갖고 있는 그 오해만큼 심각한 것도 드물 것이다.

겸손해서가 아니라 항상 위만 올려다보고 사는 습성 때문에 여성들은 자신이 언제나 남보다 가난하고, 언제나 남편을 잘못 만났고, 언제나 남에게 억울한 일을 당하고 있다고 불평이 많지만 얼굴에 관해서만은 근거 없는 자기 만족에 사로잡혀 있는 경우가 많다.

"당신은 미녀를 보면 어떻게 하죠? 질투가 생깁니까?" 어느 어리석은 남성이 여성을 향해 이렇게 물어보았다. 여자는 무엇이라고 대답했을까? "천만에요, 몇 시간이고 지칠 때까지 황홀하게 바라본답니다. 그러다가 손에 힘이 빠지면 거울을 놓는걸요!"

미녀와 자기는 언제나 동의어다. 호면湖面에 비친 자기 얼굴을 바라보며 그 그림자와 사랑을 했다는 나르시스, 그러다가 수선화가 되어버렸다는 이야기의 주인공은 남자인 목동으로 되어 있지만 어느 여성을 그 자리에 앉혀놔도 어색하지 않을 것이다.

조금도 과장이 아니다. 미국의 경우지만 세탁 비누와 미용 비누 광고에 대해 조사한 것을 좀 참고로 해보자. 세탁 비누 광고에 상류층의 옷을 입은 부인들 사진을 내면 중·하류층에 속해 있는 가난한 부인들은 전연 반응을 보이지 않는다는 것이다. 그 세탁 비누는 돈 많은 사람들을 위해 만든 것이라는 생각이 들기 때문에 전연 친근감을 느끼지 못하는 까닭이다.

그런데 같은 비누인데도 세탁 비누가 아니라 미용 비누일 경우에는 180도로 반응이 달라진다는 것이다. '미용'에 관해서만은 누더기를 빨 때와는 달리 아무리 가난한 주부라 해도 캐딜락을 탄 사모님과도 능히 필적할 수 있다는 자신을 갖고 있기 때문이다. 이렇게 빨래에서 얼굴로 관심이 바뀌면 여자에겐 계급이나 빈부 의식이란 것이 작용하지 않는다.

그렇기 때문에 여성에게 있어서 이 세상 모든 것은 거울 아닌 것이 없다. 악처惡妻로 이름난 소크라테스의 아내 크산티페는 어느 날 "축제 행렬을 구경하기 위해 나가려고 하는데 입을 옷이 없다"고 투정을 부렸다. 소크라테스는 그때 "당신은 보려고 가는 것이 아니라 보이려고 가는 것이군"이라고 했다. 그러니 소크라테스가 평생을 두고 크산티페에게 구박을 당한 것도 당연한 일이다.

어두운 영화관을 들어가는데도 성장을 하고 나타나는 여성들을 보면 영화를 보려고 가는 것인지 자기의 아름다움을 보이기 위해서 가는 것인지 도시 분간할 수가 없다. 사실 여성들에게 있어서 남성은 자기 얼굴을 비춰주는 거울에 지나지 않는다. A라는 남성의 거울에는 자기가 어떻게 비치고 B라는 남성의 그 거울 속에는 자기가 또 얼마나 예쁘게 비치는지 그것을 보기 위해서 여성들은 때로 마음에도 없는 남성과 차를 마시고 거리를 산책할 때가 많다.

자기가 아름답다는 것을 남성의 거울로 확인하기만 하면 된다. 그래서 능청맞은 남성은 모든 여성을 아름답게 비춰주는 마술의 거울이 되어준다. 그들은 여성에게 호감을 사는 제1장 제1절이 '아름답다'는 찬사를 던져주는 일이라는 것을 잘 알고 있기 때문이다.

"여성은 그림자와도 같아서 쫓아가면 도망가고 도망치면 쫓아온다"는 그 유명한 말도 여성의 그러한 나르시시즘을 두고 한 소리다. 어느 거울(남성)이든 자기는 아름답게 비쳐야 한다. 그래서 쫓아오는 남자보다도 도망가는 남성을 잡아야 하는 것이다. 남성에 대해서만이 아니다.

아름다운 바닷가, 매혹적인 수풀을 지날 때도 여성이 감탄하는 것은 자연 그 자체가 아니다. 그 아름다운 자연 속에 있는 자기 모습, 한 폭의 그림과 같은 그 배경 속에 서 있는 자기 자신의 아름다움에 대한 환상이다. 좋은 경치를 보면 꼭 그것을 배경으로 사진을 찍고 싶어 하는 것을 보더라도 알 수 있지 않은가?

이 심리를 이용해서 돈벌이를 한 것이 여성의 속옷과 조발調髮 재료를 판매하는 '웨이스앤 젤라' 회사였다. 옛날에는 으레 상품 광고 포스터에 멋진 남자가 여인의 머리카락에 코를 대고 황홀한 듯이 냄새를 맡고 있는 그림을 사용했다. 그러나 선전업자들은 여성들이 남성만을 위해 머리를 다듬고 멋진 내의를 입는 것이 아니라는 비밀을 깨닫게 된 것이다.

여성은 여성 자신의 만족을 위해서 나르시스처럼 몸치장을 한다는 결론을 얻었다. 그래서 광고 전략을 바꾸어 이제는 란제리를 입고 등신대等身大의 거울에 비치는 자기 모습을 홀린 듯이 바라보고 있는 여성 사진으로 대치했다. 그 결과 그 란제리의 판매고販賣高는 2년 만에 동 업계의 일반적인 성적보다 훨씬 상회하는 실적을 올렸다.

여성 앞에서는 모든 것이 흐른다. 강물처럼 사랑이, 돈이, 권세가 그리고 파티와 시장과 자녀를 키우고 빨래를 하고 학교를 다니는 모든 인생의 의미가 그 앞을 유유히 흘러간다. 여성들은 그러한 인생의 물결 그 자체를 사랑하는 것이 아니라 그 의미의 표면에 비치는 자신의 얼굴을 바라보며 사랑을 느낀다.

오! 수선화, 여성은 생生의 강하江河에 피어나는 한 포기의 수선화다.

변화가 생명이다

수염은 남성의 상표다. “수염 없는 남자와 키스를 하는 것은 소금 치지 않은 달걀을 먹는 것처럼 싱겁다”는 그 속담의 뜻을 새겨봐도 알 수 있다. 껄끄럽고 우악스럽지만 이 수염이 있기 때문에 남성은 남성다운 자신의 국경國境을 지킬 수가 있는 것이다. 남성들의 권한은 여성들에 의해 차례차례 점령을 당하고 있다. 그래서 이제는 레슬링이나 축구 같은 과격한 스포츠마저도 위협을 당하고 있는 형편이지만 수염만은 아직도 남성의 점유물로서 건재하고 있다.

그러나 대부분의 남성은 그것이 문화적이라는 이유에서 아침저녁으로 깨끗이 수염터를 밀어버리기가 바쁘다. 이따금 용감한 남성들이 코밑 수염이나 턱수염을 기르는 일이 있지만 그 형태는 빈약하기 짝이 없다. 기껏해야 카이저 수염, 히틀러와 같은 코밑수염, 그렇지 않으면 구레나룻이나 턱수염을 다복솔처럼 그냥 방치해둔 형에 지나지 않는다.

만약에 여성들에게도 수염이 있다고 가정한다면 결코 그 수염을 그냥 두지 않았을 것이다. 그들의 헤어스타일과 마찬가지로 기상천외한 별의별 수염들이 다 생겼을 것이 분명하다. 색동옷처럼 가지각색 물을 들이기도 하고 나비나 꽃 모양 같은 예쁜 수염들이 여성의 얼굴을 화단처럼 꾸며놓았을 것이다. 틀림없이 가발 같은 가假수염이 등장해 아침저녁으로 얼굴 모양이 가면을 쓰듯 달라지게 되었을 것이다. 얼마나 어지러웠을까? 남편들은 자기의 아내 얼굴을 식별하는 데에도 적잖이 고생을 했을 것이다. 아침에 나간 아내의 얼굴이 저녁에 돌아올 때는 이미 수염의 모양이 바뀌어 딴 얼굴이 된다면 남자들은 매일같이 수사관처럼 자기의 아내를 찾아내기 바빴을 것이다. 있지도 않은 수염을 가상해서 부질없이 여성들의 명예를 훼손한다고 화를 낼 사람도 있겠지만 내 의도는 단지 여성에게 있어서는 '변화가 생명'이라는 사실을 지적해주고 싶었던 것뿐이다. 그리고 실상 변화를 좋아하는 여성의 본질이 결코 욕될 것도 없다.

여성들의 변화가 아니었던들 남성들은 훨씬 더 권태로워, 인류의 역사에는 정변政變이나 혁명이 더 잦았을 것이기 때문이다. 유행이 바뀌어가는 여성의 다양한 옷차림을 바라보다가 남성은 늙는 줄 모르게 늙는 것이다. 적어도 한 직장에서 10년 근속을 한 모범 사원 뒤에는 그를 권태롭게 하지 않은 아내의 큰 공적이 있었음을 잊어서는 안 된다.

매일 똑같은 시간에 출근을 하고 퇴근을 한다. 이 따분하고 변함없는 세상에서 아내마저 같은 헤어스타일에 같은 옷차림을 하고 있다면 아무리 상상력이 부족한 남자라도 외인부대外人部隊쯤 지망하고 싶다는 생각이 어찌 안 들겠는가?

변화와 유행을 좋아하는 여성들은 경제계를 위해서도 공헌이 크다. 만약에 패션에 둔감한 여성들만 있다면 백화점은 거미들의 낙원이 되었을 일이다. 유행에 뒤졌다는 이유로 여성들은 옷을 갈고 구두를 버리고 가구를 바꾼다. 쓰지 못하게 되어버리는 것이 아니라 유행에 뒤늦어 버리는 이 낭비야말로 상인에겐 할렐루야의 합창곡이다.

유행을 자꾸 바꾸기만 하면 소비는 증대된다. 옷이나 구두창이 다 떨어질 때까지 기다릴 필요가 없다. 하이힐의 뒷굽을 높이거나 내리거나, 스커트 길이를 올렸다 내렸다 하는 변덕만 부리면 경기景氣의 바람이 일게 되는 것이다. 이 바람에 남성들은 더욱 나빠진다. 열심히 밑 빠진 독에 물을 길어 붓듯이 변화를 좇는 여성의 그 유행을 충족시키기 위해서 시시포스 같은 노동을 되풀이해야 한다.

결코 농담이 아니다. 콜럼버스가 미국의 신대륙을 발견하게 된 것도 다 그 때문이었다. 사람들은 보석과 비단과 향료를 구하기 위해 인도로 가려고 애썼고 그 덕분에 콜럼버스는 "Non plus Ultra (더 이상 넘어가지 마라)"의 문자가 씌어 있는 지브롤터 해협의 암벽을 넘어갔다.

두말할 것 없이 인도의 항해를 갈망한 것은 다름 아닌 여성을 갈망한 남성들의 열정이었고, 이 열정은 바로 변화를 구하는 여성들의 패션에서 우러나온 것이다. 미국의 개척도 거기서부터 시작되었다. 개척민들이 처음에 그 험한 산을 오르내리며 신천지에 길을 연 것은 모피를 얻기 위한 것이었다. 유럽의 귀부인들은 신대륙의 신기한 그 모피를 탐냈기 때문이다.

여성들은 변화를 찾는다. 거기서 유행이 생기고 유행에서 개척이 시작된다. 현대의 콜럼버스들은 새로운 상품을 개척하기 위해 돛을 올린다. 미지의 신대륙은 그렇게 열리게 마련이다.

남성들의 두발에는 그 머리에 비듬이 끼고 귀밑에 흰 새치가 불어가는 변화밖에는 별것이 없다. 여성의 헤어스타일이나 가발의 유행 그리고 청산리 벽계수처럼 잠시도 쉬지 않는 옷자락의 그 기기묘묘한 변화 때문에 남성들은 10년 근속의 표창장을 받고 쓸쓸하게 웃는다. 반질반질하게 닳은 그의 양복 소매에 감격의 눈물방울 하나가 떨어진다. 내일 바뀔지도 모르는 아내와 딸들의 코트를 장만하기 위해서 다시 변함없는 저 연자방아를 돌리는 노새가 되어야 한다고…….

하지만 이러한 한탄은 가부장제도와 남성 스스로가 만들어낸 대량소비의 시장주의가 만들어낸 부메랑이다. 자기 손으로 자기 옷을 장만할 줄 아는 여성들의 힘을 길러주지 못했던 남성지배의 시대에서 여성은 한낱 소비의 도구요 좀바르트가 말하는 사치의 경제학이 낳은 비극이기 때문이다. 맞벌이 부부의 시대에서는 더 이상 통하지 않는 엄살이 되고 만 것이다.

노 3S 시대

여자는 구름과 같아서 그 형태를 잡을 수가 없다. 잠시도 한곳에 머무르지 않고 수시로 변화한다. 그 변화를 좇다 보면 어느덧 형체도 없이 꺼져버리는 것이 구름이요, 여성이다.

세상에 가장 어리석은 자가 있다면 구름의 형태를 규정하고 여성의 본질을 정의하려는 사람일지 모른다. 그래서 이상李箱은 숫제 "여자란 정의定義를 내릴 수 없는 존재"라고 정의했다. 그의 말에 의하면 여자는 양파와 같다는 것이다. 껍질을 벗겨내면 또 껍질이 나오고 그 껍질을 벗겨내면 또 한 꺼풀의 껍질이 나온다. 양파는 아무리 벗겨봐도 껍질뿐, 알맹이는 나타나지 않는다. 그러니까 여성을 분석한다는 것은 양파를 벗기는 것과 같다는 이야기다.

"여성의 세포가 얼마나 동화력이 큰가에 대해서 실로 놀라지 않을 수 없다"고 개탄한 어느 소설가의 말도 있다. '여우 목도리를 두르면 별안간에 거짓말쟁이가 되는 마담'이 있다는 것이다.

보통 때는 참으로 겸손하고 조용한 부인이었지만 일단 여우 목도리를 두르고 외출하면 별안간 교활하기 짝이 없는 거짓말쟁이로 변한다. 어느 것이 진짜 그 마담의 본질인가? 이런 것을 따지다가는 모든 남성은 여성과 마찬가지로 히스테리 환자가 되고 말 것이다.

그렇다. 구름을 보듯이 여성들을 보아야 할 것이다. 구름의 형태는 있는 것도 아니며 없는 것도 아니다. 그것은 하나의 기상氣象 속에서 빚어지고 있을 따름이다. 기류에 따라서 그리고 부는 바람에 따라서 구름은 형성되고 또 소멸된다. 여성은 시대와 풍속의 그 기류를 나타내는 갖가지 표정이며 다양한 몸짓이다. 우리는 허공에 뜬 구름을 보며 말한다.

"비가 오겠군."

"날씨가 흐리겠군."

"오늘은 참 날씨가 좋군요."

여성이란 구름을 통해서 우리는 이 역사와 사회의 천기天氣를 본다. 그리고 사람을 만나 인사를 할 때 으레 날씨 이야기부터 앞세우듯이 사람들은 여성을 말함으로써 한 시대의 운명을 예감하고 또 그에 대비하는 것이다.

지금까지 여자의 의상을 통해서 여성들의 특성을 조금씩 살펴보았다. 그러나 여성들의 옷이라도 그것은 시대에 따라서 달라지고 장소나 연령이나 신분의 계층에 의해서 변화한다. 여성의 의상에 대한 일반론은 어디까지나 여성의 일반적인 현상일 뿐 하루하루의 날씨에 대한 풀이가 못 될 것이다.

그러나 이 일반론에서 개별적인 이야기로 화제를 옮기기 전에 꼭 한 가지 지적하고 넘어가야 할 것이 하나 있다. 그것은 여성들의 의상이 현대에 와서 어떤 방향으로 변화되고 있는가 하는 그 일반적인 추세다. 복식 전문가들은 그것을 '노 3S'란 말로 설명해주고 있다. 종래와는 다른 새로운 그 경향이란 바로 의상의 세 가지 조건이 없어졌다는 것이다.

인간의 옷은 오늘날까지 세 가지 'S'에 그 본질을 두고 있었다. 어떤 형태로 바뀌든 변함없는 세 가지 원칙. 그중의 하나가 'Season(계절)'이라는 그 S였다. 겨울에는 겨울옷이 있고 여름에는 여름옷이라는 게 있다. 이 계절의 변화에 맞추어 인간의 옷은 생기게 마련이다. 그런데 현대에 와서 차차 계절의 의미가 없어지기 시작했다.

여인들은 겨울에도 무릎에서 3인치 올라오는 미니스커트를 입고 슬리브리스를 입기도 한다. 겨울에도 발과 팔을 남양의 토인들처럼 내놓는다. 남자들도 그렇다. 점점 춘추복과 동복冬服의 특성이란 게 좁아져 겨울옷도 안감을 대지 않아 얇아져가는 경향이 있다. 겹옷이 없어져가고 있는 것이다. 엄동설한에도 두꺼운 외투는 차차 자취를 감추고 얇은 코트가 등장한다. 어디를 가나 인공적인 센트럴 히팅(중앙난방)과 에어컨이 되어 있어 일정한 온도에서 살 수 있게 되었고, 또 자동차를 타고 다니기 때문에 입고 다니는 옷이 스토브의 역할을 하고 선풍기의 구실을 하던 시절이 갔기 때문이다. 여기에서 미래의 의상은 'No Season[無季節]'의 방향으로 간다는 것이다.

다음의 S는 'Style(스타일)'이다. 옷에는 일정한 스타일이 있다. 그런데 요즘에는 이른바 언밸런스 스타일이라는 것이 자꾸 생겨나 '옷은 꼭 이래야 한다'는 전통적인 개념이 무너져가고 있는 중이다. 좀 더 자유로운 형태, 기하학적인 대칭형의 옷에서 벗어나 짝짝이 옷이 유행한다. 체제를 거부하는, 전통적인 옷의 고정관념을 파괴하는 'No Style', 이것이 앞으로 올 옷의 형태다.

그런데 마지막 S는 옷에 'Sex[性差]'가 없어져가고 있다는 점이다. 옷에는 반드시 남성과 여성이라는 성 구분이 있다. 그러나 용감한 여성들이 남자들이나 입던 바지를 입기 시작하면서부터 옷에는 노 섹스의 바람이 불기 시작했고, 이제는 거꾸로 남자들이 스코틀랜드의 군인처럼 치마를 입고 다닐 지경이 된 것이다. 남자들의 와이셔츠도 '공작孔雀의 혁명'이라 하여 백색일변도白色一邊倒에서 여자들처럼 울긋불긋한 색동옷으로 바뀌기 시작했다. 남자들이 빨간 티셔츠를 입는 것이 이젠 흉이 아니다.

반대로 여자들은 밀리터리 모드의 그 군복 같은 옷을 입고 다니는 것이 최신 유행으로 통한다. 이른바 유니섹스 스타일이 생겨 앞으로는 남자들이 직장에 갈 때 벗어놓고 간 옷을 우리 부인들이 주워 입고 시장엘 간다 해도 조금도 어색한 느낌을 주지 않는 시대가 오고 있다. 벌써 외국에는 단추만 바꿔 끼면 여자도 남자도 입을 수 있는 남녀 겸용의 바바리코트가 목하 성업 중인 것이다.

여성이 남성화되어가고 남성이 여성화되어가는 유니섹스 시대의 여성, 우리는 그 의상의 혁명 속에서 변화해가는 여성을 볼 수 있고 거기서도 이 시대의 기상氣象을 볼 수 있다. 자, 이제 좀 더 구체적인 여인들의 세계, 현대 여성의 그 세계로 발을 들여놓기로 하자.

탈여성화脫女性化와 수치감

여덟 살 때 거울을 몰래 들여다보고 눈썹을 길게 그렸지요.

열 살 땐 나물 캐러 다니는 것이 좋았어요.

연꽃 수놓은 치마를 입고 열두 살 때 거문고를 배웠어요.

은갑銀甲을 손에서 빼지 않았죠.

열네 살 때는 곧잘 부모 뒤에 숨었어요.

남자들이 왜 그런지 부끄러워서.

열다섯 살 때 봄이 까닭없이 슬펐어요.

그래서 그넷줄 잡은 채 얼굴 돌려 울었지요.

—이상은李商隱 「무제無題」

이것이 우리가 알고 있는 전설적인 여인상이다. 옛날의 여성들은 대개가 다 이런 과정을 거쳐서 한 남성의 아내가 된다. 무엇보다도 열네 살 때는 수치심을, 그리고 열다섯 살 때는 감상성 感傷性을 통해서 이성異性을 느끼기 시작하는 것이 여성 심리의 한 공식이다. 동양의 여인들만이 아니다. 수줍어하는 것, 자기감정을 은근히 가슴속에 묻어두는 것, 이것은 역시 서구에 있어서도 여성의 한 특질이었다. 그래서 남성이 사랑을 고백할 때 여자는 으레 '노'라고 말한다. 그 '노'의 참뜻은 '메이 비(반승낙)'라는 것이다. 그런데 만약 여성의 입에서 뜻밖에도 금세 '예스'란 말이 나왔다면 그것은 무슨 뜻인가? 이미 그녀는 여성이 아니라는 뜻이다.

말하자면 여성은 절대로 '예스'라고 말해서는 안 된다는 이야기다. 사랑을 가슴속에 숨겨두어야 한다. 사랑에 대한 수치심을 지니고 있어야 한다. 그랬을 때만이 여성일 수가 있다. 수줍다는 말과 여성이란 말은 사촌간이나 다름이 없다.

그래서 여성다운 여성이 되기 위해서는 죄인처럼 까닭없이 얼굴을 잘 붉혀야 하고 상제처럼 눈물을 잘 흘릴 수 있도록 훈련을 해야 된다. 여기에 더 극적인 효과를 높이기 위해서는 적당한 때 기절도 할 줄 알아야 한다. 미풍 같은 충격을 받고서도 졸도해서 넘어지는 것이 모범적인 여성이었다.

그러나 지금은 어떤가? 한 10년 전만 하더라도 급행열차가 정거하지 않는 시골역쯤에서 내려 열 발짝만 걸어가도 우리는 얼굴을 외면하고 목덜미까지 붉히는 수줍은 아가씨들을 볼 수 있었다. 그리고 그 옷고름. 처녀들이 남자 앞에 서면 고개를 숙이고 옷고름을 만지느라고 정신이 없었다. 그러다가 또 옷고름으로 눈물을 씻는 것이다. 이렇듯 여자의 옷고름은 수치심과 눈물을 상징하는 테이프와도 같은 것이었다.

그런데 지금은 어떤가? 옷고름이 사라지면서부터 그 수치심이나 감상성도 함께 사라져버렸다. 현대의 여성들은 이유 없이 얼굴을 붉히지 않는다. 아니다. 이유가 있어도 말하자면 거짓말을 하면서도 얼굴을 붉히지 않는 것이 오늘의 여성이다. 오히려 얼굴을 붉히고 이따금 기절을 해서 잘 쓰러지는 것은 여자가 아니라 남자 쪽이다.

여성들이 수치심이나 감상성을 잃어가고 있는 이 탈여성화脫女性化 시대에 있어서 우리는 옛날 그 모권 사회의 재현을 보고 있는 것 같은 여러 가지 징후를 도처에서 발견할 수가 있다. 모권 시대母權時代의 여인들에게는 수치심이나 감상성이나 나약성으로 상징되는 이른바 '여성적' 특질이라는 것이 없었다.

헤로도토스의 증언에 의하면, 고대 스키타이의 여인들은 전쟁에 참가하여 싸웠고 처녀는 한 사람의 적을 쓰러뜨린 후에야 결혼할 자격을 얻었다고 한다.

그리고 중부 오스트레일리아에서는 남자가 질투 때문에 여자를 때리면 이에 지지 않고 여자도 같이 덤벼드는 것이 하나의 관습이 되어 있다. 1 대 1로 싸워 때로는 여자가 남자를 때려눕히는 일이 적지 않다는 것이다.

아직도 모권 사회를 이루고 있는 아프리카의 파론다족들의 남성은 완전히 여성 지배하에서 살고 있다.

남자들은 여자에게 저항할 수 없으며, 만약 아내의 비위를 건드리면 식사를 주지 않고 내쫓는다. 쫓겨난 남성들은 동네에서 사람들이 제일 많이 모이는 마당의 나무 위에 올라가서 슬픈 목소리로 자기의 신세 한탄을 하며 운다는 것이다.

현대 여성들의 탈여성화는 새로운 모권 사회의 도래를 암시하고 있다.

우리는 짧아져가는 여자들의 스커트를 보며 그들이 더욱 여성적인 미美를 과시하고 있다고 생각할 것인가? 오히려 그것은 수치심을 상실해가고 있는 탈여성화의 경향을 의미하는 일이다. 오늘날에 있어서 육체에 대한 수줍음은 여성의 것이 아니라 반대로 남성들의 것으로 바뀌어가고 있지 않은가.

여성의 언어를 봐도 그렇다. '예스'를 '메이 비'나 '노'로 표현하던 은근한 '월광月光 언어'가 여성들로부터 점점 자취를 잃어간다. 혼전婚前의 처녀들은 '결혼'이란 말이 일종의 터부taboo였지만, 요즘엔 시집간다는 말을 '공원 산책한다'는 말보다 더 예사로 한다. 교양 있는 여성들이라 해도 '좋아하시네'의 유행어를 아무 수치감 없이 사용하고 있다.

어쩌다 제법 로맨틱하게 사랑을 고백하면 여성들은 '사랑 좋아하시네'라고 반격을 하는 것이다.

열네 살 때는 곧잘 부모 뒤에 숨었어요.

남자들이 왜 그런지 부끄러워서.

열다섯 살 때 봄이 까닭없이 슬펐어요.

그래서 그넷줄 잡은 채 얼굴 돌려 울었지요.

그네도 이제는 없지만 그것을 잡고 얼굴 돌려 우는 여성들은 더욱더 찾아보기 힘들다. 부끄러워서 숨는 것은 우리들 소녀가 아니라 도리어 대담한 딸을 둔 그 부모들인 것이다.

요리와 기다림

'레이디[淑女]'란 말은 화난 여성도 웃게 하고 말 같은 여성도 양처럼 유순하게 한다. 지금은 공동 화장실에까지도 '레이디'란 문자가 크게 장식되어 다소 그 격이 저하된 감이 없지 않지만, 분명 여성을 지칭하는 말 가운데 가장 고상한 말임에 틀림없다.

그러나 레이디lady란 말을 듣고 너무 즐거워할 것은 없다. 그 어원語源을 따져보면 적지 않이 실망할 귀부인들이 많을 것이다. 레이디는 고대 영어의 'hlæfdige'에서 온 말로서 그 뜻은 '빵을 반죽하는 사람'이라는 것이다. 레이디란 곧 빵을 만드는 사람, 이를테면 우리나라 말로 부엌데기를 가리킨 말에 지나지 않는다.

이렇게 여성 최고의 경칭도 밥을 짓고 음식을 만드는 식모의 본질에서 벗어날 수 없었던 것 같다. 여성은 좋든 싫든 '음식을 만든다'는 그 구실을 통해서 남성과 다른 자기 세계를 형성해왔다. 수렵 시대부터 내려온 습관이다. 남성들은 숲을 뛰어다니며 사냥을 해오고 여성은 그것으로 요리를 한다. 오늘날 남성들이 직장에 나가 월급 봉투를 가지고 돌아오는 것은 마치 숲에서 노루나 산돼지를 잡아오는 것과 다를 것이 없다.

남자들은 그 전리품戰利品들이 여성들의 손에 의해서 맛있는 요리가 되었을 때 비로소 자기의 땀과 용기와 그리고 그 투쟁의 맛을 볼 수가 있다. 그렇기에 새뮤얼 존슨과 같은 대석학大碩學도 "남자라는 것은 자기 아내가 그리스어로 떠들어댈 때보다 자기 식탁에 맛있는 요리들이 놓여 있을 때가 더욱 기쁜 것이다"라고 말했다.

여자란 높은 교양보다도 음식이나 잘 만들면 그만이라는 남성 횡포의 상징으로 이 말을 이해해서는 안 된다. 여성들은 요리를 만듦으로써 칸트의 저서를 한 권 읽는 것보다도 더 귀중한 생의 의미를 배우게 되는 까닭이다.

"날마다 요리하는 일은 여자에게 인내와 처신處身을 가르쳐준다"고 시몬 드 보부아르도 말했다. 요리, 그것은 하나의 연금술이다. 불에 그을리고, 물에 복종시키고, 설탕이 녹기를 기다리지 않으면 안 된다.

무의식중에 요리를 만들면서 여성들은 '기다림'이라는 것을 몸에 익힌다. 남자들이 사냥을 하듯이, 성급하게 먹이를 쫓아다니듯이 그렇게 여성들이 요리를 했다가는 언제나 밥은 설고 타고, 찌개는 넘치거나 졸아붙고 말 것이다. 그렇다. 설탕을 넣고 그것이 녹을 때까지 여자는 기다려야 한다. 음식이 불 속에 익을 때까지 참을성 있게 기다려야 한다.

요리가 하나의 '기다림', '절대적인 기다림'이라는 그 철학을 모르기 때문에 남자들은 곧잘 부엌에다 대고 고함을 지르는 것이다. "왜 이렇게 꾸물대는 거야! 아직도 밥이 안 되었나." 여성들의 대답은 으레 "곧 돼요, 조금만 기다리세요"다.

여성은 자기가 음식을 하는 것이 아니라는 것을 알고 있다. 그것은 정말 '되는 것'이지 '만드는 것'이 아니다. 자기 의지만으로, 노력만으로, 성의만으로도 안 되는 것이 요리의 그 시간성이다.

남자들은 여자가 부엌에만 들어가면 음식이 그저 묻어 나오는 줄로 생각하지만, 아무리 무지한 여성들이라 해도 어떤 요리나 그것은 물과 불에 복종하지 않고서는 만들 수 없다는 사실을 알고 있다.

그런데 그만 통조림이라는 것이 생겨나고부터 요리와 여성의 관계는 점차 희박해져가기 시작했다. 통조림은 원래 요리를 할 만한 시간을 기다릴 수가 없었던 전쟁터의 음식이었다. 이것이 요즘에는 '홈 스위트 홈'에까지 파고 들어와 이젠 앞으로 여성들은 깡통을 딸 줄 아는 솜씨만 갖추면 누구나 쉽사리 주부 노릇을 할 수 있게 될 것이다.

그렇지 않다 하더라도 식품공학과 부엌 시설의 자동화, 무엇보다도 그 인스턴트 라면 같은 편리한 발명품으로 여성들은 날이 갈수록 요리를 하며 '기다림'의 철학을 몸으로 실습하던 그 과

목을 하나씩 상실해가고 있는 중이다. 요리의 책임은 주부의 손에서 식품 공장의 굴뚝으로 넘어가고 말았다.

여기서 미국의 조크 하나를 들어보자. 아침에 남편이 음식을 먹다가 수프 맛이 고약하다고 불평을 했다. 그때 주부는 "여보! 당신은 요리사와 결혼한 게 아니에요"라고 쏘아붙였다. 밤에 도둑이 들었다. 겁이 난 아내는 "여보, 도둑이 들어온 것 같은데 왜 나가보지 않고 꾸물거려요"라고 겁 많은 남편을 꾸짖었다. 그러자 남편은 "여보! 당신은 순경과 결혼한 게 아니잖소?"라고 대답했다.

우습지만 서글픈 유머다. 도둑은 순경이 잡고 요리는 요리사가 한다. 분업화되고 전문화된 현대 사회는 가정에 있어서의 가장과 주부의 역할을 애매하게 만들어놓았다. 여기서 또 하나의 여성 상실女性喪失이라는 과제가 생겨나게 된 것이다. 한국도 예외가 아니다. 일요일이면 한 가족이 식당에 나와 불고기를 먹고 있는 광경을 흔히 볼 수 있지 않은가.

요리가 문제가 아니다. 오늘날의 여성은 기다릴 줄 모른다는 데 더 큰 변화가 있다. 아름다운 옛날의 여성들, 그리고 가장 여성다운 여성이란 바로 '기다림의 여인상'이었다.

봄, 여름, 가을, 겨울 그 많은 계절을 보내고 또 보내며 임을 기다리는 〈솔베이지의 노래〉, 기다리다 돌이 된 망부석望夫石의 전설, 10년 동안 베를 짜고 또 풀고, 또 짜고, 그렇게 기다리던 페넬로페Pénelopé(그리스 신화에 나오는 오디세우스의 아내), 아니 저 춘향이의 피 묻은 기다림!

통조림을 따는 현대의 여성은 이미 그 기다림의 의미를 모른다. 〈솔베이지의 노래〉가 사라져버린 것이다.

빗자루의 철학

영어의 '레이디'에 대한 풀이가 끝났으니까 이제는 '부인婦人'이 라는 그 한자에 대해서 생각해보자.

어느 여성을 '여편네'라고 하면 큰싸움이 벌어지고 '부인'이라고 부르면 반대로 미소의 답례가 돌아올 것이다. 그러나 '레이디'의 경우와 마찬가지로 '婦人'이라는 '婦'자 역시 그렇게 고상한 뜻을 가지고 있는 것은 결코 아니다. '婦'의 자의字意는 여자[女]가 빗자루를 들고 있는 것을 나타낸 것이다. 말하자면 결혼한 여자를 빗자루 들고 집 안 청소나 하는 청소부쯤으로 생각하고 만든 글자다. 어의적語義的으로 보면 경멸을 받고 있지만 오히려 '여편네'라는 우리나라의 말 쪽이 훨씬 점잖다. 남자는 '남편', 여자는 '여편' 얼마나 공평하고 평등한 여성관에서 생겨난 말인가?

그러나 과연 여성을 '빗자루를 들고 있는 인간'이라고 한 것을 모욕적인 일로만 생각할 필요가 있을까? 레이디란 말이 '요리를 하는 여성의 역할'을 의미했었던 것과 마찬가지로 '부인'이라는 말은 여성의 또 하나의 구실, 빗자루로 상징되는 청소의 역할을 우리에게 알려주고 있다.

남자의 손에는 낫이나 괭이가 들려 있다. 바깥에서, 저 들판이나 숲에서 노동을 하는 것이 남자다. 그래서 '바깥양반'인 것이다. 손에 든 그 연장으로 남자들은 파고 갈고 찍고 무엇인가를 파헤쳐놓는다. 그러나 여자의 손에는 빗자루가 들려져 있다. 빗자루는 무쇠처럼 단단한 것이 아니다. 그리고 그것은 벌판이나 숲을 향해 있는 것이 아니라 마당 안으로 또 방 안으로 들어오는 도구다. 그래서 '안사람'인 것이다.

빗자루는 무슨 일을 하는가? 더러운 먼지와 쓰레기를 쓸고 흩어진 것을 정돈한다. 작업은, 그리고 모든 생활은 먼지를 피우고 방 안을 어질러놓게 마련이다. 빗자루는 그 작업과 생활이 끝난 자리에서 일을 시작한다. 더러운 것을, 산만한 것을, 먼지에 파묻힌 것을 쓸어낸다.

빗자루 속에 여성의 영혼이 머물러 있다. 공연한 허풍이 아니다. 빗자루는 동양에서나 서양에서 다 같이 마법의 힘을 지니고 있는 것으로 생각되어져왔다. 서양에서는 과부가 되면 생계를 위해서 술장사를 했는데, 술집 간판으로 으레 빗자루를 내거는 풍습이 있었다. 마녀가 빗자루를 타고 날아다니는 서양의 전설은 바로 '여성', '술', '빗자루'가 다 같이 초자연적인 마력(남자를 매혹시키는 이상한 힘)을 지닌 존재로 인식되었다는 증거이기도 하다.

우리도 어렸을 때 '빗자루에 사람의 피가 묻으면 귀신이 된다'는 미신을 믿고 있었다. 어째서 사람들은 그 더러운 빗자루에서 마력을 느꼈는가? 그것은 여성을 상징하는 물건이었고, 동시에 거기에는 더러운 것을 감쪽같이 깨끗한 것으로 바꿔놓는 힘이 있었기 때문이다. 옛날의 '우먼 파워'는 바로 '빗자루 파워'였다. 여성은 생활의 먼지를 털어주고 더럽혀진 노동의 자리를 청정淸淨하게 한다. 한 가정의 방 속만이 아니라 주부는 온 식구들의 마음을 쓸어주는 정화력淨化力을 가지고 있다. 남자는 어질러놓고(활동), 여자는 뒤에서 쓸어준다(정돈).

낫과 괭이로 상징되는 남성의 노동과 빗자루로 상징되는 여성의 청소가 함께 있을 때 거기에서 비로소 생활이라는 리듬이 생겨난다. 만약에 빗자루만 있다면 그것은 죽어버린 세계, 정지된 세계일 뿐이다. 살아 있기에 먼지가 일고 흙이 떨어지고 물건이 널린다. 그러나 낫과 괭이만이 있는 세계는 안정과 휴식 그리고 새로운 삶을 위한 준비라는 것이 있을 수 있다.

빗자루는 위대한 것을 만들어내지는 않으나 생산과 생산을 이어주는 악장樂章의 휴지부休止符와도 같은 역할을 한다. 그것은 외부와 내부를 이어주는 신발털이와 같은 역할을 한다. 그것은 낮의 피곤을 풀어주는 밤의 그 침묵이다.

그것은 모든 사물의 얼굴을 원 위치로, 애초의 그 모습으로 돌아가게 하는 고향의 손길이다. 이 빗자루의 철학 속에 여인의 본질이 있다. 여성은 무엇이든 반질거리도록 광택을 내는 습관이 있다. 마룻바닥을, 농을, 솥뚜껑을, 놋그릇을 닦고 또 닦는다. 먼지를 털고 녹을 씻어내고 문지르고 또 문지른다. 아! 생의 광택, 여인은 생의 광택을 위해 있다. 사물 자체가 아니라 그것의 광택인 것이다.

빨래만 해도 그렇지 않은가? 한번 생각해보라. 더럽혀진 의상, 땀과 기름과 피로 더럽혀진 그 옷을 여인들은 빨고 헹구고 구김살을 펴서 다듬는다. 더럽혀지면 빨고, 빤 것은 다시 더럽혀지고……. 마치 탄생과 사망의 끝없는 순환처럼 빗자루를 든 여인의 손은 생의 리듬을 빚어낸다.

빗자루질은 행동이 아니다. 오히려 그것은 모든 행동이 끝났을 때 시작되는 맑은 침묵인 것이다. 청소는 끝났다는 것을 의미하기 때문이다.

하루의 일과가 끝났을 때 잠자리로 들어가기 전에 여인들은 빗자루질을 하고 걸레질을 한다. 청소는 동시에 시작을 의미한다. 아침에 자고 일어나면 창문을 연다. 이불을 개고 빗자루를 든 여인들이 하루의 시간이 다가서는 맑고 깨끗한 공간을 마련한다. 그것은 끝이며 시작이다. 끝과 시작 사이에 있는 정지된 생의 광택이다. 빗자루가 없었던들, 여성들이 없었던들 어떻게 우리는 노동의 끝과 그 시작 사이 틈바귀의 청정한 침묵을 소유할 수 있었겠는가?

그런데 현대의 여성들은 그 손에 빗자루를 들고 있는가? 빗자루를 원치 않는 그 손이 잡으려 하는 것은 빗자루가 아니라 악어 핸드백이다. 빗자루를 잃은 현대의 여성들은 그 대신 무엇을 지니게 되었는지를 관찰해보자.

일요일과 포로

달력을 보면 빨간 숫자로 적힌 날들이 있다. 그것은 일요일 그리고 휴일이다. 왜 하필 일요일과 휴일을 빨간 글씨로 나타냈는가? 누군지는 몰라도 맨 처음 그런 생각을 해낸 사람은 분명 뛰어난 예언자였음이 틀림없다. 심약心弱한 남성들에게 있어서 빨간 일요일의 그 숫자야말로 위험을 뜻하는 붉은 신호등이 되었기 때문이다.

불과 10년 전만 해도 일요일의 붉은 글자가 결코 위험 표시로 느껴지진 않았다. 빗자루로 상징되었던 우리의 다정한 그 아내들은 일요일일수록 할 일이 더 많았던 것이다. 집 안 대청소를 하는 날도 이날이었고, 묵은 빨래나 빈 장독을 치우는 것도 바로 이날이었다. 그런데 시대가 바뀌어지자 일요 혁명이란 것이 일어나기 시작했다. 여성들은 빗자루에서 더 이상 만족을 발견할 수 없게 된 까닭이다. 말하자면 '안사람'이 '바깥사람'이 되고자 하는 운동이 벌어진 것이다. '지붕 밑의 세계'에서만 갇혀 지내기를 거부하는 현대의 주부들은 일요일을 밖에서 즐기고자 하는 전쟁을 벌였다.

하나님도 엿새 동안 일을 하고는 하루를 쉬었다. 남성들은 모처럼 일요일이 되면 편안히 누워 낮잠이라도 자고 싶다. 그렇지 않으면 자기 시간을 갖고 싶은 것이다. 남성들은 엿새 동안 바깥에서 살았으니까 안으로 들어오려고 하는데 여성들은 거꾸로 엿새 동안 안에서 생활했으니까 밖으로 나가려고 한다. 여기서 일요일의 전쟁이 생긴다. 고궁으로 극장으로 혹은 교외로 도시락을 싸들고 주부들은 시위를 한다. 아이들이 이 주부의 원병援兵이 되는 것은 두말할 것도 없다. 원병은 바깥에도 있다. "옆집은 벌써 창경궁엘 갔단 말예요." "뒷집은 자동차를 대절해서 시골로 갔대요." 사면초가四面楚歌다. 이 일요일의 전쟁에서 백기를 들고 무장해제를 당하는 것은 남성 쪽이다.

옛날에는 폭력이었지만 현대의 남성들이 여자를 다스릴 수 있는 유일한 무기는 '바쁘다'는 것이다. '직장 일로 바빠서……', '사업상 바빠서……' 심지어 술을 마시고 늦은 밤 초인종을 눌러도 그것이 다 '가정을 위해서 바빴던' 것으로 되어 있다. 그런데 일요일만은 그것이 불가능하다. 하늘이 내려주신 휴일, 특근이라는 핑계도 하루 이틀이지 '업무상……'이나 '직장 일'을 내세워 여성을 번번이 제어할 도리는 없다. 결국 무장해제를 당한 남성들은 공처가가 아니라도 일요일엔 힘이 없다. 별수 없이 여성들의 포로가 되는 것이다.

이 일요일 포로를 앞세우고 여성들은 고궁으로 교외로 극장으로 개선장군처럼 행진을 한다. 사장의 눈치에서 겨우 해방된 그 샐러리맨은 아내의 눈치를 살펴야 한다. 아이들을 업고 손에는 도시락을 들어야 한다. 과장일까? 조금도 허풍이 아니다. 벚꽃이 피는 일요일의 유원지 입구에서 잠시 관찰해보라. 일요일의 10만이나 되는 포로들이 끝없이 끌려 나오고 있는 그 광경을 말이다.

주부들이 일요일에 '빗자루'가 아니라 여가의 '도시락'을 들려고 하는 데서부터 현대생활은 커다란 변화를 일으키게 된 것이다.

'여가의 시대'에 대한 맨포드의 풀이를 들어보면 알 것이다. 두 개의 문명, 즉 옛날의 문명이 민중의 '강제 노동' 위에서 이룩된 것이라면 현대의 문명은 그와 반대로 대중의 '강제적 여가' 위에서 전개되어가고 있다. 이른바 바캉스 붐이 그렇고, 일요일의 레저 붐이 그렇다. 인류는 '매일의 노동, 그 피안에 일요일의 세계'를 만들어냈지만, 바로 그 일요일의 세계는 '온갖 죄를 닦아내는 해면海綿—H. 비처의 말'이 아니라 여성들의 소비와 허영을 채찍질하는 경마장 그리고 '강요된 여가'로써 지친 남성들을 '해면처럼 만드는' 세계가 된 것이다. '노동은 남자, 청소는 여자'라는 그리듬이 이제는 '노동은 남자, 여가는 여자'로 바뀌어지고 말았다. 노동과 노동 사이에 있는 '청정한 침묵(청소)' 그것이 놀이의 시끄러움으로 옮겨졌다는 데 현대생활의 비극이 있다.

하루쯤 온 가족과 함께 놀러 다니는 일요일의 그 서비스에 대해서 어찌 남성들이 인색하게 굴 필요가 있겠는가? 그것은 가장家長의 당연한 의무가 아니겠는가? 옳은 말이다. 그러나 그것이 참된 놀이가 된다면, 창조적인 여가가 된다면 누가 불평을 하겠는가? 일요일은 현대인의 사원寺院으로서 종교적인 열반까지 주었을 것이다. 문제는 여성들이 여가에 참여하면서부터 휴일은 피곤疲困을 푸는 진정한 휴식이 아니라 피곤을 더해주는 역설의 날이 되었다는 데 있다.

집에서 떠날 때는 창경궁 벚꽃 구경을 간다는 것이었는데, 막상 현장엘 가면 벚꽃에는 관심이 없다.

"여보, 저 사람 좀 봐요. 아이들 시중을 저렇게 잘 드는데 대체 당신은 뭐유?"

"여보, 저 여자 입은 게 저게 뭔지 아우? 창피해서 어디 나돌아다닐 수가 있겠수?"

'여보'의 연발인 것이다. '당신은 못난 남편이다'라는 기총사격의 언어가 끊임없이 튀어나온다. '남이야 어떻든 가족끼리 즐기면 되지 않느냐'는 것은 남자들의 순진한 생각이다. 애초부터 여성들이 바깥에 나올 때는 노는 것보다는 '남들은 어떻게 사나'를 보기 위한 그 관심 때문이다. 놀이가 아니라 경쟁에 목적이 있다. 이러다가 잘사는 동창생이라도 길에서 만나는 날이면, 그날 저녁 어떤 일이 벌어질 것인가는 물어볼 필요도 없을 것이다. 일요일 포로들은 월요일 아침, '바쁘다'는 핑계의 재무장을 하고 출근 가방을 챙기다 한숨을 쉴 것이다. 눈앞에 편안을 뜻하는 '安'자가 뚜렷이 떠오를 것이다. 지붕 밑에 여자[女]가 들어 있는것—이것이 편안 안安자라는 것을…….

생산성과 소비성

꾀꼬리 우는 소리에 낮잠 깨어 일어보니

작은아들 글 읽고 며늘아기 베짜는데 어린 손자는 꽃노래한다.

맞추어 지어미 술 거르며 맛보라고 하더라.

이 시조를 읽다 보면 이상한 생각이 들 것이다. 도대체 이 시조의 작자는 한 집안의 가장家長인 것 같은데 온종일 한가롭게 낮잠만 자고 있다. 뿐만 아니라 아들은 글을 읽고 있다. 어린 손자는 꽃노래를 한다. 아버지, 아들, 손자…… 이렇게 위로부터 아래까지 남자 3대가 모두 놀고 있다. 일은 누가 하는가? 며느리는 베를 짜고 아내는 술을 거른다. 즉 이 시조를 보면 남자는 놀고 먹고 여성만이 일을 하는 것으로 되어 있다. 조선의 선비들 가정이 대체로 그랬던 것이다.

옛날 여성들은 부유층이라 하더라도 놀고 먹는 일이란 것이 없었다. 대가족주의였기 때문에 모든 식구들을 진두지휘해야 한다.

보통 주부들은 바느질을 하고 베를 짜고 물레를 돌리고 하다못해 애들이라도 본다. 밭에서 험한 일도 했다. 남자보다 몇 배나 더 일을 한 셈이다. 같은 밭일을 해도 남자는 홀몸이지만 부인들은 등에 어린애를 업고 밭고랑을 매야 했다.

그들은 많은 미덕을 가지고 있었다. 다만 그들이 모르고 있는 미덕이 하나 있었는데 그것이 바로 현대 여성들이 가장 열성을 올리고 있는 그 '소비의 미덕'이란 것이었다. 옛날의 여성들에게는 '일을 하는 것'과 '노는 것'이 남자처럼 그렇게 뚜렷이 구분되어 있지 않았다. '뽕도 따고 임도 보고……' 하듯이 여성들의 워크(노동)는 곧 플레이이기도 했던 것이다. 숫제 여자가 나물 캐러 간다는 것은 일하러 가는 것인지, 봄나들이 가는 것인지 확실치가 않다. 아무리 일할 때에도 사랑을 하고 아무리 사랑을 할 때에도 일을 한다. 이것이 옛날의 여성들이었다.

힘이 세고 부지런한 남성들도 하루만 집 안에서 아이들 시중을 든다면 몸살이 날 것이다. 직장 일이 아무리 고되다 하더라도 그것이 얼마나 편한 일인가를 알 것이다. 여성들이 그 고된 일을 할 수 있는 것은 단순한 밥벌이가 아니다. 일 자체에 대한 애정이 있기 때문에 가능한 것이다. 애를 기르고 뜨개질을 하고 수를 놓듯이 작든 크든 여성들은 일을 통해서 자기 마음의 안정을 구한다.

여성심리학자인 카렌 호니가 지적하고 있듯이 여성들의 심리를 지배하는 것은 불안감이란 것이다. 장황하게 여기서 그걸 설명할 수는 없지만 여성들이 그 불안감을 없애는 방법 중 하나가 바로 가사에 전념하는 것이라는 사실을 기억해둘 필요가 있다.

아름다운 고려가요 중 하나, 〈서경별곡西京別曲〉의 그 첫머리를 읽어보자.

서경이 서울이지만
새로 닦은 소경小京을 사랑하고 있습니다마는,
임과 이별하기보다는
차라리 길쌈베를 버려두고,
사랑만 해주신다면 울면서
임을 좇아가겠나이다.

쉽게 풀이하자면 고향[西京]과 베 짜는 일을 버려두고라도 사랑만 해준다면 임을 따르겠다는 것이다. 그만큼 여인들은 임에 대한 사랑 못지않게 자기가 태어난 고향과, 그리고 자기가 하고 있는 그 일(길쌈베)들을 사랑했기 때문에 이런 조건법이 가능해진다. 현대의 여성들은 무엇을 버리고 임을 따르겠다고 할 것인가? 도저히 이러한 조건법은 성립되지 않는다. "시집이나 가지, 뭐 이런 고생을 하십니까?" 거꾸로 현대는 일에서 벗어나기 위한 수단으로 임을 구하는 것으로 되어 있다.

다른 시조를 또 하나 읽어보자.

모시를 이리저리 삼아, 두루 삼아 감삼다가

가다가 한가운데 뚝 끊어지거늘 호치단순으로 훔빨며 감빨며 섬섬

옥수로 두 끝 마주잡아 비비어 이으라 저 모시를

어떻다 이 인생 끊쳐갈 제 저 모시처럼 이으리라.

모시를 짜면서 여성들은 생명의 불안, 언젠가는 죽게 된다는 그 죽음의 불안까지를 극복한다. 끊어진 실을 그 예쁜 입술로 빨아서 아름다운 손으로 비벼서 다시 잇는다. 그렇게 끊기는 생명을 모시처럼 잇자는 것이다.

모시 한 필의 값이 얼마나 되는지, 그것이 문제가 아니다. 모시를 짜는 일, 그 노동 자체에서 그 생산성 자체에서 생명의 영원성을 그 아름다움과 사랑을 구현할 줄 알았던 것, 그것이 여성의 미요, 철학이었다.

옛날의 민요나 가요는 오늘처럼 소비적인 여성을 사랑했던 것이 아니라 생산적인 데서 여성의 사랑과 그 미를 구했다는 사실을 알 수 있다. '뽕따는 아가씨', '베 짜는 아가씨', '나물 캐는 아가씨'가 모두 그렇다.

현대의 여성과 일의 관계는 완전히 뒤바뀌고 말았다. 일의 개념이 바뀌어서 여성들도 집안일이 아니라 직장으로 대거 진출을 하게 된다. 그러나 여자들이 가사家事 노동을 할 때는 거기 애정이 있었고 생산적인 기쁨과 미가 있었지만 직장의 노동에서는 그런

것을 발견할 수가 없다.

카네이 란데스라는 학자는 런던, 뉴욕, 콜럼버스(미국 오하이오 주)의 세 도시에서 직장을 가진 남자와 여자의 잡담을 몰래 채집하여 분석해보았다. 남자들의 이야기는 주로 직장 일, 비즈니스에 관한 것이 35 내지 49퍼센트밖에 되지 않는다. 즉 여성들은 아무리 남성처럼 직장엘 나가도 직업이 생활의 일부가 아닌 것이다. 여성들의 잡담을 분석해보면 남성과는 아주 달리 남자들에 대한 사랑 이야기가 44퍼센트나 되고, 나머지 23퍼센트가 옷과 화장에 관한 것으로 되어 있다.

현대의 여성은 일 자체보다도 그 대가로 얻어진 돈을 가지고 화장품이나 옷을 사는 소비 충족에 목적이 있는 것이다. 옛날의 여성들이 생산성에서 생의 의미를 찾은 데 비해 오늘날의 여성은 소비성에서 사랑과 미를 찾고 있다.

여자의 나이

아무리 '탈모'라고 써붙여도 여자들은 극장에서 여전히 모자를 쓰고 있다. 멋을 부리기 위해서다. 이 때문에 뒤에 앉은 사람은 스크린의 영상이 아니라 여성들의 모자 감상만을 하고 있는 셈이다. 이 불평을 없애기 위해서 극장 지배인은 묘안을 짜냈다. '탈모'라고 쓴 푯말 밑에 이런 문자를 덧붙여놓은 것이다.—'단, 노인은 써도 무방함.' 아니나 다를까, 여성 관객들은 일제히 앉기가 무섭게 모자를 벗었다. 모자를 벗지 않았다가는 노파로 오해될 것이기 때문이다. 물론 노파까지도 말이다.

이것은 여성이 얼마나 늙음을 두려워하고 있는가를 풍자한 조크다. 실제로 서양에서는 "여자의 나이 가운데 가장 긴 것이 29세"라는 말이 있다. 여자의 연령 계산은 초등학교 산수의 10진법이 적용되지 않는다. 29세 다음에 30이 되는 것이 아니라 계속 그때부터 29세로 행세한다. 이렇게 30대를 29세로 지내다가 40이 넘으면 그때서야 39세가 된다. 40대를 또 39세로 한참을 버

된다. 정치가의 공약처럼 여성의 나이 역시 믿는 쪽이 바보다.

이 원리를 이용하면 남자들이 장차 장모가 될 분 앞에서 선을 보이게 될 때 간단히 합격할 수가 있다. 걸프렌드가 어머니를 소개할 때 "언니가 되시나요? 어머니는 왜 안 나오셨습니까?"라고 단 한마디만 말하면 된다. 겉으로는 주책이라고 화를 낼 것이지만 자기를 젊게 보아준 그 청년은 예외 없이 싹싹하고 장래가 촉망되는 신랑감이라는 결론이 내려질 것이다.

경우가 바뀌어 여자의 경우라면 보이프렌드의 어머니를 보고 "누님이냐?"고 묻기만 하면 된다. 그러면 역시 등산복을 입고 있어도 '요즘 색시 같지 않게 얌전하다'는 평을 받을 것이 분명하다.

여성의 이상은 마담 퀴리나 유관순 양이 되는 데 있지 않다. 나이 80세에도 여전히 남자들을 매혹시켰다는 파리 사교계의 전설적인 여인, 저 니농 드 랑클로야말로 영원한 여성들의 이상인 것이다.

화장의 본질은 자신을 아름답게 보이려는 데도 있지만 나이를 감추려는 데 큰 목적이 있다. 그 증거로 우리는 18세기 때의 유럽 그리고 개척 시대의 미국 여성들 간에 유행했던 머리 백분白粉을 보면 될 것이다.

여성들은 어렸을 때부터 머리에 백분을 칠하고 다녔다. 그들이 어째서 자진하여 백발의 분장을 했는가? 도저히 오늘날의 상식으로는 이해가 되지 않는 이야기다. 그러나 알고 보면 그 이유는 간단하다. 늙어서 흰머리가 날 때를 생각하여 미리 처녀 때부터 백분을 칠해두자는 것이었다. 그러면 나이를 먹어도 연령 차이가 두드러지게 나타나지 않게 된다.

"태양이여, 멈추어라." 이것이 여성들의 인생 구호였다. 남자인들 늙기를 좋아할 리 있겠는가? 그러나 남성 사회에 중요한 것은 미보다도 권위이기 때문에 이른바 '가년加年'이라 하여 여성과는 반대로 실제의 자기 나이보다 몇 살 올려서 행세하는 일이 많다. 나이가 새파랗다 하더라도 '영감' 소리를 좋아하는 것이 남성들이다.

현대에 와서 여성들의 연령은 더욱 추리소설적인 난해성을 띠게 되었다. 문명화할수록 이른바 여성들의 연령 곡선은 완만해진다. C.H. 슈트라츠의 도표를 보면 연령과 신체의 변화에는 두 곡선이 있다. 하나는 프랑스 사람들이 '악마의 미'라고 부르는 것으로 14~16세가 여성의 전성기로 되어 있는 경우다. 말하자면 일찍 피어날수록 일찍 시들어버리기 때문에 25세만 되어도 아만드족의 여인들처럼 얼굴이나 피부가 조로早老해버린다. 남방의 원시 종족들이 모두 그렇다. 그러나 독일, 네덜란드, 스칸디나비아, 영국 등의 여인들은 20세 이후에서 30세까지가 전성기로, 늦게 피어 늦게 시드는 완만한 미곡선美曲線을 그리고 있다.

우리나라의 여성들도 옛날엔 이팔청춘이라 하여 16세가 여성의 전성기로 되어 있었다. 춘향이가 이도령과 한참 사랑을 하던 나이가 바로 16세, 지금으로 치면 잘해야 여고 1년생이다. 현대의 규준으로 보면 춘향은 문제아로서 변학도卞學道보다도 훈육주임의 속깨나 썩였을 것이다.

16세가 청춘의 피크였던 옛날에는 여성의 봄이 2, 3년밖에 되지 않는 '악마의 미'에 속해 있었다. 쉽게 말하자면 문명화할수록 여성의 연령 곡선은 피라미드와 같은 '악마의 미'와는 달리 편편한 커브를 이루고 있기 때문에 이제는 한국에서도 여성들은 옛날보다 5, 6배나 더 그 청춘의 봄이 길어지게 된 셈이다.

신체적인 조건만이 아니다. 처녀와 주부의 복식服飾 그리고 헤어스타일이 엄격하게 구분되었던 것은 옛날의 풍습이었다. 댕기는 처녀의 상징이고 쪽은 유부녀의 신분증이었다. 누가 보아도 연령을 쉽게 구별할 수 있고 처녀와 주부를 쉽게 판별할 수가 있었다.

그런데 지금은 어떤가? 40대의 여성이 주니어스타일을 하고 다니는 세상이다. 옆에 어린아이라도 있어서 '어머니……'라고 불러야 비로소 주부인가 보다 싶은 처녀형 주부가 한둘이 아니다. 헤어스타일도 그렇고 옷차림도 그렇다. 여기에 속임수가 심한 성형수술이 현대과학이란 미명美名으로 활개를 치고 있다. 연령의 장벽이 무너진 것이다. 여성의 연령은 자연의 법칙에서 떠났다. 고생을 하면 늙어 보이고 돈이 있으면 젊어 보이는 수입의 경제 지수, 그것이 현대 여성의 연령이다.

더 긴 이야기를 하지 말자. 여성의 그 '봄'이 2, 3년만 가도 골치 아픈 일이 많았는데, 10년이고 20년이고 연장된 오늘날, 나이 40을 먹고서도 여전히 첫사랑을 하던 이팔청춘의 얼굴에 매달려 사는 여성들로 한국은 세계 제일의 성형수술의 왕궁이 되었다.

늙어서도 늙을 줄 모르는 것, 이보다 더 흉한 것도 없다. 옛날 할머니의 주름진 얼굴에 떠돌던 위엄과 젊음이 가질 수 없는 아름다움이 그립다.

그네와 미니스커트

서양에서는 18세기경에 그네가 여성들의 가장 인기 있는 오락이었다. 그 당시의 그림이나 동판화銅版畵를 보면 어째서 그네가 그처럼 유행했는가를 알 수 있을 것이다. '그네의 행복한 재수꾼이'란 말이 있듯이 남자들은 그네를 타는 여인들에게서 육체의 노출미를 즐길 수 있었기 때문이었다.

프라고나르의 다음과 같은 말이 그것을 단적으로 입증해준다.

1763년, 미술 전람회 때 어느 신사가 나에게 한 심부름꾼을 보내서 좀 만나자고 전했다……. 그는 내 그림을 칭찬한 끝에 자기가 착상한 그림을 그려달라고 다음과 같이 요구했었다.

"나는 당신에게 그네를 타고 있는 귀부인을 그려달라고 부탁하고 싶습니다. 즉 내가 아름다운 귀부인의 다리를 바라보고 있는 그림을 말입니다. 당신이 나를 보다 즐겁게 하려면 보다 깊숙한 곳을 그려준대도 좋습니다."

이렇게 그네의 목적은 놀이 자체보다도 그것을 빙자하여 옷 속 깊이 감춰진 자기의 다리를 드러내 보이려는 이른바 섹스어필에 있었다. 훅스는 그러한 심리를 《풍속의 역사》에서 세세하게 밝혀 주고 있다. 과연 거짓이 아니다. 여자는 그네를 타고 남성은 구경꾼 노릇을 한다. 그네를 타고 있는 동안만은 여성이 활동적이고 남성은 거꾸로 정태적情態的인 것이 된다.

우연의 일치가 아니다. 한국의 첫째가는 러브 스토리 『춘향전』이 그렇지 않은가! 춘향이가 그네를 타고 이도령이 광한루廣寒樓에 앉아 그 광경을 구경하는 대목은 훅스의 설을 그대로 뒷받침해주고 있는 예문으로도 손색이 없다. 지금처럼 망원 렌즈가 있었겠는가? 이도령이 맨 처음 춘향이를 보고 마음에 끌린 것은 얼굴도 아니고 그의 마음씨와 부덕婦德이 아니었다는 것은 복잡한 동기분석을 하지 않아도 뻔한 일이다.

그네를 타는 맵시, 더 정확하게 말하자면 춘향이 그 개인보다 그네를 타고 있는 여인의 그 매력이 이도령의 마음을 움직인 것이다. 향단이가 탔어도 마찬가지였을 것이다. 명을 받고 춘향이를 부르러 간 방자가 이도령의 그 심정을 잘 대변해주고 있다.

"사또 자제 도령이 광한루에 오셨다가 너 노는 모양 보고 불러오라는 영이 났다"는 말이나 춘향이가 얌전한 체하고 화를 내자 "네가 잘못이지 내가 그르냐? 너 그른 내력을 들어보아라. 계집아이 행실로 추천(그네)을 할 양이면 네 집 후원 담장 안에 줄을 매고 남이 알까 모를까 은근히 하는 게 도리가 당연함이라. 이곳을 논할진댄 광한루 멀지 않고 녹음방초 승화시라. 이곳에 그네를 매고 네가 뛸 제, 외씨 같은 두 발길로 백운간白雲間에 노닐 적에 붉은 옷자락 펄펄, 백방사 속곳가래 동남풍에 펄렁펄렁, 박속 같은 네 살결이 백운간에 희뜩희뜩, 도령님이 보시고 너를 부르실 제 내가 무슨 말을 한단 말이냐? 잔말 말고 건너가자." 이렇게 말하는 방자의 반박은 그네의 에로티시즘을 설명하고도 남음이 있다.

또한 방자는 남자들 앞에서 육체를 노출시키고자 하는 여성들의 유혹 본능을 예리하게 꿰뚫어본 심리학자이기도 하다. 열녀 춘향도 그네를 타는 잠재심리는 보통 여성과 조금도 다를 것이 없다는 것을 방자는 잘 알고 있었다. 방자는 춘향이 자신도 모르게 마음 깊숙이 감춰진 여성의 그 성본능, 그 약점을 공격한다. 『사서삼경四書三經』으로 제아무리 무장된 여성이라 해도 그네를 타고 싶은 그 충동은 감출 수가 없다.

이렇게 따져보면 그네는 섹스의 상징이며 동시에 미니스커트에의 꿈이었다. 즉 다리를 내놓고 싶은 여성들의 욕망은 비단 오늘에 시작된 것이 아니었다. 사회적인 제약과 여성 윤리의 풍습 때문에 그들은 그런 본능을 그네의 놀이를 통해서 간접적으로 충족시켰을 따름이다. 그러므로 미니스커트의 출현은 지금까지 여성을 억압했던 그 제약과 구속의 풍습에서 자유를 쟁취했다는 여성 승리의 깃발이라고 할 수 있다.

제임스 레버의 표현을 빌린다면 여성의 걸음폭步幅과 여성의 사회참여는 함수 관계에 있다고 볼 수 있다. 스커트의 길이가 짧아질수록 걸음폭은 넓어져서 남성과 동등하게 발맞추어 걸을 수 있게 되었고, 그네를 타지 않아도 무릎 위를 직접 드러내놓을 수 있게 된 것이다.

여성의 '다리 노출'이야말로 여성사에 있어서는 구세기와 신세기를 나누는 메시아의 출현과도 같은 의의를 지닌다. 여성의 에로티시즘은 제1차 세계대전 전까지만 해도 상반신의 노출, 어깨·가슴·등 뒤 등에서 하향下向하지를 못했다.

19세기 말에 뉴 우먼 운동이 일어나 여성들도 테니스나 크리켓을 즐겼지만 여전히 여성들의 치마는 다리를 가려야 했기 때문에 그 활동이 부자유스러웠다. 그래서 《펀치》지誌는 "남자들이 게임을 할 때 무릎에 스카프를 감아 핸디캡을 주어야만 여자와 평등히 게임을 할 수 있다"고 제안하지 않으면 안 되었다.

그러나 1925년 문명사상文明史上 최초로 여성들이 다리를 드러내놓기 시작하면서 여성의 에로티시즘도 드디어 다리로 내려왔다. 이때의 그 짧은 스커트가 얼마나 큰 센세이션을 일으켰는가? 그것을 제임스 레버에게 들어보면 나폴리의 대주교大主教는 그 무렵에 일어났던 아말피의 대지진이 여성들의 스커트가 짧아진 데 대한 신의 분노 때문이라고 할 정도였고, 미국의 주의원州議員들은 14세 이상의 여자가 발등까지 오는 치마를 입지 않았을 때는 처벌하자고 제안하기도 했다는 것이다.

에로티시즘을 다리로 표현하고자 할 때 여성은 수동에서 능동으로, 정태적인 데서 동태적인 데로 옮겨간다. 조선과 같은 사회에 있어서도 다리를 내놓는 그네나 널뛰기는 여성에게 있어 가장 활동적인 오락이 아니었던가!

미니스커트의 출현은 옛날과 근본적으로 다른 신세기의 여성문화, 움직이는 그 에로티시즘의 선언이었던 것이다.

하이힐 논쟁

"하이힐은 언제나 남성으로부터 이마에만 키스를 당한 여성이 홧김에 만들어낸 신발일 것이다."

어느 짓궂은 작가는 이렇게 하이힐을 비꼰 적이 있다. 물론 억지소리다. 아무리 멋없는 남성이라도 누가 부동자세를 하고 키스를 하겠는가? 그러나 하이힐이 여성의 키를 크게 돋보이게 하려는 동기에서 고안된 신발인 것만은 숨길 수 없다. 여성의 미는 "타고난 것이 40퍼센트, 꾸민 것이 60퍼센트"란 격언이 있지만 키까지도 이렇게 올렸다 내렸다 하는 그 재능에 대해선 아마 신神도 놀랐을 일이다. 왜냐하면 신장身長은 하나님이 주신 것이라 인간의 의사로는 한 치도 올리거나 줄일 수 없는 것이라는 말이 『성서』에 기록되어 있다.

하지만 하이힐은 여성 신장만을 높이려는 데 그 목적이 있는 것은 아니다. 하이힐의 발생을 연구한 풍속사가風俗史家의 말을 들어보면 그것은 유럽 도시의 길과 밀접한 관련이 있다는 것이다.

19세기 때만 해도 도로 포장이 잘 되지 않았던 도시의 보도步道는 조금만 비가 와도 진흙과 웅덩이로 변한다. 남성들 같으면 넓이 뛰기라도 하듯 그 진흙과 웅덩이를 뛰어넘을 수 있지만 요조숙녀들이 길 한복판에서 어떻게 그런 짓을 하겠는가? 그래서 뒷굽이 높은 신발이 생겨나게 되었다는 이야기다.

또 심리학자는 풍속학자들과는 다른 관점에서 이 하이힐을 논하고 있다. 길거리의 웅덩이보다도 여성의 마음속에 있는 웅덩이에 더 밀접한 관련이 있다는 게다.

하이힐을 신고 지나가는 숙녀들을 보면 꼭 외줄기의 줄타기를 하는 서커스를 구경하는 것처럼 아슬아슬한 마음이 든다. 그 가늘고 높은 뒷굽이 금세 부러질 것 같다는 이유도 있지만 걸음걸이 자체가 불안정하다. 그야말로 남성들은 "십 리도 못 가서 발병이 난다"는 아리랑의 노래라도 부르고 싶은 심정이 든다.

남성들은 바로 그 가냘픈 여성들의 보행에서 매력을 느낀다. 만약 아피아 가도街道로 개선하는 카이사르의 군대처럼 보무당당하게 걷는 여성이 있다면 남성들은 감히 그 여성을 '줄리엣'으로 삼으려고 하지 않을 것이다.

"여성과 오이는 작을수록 맛이 있다"는 속담이 가장 잘 적용되어왔던 것도 여성들의 발이었다. 여성들의 발은 작을수록 아름다운 것이라고 생각했다. '발이 큰 것은 도둑이다足大一賊'라는 개념은 양洋의 동서에 차이가 없어서 중국 여성들에겐 전족纏足의 풍습이 있었고, 서양에는 신데렐라의 유리 구두 전설이 있다. 신데렐라의 유리 구두는 작은 것으로 되어 있지 않은가. 그래서 그의 이복異腹 언니들은 그것을 억지로 신으려고 해도 발이 커서 맞지 않았다. 즉 신데렐라를 아름답게 그리기 위해서는 그의 발도 작은 것이어야 했다.

또 어느 학자는 하이힐을 신은 여성의 자세를 통해 그것을 신게 된 동기를 분석하기도 한다. 하이힐을 신으면 자연히 흉부胸部가 앞으로 튀어나오게 된다는 것이다. 즉 S자형 자세가 된다. 하이힐은 여성미를 흉부로 강조하려던 시대의 산물이다. 그러나 하이힐을 어떻게 풀이하든 그것은 여성의 보행을 부자연스럽게 한 비활동성의 상징이라는 점에서 일치한다. 여성 문화는 좌식 문화座式文化, 애들이 공기를 하고 커서는 방 안에 앉아 뜨개질을 할 때까지 여성들은 걷는 것보다 앉아 있는 인생 속에서 행복과 미를 구했다. 남성들 자신도 그것을 원했기에 방 안에 갇혀 '걷지 않을수록', '발이 작을수록', '유령처럼 다리를 감출수록' 정숙한 여성이라고 생각했다. 그러므로 이 좌식 문화에서 남성처럼 보행步行의 문화로, 발의 해방으로 옮아가는 데서 현대 여성이 탄생한다.

'여성에게서 가장 딱딱한 것은 무릎이다'라는 말이 있다. 이것이 미니스커트로 드러나는 순간 여성은 남성을 압도할 만큼 강해졌다. 남녀 할 것 없이 인체에서 제일 못생긴 부분이 무릎이다. 아무렇게나 생긴 사람을 '무르팍처럼 생겼다'고 표현하는 것을 봐도 알 수 있다. 더구나 무릎은 가장 상처가 나기 쉬운 부분이므로 거기엔 으레 흉터가 있게 마련이다. 뿐만 아니라 목걸이나 귀고리처럼 다른 장식물로 카무플라주할 수가 없다.

제아무리 여성이라 해도 진주 목걸이처럼 무릎걸이를 발명했다는 말은 아직 없다. 거기서 끝나는 문제가 아니다. 여성의 결점은 다리에 제일 많다고 한다.

쪽 고르게 뻗은 다리는 200명 가운데 40명 안팎이라고 슈트라츠는 통계 숫자로 밝혀주고 있다. 75명이 X각脚이고, 85명이 O각이다. 의자생활을 하고 있는 독일 여성을 상대로 조사한 것이 이런데 아이를 업어 기르는 한국의 경우는 말할 것도 없다. X각은 그래도 여성이 수줍어서 발을 웅크리고 있는 자세와 같기 때문에 아름답게 보아줄 수도 있지만 O각은 그렇지도 않은데 단연 그 수가 으뜸인 것이다.

그런데도 여성들이 그 무릎과 다리를 감추지 않고 내놓게 된 것은 지금까지 터부처럼 된 여성의 비활동적 미의 개념을 뒤엎은 쿠데타인 셈이다. 여성은 앉아 있지 않고 걷는다. 이 능동성과 활동성의 표현으로 섀들이 유행하고 '맨발의 백작부인'들이 나타나기 시작했다.

하이힐의 뒷굽도 말발굽처럼 듬직하게 굵어졌다. 납작한 남자 구두같이 듬직한 구두를 신고 다닌다. '여성적'이라는 종래의 척도가 무너져서 이제는 성性에 대한 태도도 능동적으로 바뀐 것이다. '작은 발'을 원했던 남성들은 바로 그 점을 두려워했었다. 여권女權은 발에서부터 생겨난다는 것을 말이다.

TV와 여성

현대는 TV의 시대다. 그런데 TV만큼 또 여성과 밀접한 관련이 있는 것도 드물다. 무엇보다도 TV가 단시일 내에 그처럼 널리 보급된 것부터가 여성들의 힘이라는 것이다. 다른 가구들—전축, 피아노, 장식장 같은 것은 방 안에 들어와 봐야 알 수가 있다. 대문을 굳게 닫고 있는 한 이웃집에 어떤 값진 가구가 진열되어 있는지 알 도리가 없다.

그러나 TV는 사정이 좀 다른 것이다. 안테나를 지붕 위에 달아야 하기 때문에 TV를 가진 집과 아직 장만하지 못한 집이 호구조사를 하는 것보다 더 정확히 드러난다. 이 지붕 위의 안테나 때문에 여성(주부)들의 신경도 그것처럼 곤두서게 마련이다. 질투심, 쓸데없는 경쟁심이 강한 여성들이 이웃집에 서는 안테나를 그냥 앉아서 보고만 있을 리 만무하다. 안테나를 세운다는 것은 곧 이웃들에 대해 체면을 세우는 것이 된다.

계장係長 집에 TV가 있는데 과장課長 집에 없다는 것은 말이 안 된다. 사모님들의 경쟁심은 너도나도 안테나를 세우기 위해서 계를 들고 출퇴근 때마다 남편의 기름을 짠다. 현대의 남성들이란 신대륙을 발견하고자 하는 콜럼버스가 아니다. 대체로 그 꿈이라는 게 별게 아니다. 아내한테 '못난 남편'이라는 말, '시집 잘못 왔다'는 그 말을 듣지 않기 위해서 부지런을 피우며 세상을 살아가는 게다. 그러므로 안테나 경쟁은 더욱 과열한다. 이러니 TV 안테나가 눈 깜짝할 사이에 장마철 버섯처럼 돋아나지 않겠는가?

TV는 또 방 안에 있는 것이다. 그렇기 때문에 단연 남성보다 방안에서 더 많이 시간을 보내는 여성들의 편이다. TV 프로만 봐도 나날이 여성 취향으로 바뀌어가고 있다. 남성물 프로는 고작 권투나 축구중계 정도인데, 그나마도 꼭 시간이 술집을 드나들기에 알맞은 때라 그것도 변변히 즐길 형편이 못 된다.

옛날 주부와는 달리 TV 시대의 여성은 방 안에 앉아 있어도 바깥세상에 환하다. 더구나 그 CM 말이다. PR 연구가들의 분석에 의하면 아이와 여성들은 주체성이 약해서 선전을 가장 잘 빨아들이는 해면海綿이라는 것이다. 광고로 움직이는 TV는 그래서 여성들을 향해 더 많은 윙크를 보낸다.

거기에 또 매클루안의 설을 들어보면 활자와 달리 TV 매체는 여성의 적성에 더 잘 어울린다는 이야기다. 즉 촉각적이다. 남성들이 추상적인 데 비해 여성들은 감각적이다. 그래서 '산'이라는 문자보다도 직접 그 영상을 비춰주어야 빨리 이해를 한다. TV는 감각의 언어다. 그야말로 여성과 TV는 장갑과 손만큼이나 밀접한 연관성이 있다.

그런데 우리의 궁금증은 바로 이 TV가 오늘의 여성을 어떻게 변질시켰는가(?) 하는 데 있다. 최근 반세기 동안 인류의 문화가 무엇인지 공헌을 한 것이 있다면 그것은 여성에게도 남성과 균등한 교육을 실시한 데 있다. 18세기 계몽주의 시대만 해도 그 '계몽' 속에 여성은 누락되어 있었던 것이다. 그 당시 몰리에르라는 제법 이름난 극작가가 "여성에겐 저고리와 치마를 분간할 정도만큼의 교육밖에는 필요치 않다—〈여학자女學者〉"고 말했대서 별로 놀랄 사람들도 없었다.

수탉처럼 거만한 남성들도 자기 아내가 저고리와 치마를 바꿔 입는 것만은 원치 않았던 모양이다. 이러한 독선적인 남성들이 점차 반성을 하면서 금세기에 들어서자 여자들에게도 박사 학위를 주기 시작했다.

그런데 이 TV가, 애써 쌓아올린 여성 교육을 근본적으로 뒤흔들어놓고 말았다. 물론 박사 학위를 가진 대학 출신 주부가 부엌에서 연탄 가스를 마시고 그것을 꼭 "일산화탄소를 마셔 골치가 아프다"고 말해서 안 된다는 법은 없다. 그러나 적어도 의무교육만 겨우 받은 가정부와 학사증을 가진 주부와는 무엇인가 다른 점이 있어야 하는데 TV 앞에서는 통 그런 것을 발견할 수가 없다.

대학을 나온 여성이 가정부와 함께 손뼉을 치고 눈물을 훌쩍거리면서 일일 연속극을 감상하고 있다. 밤늦게 들어와서 핸드백을 내던지기가 무섭게 식모를 향해 이렇게 묻는다. "얘, 그 사람 죽었니? 아직 안 죽었니?" 가정부의 해설을 들어가면서 "응, 그랬구나. 저런 딱하게……" 하고 맞장구를 치면서 혀를 차는 그 광경을 상상해보라.

자연히 여성 교육 무용론이 나옴직하다. 절대로 이것은 TV가 문맹자의 벗이라고 낮춰보고 하는 소리가 아니다.

남성들은 교육을 생활화한다. 몸에 교양이 배어 있다. 돈이 아무리 있거나 없어도 남자들의 교양은 그런 것에 크게 좌우되지 않는다. 그런데 여성들은 교육과 관계없이 환경에 따라 카멜레온chameleon(도마뱀류에 딸린 파충류)처럼 달라진다.

배운 사람이나 안 배운 사람이나 여자가 배추를 살 때는 다 마찬가지다. 반대로 여자가 파티에 나갈 때는 결코 다 마찬가지가 아니다. 여자는 물질과 환경에 따라서 변화되지만 교육에 의해서는 바뀌지 않는다고 생각하는 남성우월주의자의 편견도 있다. 그래서 TV는 여성들에게 더 많은 영향을 끼치고 있다. 대학 졸업장은 그저 혼수의 일종이요, 가정에 들어온 후부터는 TV의 수준으로 퇴보한다고 비아냥하는 소리도 듣는다.

까닭없이 여성에게 돌을 던지는 트집인가? 실은 정반대의 이야기를 하고 싶다.

오늘날 여성의 권한은 증대되어 가정이나 그 사회에서의 지위가 높아졌다. 그러므로 옛날과 달리 여성들도 역사에 책임을 질 수 있는 지성을 지녀야 한다. 문제는 TV 안테나보다 사회를 향한 안테나가 성인이 되어도 계속 지식을 쌓아갈 지식의 안테나를 집안에 달 수 없는 것이 문제다.

우물터와 전화

이런 유머가 있다. 왕진을 온 의사가 환자를 진찰한 다음 옆에서 간호를 하고 있던 부인에게 말했다.

"부인, 바깥양반의 병은 신경쇠약입니다. 안정을 필요로 하는 병이니 말을 많이 해서는 절대로 안 됩니다."

그 말을 듣고 부인의 얼굴이 갑작스레 환해졌다. 그 점은 안심을 해도 좋다는 것이었다. 자기 남편은 본래 무뚝뚝해서 밥이나 먹을 때면 몰라도 입을 여는 법이 도시 없다고 수다스럽게 떠들어댔다. 의사는 다시 한 번 한숨을 길게 내쉬면서 말했다.

"부인, 제 말은 환자가 아니라 바로 부인께서 제발 좀 입을 다물고 있어 달라는 겁니다. 환자가 쉴 수 있게 말입니다."

남성보다 말을 많이 하는 것이 여성의 특징이다. 풍차는 바람이 불지 않으면 돌지 않는다. 그러나 여성의 입은 화제가 없어도 멈추지 않고 돌아가는 묘한 풍차다. 여성들이 떠들고 있는 것을 보면 듣고 있는 쪽이 도리어 목이 쉴 정도다. 그래서 "여자의 사고思考는 머릿속에 있는 것이 아니라 혀끝에 있다"는 말이 생긴 것이다.

그리스인들은 그것을 '영원의 혀'라고 불렀다. 죽고 나서도 여자의 몸 가운데 썩지 않는 부분이 있다면 그것은 틀림없이 그 수다스러운 혓바닥일 것이라고 생각했기 때문이다. 실제로도 고대 그리스의 극장에서는 오늘날처럼 연소자年少者가 아니라 여성 관객 앞에 출입금지의 푯말을 붙였다. 왜 그런 가혹한 짓을 했는지 후세의 사가史家들이 여러 가지 원인을 들고 있지만 그중에서도 가장 유력한 것은 그 '영원의 혀'가 두려웠기 때문이라는 설이다.

거짓말이 아닐 것이다. 현대의 영화관이 어떤가를 생각해보라. 결코 여성들은 영화를 눈으로만 감상하지 않는다. 입도 맹렬한 활약을 한다. 껌을 씹고 혀를 차고 감탄사를 연발한다. 그것은 그래도 참을 수가 있지만 배우의 옷이 바뀔 때마다 일일이 한마디씩 평을 하고 지나간다. 그러므로 옆 좌석에 묘령의 여성 팀이 앉아 있으면 행운의 복권이라도 뽑은 느낌이 들겠지만 막상 구경을 다 하고 나올 때는 그것이 행운이 아니라 불행의 제비였다는 것을 깨닫게 될 것이다. 더구나 그 장엄하고 심각한 그리스 비극을 감상하는 데 여성 관객들이 있었다면 어떠했을까? 짐작이 가고도 남는다.

여성이 말이 많고 수다스럽다는 것을 반드시 단점으로만 생각할 필요는 없다. 감정 표현이 그만큼 풍부하다는 증거이기도 하다. 오히려 문제는 무뚝뚝한 남성측에 있다.

퍼킨슨도 인간의 결혼제도가 얼마나 불합리한 것인가를 이야기하는 대목에서 부부끼리의 '화제의 빈곤'을 지적하고 있다. 적어도 모범적인 부부라면 40년 이상 매일같이 똑같은 사람의 얼굴과 맞대고 살아야 한다. 이 장구한 세월을 지탱할 만한 무슨 이야깃거리가 있을 것인가? 사찰계 형사나 신문기자가 아닌 평범한 남성들은 1년만 살고 나면 화제의 밑천이 다 떨어질 것이다.

연애하던 시절의 회고담도 신혼 첫 달이면 노랗게 퇴색해버린다. 그러니 결국 남성들은 사랑하는 아내와 함께 있어도 신문이나 읽으면서 '그랬어?', '아니', '그래', '응' 이런 말만 되풀이한다. 거기에 또 중요한 이야기도 마음놓고 할 수가 없다. 왜냐하면 "여성에게 비밀을 말하기보다는 밑이 뚫린 배를 타고 항해하는 편이 낫다"는 서양의 속담이 있기 때문이다. 그러므로 여성이 좀 말이 많다고 해도 존경을 할 일이지 욕할 처지가 못 된다.

문제는 여성들이 어디서 말하느냐 하는 데 있다. 옛날 여성들은 우물터에 모여 주로 그 '영원의 혀'의 위력을 발휘했다. 한 마을의 정보는 그 우물터의 물처럼 여성들의 입을 통해 흘러나왔다.

우물에서 길어온 물과 함께 남성들도 그 화제의 갈증을 적셨다. 그리고 여럿이 모인 자리니까 아무래도 그 우물터의 화제에는 피차간의 체면이나 눈치라는 것을 보게 마련이다. 또 얼굴빛을 살펴가며 적당한 데서 브레이크를 걸 수도 있다. 우물터의 화제는 그런대로 존재이유와 울타리가 있었던 것이다.

그런데 현대의 여성들, 도시의 그 여성들에겐 우물터라는 것이 없다. 그 대신 등장한 것이 전화다. 이것이 문제인 것이다. 수다 전화에 통화중 신호에 시달리는 남성들은 전화를 발명한 그레이엄 벨을 원망할 수밖에 없었다. 발명가가 여성을 염두에 두었더라면 결코 전화를 연구해내진 않았을 것 같다.

우물터의 여성 화제는 열 사람이 모여 거기에 없는 다른 한 여성을 씹는 일이다. 그런데 전화는 전화를 걸고 있는 두 사람의 여성들을 제외하고는 모든 여성이 가십의 대상이 된다.

숫자상으로 봐도 우물터의 그것보다 훨씬 위험성이 높다. 물론 전화를 주고받는 두 여성들만이 착하고 옳은 것으로 되어 있으며 나머지 친구들은 비난을 받아야 할 존재다. 우물터의 화제와는 달리 얼굴을 서로 볼 수가 없으니까, 또 단둘이니까 그 화제는 너만 알고 있으라는 단서가 붙은 채 무한궤도를 달린다.

또 우물터의 화제는 아무리 길어도 공해 현상公害現象이 없지만 전화는 그렇지가 않다. 공중전화에서 여성이 전화를 사용하고 있을 때 그것이 끝나기를 기다리고 있는 것보다는 장마철에 처마 밑에서 햇볕이 나기를 기다리는 편이 나을 것이다.

끊일 듯 끊일 듯하면서 좀처럼 끊어지지 않는 것이 여성들의전화다. 화제의 품목이 실로 사통팔달四通八達이라 말론 브랜도가 샤

넬5로 점핑하는가 하면 금세 그 향수는 하수도 이야기로 이어진다. 접속사도 없는 그 이야기에 오르락내리락하는 주인공들의 수만 해도 전화 한 통에 셰익스피어 극의 등장 인물 수효를 능가한다.

"그래 잘 있어. 아 참 그런데 말야……", "또 만나! 아니 얘, 참 내가 전화한 건 말야……" 이렇게 여성들의 전화는 중요한 본건이 헤어지는 인사를 하고 난 후에 시작된다. 편지를 쓰던 때부터의 습관이다. 그렇기에 여성의 편지에서 읽을 만한 내용이 있는 것은 '추신'밖에 없다는 말도 있는 것이다.

〈블론디〉 만화를 보면 전화에 관한 한 피부 빛이나 문명지수文明指數의 차이가 없는 것 같다. 미국에서도 여성들의 전화 때문에 골치를 앓는다. 비상 전화를 걸려고 보면 모두가 여성들이 그것을 차지하고 있다. 대그우드는 자기 아내가 전화를 쓰는 바람에 이웃집 것을 빌려 쓰려고 이 집 저 집을 뛰어다닌다. 가는 곳마다 여성들의 '영원의 그 혀'가 전화 앞에서 맹활약 중인 것이다. 대그우드는 이렇게 한탄한다.

"세상에 여자가 쓰지 않는 전화란 없다."

예나 오늘이나 여성의 입은 수다스럽다. 그러나 옛날의 여성과는 달리 현대 여성의 그 다변증은 공해 현상을 일으키고 있다는 점에서 다른 것이다.

터먼 테스트

'남자 같은 여자', '여자 같은 남자', 이런 사람들의 수효가 옛날보다 부쩍 많아져간다. 여걸이라는 말을 굳이 쓸 필요도 없이 우리 주변에는 그 얼굴에 수염만 없을 뿐이지 남성화된 여성을 많이 볼 수가 있다. 그래서 이제는 남성과 여성을 구분하는 것마저도 힘들게 된 시대다.

여기서 생겨난 것이 '남성 여성 검사법'이다. 자기가 어느 정도로 여성적인지 남성적인 그것을 알기 위해서는 심리학자의 신세를 져야 한다. 이른바 터먼 테스트라는 것이 그것이다.

조사 방법도 꽤 복잡하다. 그중의 하나만을 소개해보면 언어연상言語聯想 테스트란 것이 있다. 가령 '비'라는 말을 들었을 때 다음 말 가운데 어떤 것이 먼저 머리에 떠오르는가를 선택하게 하는 것이다. 즉 '구름, 우산, 천기天氣, 습기'의 네 가지 말을 제시했을 때 구름이나 우산에 표를 치는 사람은 여성점女性點 그리고 천기·습기는 중성점이다. 이런 반응을 조사해서 어느 점수를 많이 맞느냐로 그 사람의 성차性差가 결정된다.

터먼 테스트 때문에 앞으로는 '90퍼센트 남성'이니 '60퍼센트 여성'이니 하는 말이 사용될지 모른다. 그러므로 외모만 보고 일률적으로 남성적이다, 여성적이다 하고 규정하는 것은 무의미한 일이다.

여성은 비를 보면 먼저 우산을 생각한다. 그만큼 자기 생활과 직접 관련이 있는 것을 생각하게 된다. 남성은 '비가 오면 어떻게 하나?' 하는 그 적응보다는 '왜 비가 오는가?' 하는 원인을 생각한다. 그렇기에 남성은 과학을 만들어냈고 여성은 생활의 풍속을 낳았던 것이다. '책'이란 말도 마찬가지다. '종이'나 '인쇄'와 같은 원료를 연상하는 것은 남성적인 사고지만 '읽는다'는 직접적인 반응을 보이는 것은 여성적이다.

'위험'이라 할 때 여성은 '죽음'을 연상하지만 남성은 적극적이라 '도망친다'는 반응을 나타낸다. '갓난아이'라고 했을 때 남성점男性點은 '운다'다. 남성은 애를 볼 때 시끄러운 울음통 정도로 생각하지만 여성은 '귀엽다', '어머니' 등을 연상한다. 정서 면에 있어서도 그 반응은 각기 다르다. '뜰'이라고 할 때 여성적인 사람은 마음속에 '꽃'이 떠오르지만 남성적인 사람은 먹는 '과실'이나 '잡초'의 와일드한 반응을 보인다.

터먼의 MF 테스트를 적용하여 우선 직업과 그 성도性度의 관계를 조사한 것을 보면 육체 노동을 하는 직업보다 지적 직업知的

職業에 종사하는 여성들이 훨씬 남성점이 높다는 사실을 알 수 있다. 의학박사니 철학박사니 하는 거창한 여류 저명 인사들은 말이 여류지 터먼의 연구에 의하면 가장 남성점이 높은 '남류男流' 들로 되어 있다. 그 다음이 간호사, 보모 들이다. 언뜻 생각해보면 환자나 아이를 보살피는 여성들이 가장 여성적인 것처럼 생각되기 쉽지만 결과는 의외로 남성적 경향이 짙다. 여성적 경향이 높은 직업은 재봉사, 미용사 들이며 더욱 놀라운 것은 농업이나 공장 직공으로 있는 여성들이 여성직업 그룹보다도 더욱 높은 여성점을 띠고 있다는 점이다.

지능의 관계도 그렇다. 지적인 부인일수록 남성화 경향을 나타낸다. 학업 성적을 볼 때 남성들은 성적이 좋을수록 여성점이 높은 데 비해서 여성들은 반대로 우등생일수록 남성점이 높다. 학력도 고등교육을 받을수록 남성은 여성화 경향을 그리고 여성은 남성화 경향을 나타낸다.

더욱 흥미 있는 것은 연령과 성도性度의 관계다. 남자는 17~18세 때, 즉 고교 2년 때가 가장 남성점이 높고 그때부터 점점 약화되어 나이 70이 되면 0에 가까워진다. 여성은 중학교 1학년 12세 때가 제일 여성점이 높고 대학 시절에 오면 다시 남성점이 높다. 그러다가 30, 40대에 이르면 다시 여성점을 회복한다. 가정생활을 하고 아이를 키우기 때문이다. 터먼 테스트를 놓고 가만히 관찰해보면 어째서 오늘의 여성들이 남성화해가는가 하는 그 이유를 알 법하다.

지적으로 되어갈수록, 개방적일수록 여성은 남성화하고 남성은 반대로 여성화한다. 물론 개인차가 심하기 때문에 한 다발로 묶어서 이야기할 수는 없다.

다만 우리가 조심해야 할 것은 종래에 지니고 있던 여성관의 기준을 대담하게 수정할 때가 되었다는 점이다. 여름에 외투를 입을 수는 없다. 문명과 사회의 변화가 '여성답다'는 그 실화를 깨뜨려버린 오늘, 우리는 새로운 눈으로 여성을 바라보아야 한다.

자, 이제 한 걸음 더 나가자. 낡은 여성과 새로운 여성, 모든 것이 다양화한 여성의 그 화원에서 무슨 향내와 어떤 음향이 들려오는가를 가만히 관찰해보자. 그리고 거기서 파생되는 여러 가지 문명과 사회의 문제점을 캐보기로 하자.

양성의 구분이 희박해진다는 것을 동양식으로 말하자면 음양의 조화가 무너졌다는 것이다. 우리는 무엇을 원하는가? 남성들은 이 유니섹스 시대의 여성을 어떤 눈으로 바라보고 있는가? 다시 책장을 넘겨 새로운 장을 읽지 않으면 안 된다.

한자로 본 여성론

한글은 여성들의 글자였다. 세종대왕이 말씀하신 '어린 백성'들의 하나가 바로 아녀자였던 것이다. 한글 전용론이 요란스러운 북을 치기 전부터 여성들이 읽은 조선의 그 소설 『춘향전』이라든가 『심청전』이라든가 하는 그 이야기책은 한자의 '오프 리미트' 구역이었다. 이유는 간단하다. 어려운 한자를 모르는 문맹자文盲者가 남성보다 여성측에 더 많았기 때문이며, 진서眞書라고 불린 한문 지식을 남성들이 독차지했기 때문이다.

옛날 미국에서는 "흑인 노예들에게 문자를 가르친 사람에게는 33대의 매를 때리라"는 법령이 있었다고 전한다. 무슨 계산법으로 33대라는 정확한 그 숫자가 산출되었는지 알 도리가 없지만, 어째서 그런 법령이 생겼는가는 주머니를 뒤집어 보이는 것 이상으로 확실하다. 지배하기 위해서는 그 상대가 무식해야 한다. 노예와 마찬가지로 남성들이 여성들에게 『천자문千字文』을 가르쳐주지 않았던 이유도 바로 거기에 있다.

그러나 그런 이유가 아니라 해도 한자는 남성 위주의 문자라는 사실을 알 수가 있다. 한자의 자의字意를 보면 그것이 대개 여성을 모욕하고 억압하는 회초리와도 같은 문자라는 것을 알 수 있다. 똑똑한 여자라면 한자를 쓸 수 있어도 한글 전용을 했을 것이다.

우선 노예奴隸라는 종[奴]자부터가 여자를 뜻하는 계집 '女' 변에 쓴다. 남자가 종살이를 해도 여전히 그 글자에는 '奴'자가 붙게 마련이다. 즉 노예인 것이다. 여자를 곧 종이나 노예로 보았기 때문이다. 옥편을 뒤적여보자. '女'자 부에 모인 그 문자들은 하나도 쓸 만한 것이 없다. 있다면 겨우 호好자 정도인데, 그것도 알고 보면 여자 자체가 좋다는 것이 아니라 여자가 아기[子]를 안고 좋아한다는 뜻에서 나온 글자라고 한다.

'女'자를 세 개 합치면 간사하다는 뜻을 나타내는 간姦자가 된다. 남녀 사이에 밀통을 하면 간통이 되는데 그 문자를 보면 오늘날처럼 쌍벌雙罰이 아니라 '女'자만 석 자가 나온다. 그래서 지금도 한자로 써놓고 보면 간통은 여자의 죄로만 생각된다. 글자의 인상이 그렇다. 요망妖妄스럽다는 말도 역시 '女'자에서 생겨난 문자가 아닌가! 간사스럽다는 간奸자도 그렇고, 또 질투嫉妬가 그렇다. 한자에 등록된 여성의 성격은 요망스럽고 간사하며 질투가 많은 것으로 되어 있다. 그것을 모두 여성의 속성으로만 생각했다. 그러므로 한자로 표기하는 질투는 여성 감정의 것으로 돼 있다.

성격을 표현한 한자는 또 그런대로 낫다. 가령 맡길 '委'자나 같은 '如'자를 한번 분석해보라. 오늘의 여권론자들은 당장 그것을 옥편에서 추방하라고 옷소매를 걷어붙일 것이다. '委'자는 벼이삭을 뜻하는 '禾'자에 '女'자를 붙인 것이다. 즉 여자란 벼이삭[禾]같이 고개를 숙이고 모든 일을 남성에게 '맡긴다'는 뜻에서 그런 글자가 생겨났다. 운명을, 사랑을, 자신의 생명까지를 남성에게 맡기는 것(그것도 벼이삭처럼 고개를 숙인 저자세로 말이다), 여자의 삶은 곧 모든 것을 '위임하는 예속'의 상징으로 비유되어 있다.

'같다'는 것을 나타내는 여如자 역시 마찬가지다. 여如는 여자의 입이다. 어째서 여자의 입이 '같다'는 뜻으로 되었을까? 여자의 입에서 나오는 말은 자기의 말이 아니다. 삼종지도대로 어렸을 때는 부모의 의견을, 시집을 가서는 남편의 마음을, 늙어서는 자식의 뜻을 나타내는 입[口]에 지나지 않는다. 그러므로 여자의 말은 자기 말이 아니라 부모, 남편, 아들의 의사와 '같은 것'이어야만 한다. 여자의 입은 영원한 대변인의 입, 자기를 주장해서 안 될 입이다.

어떤 사람은 이러한 한자 여성론에 반론을 제기할지 모른다. 위험을 나타낸 위威자는 어디에 두고 나쁜 예만 드는가? '威'자는 '女'부에 속해 있는 글자다.

그것은 '남성보다 여자를 위엄의 상징으로 보았다'는 여성 상위의 표현이 아니겠는가?

아니다. 이 '威'자는 여성을 기쁘게 하기는커녕 더욱 슬프게 하는 글자다. 그 글자는 '戌(개를 뜻하는 술)'과 '女'가 합쳐서 된 것임을 알아야 한다. 개는 집을 지킨다. 늙은 여자도(모욕을 참고 들으라) 개처럼 집을 지킨다. 그 밖에는 별 쓸모가 없다.

남을 즐겁게 하는 능력마저도 상실한 늙은 여인은 집을 본다는 데서 戌[개]자와 동급同級이 된다. 즉 개처럼 집을 지키고 있는 시어머니의 위엄, 며느리 앞에서 위신과 권위를 내세우는 늙은 여인의 모습에서 따온 문자다.

좋은 인상을 주는 한자도 이렇게 알고 보면 결코 큰소리로 자랑할 게 못 된다.

아가씨들의 이름 밑에 '양孃'자를 붙여주면 우쭐해하는 여성들이 많다. 한글 전용의 무지에서 오는 즐거움이다. '孃'자의 족보를 캐보면 한숨이 나올 것이다.

'女'자 옆에 있는 그 복잡한 '襄'자를 좀 수상쩍게 생각해본 적이 없는가? '襄'은 돕는다는 뜻을 가진 글자다. 그렇기에 아가씨를 뜻하는 '襄'은 장차 혼인하여 남자를 도울[襄] 여자라는 뜻이다.

한자를 들여다보고 있으면 지금까지 여성들이 어떤 대우를 받고 살아왔는지를 증언해준다. 한자 문화권에서 역사를 누려온 여성들이라면, 아침저녁으로 욕을 얻어먹고 산 셈이 된다. 우연히 쓰는 저 한자의 뒤에는 여성 불평등을 고취하는 음모가 도사리고 있다. 획수가 까다로운 그 한자의 숲을 파헤치고 들어가 보면 여성을 무는 독사가 웅크리고 있다.

요람에서 무덤까지 수없이 건너가야 할 그 '여성의 조건'을 근접 촬영해보면 여권론자의 목소리가 왜 그렇게 항상 쉬어 있는가를 이해하게 될는지도 모른다.

태내胎內로부터의 불평등

여자는 낳기 전부터 푸대접을 받는다. 여성 불평등은 태내胎內에 있을 때 이미 시작된다. 달걀과는 정반대이기 때문이다. 달걀을 부화할 때는 암컷을 원한다. 그래도 양계장의 주인들은 어떻게 하면 저 달걀 속에 잠들어 있는 자웅雌雄의 성을 식별하는가 고심한다. 그것을 가려낼 줄 아는 능력만 가지면 가만히 앉아서 먹고살 수가 있다.

사람들도 태내의 그 생명이 남성인지 여성인지를 알고 싶어 한다. 그러나 달걀과는 달리 사람들은 남성을 원한다. 그런 점에서 볼 때 여성은 달걀만도 못한 상태에서 태어나는 셈이다. 원치 않는 아이…… 결국 여자란 '남자려니' 하는 그 기대의 배신으로 태어난 생명이라고 정의할 수 있다.

인간이 수태受胎의 본질을 안 것은 1875년, 겨우 100년 전의 일이다. 그러니까 어떻게 해서 어린아이의 그 성性이 결정되며, 태내에 든 생명이 남성인지 여성인지를 알아내는 그 방법은 아직도 원시적인 미신의 단계에서 벗어나지 못하고 있는 형편이다. 인도와도 바꾸지 않겠다는 대문호 셰익스피어도 수태에 대한 지식은 유치원 아이와 별반 다를 것이 없었다. 《헨리 6세》라는 희곡에서 "어머니가 애통하고 슬퍼하면 그 눈물이 태내의 아이를 익사시킬지도 모른다"는 말을 하고 있다. 눈물이 배 속으로 들어간다는 것도 우스운 이야기지만 그보다도 태아가 원래 양수羊水라는 물속에서 살고 있는데도 불구하고 눈물 때문에 익사할 것이라는 걱정은 더욱 웃기는 이야기다.

신은 이렇게 생명 잉태와 그 성性에 대한 비밀에 대해서 굳은 봉인을 붙여놓았다. 그래서 38만 킬로미터나 떨어져 있는 달의 신비도 거뜬히 벗겨버리는 현대의 과학으로도 그 얇은 살가죽 안에 들어 있는 태내의 성에 대해서는 아직도 식별할 능력이 없는 것이다. 생각할수록 신은 현명하다. 만약 그것을 누구나 쉽게 알 수 있다면, 그래서 자기 뜻대로 아들딸을 가려 낳을 수 있고 또 태내에 든 성별性別을 알아낼 수 있다고만 해도 이 지구는 금세 암흑에 싸이고 말 것이다. 딸은 남이 낳아주기를 원하고 자기는 아들만 낳으려고 할 것이기 때문이다.

인간은 이기주의자들이라 아들 하나에 딸 하나를 꼭 끼워서 낳으라는 법령이 생기지 않는 한 누가 대체 딸을 원할 것인가? 조금도 거짓이 아니다. 열 달을 못 참아서 임산부들은 자기 태내의 아이가 아들인지 딸인지를 알아내기 위해 점을 치러 다닌다. 자신이 여성이면서도 아이를 갖는 순간부터 임산부의 기도는 제발 사내아이를 낳게 해달라는 것이다. 그것이 딸이라는 것을 확신할 수만 있다면 산아 제한이 아니라도 중절수술中絶手術을 하려는 사람이 줄을 이을 것이다.

이 교묘한 심리를 이용해서 돈벌이를 한 산부인과 의사도 없지 않다. 임산부가 오면 무조건 '아들'이라고 말한다. 아들을 낳으면 물론 예언의 영광이 저절로 굴러 떨어지고 불행히도 딸인 경우에는 산모産母에게 카르테診療簿를 보여준다. 말로는 전부 '아들'이라고 말하고 카르테에는 모두 '딸'이라고 적어놓은 것이다.

그 카르테를 보여주면서 "부인, 섭섭하실까 봐 말로는 아들이라고 했지만 이 진찰 카드에 분명히 여자라고 기록되어 있지 않습니까?" 그렇게 대사를 외기만 하면 된다. 이 바람에 그 산부인과의 문턱이 반질반질하게 닳게 된 것은 두말할 필요가 없다.

근거도 없이 또 여성들은 태내의 아이가 남자라느니 여자라느니 자기들 나름대로 점을 친다. 어느 나라에도 있는 일이다. 태아가 오른쪽 배를 차니까 남자라든가 또는 위치가 위쪽에 있으니까, 배가 크니까, 유난히 입덧을 하니까 남자아이임에 틀림없다고 말한다. 사내아이란 태내에서까지 개구쟁이 골목대장 노릇을 하여 공을 차는 줄로 착각하고 있는 임산부들은 또 이렇게 말한다. "유난히 배 속에서 뛰어노는 것을 보면 이번에 틀림없이 남자아이란 말야!" 이래서 남자아이다 싶으면 더 소중히 몸을 다룬다.

그러나 토머스 브라운 경의 실험을 보면 전연 근거가 없는 말들이다. 배의 어느 쪽 위치에 태아가 있느냐로 그 성별을 알 수 있다는 미신은 기원전 5세기경부터(엘레아의 파르메니데스) 있었던 것이지만 과학적인 근거는 전연 인정될 수 없는 것이라고 한다.

그런데도 어째서 이런 미신이 지배하고 있느냐 하면 태내에서부터 남녀 차별을 하고 있는 그 편견 때문인 것이다. '무엇인가 남자는 여자와 다르다' 그리고 또 '남자아이를 갖고 싶다'는 자기원망自己願望의 투영 작용에서 그런 미신들이 생겨난다.

초대받지 않은 생生으로 여성은 '고고의 성聲'을 지르며 태어난다. "그 울음소리가 우렁차더라니, 내 고추를 달고 나올 줄 알았지." "어쩐지 그 울음소리가 시원찮더라니, 역시 계집애였군……."

남성과 여성의 목소리는 변성기 이전에는 대동소이하다는 것을 잘 알고 있으면서도 사람들은 태내에서 나올 때부터 여자아이의 울음은 시원찮다는 편견을 갖고 있다. 이래서 계집아이들의 이름은 섭섭하다고 해서 '섭섭이', 그만 낳으라고 '구만이' 그리고 '말숙이', '필순이'가 된다. 그러다가 다음에는 남자아이를 낳으라고 갑작스레 용감한 남자 이름을 붙여주기도 한다.

남자아이들에겐 어엿한 돌림자를 붙이고 그 이름도 다양하지만 여자는 그저 '곱고', '어질고', '착하고', '밝으라'고 연姸, 인仁, 선善, 명明자를 붙여준다. 여자에겐 동명이인同名異人이 얼마나 많은가! 그래서 여학교에서는 '이명숙 A', '이명숙 B'라는 식으로 출석부가 되어 있다. 이름은 있어도 한 개성을 나타낸 고유명사의 구실을 제대로 못한다.

고유명사라기보다 보통명사에 가까운 여자 이름 하나를 봐도 그들에겐 독립된 개성이라는 것이 인정되어 있지 않았다는 사실을 알 수 있다.

여성은 다섯 번 탄생한다

미국의 뉴 페미니스트 운동자들은 여성에 대한 호칭부터 뜯어 고쳐야 된다고 기염을 토하고 있다. 남자는 결혼을 하기 전이나 결혼을 한 뒤나 다 같이 '미스터'로 통한다. 그런데 어째서 여자만은 '미스'와 '미시즈'로 엄격하게 두 동강이가 나서 불려져야만 되느냐는 것이다. 어째서 '올드 미스터'란 말은 없는데 여자에게만 '올드 미스'라는 괴상한 말이 생겼느냐는 것이다. 어째서 다 같은 결혼인데 남자에게는 그것이 생애의 한 '계속'이요, 여성에게는 '단절'이어야 하느냐는 것이다. 호칭만 달라지는 것은 아니다. '미스'로 불려지는 '나'와 '미시즈'로 불려지는 '나'는 완전히 다른 인간이다.

한국의 여성들도 예외는 아니다. 결혼을 한 여자는 유부녀라고 한다. 그런데 뻔뻔스럽게도 남자는 결혼을 해도 유부남이라고는 하지 않는다. 이것은 무엇을 의미하는가? '남편이 있다'는 것이 여자에게는 모든 행동과 생의 가치관까지 지배하는 데 비해서 남자에게는 '아내가 있다는 것'이 그저 집에 '꽃병이 있다'는 존재에 지나지 않는 모양이다.

이 정도로 분개할 것은 아니다. 남자는 한 번 태어난다. 그러나 여성은 결혼만이 아니라 그 일생 동안 다섯 번씩이나 탄생해야 된다. 이 말은 다섯 번이나 새로운 생을 살아야 한다는 것을 의미한다. 그리고 다섯 번이나 죽어야 한다는 것을 의미한다. 미스나 미시즈의 호칭처럼 비록 뚜렷한 것은 아니지만, 여자는 태어나서 죽을 때까지 같은 '여자'로 불려지지 않는 까닭이다.

단발머리를 하고 남자애들과 어울려 공을 차도 남들이 이상하게 생각하지 않는 나이가 있다. 태어나서 10대까지는 '계집애'로 통한다. 20대가 되어서 첫 데이트가 시작될 때에는 이미 모든 조건이 10대의 그것과는 판이하게 달라진다. '계집애'가 '여자'로 다시 태어나게 되는 시기다. 그러다가 결혼을 해서 아기를 낳는다. 피아노로 〈소녀의 기도〉를 치던 그 손과 아이들의 기저귀를 빨고 있는 그 손은 이미 같은 손이 아닌 것이다. '여자'라고 하기보다 '여성'이라는 말이 어울릴 것이다. '여성'의 이미지는 다시 '여인'으로 바뀐다. 40대의 중년 부인은 이미 여성이 아니라 그저 '여인'이다. 그래도 '여성'이었던 시절에는 이따금 길을 지나던 술주정꾼이나 눈이 나쁜 근시안의 사내들이 휘파람 정도를 불어주기도 했었다. 그러나 '여인'들에게 관심을 갖는 것은 주부 클럽에서 여는 자선 바자회나 사립 학교의 자모회, 교회 신축을 위한 모금 운동자들이다.

'여인'은 '여사女史'로 끝난 게 된다. 눈에 돋보기를 쓰는 60대는 담배를 피워도 이상한 눈으로 쳐다보는 사람이 없다. 여자가 도리어 남자들 틈에 끼어 다닐수록 권위가 붙고 존경을 받게 되는 그런 시절, 누가 그 거룩한 '여사'들이 한때 그 많은 남성들의 잠을 빼앗아간 '베아트리체'였다고 생각이나 할 것인가?

남자도 물론 연령에 따라 그 생애는 변화한다. 그러나 어머니 젖을 떼는 순간부터 죽을 때까지 남자라는 하나의 통념, '어째서 사나이가……'라는 그 일관된 이미지의 강하江河를 타고 그 생애는 지속적으로 흘러간다.

여자들에겐 이런 흐름이 없다. 제각기 동강난 다섯 개의 단절된 호수다. '계집애'에서 '여자'로, '여자'에서 '여성'으로 그리고 '여성'은 '여인'으로, '여인'은 '여사'로 이렇게 각기 다른 이미지 속에서 별개의 인간으로 태어난다.

통틀어 한마디로 '여자'나 '여성'이라고 부르지만 어떻게 연애를 할 때의 여성, 결혼을 하고 아기를 기를 때의 여성, 손주를 거느리며 화롯가에 앉아 있는 그 여성, 그들을 같은 여자라고 부를 수 있겠는가?

다른 것은 다 그만두자. 신비스럽던 연애 시절이 지나 남자들은 결혼을 한다. 소나타와 같은 얼마간의 밀월기蜜月期가 지나간다. 그러다가 어느 날 밤 회사에서 돌아온 그 남자는 문득 변해버린 자기의 아내를 발견한다. 아내는 아침 출근 전에 벗어놓고 간 자기의 양말을 신고 있다. 미장원에 가기 전의 그 헝클어진 머리카락을 본다. 날이 추웠던지 단추가 떨어진 남편의 낡은 겉저고리를 걸치고 앉아 있다. “당신이유? 이제 왔수.” 흘낏 쳐다보며 루즈가 반쯤 벗겨진 입술 사이에서 가랑잎 같은 목소리가 흘러나온다. 아! 그 말씨는 바로 몇 년 전 셸리나 랭보의 시를 외던 감미롭고 상냥하며 꿈꾸는 것 같은 그 목소리가 아니다. 파리한 형광등의 불빛 탓이 아니다. 졸린 탓이 아니다. 가난의 탓이 아니다. 마법의 성城처럼 그 여인은 사라지고 만 것이다. 그 대신 다른 여자가 그 자리에 앉아 있다. 만약 이럴 때 달빛이라도 교교하게 흘러 들어온다면 셰익스피어의 수다스러운 밤타령의 한 구절이 그 남자의 마음을 적실 것이다.

“이런 밤이었을 거다. 훈풍이 고요히 나뭇가지에 입맞춰도 소리 하나 나지 않는 이런 밤, 트로일로스가 트로이의 성벽 위에 올라가, 크레시다가 그날 밤 묵고 있던 그리스군의 진영을 바라보며 으스러지라고 한숨을 내쉰 것도—이런 밤이었을 것이다. 티비스가 조심조심 이슬을 밟고 와서 애인보다 먼저 사자를 보고 정신을 잃고 도망친 것도—이런 밤이었지. 다이도 여왕이 수양버들 가지를 손에 쥐고 물결치는 바닷가에 나와서 애인이 카르타고로 다시 돌아오도록 손짓한 것도—이런 밤. 메디아가 늙은 이아손을 다시 젊게 해주기 위해 마법의 약초를 캐었다는 것도 이런 밤이었지……"라고 그는 말할 것이다.

마치 죽은 사람을 생각하듯이 지금 그 앞에 앉아 있는 아내의 전신前身을 생각하면서……. 그리고 그는 알 것이다. 여자는 다섯 번씩이나 새로운 인간으로 태어난다는 것을……. 다섯 번씩이나 죽어가고 있다는 것을…….

그러나 어느 똑똑한 프랑스의 한 여인이 이렇게 항변하는 목소리가 또 그의 귓전에서 울려올 것이다.

"사람은 여자로 탄생하는 것이 아니라 여자로 만들어져가는 것이다. 당신네들 바로 남성들이 판을 치고 다니는 그 사회가 여자를 다섯 번씩이나 태어나게 하며 다섯 번씩이나 죽이고 있다. 대체 그 이유를 알고 있는가" 하고.

최초의 좌절

유럽을 여행해본 적이 없는 사람이라도 브뤼셀의 유명한 분수 '마네캉피 분수'를 알고 있을 것이다. 서너 살쯤 되는 벌거숭이 꼬마가 고추를 내놓고 오줌을 누고 있는 그 귀여운 모습의 분수 말이다. 이 분수 앞에는 관광객이 끊일 날이 없다. 더욱 신기한 것은 그 관광객들 틈에 숙녀가 있어도 그 분위기가 조금도 어색하지 않다는 점이다. 불쑥 내민 어린아이의 그 고추를 망측하게 생각한다거나 그 끝에서 오줌(분수)이 쏟아져 나오는 것을 조금이라도 불결하게 바라보는 사람이 없는 탓이다. 오히려 모두 미소를 머금고 귀여워서 어쩔 줄을 모른다.

만약의 경우 바꾸어서 그것이 계집아이라고 하자. 아무리 천진난만한 꼬마라 해도 우리는 그런 분수를 도저히 상상할 수도 없고 또 그런 것을 세울 엄두도 내지 못할 것이다. 사회의 관습이 그렇게 되어 있다. 사내아이들이 태어나자마자 여자아이와 다른 대우를 받게 되는 것이 바로 그 점이다. 그가 달고 나온 '고추'를 부모나 그 주위의 사람들은 모두 귀엽게 봐준다. "아이구, 그 고추 참 예쁘기도 하지." 이런 예찬에 서 시작하여 손으로 만져주면서 "어디 한번 따먹어 볼까"라고 재롱까지 부리게 한다.

어른들이 그것을 예찬해 주니까 아이들은 멋도 모르고 고추에 대해 자랑스러운 우월의식을 느끼게 된다. 시몬 드 보부아르의 말을 빌리면 사실 어린아이들에게 있어 몸 가운데 돌출한 그 고추는 몸에서 독립된 제2의 자아自我이며, 그것을 통한 배뇨 작용은 자유자재로운 놀이와 같은 것이라고 할 수 있다. 사내아이들은 여자 애들과 달리 서서 소변을 본다. 브뤼셀의 그 마네캉피분수처럼 자랑스럽게, 그리고 하나의 즐거운 유희로.

사내녀석들이 소변을 보는 것을 옆에서 가만히 관찰해 보라. 그들은 소변 줄기를 멀리 보내는 놀이도 하고, 분수처럼 하늘로 내뿜기도 한다.

좀 거창한 이론이긴 하지만 사르트르와 바슐라르의 설을 원용하면서 시몬 드 보부아르는 그것을 이렇게 풀이하고 있다.

'뿜어 올리는 것(오줌 줄기)은 모든 기적과 마찬가지로 인력引力에 대한 하나의 도전과 같이 생각된다. 그것을 조종하고 지배한다는 일은 바꾸어 말하면 자연의 법칙에 대해서 작은 승리를 거두는 것이다. 어쨌든 거기에는 작은 사내아이들에게 있어서 그 자매들에게는 금지된 나날의 즐거움이 있다.'

사내아이들은 고추를 통해서 남성의 우월의식을, 그리고 여자

아이와 다른 신체에의 자신을 갖게 된다. 이 경우를 뒤집어 생각하면 여자가 태어나자마자 좌절을 느끼는 것은 자기에겐 그런 '고추'가 없다는 점이다. 남자들은 서서 오줌을 누는데 자기들은 앉아서 눈다. 숨어서, 그리고 가려서 배뇨를 한다는 것, 그리고 누구도 자신들이 지니고 있는 그것을 칭찬해 주지 않는다는 것, 도리어 아무리 어린애라 해도 훔친 물건처럼 여자 아이들은 남에게 그것을 나타내 보여서는 안 된다는 금기禁忌의 의식을 주고 있다는 것……. 여기서 계집아이들은 풀이 죽어버리고 만다. 어떤 소녀는 사내애들이 소변을 보고 있는 광경을 보고 신통해 못 견디겠다는 듯이 "어마 편리도 해라"라고 외치더라는 A. 바란의 그 이야기는 바로 여자가 내쉬는 최초의 한숨이라 할 수 있다.

성인이 되어 남존여비의 사회 풍습에 젖기 이전에 벌써 여자들은 어렸을 때의 그 성기性器에 대해 콤플렉스를 느끼게 된다. 여자가 열등의식에 사로잡히게 되는 최초의 함정이 바로 그 '고추에 대한 부러움' 속에 숨어 있는 것이다. 그리고 그것을 부럽게 만들어주는 것은 자기 자신이 아니라, 생리적인 결함이 아니라 주위의 어른들(사회)의 태도에서 비롯되는 것이라고 보부아르는 역설하고 있다. 여자 아이들은 남성 대 여성으로 정상적인 성차性差를 느끼지 않고 고추가 없다는 것을 일종의 불구로 생각하게 된다.

비단 고추에 대한 어른들의 유난스러운 편견만이 아니다. 아이들은 부모(어른들)의 사랑을 받기 위해서 투정(시위)과 응석(미래)을 부린다. 남자 아이나 여자 아이나 투정과 응석을 부리는 본능은 다 마찬가지다.

그런데 그것을 받아들이는 어른들의 입장이 다르다. 사내애의 투정(시위)은 받아주어도 응석은 잘 받아주지 않으려 한다.

방금 젖을 뗀 아이라 해도 사내아이는 어머니 품에 안겨 아양을 떨고 젖을 만지며 응석을 부리게 되면 금세 '사내녀석이 징그럽게……'라고 야단을 맞는다. 그러나 여자 아이들은 응석을 부릴수록 귀염을 더 받는다. 거꾸로 여자 아이가 소리를 지르고 발버둥을 치면서 투정을 하면 부모에게 꾸지람을 듣는다. 사내아이는 좀 큰 소리로 떼를 써도 사내답다고, 성깔이 있어 좋다고 관대한 반응을 보인다. 남자 아이들에게는 '작은 어른' — 독립심과 공격, 투쟁심을 길러준다. 그래서 여자 아이들보다 일찍 부모 곁에서 분리되고 그만큼 외로움을 겪는다. 여자 아이들은 나이를 먹어도 응석을 받아주기 때문에 첫사랑을 하기 전부터 아양을 떨고 눈웃음을 치는 교태가 자기의 생존을 위한 무기요, 재산이라고 믿게 된다. 그만큼 의존적이며 타인 지향적他人指向的인 것으로 길들여져 가고 있다는 뜻이다. 나면서부터 여성은 그렇게 나약한 것이 아니었다. 열등의식 속에서 버섯처럼 타인에게나 기생해서 살려는 그 생의 철학을 탯줄처럼 감고 나온 것은 아니었다.

철없는 계집아이들이 남자와 싸우다가 "나도 너희들 같은 고추를 가지고 있단다", "집에 가면 나도 그런 것이 있단다"라고 슬픈 거짓말을 할 때 벌써 자기가 이 세상에 불리한 존재로 태어났다는 어렴풋한 그 생각으로 가슴속이 멍들기 시작하는 것이다. 그리고 그러한 멍은 사내아이가 고추를 내놓고 소변을 보는 모습을 귀엽고 자랑스러운 것으로 생각하고 있지만, 여자아이들이 그런 짓을 하면 망측하고 흉한 것이라고 질색을 하는 어른들의 태도, 사회의 관습에서 비롯되는 것이라고 한다(이 항은 시몬 드 보부아르의 『제2의 성』을 참고한 것임).

인형에의 꿈

아이들이 커가는 데는 비타민만이 필요한 것은 아니다. '놀이'를 통해서 그들은 자라고 있다. 어른들은 그것을 장난이라고 해서 눈살을 찌푸린다. 그러나 아이들이 노는 것을 가만히 관찰해 보면 어른들의 문화와 조금도 다를 것이 없다. 그것은 '아이들의 문화'다. 더구나 그것은 사춘기 이전의 아이들에게 남성과 여성의 각기 다른 운명을 부여하는 의식儀式이기도 하다.

가령 그들에게 공을 주어보아라. 남자 녀석들은 우선 '발'로 그것을 걷어찰 것이다. 그러자니 자연히 밖으로 나가게 되고 혼자가 아니라 여러 아이들이 합세하게 마련이다. 그러나 여자애들 같으면 조심스럽게 손으로 칠 것이다. 하나—둘—셋……. 정신을 가다듬고 손으로 공을 치기 위해서는 바깥이 아니라 바닥이 판판한 마루나 방이 좋다. 누가 더 많이 치나의 그 경기에서는 여러 명보다는 1 대 1로 경쟁을 벌이는 것이 이상적이다. 같은 공인데도 남성이냐 여성이냐에 따라 이렇게 다른 성질의 유희를 낳게 된다.

만약 그것이 거꾸로 되어 남자애가 방구석에서 공을 치고 여자애가 밖에서 그것을 발길로 차고 놀면 어른들은 이렇게 말한다. "얘야, 사내새끼가 계집애처럼 그게 뭐냐. ×알 떨어질라." "얘야, 여자애는 그러면 못써……. 그러다간 시집 못 가요." '남자는 이런 것이다.' '여자는 이래야 한다.' 장난을 하고 놀 때부터 그러한 신화가 형성된다. 아이들은 놀이를 통해서 세뇌를 당하는 것이며 또 남성, 여성의 그 성훈련을 받게 되는 것이다.

그러므로 여자아이들은 그 놀이를 하다가 문득문득 좌절과 열등의식을 느끼게 된다. 그중에서도 여자아이에게 가장 큰 실망을 주는 것이 있다. 그것은 '남자아이들처럼 자기는 나무나 지붕 위에 못 올라간다'는 것이다.

이상하게도 아이들은 높은 데를 올라가려고 한다. 개구쟁이 남자애들은 나무나 담장 같은 것에 잘 오른다. 그러나 여자애들은 손가락을 빨며 그것을 부러운 듯이 구경만 한다.

보부아르의 견해에 의하면 공간적 상승의 관념은 정신적 우월성을 의미한다. 높아지고 싶은 이상, 정복의 열정 그리고 현실과 운명을 내려다보고 싶은 자기 존대, 사내아이들은 나무 위에 올라가는 놀이를 통해 이러한 꿈을 충족시킨다. 그리고 또 그것은 그만큼 공격적이다.

높은 나무나 지붕 위에 올라가면 어른들이 떨어질까 봐 질색을 한다. 특히 어머니와 누나가 소리를 지르며 내려오라고 발을 구른다. 사내아이들은 그것이 즐거운 것이다. 자기가 어른이 된 것 같다. 밑에서 벌벌 떨고 있는 어른들을 볼 때 꼭 자기가 어른이 된 것 같고 어른들이 아이가 된 느낌이 든다.

순간적으로나마 어머니와 누나를 놀라게 한다는 데서 남성다운 쾌감을 얻는다. "무얼 아무것도 아닌 걸 가지고 야단들이야. 괜찮대도." 나무에서 내려올 때 사내녀석은 이렇게 여성을 놀라게 해서 경멸을 하는 것이다.

여자아이들은 이러한 모험을 할 수가 없다. 거꾸로 높은 나뭇가지 위에 겁 없이 매달려 있는 남자아이를 볼 때 여자아이들은 간이 탄다. '떨어지면 어쩌나…….' 그 놀라움과 마음을 죄는 안타까움 속에서 자기도 모르는 열등의식을 느낀다. 여자애들이 '어머니에게 일러준다'고 밑에서 소리치는 것은 그 아이의 안전을 위한 충고라기보다는 열등의식에서 생겨난 시기猜忌다.

그 대신 여자아이들의 마음을 달래주는 놀이가 있다. 그것이 인형놀이인 것이다. 남자애들도 물론 인형을 가지고 놀지만 역시 방 안에서 소꿉장난을 하고 인형을 업고 다니는 것은 여자아이의 특전이다. 남자아이는 '발'로 놀고, 여자아이는 '손'으로 논다. 남자아이는 바깥에서, 여자아이는 방 안에서 논다. 여자아이들의 이 좌식 유희坐式遊戱를 상징하는 것이 바로 인형놀이인 것이다.

인형 앞에서 어린아이들은 어머니와 같은 '어른'이 된다. 평소에 자기가 당하고 있던 것을 거꾸로 인형에게 한다. 인형은 자기에게 저항을 하지 않는다. 자기 뜻대로 명령대로 움직인다. 여자아이들이 인형을 가지고 노는 것은 반드시 사랑만이 아니라는 것을 알 것이다. 꾸지람을 하고 때리고 좀 장래가 수상한 여자애 같으면 팔목을 비틀거나 목을 잡아 빼기도 한다.

남자아이들이 나무나 지붕 위에 올라가 어른이 되고 싶은 꿈이나 그 이상理想의 세계를 보고 있을 때 여자아이들은 방 안의 인형과 놀면서 자신의 욕구불만을 푼다.

남자아이의 꿈을 성취하는 나무타기 놀이와 여자아이가 인형을 통해 자기의 꿈을 실현시키는 그 유희에는 얼마나 큰 차이가 있는가? 인형은 나무나 지붕처럼 저항하지 않는다. 미끄러질 것도 없고 자기를 떨어뜨리기 위한 음흉함이 없이 팽개치면 팽개치는 대로, 끌어안으면 끌어안은 대로 그것은 묵묵히 순응한다. 안이하다. 노력이 필요없다. 언제 봐도 그것은 예쁜 얼굴로 예쁜 옷을 입고 거기에 있다. 이 세상에 거지꼴을 한 추녀의 인형이란 없는 것이다. 인형을 갖고 놀다가 여자아이들은 현실을 그렇게 안이한 것으로 바라본다. 자기 자신이 그런 인형이 되기도 한다.

입센은 『인형의 집』을 썼다. 노라는 인형처럼 살고 싶지가 않다. 살아 있는 인간의 자아를 찾아야 한다고 외친다. 그러나 현실은 거꾸로다. 여자는 이 세상의 모든 것을 인형으로 만들려고 한다. 인형을 거부해야 할 것은 도리어 남자다. 어머니가 아들을 대하는 태도를 보아라. 아내가 남편을 대하는 태도를 보아라. 모든 상대방을 인형으로 만들어놓아야만 안심을 한다. 그것이 여성의 이상이다.

남자아이에게는 권총을 선물하고 여자아이에게는 인형을 사다준다. 어른들의 이러한 선물 상자 속에서 미래의 남성 문화와 여성 문화가 생겨나는 거다.

여자란 소극적이며 약하며 비사회적이며 잔소리가 많고 현실을 개혁할 노력은 하나도 하지 않고, 현실이 자기의 인형처럼 되기만을 꿈꾸는 몽상가라고 남자들은 비난을 한다. 그러나 그러한 여성은 여성들 자신보다도 바로 남성들 자신이, 저 아버지들이 선물한 그 상자 속에서 나온 것이라고 항변을 한다. 여성은 태어날 때부터 인형을 갖고 나온 것은 아니라고.

땀과 눈물

남자라고 울지 않고 여자라고 땀을 흘리지 않겠는가? 그러나 인간의 몸에서 흐르는 그 두 액체의 의미를 따져보면 땀은 남자의 것, 그리고 눈물은 여자의 것임을 알 수 있다.

사람들은 눈물을 진주 같은 보석으로 비유한다. 그래서 시인 크래쇼는 눈물을 "여인의 보석"이라고 불렀다. 그것은 아름다운 여인의 눈을 장식하는 '다이아몬드의 물'이라고 했다.

남자가 흘리는 눈물은 아무리 점수를 후하게 주어도 그것을 진주나 다이아몬드의 물이라고 표현할 수는 없을 것이다. 남성의 눈물은 아름다움이 아니라 그 얼굴을 추악하게 만든다. 하지만 여자에게 있어서 눈물은 훌륭한 장신구 구실을 한다. 목은 목걸이의 보석으로, 손에는 반지의 보석으로, 귀는 귀고리의 보석으로 장식한다. 눈물은 목걸이나 반지나 귀고리처럼 눈을 장식해주는 천연의 보석인 것이다. 미녀의 눈에서 투명한 한 방울의 눈물이 흐를 때 그것은 외모만이 아니라 그 마음까지도 아름답게 보여준다. 여인의 눈에서 눈물이 흐를 때는 그 영혼(마음)에 아름다운 무지개가 생겨난다는 것이다. 눈물의 효용만이 아니다. 그만큼 여성들은 남자보다 잘 운다.

남자들은 대여섯 살만 넘어도 눈물이 금제禁制의 언어가 된다.

"사내가 계집애처럼 울긴……."

눈물을 흘릴 때 사내아이들은 동정이 아니라 꾸지람을 듣게 된다. 그래서 눈물이 흐른다 하더라도 두 주먹으로 그것을 씻는 훈련을 받게 된다. 그래서 얼굴에 여드름이 생길 무렵이면 사내 아이들은 누구나 어금니를 깨물고 눈물을 참는 엑스퍼트(숙련자)가 되는 것이다.

여자아이는 그렇지가 않다. 반대로 아무 때고 필요할 때는 슬프지 않아도 눈물을 흘릴 수 있는 재능을 갖도록 훈련을 해야 한다. 그래야 비로소 소녀의 자격증을 얻게 된다. J. 베날리스는 "여자는 단지 명령만 내리면 어떠한 방법으로든 넘쳐흐르게끔 대령하고 있는 풍부한 눈물을 언제나 준비하고 있다"고 말한 적이 있다.

과장이 아니다. 레니에Régnier(프랑스의 시인)의 시를 읽어보라. 그는 애인의 눈을 '언덕의 중턱에 있는 두 개의 옹달샘'에 비유하고 있지 않은가. 그 두 개의 옹달샘(눈)에서는 마르지 않고 두 줄기 맑은 물이, 그 사랑의 물이 흘러내리고 있다.

"남자가 별의별 이유를 다 갖다대도 여자가 흘리는 한 방울의 눈물을 당할 수 없다"는 격언이 있듯이 여자의 웅변은, 그 설득력은 혀에 있는 것이 아니라 눈물 속에 있다. 눈물은 여성의 무기일 뿐만 아니라 때로는 뜨개질과도 같은 취미가 되기도 한다. "계집아이란 것은 몹시 울기를 좋아하는 존재다. 이 상태를 이중으로 즐기기 위해 거울 앞에 울러 가는 계집아이도 있는 것이다"라고 뒤팡루는 말하고 있다.

어째서 여성에게는 눈물이 '치욕'이 아니라 '미'가 되며 '패배'가 아니라 '승리'며 '고통'이 아니라 즐거운 '취미'가 되었는가?

생리학적으로 봐도 여자가 남자보다 그 육체에 더 많은 것을 가지고 있는 부분은 수분이다. 그리고 같은 노동을 할 때라도 부엌에서 일해야 되는 여성들은 땀보다는 매운 연기나 고추와 마늘 같은 양념 때문에 본의 아닌 눈물을 흘려야 한다. 그러나 이유는 그런 데서 찾을 것이 못 된다.

소녀들은 자기 육체의 변화를 바라본다. 10대 이전에는 사실상 남성과 여성의 체력은 별로 다를 것이 없다. 동네의 골목대장 가운데에는 여추장이 간혹 눈에 띄는 수도 있다. 그러나 10대가 지나 소녀기에 들어서면 눈에 띄도록 그 힘이나 근육이 남성에게 뒤진다.

보부아르는 "여성이란 병자처럼 끊임없이 자기의 육체를 인식하며 사는 존재"라고 말한 적이 있다. 남성들은 소년기에 접어들기만 해도 자기의 믿음을 자기의 육체 속에서 찾는다. 무엇인가를 하려고 할 때 제 힘을 제 몸속에서 찾고 그 몸속에 의지한다. 그것이 땀의 의미다.

이에 비해서 나약한 여성은 힘을 자기의 몸속에서 구할 수가 없다. 자신이 없다. 남의 힘을 빌리려 한다. 행복을 여성 자체 내에서 구하는 것이 아니라 '남성'에게서 구하려 든다. '땀'이 아니라 '눈물' 속에서 말이다.

눈물이란 무엇인가? 여성이 눈물을 흘리는 그 태반의 이유는 운명의 가혹성에 대한 항의며 동시에 또 자기 자신이 무엇인가 남의 동정을 끌게 하는 방법이다. 주먹으로나 머리로 다투어서는 이길 수가 없다. 그때 유일하게 남은 무기는 '울음'이다. 체력이나 지력知力으로 싸워서는 남성이 여성에게 지는 법이란 극히 드물다. 그러나 여성의 눈물 앞에서는 헤라클레스 같은 장사도 속수무책이 되는 수가 많다.

여성은 눈물로 자기방어를 하는 수밖에 없기 때문에 촛불처럼 전신을 눈물로 용해시키며 타 없어져가야 한다. 약자는 눈물로 자기를 주장할 수밖에 없으며, 눈물로 자기 주장을 한다는 것은 자기의 끝없는 소멸을 의미하는 것이다.

땀이 개척과 노력의 자기표현이라면 눈물은 은폐와 도피와 포기의 자기표현이다. 눈물의 효용과 그 의미를 알게 되었을 때 계집아이는 소녀가 된다. 그래서 그들의 공상은 남성들처럼 파일럿이 된다거나 대양大洋을 주름잡는 해상왕이 된다거나 장군이나 용사냥을 하는 영웅이 되는 것이 아니라 비극의 헤로인이 되는 꿈이다. 자기는 불행하며 남이 이해해주지 않으며, 일찍 죽게 될는지 모르며, 자기가 사랑하는 애인과는 언제고 이별을 하게 될 것이라는 비극 소설의 여주인공이 된다. 그리고 몰래 눈물을 흘리는 연습을 한다. 사랑도 운명도 모두가 비극적이었을 때만이 눈빛이 빛나는 이상한 존재가 되어버린다. 이쯤 되면 그녀는 벌써 여자가 된 셈이다.

그러나 또 한편 여권론자들은 이렇게 주장한다.

―눈물은 여성의 것이기 전에 노예의 것이다. 병자의 것이다.

누가 여자를 노예로 만들고 누가 그 생명을 병들게 했는가? 여성은 스스로 우는 것이 아니라 남성들에 의해 울도록 강요된 존재이다.

불안한 봄

봄이 온다. 생의 봄이 찾아온다. 따뜻한 미풍이 잠든 성性을 일깨운다. 사람들은 그것을 사춘기思春期라고 부른다. 그러나 같은 인생의 봄이지만 이 계절을 맞이하는 남자와 여자의 마음은 결코 같은 것이 아니다.

이상스러운 일이다. 사춘기의 남자는 생리적으로 보면 가장 미운 때다. 어렸을 때의 그 보드랍던 피부가 거칠어지고 피리 소리 같던 목소리는 깨진 뚝배기 소리로 변성된다. 얼굴에는 여드름이 돋기 시작하고 개기름이 흐르는 것이다. 하지만 마음은 어렸을 때의 그 불안에서 벗어나 자신을 갖기 시작한다. 빈방에 있어도 무섭지가 않다. 달걀귀신 같은 이야기를 들으면 이젠 은근히 한번 그런 것을 만나보고 싶은 객기가 생겨나기도 한다. 힘! 근육에서 힘이 솟아나고 있기 때문이다. 무엇이든 할 수 있을 것 같다. 그의 봄은 자신으로 넘쳐난다.

여자는 어떤가? 정반대로 외모는 꽃처럼 피어가고 있는데 마음은(@원본에는 '마음을' 120p) 한결 불안스럽다. 철모르던 어린 시절에는 오히려 자신이 있었다. 그것이 생의 봄을 맞이하여 철이 들수록 도리어 흔들리고 무너져가기 시작한다. 남성들처럼 평탄하지가 않다. 불안한 봄이다. 무엇보다 초경初經을 한다는 점에서 남성과 다른 조건을 지니고 있는 까닭이다.

성교육性教育이 제대로 되어 있지 않기 때문에 여자라면 누구나 그 봄의 문턱에서 이상한 고민을 겪게 된다. 남자들은 신체적인 그 변화를 느끼지 않고 어른이 되어가지만 여자는 반드시 초경의 그 불안한 경험을 치러야만 봄의 햇살을 받을 수가 있다.

'피'에 대한 공포심 그리고 그 수치심을 가지고 소녀들은 변화해가는 자기의 육체를 숨기고 있다. 심지어 그것을 병으로 알고 고민한 나머지 자살을 하는 일도 종종 일어난다.

어느 심리학자가 여성들이 겪은 초경 때의 소감을 조사 분석한 것을 보면 '흥미가 있었다', '유쾌하고 자랑스러웠다'는 것은 각각 3퍼센트에 지나지 않는다. 그러고는 '죽고 싶었다', '불쾌했다', '슬펐다', '놀랐다', '자기가 미웠다', '부끄러웠다' 등등이다. 그중에서 '불쾌했다'는 것이 가장 많은 반응을 보여 24퍼센트가 넘는다. 초경은 하나의 '사건'과도 같다. 그리고 뚜렷한 날짜라는 것이 있다. 초경 전과 초경 후의 분명한 건널목을 통과하면서 여자는 그 생의 봄을 맞이하게 되는 것이다.

남자는 서서히 자기도 모르는 사이에 사춘기를 향해 성숙해가지만 여성은 돌연한 사건처럼 하루아침에 자기가 완전한 '여자'가 되었다는 것을 느낀다. 예비 지식을 갖고 있다 하더라도 이 놀라움과 돌연한 그 변화에 대해 적응을 제대로 하지 못한다. 불안한 그늘이 초경의 그 피처럼 온몸으로 번져간다.

그것은 비밀이다. 비밀이 생긴 것이다. 여성의 봄은 이렇게 감추어야만 하는 불안한 비밀로부터 꽃피워간다. 이것이 소녀의 심리를 형성하는 결정적인 말뚝이 된다고 심리학자들은 말하고 있다. 그뿐만 아니라 자꾸 앞가슴이 부풀어간다. 부풀어도 불안스럽고 또 남처럼 가슴이 부풀지 않아도 불안스럽다. 이 불안한 심리를 이용해서 미국의 상인들은 14세가 된 어린아이용 브래지어까지 판매하고 있다. 역시 남성에게는 없는 불안이다. 모든 육체가 비밀에 가득 차 있다. 그리고 그 비밀은 주위 사람들로부터 자신을 숨기려고 하는 의식, 즉 고립의식을 던져준다. 그렇기 때문에 소녀의 그 봄은 불안할 뿐만 아니라 고독과 손을 잡게 된다.

남자애들은 인생의 봄 속에서 아령으로 근육을 단련하듯이 집단적인 사회성과 개방의식을 성장시켜가는데, 여성은 거꾸로 고립성과 폐쇄성을 몸에 익혀간다. 소녀들의 행동을 가만히 관찰해 보아라. 아무렇지도 않은 말을 귓속말로 소곤거린다. 별로 비밀이 될 것도 없는데 소녀들은 무엇이든 책상 서랍이나 은밀한 장소에 자기 물건을 숨긴다. 소녀의 방은 마치 비밀에 가득 찬 신비한 중세의 성城같이 된다.

소녀가 일기를 쓰는 것은 그것을 몰래 감추는 재미로 쓰는 것이며, 여학교에 들어가 S를 맺는 것은 비밀의 관계를 즐기기 위한 것이다. 공개적으로 언니 동생을 맺어도 별 피해를 입지 않을 것인데도 그들은 필요 이상으로 그것을 비밀로 해둔다.

불안은 여기서 끝나지 않는다. 심각한 내부의 분열이 일어난다. 그것은 공주와 하녀 노릇을 동시에 해야 되기 때문이다. 소녀의 교육은 '예뻐져라, 동화 속의 공주처럼 예뻐져라'는 것이다. 그래야 시집을 갈 수 있다는 것이다. 자기를 비현실적인 환상의 세계로 이끌어가는 가르침을 받는다.

그런데 또 소녀들은 어머니와 함께 가사家事 일을 도와야 한다. 그릇을 닦고 손님 접대를 하고 방을 치우는 일을 한다. 남자들에겐 면제되어 있는 하녀의 일을 해야 한다. 그래야 시집을 갈 수 있다는 것이다. 말하자면 공주처럼 현실 밖의 구름 위로 상승해야 시집을 갈 수 있고, 또 하녀처럼 현실의 시궁창으로 떨어져야 시집을 갈 수 있다. 극단적인 이 모순 속에서 소녀는 분열된 자신의 분신을 바라본다.

시집을 가는 것에 대한 불안증不安症이 생겨난다.

"난 시집 안 갈래."

소녀는 누구나 이런 말을 한 번씩 하면서 미래의 남편을 꿈꾸는 법이다. 남자 역시 미래의 아내를 생각한다. 그것은 어디까지나 자기 생활의 한 부분을 차지하는 아내다. 직장과 마찬가지로 자기가 꿈꾸는 사회, 가정생활의 일부다.

그러나 가부장제도와 남성 권위주의 그늘에서 살아가는 여자에게 있어서 남편은 생활의 일부가 아니라 전부다. 남자에게 있어서 아내는 자기 인생의 일부지만 여성은 남편에게 자기 생의 전부를 투자하는 것이기 때문에 위험도 그만큼 크다. 불안한 봄, 여성은 이 불안한 꽃샘 추위에서 피어난다.

사랑과 처녀성

첫사랑이 시작된다. 플라톤의 우화대로 에로스(사랑)의 아버지는 풍족豊足의 신神이며 그 어머니는 빈곤의 신이다. 그래서 사랑은 끝없는 충족을 향해 달리고 있지만 그 마음은 항상 결핍 속에 있다. 아무리 열렬한 사랑이라 해도 충족되지 못한 허전한 불만을 느낀다.

특히 여성이 그렇다. 19세기 유럽의 판화版畫에는 남녀의 사랑을 풍자한 만화들이 많다. 그중의 하나를 잠시 들여다보자. 첫 장면은 비 오는 날 거만하게 걸어가는 여자에게 남자가 뒤따라오면서 우산을 받쳐준다. 기사풍의 이 남성은 그 여인에게 빗방울 하나 떨어지지 않도록 우산을 씌워주고 있는 바람에 자기는 흠뻑 비에 젖고 있다. 둘째 장면은 우산으로 가리고 이 남녀는 열렬한 키스를 한다. 이때는 우산이 공평하게 두 사람을 다 덮고 있다. 마지막 장면은 두 사람이 다시 빗속을 걷고 있다. 그런데 우산이 처음과는 반대로 그것을 들고 있는 남자 쪽으로만 기울어져 있다. 여자는 원망스러운 눈으로 남자를 흘겨보면서 비에 젖고 있는 것이다. 이미 그는 기사가 아니다.

이것이 모든 사랑의 과정이다. 구애求愛를 할 때는 으레 남자가 저자세고 여자는 고자세다. 그러나 일단 사랑을 손에 넣으면 그 자세가 전도되고 만다.

사랑의 우산을 잡은 손은 여자가 아니라 남자다. 왜냐하면 남자에겐 동정童貞이란 것이 별로 문제가 되지 않지만 여자에겐 처녀성이란 것이 하나의 신화처럼 되어 있는 까닭이다.

사랑의 완성이 여자에게는 '몸을 버린다'는 말로 표현되고 있는 것을 보아도 알 수 있다. 사랑을 하는 것이 남자의 경우엔 '정복'이라고 말해지며 여자의 입장에선 '상실'이 되는 셈이다. 그렇기 때문에 같은 사랑이라 해도 여자는 하나의 핸디캡을 갖고 있게 마련이다. 사랑을 얻는 순간, 여성은 그것을 잃을까 두려워하는 불안감을 갖게 된다. 이른바 '이별 콤플렉스'다. 사랑은 남자에게 아무런 증거도 남기지 않는다. 그러나 여성에게는 낙인처럼 육체에 그 흔적을 남기는 까닭이다. 사생아를 낳고 일평생을 그늘에서 살아야 한다. 남자는 떠나면 그뿐이다. 독선적인 남성들은 자기가 동정이 아니면서도 아내의 선택은 처녀성이란 데 규준을 둔다.

'사랑의 장부'를 보면 남자는 언제나 흑자고, 여성의 것에는 적자로 기록된다. 두 번째, 세 번째의 여성을 만나게 될수록 남성은 유리한 게임을 벌이게 된다. 여성의 심리를 환히 바라보고 있는 그 경험 때문에 사랑의 작전에서는 언제나 유리한 고지高地를 점령할 수가 있다. 여성은 반대로 경험이 많을수록 그 값어치가 하락한다. 첫 번째 남성보다 두 번째 남성이, 두 번째 남성보다는 세 번째 남성이 보다 불리한 자리에서 선택된다. 처녀성과 정조라는 그 신화가 여성에게만 적용되는 까닭이다. 그리고 그러한 신화는 말에게 재갈을 채우고, 소에게 코뚜레를 꿰는 것처럼 여성을 독점하고 제어하는 수단이다.

세상에는 절대적인 가치란 것이 있을 수가 없다. 처녀성에 대한 것도 예외가 아니라는 것이다. 결혼 전의 여자들은 순결해야 된다. 순결을 상실한다는 것은 곧 생명을 잃는 것과 같이 생각되었다. 그러한 신념 때문에 옛날에는 처녀가 처녀성을 잃었을 때는 자살을 하는 수가 많았다. 따지고 보면 그것 역시 하나의 관습에 지나지 않는다. 세상에는 그와 반대로 처녀성을 기피하는 풍습도 많다. 거짓말 같은 이야기지만 사실은 사실이다.

지리학자 엘베크리는 슬라브인의 결혼 풍습에 대해서 이렇게 적고 있다.

"남자는 결혼하여 아내가 처녀임이 발견되면 아내를 향해 '당신에게 조금이라도 가치가 있었으면 지금까지 당신을 사랑하여 처녀성을 빼앗은 남자 하나쯤은 있었을 것이다'라고 말한다. 그러고서 그 여자를 쫓아버린다."

이러한 예가 아니라도 처녀성을 대수롭게 여기지 않는 풍습은 미개 사회에서는 흔히 볼 수 있는 현상이다. 미개 사회가 아니라도 스위스의 오벌랜드 지방에서는 혼전婚前의 처녀가 여러 남자와 잠자리를 함께하는 것이 조금도 흉이 아니었다.

19세기 초의 어느 작가는 그 지방의 풍속에 대해서 재미난 일화를 적고 있다.

밤마다 도둑을 맞아 피해가 막심한 어느 시골 과수원 주인에게 '왜 개를 기르지 않느냐'고 물었다. 그때 그 농부의 말은 딸 때문이라는 것이었다. 전에 맹견을 하나 길렀는데 그 후로는 밤마다 딸에게 놀러오던 동네 총각들이 얼씬도 하지 않더라는 것이었다.

'상上바이에른의 농민'에 대해서 언급한 퀼리의 글에서도 우리는 이런 대목을 읽을 수가 있다.

"신랑과 신부가 제각기 자기 아들을 서너 명씩이나 데리고 결혼식장에 나타난다는 것은 (이 지방에서는) 조금도 이상스러운 일이 아니며 불명예도 아니다."

요컨대 풍습의 차이다. 사랑에 대한 남자의 모노폴리즘 때문에 여자는 사랑을 해도 천연두처럼 그 자국이 남는다. 그래서 여권론자들은 성性의 평등을 외치고 있는 것이다.

결혼한다는 것

"전쟁터에 나갈 때는 한 번 기도하라. 바다에 갈 때는 두 번 기도 하라. 그리고 결혼할 때는 세 번 기도하라."

이것은 러시아의 속담이다. 말이 점잖지 이것을 다른 말로 고쳐보면 결혼은 탄우彈雨 속을 행진하는 전쟁보다도 무섭고 풍랑을 헤치고 가는 항해보다도 더 위험하다는 이야기가 된다.

고대 그리스 사람들도 결혼생활을 곧잘 항해에 비유하곤 했다.

"결혼은 죄악이다. 그것은 범죄의 바다다. 더구나 30척의 배 가운데 겨우 3척 정도가 난파하는 리비어나 에게 해의 그런 바다가 아니라 거의 안전이란 것이 없는 바다—그것이 결혼생활이다."

그리스 희극에 나오는 대사 한 토막이다.

이른바 『세계인명대사전』에 이름이 오르내리는 위인들의 생애를 보면 알 것이다. 그들은 철학에서, 과학에서, 문학에서 그리고 사회의 여러 분야에서 존경을 받고 있는 성공자들이지만 결혼

생활에 관한 한 실패자들일 경우가 많다. 표현을 바꾸면 결혼에 실패했기 때문에 다른 분야에 열정을 쏟아부을 수 있었다고도 말할 수 있다.

조금도 과장이 아니다. 정치는 남성의 전유물처럼 되어 있다.

D.H. 로렌스의 주장에 따르면 아내에게 하지 못한 화풀이나 가정에서 기가 죽은 남자들이 그 욕구불만을 밖에 나와 터뜨리는 것이 정치라는 이야기다. 이렇게 문제를 심각한 곳으로 몰고 나가지 않는다 하더라도 아내를 가진 예수나 석가모니를 우리는 상상할 수 있을 것인가? 누구보다도 가정윤리를 소중하게 다룬 공자 자신이 그렇지 않은가?

예수는 끝없이 돌아다니면서 창녀와 병자와 가난한 자들에게 '하나님의 말씀'을 알려주었다. 만약 그에게 아내가 있었더라면, 자녀들이 있었더라면 우선 그 여행의 자유가 없었을 것이고, 둘째는 남들을 사랑하는 예수의 그 박애주의에 대해 항상 아내의 질투와 감시의 눈초리를 받으며 살았을 일이다.

"여보, 당신은 저들과 나 가운데 어느 쪽을 더 사랑하는 거예요?" 변함없는 이 질문의 되풀이 때문에 어떻게 마음놓고 설교인들 할 수 있었을 것인가? 예수가 죽음의 십자가를 지는 것은 마다하지 않았지만 결혼이라는 십자가만은 처음부터 거부할 수밖에 없었던 이유를 알 만하다.

디오게네스Diogenes(그리스의 철학자)도 독신이었기에 통 속에서살 수가 있었다. 아내가 있는 몸이라면 우선 비좁아서 그런 엄두도 내지 못했을 일이다. 누가 술통 속에서 살자고 결혼을 하겠는가? 더군다나 알렉산데르 왕이 찾아왔을 때 디오게네스는 감히 세 발짝만 물러나 햇볕을 가리지 말라고 큰소리를 칠 수는 없었을 것이다. 상상해보라. 디오게네스에게 아내가 있었더라면 이런 절호의 찬스를 그 알량한 햇볕을 쬐는 것과 바꿀 수 있었겠는가? 비록 요즘 같은 밍크코트는 없었다 하더라도 알렉산데르가 청이 있으면 무엇이든 들어주겠다고 말했을 때 그 아내는 디오게네스의 옆구리를 찌르면서 하나하나 귀엣말로 사치품들을 주문하기에 바빴을 일이다. 아내의 이런 압력을 물리칠 만큼 용감했더라면 아마 디오게네스는 남들처럼 결혼을 했을는지도 모른다.

이런 관점에서 보면 현대인이나 원시의 수렵민이나 별다를 것이 없다. 수렵민들은 사냥을 하기 전에 아내와 잠자리를 같이 하지 않는다. 아내가 남성의 정력을 빼앗아가기 때문에 사냥이 잘 안 된다고 믿고 있는 탓이다. 훌륭한 사냥을 하려면 아내를 거부한다. 마찬가지로 훌륭한 학자, 훌륭한 예술인, 훌륭한 과학자가 되려고 할 때 남자들은 독신으로 있거나 아내가 있어도 돌보지 않기가 일쑤다. 결국 훌륭한 인간이 된다는 것과 훌륭한 남편이 된다는 것은 불행히도 동의어가 될 수 없다.

남자가 생각하는 이상과 여성이 생각하는 꿈은 그야말로 동상이몽同床異夢일 경우가 많다. 소크라테스처럼 집의 양식 걱정은 하지 않고, 아내가 아픈지 외로운지 무엇을 원하는지는 아랑곳하지도 않고, 길거리에 나가 앉아 마을 청년들과 괴상한 이야기나 하고 앉은 그런 철인哲人을 누가 훌륭한 남편이라고 할 것인가? 크산티페를 악처라고 하지만 누구나 여자라면 그런 남편에게 바가지를 긁지 않을 수 없었을 것이다. 도대체 자기 집 아이는 어떻게 태어나는 줄도 모르면서 진리를 낳는 산파술産婆術을 떠들고 앉아 있는 이 철인이 그의 아내 입장에서 보면 가소로운 위선자로밖에 보이지 않았을 것이다.

여자는 가까운 곳을 본다. 진리는 부뚜막에 있으며 아이들의 기저귀 속에 있다. 아침 식탁과 저녁의 잠자리 속에 그들의 세계와 행복이 있다. 철인이기 전에, 예술가이기 전에 한 여자의 남편이요, 한 가족의 아버지다.

이러한 가치관의 차이만은 아니다. 남자의 이상이란 것이 소시민의 생활이라 하더라도 결혼생활은 여전히 기도를 세 번 하고 출발해야 된다. 식성도 취미도 더구나 생리학적으로 다른 남녀가 도시 한 몸처럼 산다는 것부터가 분쟁의 뇌관이 아닐 수 없다. 잠잘 때 코를 고는 습관이 있다는 것은 결혼 전에는 미처 몰랐던 일이다. 데이트할 때와는 달리 영화관에 가서 낮잠이나 자는 몰취미한 사람인 줄은 미처 몰랐던 일이다.

전축 하나 트는 데도 한쪽은 볼륨을 올리고 한쪽은 볼륨을 낮추라고 싸움이 벌어진다. 말이 일심동체지만 청각은 같을 수가 없다. 그렇다고 다수가결로 중대 안건을 결정지을 수도 없다. 일부일처제이기 때문이다. 마음에 안 든다고 버스에서 내리듯 도중에서 선불리 내릴 수도 없는 여행이다.

'예전엔 미처 몰랐다'는 말을 되풀이할수록 항해의 파고波高는 높아진다. 적어도 50년 동안을 같이 살아야 한다. 위대한 베토벤의 음악도 50년 내내 들으라면 양재기를 두드리는 소리처럼 견디기 어려울 것이다. 이혼이 상습화한 현대의 풍토에서 검은 머리가 파뿌리처럼 될 때까지 백년해로하라는 주례사는 덕담인가? 악담인가?

메추리 논쟁

어느 날 기욤이란 농부가 두 마리의 메추리를 잡아가지고 자랑스럽게 집으로 돌아왔다. 그러고는 아내 로즈에게 통째로 구우라고 했다. 맛있는 요리가 생겼으니 자기는 마을 사제司祭님을 초대하러 가겠다는 것이다. 요리를 다 해놓고 기다리는데도 기욤은 아직 돌아오지 않는다. 로즈는 맛있게 구운 메추리 요리를 담은 접시 곁에 고기 한 점이 떨어져 있는 것을 본다. "어디 맛이 어떤가를 좀 더 보자." 로즈는 입으로 가져간다. 혀가 녹을 만큼 맛이 있다. "날개깃 하나만 떼어 먹어보자." "한쪽만 떼어 먹으니 표가 나는걸. 이왕이면 이쪽도……." 그래도 침이 넘어가는 것을 참을 수가 없었다.

그런데 사제님을 부르러 간 기욤은 아직도 돌아오지 않는다. 로즈는 조금만 조금만 하다가 결국 한 마리의 메추리를 다 먹어버리고 만다. 한 마리밖에 남지 않았다. 이왕 저지른 일, 먹었다는 말을 듣기는 매일반인데 나머지 것도 먹어버리기로 한다. 코를 찌르는 그 맛있는 냄새에 견딜 수 없었기 때문이다.

이때 남편이 사제님을 모시고 돌아온다. 이미 메추리는 없다. "요리는 다 되었어?" 로즈는 엉겁결에 거짓말을 한다. "글쎄 고양이가 다 물어갔지 뭐유." 기욤은 때릴 듯이 덤벼든다. "아니 고양이가 사람이 보는 앞에서 메추리를 채가다니……." 로즈는 다시 거짓말을 한다. "농담이에요. 곧 음식을 차려올 테니 먹을 준비나 하세요."

남편은 안심하고 메추리 자를 큰 칼을 가지고 오려고 헛간으로 갔다.

로즈는 사제님 귀에다 대고 이렇게 말한다. "저희 남편이 당신을 죽이려고 하니 빨리 도망치세요." 사제는 창 너머를 넘겨다본다. 정말 기욤이 큰 칼을 들고 헛간에서 나오고 있다. 사제는 정신없이 도망친다. 남편이 들어오자 로즈는 큰 소리로 외친다. "기욤, 당신의 메추리를 들고 사제님이 뺑소니를 쳤어요!" 기욤은 급한 걸음으로 손에 그냥 칼을 든 채 사제의 뒤를 쫓아간다. 사제는 정말 죽이려고 쫓아오는 줄 알고 더욱더 정신없이 뛴다. 교회에 돌아온 사제는 문을 굳게 닫아건다. 기욤은 풀이 죽어 집으로 돌아온다. 로즈는 빙그레 웃는다.

그래서 옛날 속담에는 이런 말이 있다. "여자가 있는 곳에 악마가 있느니라."

예가 좀 길었지만, 이것은 아이들이 배우는 교과서에서 뽑은 프랑스의 유명한 민담民談이다.

이런 이야기를 듣고 자란 아이들이 어떠한 여성관을 갖게 될 것인가? 우선 로즈의 심리를 보자. 그녀는 처음부터 메추리를 통째로, 그것도 두 개나 다 횡령할 생각은 하지 않았다. 남편이 시키는 대로 맛있게 구웠다. 그러나 작은 부스러기 고기를 입에 넣자 먹고 싶은 욕망이 자꾸 커지고 통도 커진다. 조금씩 조금씩 뜯어 먹다가 끝내는 자제하지 못한 채 모두 먹어치우고 만다.

여성들은 이런 식으로 죄를 저지른다. 그만큼 충동적이고 본능의 유혹에 약하다. 뒤에 그 일이 어떻게 될는지 생각하지 않고 일을 저지른다. 계도 이렇게 해서 깨지게 되는 것이다.

둘째는 거짓말이다. 번연히 1분 후면 들킬 것을 가지고도 그때까지 그냥 내뻗친다. 봐가면서 시간을 끌려고 한다. 문제를 해결하려는 것이 아니라 유예猶豫시키는 것이 여성들의 행동 양식이다. 빚을 갚을 생각보다 어떻게 하면 뒤로 미룰 수 있나 하는 데 더 신경을 쓴다.

셋째는 기지機智다. 남자보다 훨씬 머리가 빨리 돈다. 불이 날 때 버선짝 하나라도 들고 나오는 것은 어머니 쪽이지 아버지 쪽이 아니다. 위기를 돌리는 직관력에 있어서는 언제나 남자보다 여자 쪽이 트로피를 차지하게 마련이다. 그러나 그 방법은 간계에 의한 것이다. 평화롭던 사제와 기욤 사이에 오해와 불화를 일으켜놓고 로즈는 미소를 짓는다. 여자는 남편과 시어머니도 그런 식으로 이간을 시키는 법이다.

이래서 여성은 불화不和의 상징이 된다. 대체로 이상의 것이 민담 속에 나타난 여성관이고, 남자들이 흔히 여성이 있는 곳에 악마가 있다고 믿고 있는 그 고정관념이다.

그러나 여성 쪽에서 이 민담을 한번 분석해보면 어떻게 될 것인가? '모든 잘못은 로즈보다 남편인 기욤 쪽에 있다. 메추리를 두 마리 잡았으면 아내와 둘이서 그 요리를 먹을 것이지 왜 마을 사제를 불러들였느냐? 남자는 이렇게 명예욕 때문에 항상 무슨 일이고 그 눈이 가정이 아니라 외부(사회)로 향해 있다'고. 메추리를 잡아온 것을 아내와 단둘이 즐기려고 했다면 무엇 때문에 로즈는 도둑고양이 같은 짓을 했겠는가? 남편의 획득물, 그것이 메추리든, 예술적인 창작품이든, 과학적 업적이든 우선 맛 보여야 할 것은 아내여야 한다. 그렇지 않다면 무엇 때문에 결혼을 했는가?

그리고 또 여성들은 말할 것이다. 남자의 권력과 그 횡포 속에서 살고 있는 여성(아내)들에게 만약 힘이 있다면 모면하는 그 기지밖에 없을 것이 아닌가? 마치 식민지 백성들이나 독재자에게 괴로움을 당하고 있는 평범한 시민들에게는 그 억압에 대항할 무기가 없기 때문에 엄살과 거짓말과 간계에 의존할 수밖에 없다. 횡포한 남성의 '진실'보다는 억압받는 나약한 여성의 '거짓말'이 어느 의미에서는 훨씬 더 무죄한 법이다.

로즈도 메추리고기를 보면 침이 넘어가는 인간이다. 더구나 제 손으로 요리를 한 것이다. 사제와의 식탁을 꾸미기 위해서 땀만 흘려야 하는 것이 여성인가. 로즈의 그런 거짓말을 탓하기 전에 사제와 점심 식사를 하며 메추리를 잡았던 자기 솜씨 자랑을 늘어놓고 싶었던 기욤의 허욕虛慾을 규탄하지 않으면 안 된다. 남성들의 공명심 때문에 얼마나 많은 '로즈'가 부엌의 연기 속에서 눈물을 흘려야만 했는가?

여성이 있는 곳에 악마가 있었던 게 아니라 먼저 남성이 있었다는 사실을 잊지 마라. 일상적인 부부생활에 있어서도 이러한 민담의 한 대목은 끝없이 각색되어 나타난다. 그 민담의 줄거리는 하나지만 그것을 어떻게 바라보느냐 하는 데는 남성의 눈과 여성의 눈에 따라 다르다. 이러한 논쟁에서 이른바 섹스워[性戰爭]라는 새로운 포성이 들려오고 있는 것이다.

공방空房의 고독

찻잔 안에

그는 커피를 부었다.

커피잔에

그는 밀크를 부었다.

밀크를 탄 커피 안에

그는 설탕을 넣었다.

작은 스푼으로

그는 저었다.

그는 밀크를 탄 커피를 마셨다.

그리고 찻잔을 내려놓았다.

아무 말도 않고

담배에

그는 불을 붙였다.

연기로써

그는 동그라미를 만들었다.

재떨이에

그는 재를 털었다.

아무 말도 나에게 하지 않고

나를 쳐다보지도 않고

그는 일어섰다.

모자를 머리에 썼다.

레인코트를 입었다.

비가 오고 있었기에.

그리고 그는 나가버렸다.

빗속을 말없이

나를 돌아보지도 않고

그리고 나는

나는 머리를 처박고

그리고 울었다.

자크 프레베르의 시詩다. 이 시를 읽을 때 우리의 머릿속에 떠오르는 사람들의 그 모습은 무엇인가. 그것은 결혼한 지 3, 4년이 지난 어느 부부의 생활이다. 아파트의 어느 곳에서고 이런 평범한 생활을 구경할 수 있을 것이다. 매일같이 되풀이되고 있는 일상생활의 퇴색한 목록目錄은 대개 다 이런 순서로 전개된다. 아침이 그렇게 시작되고 하루가 그렇게 끝난다.

이 시에서처럼 커피를 마시고, 담배를 피우고, 모자를 쓰고 그러고는 문을 열고 나가는 단조로운 일상생활이 무성영화처럼 깊은 침묵 속에서 돌아가고 있다.

영화의 발달사와 여성들의 애정사는 정반대로 진행하고 있는 까닭이다. 애정의 첫 단계, 여자가 한 남자를 사랑하기 시작했을 때 마음의 스크린에는 70밀리의 총천연색의 영상이 비친다. 화려하고 넓고 드라마틱한 행동 속에서 6본本 트랙의 웅장한 입체 음향이 들려온다. 그러다가 약혼을 하면 스탠더드의 천연색 영화로 그 규모가 축소된다. 사랑의 화면은 훨씬 좁아지고 소리도 평면적이다.

그러나 결혼을 해서 셋방살이가 시작되면 흑백영화 시대로 돌입하게 된다. 색채가 없어진다. 빨간 장미도, 흐르는 피도, 새파란 냇물도, 하늘도 모두가 흑백으로 바뀌고 만다. 그러다가 몇 년이 흘러 혼수로 가져온 가구의 칠이 벗겨질 무렵이 되면 무성영화의 시대가 시작되는 것이다.

그렇다. 남편은 어제와 마찬가지로 출근을 한다. 아내를 뒤에 남겨두고 십자군들이 원정을 갈 때는 그래도 나팔 소리 같은 것이라도 있었다. 그러나 아내를 빈방에 남겨두고 직장을 향해 가는 남편들의 그 출근은 피우다 간 담배 연기만이 침묵의 심연을 이룬다. 밖에서 비라도 내리고 있는 날이면 이 무성영화는 더욱 슬프다. 심심하다. 아내는 빈방에서 머리를 처박고 운다. 그러나 울음소리조차 들리지 않는다. 다만 한 방울의 싸늘한 눈물과 울먹이는 어깨의 진동만을 볼 수 있을 것이다. 왜냐하면 무성영화이기 때문이다. 사람들은 이 무성영화 시대의 생활을 권태기라고 부른다. 대화도 드라마도 없는 이 침묵 속에서 여자들은 다시 한 번 눈을 뜬다.

TV가 있고, 주간지가 있고, 시간을 보낼 여러 가지 레크리에이션의 수단이 있는 현대라도 이 침묵의 상황은 조금도 달라진 것이 없다. 차라리 옛날에는 대가족주의였기 때문에 공방空房의 외로움이란 것이 있어도 가정은 작은 하나의 사회로서 생활이란 것이 있었다. 남편이 없더라도 시어머니가 있고, 시아버지가 있고, 시동생에 시누이에 시조카에……. 그렇지 않더라도 일부 다처제에서는 무성영화라 해도 항상 멜로드라마의 연속이다.

그러나 일부일처제가 법으로 보호를 받고 있는 현대에는, 그리고 또 핵가족제核家族制의 단순한 현대의 가정에는 남편이 집을 떠나면 오직 빈 방석만이 남는 경우가 많다. 여성에게 가장 위험한 것이 바로 이 무성영화 시대의 연기演技다.

남성은 침묵을 견디고 이길 만한 많은 방법이 있다. 가정이 텅 비어 있어도 그의 직장이나 사회에는 100미터의 장애물 경기보다 더 아슬아슬한 사건들이 널려 있다.

그러나 이 진공眞空의 방에서 생生의 소리를 아쉬워하는 여성들은 언제나 범죄의 소리로 나타난다. 왜냐하면 원래가 무성영화인 것이다. '침묵을 깨뜨리는 소리', 이것이 결혼한 아내에게는 금제禁制로 되어 있는 탓이다.

유부녀가 혼자 다방에서 앉아 있다는 것은, 영화관에 간다는 것은, 사교장에 나가 춤을 춘다는 것은, 할 일 없이 산책한다는 것은 곧 부정不貞이 된다. 침묵에서 움트는 것은 대개의 경우 부정의 나무로 되어 있다.

따분한 일상생활 속에서 인간이 되고 싶다는 꿈이 현실로 나타나게 될 때는 '부정한 아내'로 전락하게 되는 수가 많다. 아이로니컬하게도 여성이 결혼을 한 다음 인간이 되려는 높은 꿈을 꿀수록 실제의 현실 속에서는 끝없이 시궁창으로 떨어지는 타락자가 된다.

마담 보바리를 생각해보아라. 시골 의사의 아내로서 평범하게 살았더라면 늘 보는 그 시골 풍경, 늘 겪는 산문적인 그 생활, 감격도 없고 변화도 없는 소시민의 소리 없는 그 생활에 그냥 적응하고 살았더라면 그녀는 간통이라는 무서운 범죄를 저지르지 않아도 되었을 것이다. 빚을 지지 않아도 되었을 것이다. 비소砒素(비소 화합물은 독이 있음)를 먹고 자살을 하지 않아도 되었을 것이다. 마담 보바리는 꿈을 버리지 못했다. 일생의 침묵 속에서 생의 소리를 듣고 싶어 했다. 꿈도 상상력도 없는 시골 의사의 따분한 시골 생활을 견딜 수가 없었다.

남자의 꿈은 결혼을 하고서도 자라난다. 침묵 속에서 오히려 더 가지는 무성하게 뻗어간다. 그러나 여성의 꿈은, 인간다운 꿈은 마담 보바리의 경우처럼 도리어 그녀를 파멸로 이끌어간다. 마치 식민지의 백성들이 '인간의 꿈'을 지닐 때, 자기를 주장하고 나서려 할 때 '불온한 자'가 되듯이 남성 위주로 편제되어 있는 이 부가장父家長의 사회에서 여성들이 '인간의 꿈'을 지닐 때, 자기의 자유를 내세울 때는 '부정녀不貞女'가 된다.

정조대貞操帶가 상징하는 것

여성 대표가 조물주를 찾아가 불평을 했다.

"어째서 아이를 낳을 때 여자만이 혼자서 그 고통을 겪게 만들었느냐. 이 불평등을 시정하기 위해서는 마땅히 아이를 갖게 한 남자측에서도 그 진통을 나누어가져야 한다. 그래서 산모의 고통을 반으로 덜어주고 반을 남자에게 주어야 옳은 일이 아니겠는가?"

여성의 이러한 호소를 조물주는 그 자리에서 쾌히 받아들였다. 조금도 이치에 어긋나지 않는 정당한 불평이었기 때문이다. 그러나 곧 커다란 혼란이 벌어졌다. 세상에는 깨끗하게 정절貞節을 지키고 사는 여성들만이 살고 있는 것이 아니기 때문이다. 그래서 아내가 아이를 낳을 때 막상 진통을 함께해야 할 남편은 멀쩡한데 엉뚱하게 이웃집 남자가 갑작스레 배를 움켜쥐고 소리를 지르는 해괴한 광경이 벌어지기도 한다. 또 아내가 아이를 낳지도 않는데 남편 혼자서 진통을 하느라고 땀을 흘리는 수도 있다. 어느 여인이 그의 아이를 낳고 있는 것이 분명하다. 이러한 진통으로 도처에서 싸움이 벌어지고 가정이 깨어져나간다.

조물주가 한숨을 짓고 그 광경을 내려다보고 있을 때 여성 대표가 다시 찾아온다. 산고보다도 몇 배나 더 괴로움을 당하고 있으니 빨리 원상 복귀를 해달라는 애원이었다. 부정不貞이 양성화될 때 남성보다 여성이 당하는 벌이 몇 배나 더 컸을 것이기 때문이다.

별로 점잖지 못한 유머지만 리얼리티가 있는 이야기다. 결혼 생활에 있어 여자에게 주어진 가장 큰 의무가 바로 이 정조貞操의 문제다. 결혼을 하기 전부터 이 운명은 여성을 지배하는 요소다. 그러나 여성이 순결을 지킨다는 것은 그렇게 이상적으로만은 되지 않는다. 그렇기 때문에 옛날 스페인의 풍속을 보면 혼전婚前의 여성은 자기의 처녀성을 증명하는 것이 의무로 되어 있었다. 첫날밤이 지나면 반드시 신부는 혈흔血痕이 묻은 리넨 천을 길가의 창에 걸어놓고 '비르젱 라테네모스(이 여자는 처녀였다)'라고 큰 소리로 외쳐야 한다는 것이다.

그러나 이렇게 엄격한 성 윤리가 성채처럼 여성들을 에워싸고 있어도 현실적인 생활에서는 여전히 성은 방종하게 마련이다. 오늘날처럼 프리섹스의 시대가 아니라도 유럽의 경우, 우리는 이미 혼전의 성관계가 로코코 시대 때부터 성행하고 있었다는 방증을 쉽사리 찾아낼 수가 있다. 그 당시에 인공적으로 처녀성을 만드는 장사가 얼마나 인기가 있었는가를 보면 된다.

훅스의 조사를 보라. 그 당시의 약제사나 약종상藥種商은 수렴성收斂性 연고와 약으로 몇 번이고 처녀성을 만들어주는 이른바 '처녀 부활약'이라는 것을 만들어 팔았다. 그리고 주문이 쇄도하는 바람에 그들은 한결같이 거부巨富가 되었다는 것이다.

감기약이 아니라 '처녀 부활약'으로 약제사들이 치부를 할 수 있었다는 것은 혼전 성관계가 그만큼 많았다는 것을 의미한다. 심지어 15세기경 돈이 궁한 편력서생遍歷書生들의 노래 가운데는 "처녀성을 잃은 아가씨들에게 나도 한번 고약이나 만들어 팔까"라는 것이 있었던 모양이다. 결혼을 하게 되면 이제는 또 혼외정사婚外情事 때문에 문제가 생긴다.

인간의 역사를 뒤져보면 인류는 전쟁보다 여성의 정조 문제를 에워싼 갈등으로 더 많은 고역을 치렀다고 할 수 있다. 전란은 그래도 휴전이라는 것이 있었지만, 정조의 공방전에는 휴전이란 것이 없는 영구한 게릴라전이었기 때문이다.

여성의 정조를 중시한 것은 비단 애정의 윤리관만으로 풀이될 수가 없다. 우선 여성들의 그 성性을 대등한 관계로서 본 것이 아니라 남성의 소유물이며 사유재산으로 생각한 데 그 문제점이 있는 것이다. 아내가 부정을 한다는 것은 자기의 사유재산을 침범당한 것이기 때문에 도둑을 맞은 것과 같다. 가부장제도에 있어서 이것은 일종의 부권父權에 대한 반란이다. 그러므로 남성의 명예와 권리를 지키는 것, 이것이 바로 여성의 정조관이 된다. 단순한 비유가 아니다. 사유재산이라는 것이 없는 에스키모들에게 있어서는 여성의 정조라는 것은 별로 중요시되고 있지 않다.

가령 아내의 정조를 인공적으로 방어하기 위한 정조대라는 것을 두고 생각해보자. 비록 그 표현은 '비너스대'니 '정조의 문지기'니 하는 말로 불렸지만, 그것은 돈이 들어 있는 금고나 창고에 채워두는 '자물쇠'와 같다. 열쇠는 남자의 손안에 들어 있다. 이렇게 보면 여성의 정조는 현대인들의 그 캐비닛 속에 든 화폐와 조금도 다를 것이 없다.

비록 정조대는 아니라 해도 우리나라의 부인들이 쪽을 찌고 비녀를 꽂는 것을 보면 정조대의 이미지와 비슷한 상관성이 있다. 비녀는 대문의 빗장과도 같다. 한일자로 꼭 채워진 비녀는 정조의 문을 굳게 닫아건 정신적인 빗장이다. 비녀는 하나의 자물쇠이며 윤리적인 정조대라고 할 수 있다.

정조라는 것은 부부가 그리고 사랑하는 사람끼리 함께 지켜야 할 신성한 의무라고 생각되기보다 남성의 사유재산 보호라는 명목이 짙었기 때문에 애초부터 그것은 평등한 계약이라고 볼 수 없었던 것이다.

아이로니컬하게도 정조대가 도리어 정조를 더욱 문란케 하는 데 공헌했다는 점만 보아도 알 수 있다. 열쇠를 가진 남편들은 안심하고 집을 비우고 다닌다. 그러나 자물쇠를 만든 사람은 그것을 풀 수도 있는 사람이다. 대장장이들은 이중의 장사를 했던 것이다. 정조대를 만들어주고, 한옆으로는 거기에 맞는 제2의 다른 열쇠 장사를 벌였다. 또 하나의 열쇠를 얻기 위해서 부정한 아내들은 남편이 준 황금을 사용한다. 그래서 남편들은 아내를 잃고 동시에 돈을 잃는 손해를 보게 된다. 이 바람에 이번에는 약제사들이 아니라 철물점 상인들이 치부를 하게 된다.

노예로서의 성性, 사랑이 아니라 남자의 사유물의 증거로서 있는 정조, 이러한 지배로서의 성관性觀 때문에 도리어 여성은 부정을 통해서 자기 존재의 자유를 확인하려는 이지러진 성관계가 생겨나는 것이라고 여권론자들은 말한다.

보넬리아의 꿈

보넬리아라는 이상한 벌레가 있다. 물에서 사는 이 작은 벌레의 세계에는 암컷과 수컷의 한계가 뚜렷하지 않다. 수컷이 암컷이 되기도 하고 암컷이 수컷으로 변하기도 한다. 이 벌레의 생태에 대한 여러 가지 설說이 있지만, 이러한 자웅교체가 영양분에서 비롯되는 것이라고 주장하는 학자도 있다. 즉 영양이 풍부하면 암컷이 되고 영양 부족이면 수컷이 된다는 것이다. 그래서 암컷이 새끼를 치면 자연히 영양 부족이 되니까 수컷이 되고 수컷은 그동안 빈둥빈둥 놀고만 있었으니까 살이 찐 덕택으로 암컷이 된다. 그래서 이 세계에서는 편리하게도 교대교대로 바꿔가면서 남편과 아내의 구실을 정답게 분배한다는 이야기다.

여성이 들으면 부러워할 이야기다. 왜냐하면 인간도 보넬리아처럼 부부의 역할을 교대로만 할 수 있다면 무엇 때문에 '우먼 파워'니 '성평등'이니 하는 골치 아픈 말들이 나돌겠는가? 그러나 아직 인간세계에서는 아무리 여성 지위가 현저하게 높아진다 하더라도 아이를 낳는 일만은 여성 소관으로 되어 있다.

여자가 자궁을 가지고 있는 한 남녀평등이란 것은 나무에 불붙이는 격이라고 한탄하는 여권론자들이 있다. 그래서 기계 병아리처럼 튜브의 인공 자궁 속에서 아이들을 키우는 산아 혁명이 일어나야만 비로소 남녀의 불평등이 사라질 것이라는 이야기다.

여자는 생명의 소중한 원천이 되는 그 자궁을 가지고 있기 때문에 항상 그 행동이 소극적일 수밖에 없고 자녀를 키우는 일에 얽매어 있을 수밖에 별도리가 없다. 그러니까 이런 여건 속에서는 사회에서 남자와 대등한 경쟁을 할 수 없다는 것이다.

그러나 아이를 낳는다는 일이 여성의 핸디캡이 된다는 것은 분명한 일이지만, 반면에 그 특권이 있기 때문에 여성은 여러 가지 대우를 받게 되는 것도 사실이다. 나폴레옹 법제法制가 나오기 전의 프랑스에서는 임산부가 상점에서 물건을 훔쳐도 벌하지 않는 특례가 있었다. 그리고 농촌에서는 산모에게 반드시 닭을 잡아 먹이고 그 증거로 닭다리를 관가에 바치도록 하는 특별법도 있었다(물론 이런 법률이 있어도 자기가 닭고기를 먹고 발만 관가에 바치는 얌체 남편족들이 있었다). 시집살이가 그렇게 심했던 남존여비의 한국 사회에서도 여자가 결혼을 해서 아이를 낳게 되면 친정으로 내쫓을 수 없는 특권이 부여된다.

남성 횡포에 저항할 수 있는 여권女權의 유일한 포대砲臺라고 할 수 있는 것이 바로 산아의 그 구실이었다. 그뿐만 아니라 아이를 낳을 수 있다는 면에 있어서만은 콧대 높은 남자라도 어떻게 할 재간이 없다. 남자의 육체에서 제일 비참하고 초라한 부분이 젖꼭지다. 아무 쓸모가 없는 이 장식물, 체면상 심심한 평면을 메우기 위해 하는 수 없이 매달린 남자의 무용한 이 젖꼭지를 볼 때 남성은 비로소 남성의식에 빠지게 된다. 호르네라는 여성 심리 전문가는 그것을 '유방 선망증'이라고 명명한다.

어머니가 아이에게 젖을 물리고 있는 것을 바라보는 남편들은 이상한 소외감을 느낀다. 모자母子의 일체감만큼 강렬한 것도 없다. 그래서 남자들을 '저희들끼리만……'이라는 무의식적인 소외감에 젖는다. 이 열등감을 보상하기 위해 남자들은 다른 창작물, 과학·예술 등 추상적인 문명을 낳는 데 열정을 쏟는다고 풀이하는 사람도 있다.

여성만이 아이를 낳는다는 이 여성 독자女性獨自의 기능이 과연 여성에게 불리한 것이냐 이로운 것이냐는 속단할 수 없지만, 한 가지 분명한 것은 그 때문에 여자에게는 자아의식이 희박하다는 점이다. 자기 몸속에서 자라고 있는 그 따뜻한 생명, 식물로 치면 자기는 하나의 가지이고 아이는 열매다. 가지는 그러한 열매들을 위해서 번져간다. 나뭇가지가 나뭇가지만을 고집할 수 있겠는가? 포도가 익으면 농부들이 그 덩굴을 아무런 애착 없이 걷어버리는 것처럼 여성의 존재 이유도 생식生殖을 제외하면 자아自我의 근거가 없어진다.

이러한 슬픔을 그린 것이 모리아크의 그 유명한 소설 『테레즈 데케루』의 주제다. 자기가 있으면서도—뜨거운 숨을 쉬고 심장이 고동치고 사지가 움직여도 그것이 그림자로 느껴질 때가 많다. 진짜의 '나'는 저 아이들이고 나는 그 아이들을 낳은 덩굴로 존재할 뿐이라는 의식이 자신의 자아를 거부하는 것이다.

남자는 용이하게 자기의 자아를 고립시킬 수가 없다. 그에게는 자궁이 없기 때문에 온몸이 자기에게 완성될 수 있도록 되어 있다. 이 독립된 자아가 있기 때문에 자유는 항상 남자의 편이다. 자궁의 부담에서 해방된 남자는 그 대신 두뇌가 자궁의 역할을 한다.

상상력·추리력·비판력·지능이 온갖 문화를 낳는다. 도시를 낳고 군대를 낳고 기계를 낳는다. 그것이 남녀가 평등한 상태에서 교육을 받으며 그 사회적인 역할이 동등하게 개방되어 있다 하더라도 여성이 역사와 문명의 어머니가 되지 못하는 이유다.

모성애와 펭귄새

인간의 많은 미신 가운데는 모성애母性愛란 것도 한몫 끼어 있다. 여성들은 아이를 낳을 뿐만 아니라 기르는 역할도 맡고 있다. 그래서 사람들은 여성에게는 자녀를 양육하고 보호하는 천부의 본능이 있다고 믿는다. 자기의 자녀를 위해서는 목숨까지도 서슴지 않고 버리는 어머니의 숭고한 그 사랑은 흔히 바다나 산에 비유되곤 한다. 그러나 정말 여성들은 자녀의 양육 본능과 그리고 모성애라는 신비한 그 본질을 하늘로부터 받고 나오는 것일까?

현대 과학은 그것 역시 인간이 오랫동안 품어온 미신에 지나지 않는다고 한다. 동물학자들은 반드시 모성애는 암컷만이 가지고 있는 것이 아니라는 사례를 지적하고 있다. 일일이 매거枚擧할 수는 없지만, 가령 펭귄새의 경우를 두고 관찰해보자. 펭귄새의 암놈은 알을 수컷의 발등에다 낳는다. 그러면 수컷은 그 순간부터 그 자리에서 꼼짝도 못 하고 알이 깰 때까지 죽은 듯이 서 있는다. 발에서는 털이 자라기 시작해서 알을 따뜻하게 덮어준다. 물론 암놈은 알을 남편에게 맡겨두고 편안하게 논다. 적어도 펭귄새에 있어서는 모성애보다는 부성애가 산이며 바다인 셈이다.

이번에는 문화 인류학자들의 조사에 나타난 그 자료집을 들춰보자. 아이를 키우는 것이 여성의 본능이 아니라는 것을 발견할 수 있을 것이다. 마거릿 미드는 참프리족들 사이에서는 여자가 도리어 적극적이고 능동적이며, 용감하고 또한 결단력이 많고 성행위에 있어서도 능동적이라는 것이다. 그런데 남자들은 거꾸로 감정적이고 의존심이 강하고 소극적이며 성적으로도 수동적이다. 겁이 많은 것도 물론이다.

어째서 남성은 여성적이고 여성은 남성적인가? 그 까닭은 어업漁業이나 모스키토 네트(모기장) 제조와 같은 생업이 여자들의 일로 되어 있기 때문이다. 남자는 춤이나 추고 집 안에 들어앉아 공예품이나 만든다. 뉴기니의 마누스족도 마찬가지다. 남자는 어업에 종사하고 여자는 농경을 한다. 애들이 돌을 지날 때까지는 어머니들이 키우지만 일단 일어서서 걷게 될 나이가 되면 아버지들이 집 안에서 애를 본다. 우리나라 제주도의 경우와 비슷하다. 그래서 마누스족들의 집 안에서는 인형을 가지고 노는 것이 계집아이들이 아니라 거꾸로 사내아이들이라고 한다.

이렇게 보면 '남성적이다', '여성적이다' 하는 성차나 육아 본능은 타고난 것이 아니라 사회제도와 그 풍속에 따라 형성된 것임을 알 수 있다.

역사학자들의 증언은 또 어떤가. 역시 마찬가지다. 루소가 아이들을 고아원에 맡기고 그 양육의 의무를 저버렸다고 하여 비난을 하는 사람이 많지만, 당시의 프랑스에서는 애를 낳기만 하고 버려두는 일이 다반사였다. 즉 파리의 기아棄兒의 통계 숫자를 보면 알 수 있다. 아이를 서슴지 않고 버리는 어머니들 때문에 사회문제가 생겨나기도 했다. 이렇게 지역과 마찬가지로 시대에 따라서 모성애의 관념도 달라진다.

르네상스 시대의 여수도원 근방의 연못에서는 으레 낚시 금지의 푯말이 붙어 있었다. 태아를 버리는 일이 많았기 때문이다.

이러한 사적 사실史的事實을 놓고 보더라도 모성애를 일방적으로 절대 신비시하는 것은 하나의 맹신盲信에 지나지 않는다는것을 알 수 있다.

현대 여권론자들의 의견은 또 어떤가? 모성애의 신비관은 남성들이 날조해낸 미신이라는 것이다. 자녀 양육의 귀찮은 책임에서 면제되기 위하여 남성들은 여자를 경멸하면서도 모성에 대해서만은 입에 침이 마르도록 칭찬을 해왔다. 화가나 시인들은 즐겨 아이에게 젖을 물리고 있는 어머니의 아름다움을 소재로 삼고 있다. 이것은 바꿔 말하면 자기들이 체스chess(서양 장기)를 두고, 술을 마시고, 사교장에서 춤을 추는 동안 여성들은 애나 보라는 이야기가 된다. 그것을 미화함으로써 여성들이 자진해서 그

굴레를 감수하도록 한 음흉한 술책이라는 것이다. 그러니까 여권론자 자신이 인류의 오랜 미덕으로 예찬 받은 어머니의 상장賞狀을 거부하고 있는 셈이다. 즉 모성애의 심화는 여성 컨트롤을 위해 남성이 조작해낸 후천적인 관념의 산물이라는 주장이다.

모성애란 것이 하나님이 준 것이냐, 혹은 사회가, 남성들이 만들어낸 후천적인 관습이냐 하는 문제와 별도로 '어머니'의 사랑 자체에 대해서 회의적인 비판을 하고 있는 사람도 없지 않다. 『제2의 성』에서도 소개된 바 있는 소설가 몽테를랑의 어머니관觀이 그것이다. 그는 여러 작품 속에서 어머니 때문에 좌절하고 만 젊은이들의 운명을 그리고 있는 것이다. 『올림픽』이란 그의 소설 속에서는 스포츠에 열중하려는 뜻을 가진 청년이 어머니의 소심한 이기주의에 의해서 차단된다. 이러한 어머니의 죄는 자기 아들을 영원히 자기 자궁의 암흑 속에 가둬두길 바라는 일이다. 아들을 독점하고 그것에 의해 자기 존재의 막막한 공허감을 메우려는 나머지 어머니는 아들을 병신으로 만든다. 어머니만큼 가련한 교육자는 없다.

아들의 날개를 자르고, 그가 오르고 싶어 하는 산봉우리에 접근시키지 않고 아들을 바보로 만들고 못나게 만들어버린다. 시 몬드 보부아르는 몽테를랑의 어머니관을 이렇게 요약해놓고 거기에 대해서 맹공격을 퍼붓고 있지만, 그녀 자신도 "몽테를랑의 비난은 전연 무근거한 것이라고는 말할 수 없다"고 양보하고 있다.

여성들은 사랑이 부족해서가 아니라 도리어 사랑이 너무 많아서 그 남편을 그리고 아들의 날갯죽지를 분질러놓는 죄를 범하고 있다. 어머니의 사랑이 바다같이 넓다는 것은 사실이지만 때때로 자녀들이 이 바다에서 익사하는 사실에 대해서 우리는 너무 소홀히 대해왔던 것이 사실이다. 산처럼 높은 것도 분명하지만, 너무 높기에 거기서 길을 잃고 조난을 당하는 경우가 많다.

여성들은 과연 자녀를 양육할 만한 자격이 있는가? 자기의 외로움이나 좌절을 아이들에게 맹목적으로 쏟아붓는 바람에, 때로는 감정에만 치우치기 때문에, 때로는 지나친 야심 때문에 자녀의 장래를 망치게 하는 일이 많은 것이다.

마미즘의 ABC

일반적으로 여성은 이성異性보다 감성感性 쪽이 더 발달해 있다. 시인 보들레르는 어머니에게서 감성을 배웠다. 긴 머리카락에서 풍기는 그 기름 냄새, 향수 냄새, 거기서 예민한 후각의 훈련을 받는다. 반지와 팔찌와 그리고 목걸이의 찬란한 보석들 그리고 번쩍거리는 원색의 의상, 거기서 시각이 틔어간다. 어머니는 또 소리다. 많은 음향들이 있다. 비단 옷이 구겨지는 그 섬세한 소리, 자장가를 불러주는 콧소리(애를 품에 안고 있는 여성은 음치라도 훌륭한 성악가다), 그래서 청각의 체험을 얻는다.

아버지에게 안기면 모든 것이 껄끄럽지만 어머니의 뺨은, 가슴은 또 얼마나 부드러운 것인가! 젖가슴에 안겨서, 때때로 입을 맞춰주는 그 보드라운 입술과 입김 속에서 아이들은 촉각의 세계를 발견한다.

어머니는 감각의 원천이다. 가장 아늑한 감성의 숲이다. 사실 아이들에게 있어서 '돈을 준다'는 그 매력을 제외하면 아버지는 별로 쓸모가 없는 존재다. 아버지의 교육은 오히려 그런 감각의 세계를 차단시키는 데서부터 시작된다. 입에서는 담배 냄새가 아니면 술 냄새를 풍긴다. 몸에서는 땀내밖에 나는 것이 없다.

아버지의 수염과 머리카락은 구둣솔과 차이가 없다. 그래도 부가장제父家長制의 법통이 제대로 서 있었던 옛날의 아버지는 위대하게 생각되었다. 우선 어머니가 굽실거린다. 어머니 앞에서 감히 큰소리를 지를 수 있는 것은 아버지밖에 없다. 때로는 폭력도 서슴지 않기 때문에 아이들에게 있어 아버지는 헤라클레스같이 힘이 센 거인처럼 느껴진다.

그러나 오늘날엔 그런 권위마저도 없기 때문에 아이들은 아버지를 깔보는 일까지 있다. 모처럼 집에 들어와서는 한구석에 누워서 신문이나 뒤적거리다가 '재떨이를 가져와라', '술안주 할 오징어를 사오너라'…… 잔심부름만 시킨다. 도시 귀찮은 존재다. 아버지가 공처가일 경우 아이들은 아버지를 깔보는 상태에서 동정하기까지 한다. 매일 아침저녁으로 구박을 받는다. '남들은 돈도 잘 벌어오고 권세도 있는데 당신은 무어냐'는 것이다.

똑같은 레퍼토리를 되풀이할 때 아이들 역시 아버지는 못난 사람이라는 의식이 머리에 박히게 된다. '어째서 우리 아버지는 저렇게 불쌍하게 생겼을까?' 이것이 아이들의 종교가 된다. 즉 어머니 지상주의라는 마미즘에 빠진다.

그런데 과연 어머니는 위대한가? 이성보다는 감각이 지배하고 있는 이 마미즘의 ABC가 어떤 것인가를 냉철하게 분석할 필요가 있다.

여자가 어머니가 된다 해도 여자는 여자다. 여성들이 결혼을 해서 아이를 낳게 된 과정이 그대로 자녀를 대하는 태도에 있어서도 적용된다. 마담 퀴리처럼 프라스코로 남자의 호감을 사려는 여자는 드물다. 여성의 무기는 사랑이다. 사랑을 해준다는 것, 상대방에게 쾌감을 준다는 것이다. 아이들에게도 마찬가지다. 공부를 잘하면 볼에 입을 맞춰주고 부드러운 손길로 머리를 쓰다듬어 준다. 왜 공부를 잘해야 되는 것인지, 거기에 대해서는 별로 언급이 없다. 애들은 귀여움을 받기 위해서, 어머니의 사랑을 받기 위해서 시험을 잘 치면 된다. 학교에서 배우는 것은 민주주의의 사회생활이지만 아이들에겐 그것이 중요한 게 아니라 어머니의 뽀뽀다. 그렇지 않으면 어머니의 성난 얼굴이 자기를 불안하게 한다.

『블론디』 만화를 본 사람이면 이런 광경을 기억할 것이다. 남자들이 앉아서 '투 차이나 폴리시(두개의 중국 정책)'에 대해 토론을 하니까 블론디는 이렇게 말한다. "저는 투 차이나 폴리시에 적극 찬성이에요. 두 벌이 있으면 하나는 손님을 접대할 때 쓰고 하나는 집안 식구끼리 쓰면 되니까 얼마나 좋겠어요."

블론디는 '차이나'를 사기그릇으로 오해한 것이다(영어의 '차이나'는 중국이란 뜻 외에 도자기란 뜻이 있음).

마미즘은 아이들을 사회와 이념의 세계로부터 차단하고 영원히 하등 감각의 쾌락 속에 가두어두는 세뇌 작용의 역할을 한다. 남자가 직장을 갖고 사회생활을 하는 이유도 마미즘에 의하면 아내에게 '잘난 남편'이 되기 위해서다. 모든 가치는 집 안에서 여는 파티로 요약된다. 그 파티에 모이는 명사들의 숫자(그 명사가 어떻게 이름을 얻었으며, 그 인물됨이 어떤가 하는 것은 문제 밖의 일이다)로 표시된다.

또한 마미즘에는 원칙이란 것이 없다. 마미즘을 지배하는 것은 어디까지나 기분이다. 어머니들이 곗돈을 타는 날에는 금붕어의 어항쯤 깨뜨려도 프리 패스다. "손이나 다치지 않았니?" 이렇게 그 목소리는 자비롭다. 그러나 계가 깨진 날에는 손가락으로 문종이 하나를 뚫어놔도 벼락이 떨어진다. 마미즘은 아이들의 사고와 행동에 혼란을 가져다준다.

요약하면 '이 세상엔 원리원칙이란 것이 없다. 그때그때의 상황이 문제인 것이다. 객관적인 것이란 없다. 모두가 상대적이다. 기분과 눈치의 법칙은 파스칼의 법칙보다 항상 위대하다'는 것이다.

마미즘의 세 번째 특징은 잔소리다. 여성은 잔소리가 많다. '방을 어지르지 말아라.' '떠들지 말아라.' '잠을 자라.' '일어나라.' 하늘에 구름 없는 날은 있어도 여자의 입에서 잔소리가 없는 날은 없다. 아이들이 이 잔소리를 듣다 보면 조약돌처럼 자잘해지고 만다.

여성들은 맷돌이나 절구질을 해서 곡물만 빻는 것이 아니라 인간의 마음도 그렇게 잔소리의 절구 속에 넣어 빻아버린다. 애인으로서의 여성, 아내로서의 여성, 어머니로서의 여성……. 여자는 그때그때 다 다르지만 그 본질은 변하지 않는다.

마미즘 역시 예외가 아니다. 부모가 다 같이 있어도 아버지가 부재하는 마미즘 문화는 홀어머니 밑에서 자란 아이만큼이나 위태롭다. 결손가족에서 문제아들이 많이 생긴다는 것은 오늘의 상식이다.

꼬리 잘린 여우

이솝 우화에는 유난히 여우 이야기가 많이 나온다. 그리고 그 여우들은 대개가 다 얄미운 악역을 맡고 있으며 동시에 여성적인 성격을 우유寓喩하고 있다. 포도를 따먹으려고 애쓰다가 끝내 뜻을 이루지 못하자 "저 포도는 시다!" 하고 돌아서는 그 여우의 뒷모습에서 우리는 바로 올드 미스의 독신론자들의 모습을 발견할 수도 있다. '시집을 못 가는 것'이 아니라 '안 가는 것'이라고 믿고 있으며 또 그렇게 주장하고 있는 경우도 많기 때문이다. 모든 남성이 그녀에게는 한 송이 신 포도가 되는 셈이다. 그러나 사실은 그들이 높은 덩굴에 매달린 그 포도를 따먹으려고 어느 여우보다도 높이뛰기를 서슴지 않았던 경력의 소유자인 경우도 적지 않다.

그러나 우리는 이보다도 훨씬 지능적이고 위험한 또 다른 여우의 우화가 있다는 것을 잊어서는 안 된다. 닭을 훔치러 갔다가 덫에 꼬리를 잘린 여우의 이야기 말이다. 꼬리 잘린 여우는 너무 부끄러워서 며칠 동안 바깥엘 나오지 못한다. 그러다 어느 날 기발한 아이디어 하나가 떠오른다. 숲에 있는 여우들을 모두 한자리에 모아놓고 꼬리성토대회를 연 것이다. 꼬리란 도시 백해무익한 것이니까 모두 잘라버리자는 것이 그 여우의 주장이었다. 다른 여우들도 귀가 솔깃하여 그의 말에 동의를 한다. 꼬리 잘린 여우는 너무 기뻐서 정신없이 춤을 춘다. 그 바람에 꼬리가 이미 잘린 자기의 정체가 발각되고 만다.

우리가 이 여우를 보고 금세 연상이 되는 것은 '여사女史'자가 붙는 여인들이다. 여자가 늙는다는 것은 여성의 꼬리를 잘렸다는 것과 같은 말이다. 처음에는 열심히 잘린 부분만 감추려고 애쓰지만, 나중에는 다른 여우들의 꼬리를 잘라버릴 궁리를 하게 된다. 이러한 심리가 바로 젊은 여학생을 대하는 여사감女舍監 선생님 그리고 젊은 며느리에게 시집살이를 시키는 시어머니의 심리다.

현진건玄鎭健의 「B사감과 러브레터」라는 소설을 보면 알 것이다. B사감은 여학생들에게 러브레터가 오기만 하면 입에 거품을 물고 설교를 한다. 연애는 죄악이요, 남성은 불결의 상징이 된다. 그것은 꼭 꼬리를 잘린 여우가 꼬리의 유해론을 부르짖는 것과 조금도 다름이 없다. 그러나 아무도 보지 않는 빈방에서 B사감은 남의 러브레터를 읽으며 사랑에 도취하는 것이다. 여학생들이 그 광경을 볼 때 그것은 꼬리 잘린 여우가 춤을 추다가 자기의 정체를 드러내고 만 경우와 똑같을 것이다.

어째서 같은 여성인데, 그리고 어째서 자기도 시집살이의 그 고생을 겪었는데 시어머니는 며느리를 그처럼 못살게 구는가? 그 해답도 꼬리 잘린 여우의 우화 속에서 찾을 수가 있다. 시어머니란 '고姑'자를 보라. 그것은 이미 여자가 아니라 '옛날[古]의 여자'다. 며느리는 젊다. 그런데 자기에게는 젊음의 꼬리가 이미 잘렸다. 며느리는 젊은 남편의 사랑 속에서 사과처럼 빨갛게 익어간다. 그러나 늙은 남편에게서 받는 자기의 사랑은 재만 남은 식은 화로다. 옛날엔 꼬리를 칠 수 있는 젊음도 아름다움도 사랑의 열정도 있었다. 그러나 지금 남아 있는 것은 오직 잘려버린 동강난 그 꼬리의 한 토막이 있을 뿐이다. 사감 선생이나 시어머니가 아침저녁으로 잔소리를 하는 그 골자는 '너희들도 꼬리를 잘라버리라'는 것이다.

'화장을 짙게 하지 말아라. 그것은 기생이나 창녀들이 하는 짓이다.' '남자에게 눈웃음치지 마라. 여자가 가볍게 굴어서는 안 된다.' '거울 앞에 앉아 있지 말아라.' '수다스러워서는 안 된다.' 그야말로 여자는 '꼬리를 쳐서는 안 된다'는 것이다.

젊은 여학생과 젊은 며느리를 자기와 같은 늙은 여인으로 만들어버리기 위해서 사감 선생과 시어머니는 호된 시집살이를 시킨다. 그래야 식욕이 난다.

여성들은 며느리가 되기 전부터 이미 시어머니가 될 준비를 다

갖추고 있다. 착한 며느리가 될 자격은 없어도 못된 시어머니가 될 수 있는 재능은 누구나 다 몸에 지니고 있다. 왜냐하면 시어머니적인 근성은 바로 여성적인 것과 직결되어 있기 때문이다.

여성의 불행은 자기만의 불행으로 끝나지 않는다. 여성들이 자신의 불행을 없애는 방법은 그 불행 자체를 극복하는 데 있지 않고 남도 자기처럼 불행하게 만들려는 데 있다. 만인이 불행해지면 이미 그것은 불행이 아닌 것이라고 생각한다. 자기 자녀가 입학 시험에 불합격되었을 때 여성들은 부지런히 동창생이나 라이벌인 친구들이나 이웃집 여인들의 자녀들이 어떻게 되었는지 정보를 입수한다. 그중에 불합격자가 많을수록 자기의 슬픔은 덜해진다. 계가 깨어졌을 때도 마찬가지다. 10만 원을 뗀 여인의 그 불행을 없애기 위해서는 가장 가까운 그의 친구 가운데 100만 원이나 떼인 더욱 불행한 여인이 나타나주어야 한다.

그러므로 젊음을 상실한 불행한 여사님들이 시어머니적인 것으로 되어간다는 것은 조금도 이상할 게 없다. 남자가 늙으면 권위의 긴 수염으로 얼굴을 감쌀 수 있지만 여자에겐 그런 수염도 없다. 그래서 여성들은 젊은 나이에는 사랑에 의존하고 늙어서는 불행을 지팡이로 삼는다. 자신이 불행할수록 기회만 있으면 가위를 들고 남의 꼬리를 자르려고 덤빈다. 갑자기 금욕주의자가 되는가 하면 전도 부인처럼 근엄한 설교자가 된다.

그러나 이솝 우화의 여우는 모두 악역만을 하지만 거기에는 일말의 우수와 측은한, 그리고 서글픈 그림자가 떠돈다. 여우는 사자나 호랑이가 아니다. 근본적으로 그것은 약자다. 교활하고 질투가 많고 항상 숲 속의 평화를 깨뜨리는 트러블 메이커지만 동정을 하지 않을 수 없다. 그렇게 애써 포도를 따먹으려다가 그냥 돌아서서는 몇 마디 말을 씨부리고 가는 그 여우의 뒷모습에는 서글픔이 있다. 꼬리를 잘린 여우는 더욱 불쌍하다.

"사자처럼 힘센 앞발과 날카로운 이빨이 있었더라면 난들 왜 그런 짓을 했겠어요?"

우화 속의 여우들은 이솝을 향해서 그렇게 항변할지 모른다.

여권과 여성미

미국의 뉴페미니스트(여성 해방론자)들은 남녀평등을 위해 여성들의 능력 계발을 내세우고 있다. 지금까지 이 사회가, 그리고 남성들이 여성에게 요구했던 것은 무엇인가? 독립된 한 인간으로서의 재능이 아니라 오직 '미' 하나뿐이었다는 것이다.

'여성은 아름다워야 한다.' '여성은 매력이 있어야 한다.' 이러한 요구 때문에 여성들은 지금까지 재능보다는 미의 개발에 몰두해왔다.

자나깨나 '아름다워지게 하소서'가 여성들의 기도였다. 그래야 결혼도 잘할 수 있고 좋은 직장도 얻을 수 있다. 미는 여성의 능력이요 재산이다. 그래서 아인슈타인 같은 물리학자가 될 만한 여성들, 처칠과 같은 정치가가 될 여성들 그리고 슈바이처와 같은 인류 봉사자가 될 여성들의 재능이 화장 분말 속에 그대로 묻혀 있을 수밖에 없었다는 것이다. 그렇기 때문에 뉴페미니스트들은 여성미를 전시하는 뷰티 콘테스트와 남성들에게 아름답게 보이기 위해서 시간을 낭비하고 자신의 자유를 속박하는 온갖 패션쇼를 향해서 공격의 화살을 겨냥하고 있다.

'뷰티 콘테스트에 출전하는 여성들은 남성 사회가 파놓은 함정, 여성을 완구로 만들어온 새 스타일의 함정에 빠져 들어가고 있는 자신을 인식해야 된다'고 소리 높이 외치고 있다. 휘황찬란한 라이트를 받으며 퍼레이드를 하는 미녀의 모습은 꼭 카우보이 앞에 늘어선 채 엉덩이에 낙인을 찍히고 있는 암소 떼의 모습과 조금도 다를 바가 없다는 것이다.

'남자들에게 여성을 주장하는 길이 오직 화장술밖에 없다고 생각하는 것은 스스로 노예의 족쇄를 발에 거는 것과 다름이 없다'고 분개하는 여권론자들은 여성을 향해 이렇게 권유한다.

"여성들이여! 화장 도구를 불살라버려라. 누가 만약 당신들에게 루주를 주거든 입술에 바르지 말고 벽에 우먼 리버레이션(여성해방)의 구호를 쓰는 연필로 사용하라"고. 그래서 브래지어를 벗어 불태워버리는 시위 운동까지 벌이고 있다.

무엇 때문에 여성들은 답답한 브래지어로 앞가슴을 속박해야 하는가? 가슴을 한 치라도 더 높이 부풀게 하기 위해서 그런 부자유를 감수하는 이유는 무엇인가? 오직 남성들의 시선을 즐겁게 하기 위한 굴복에 지나지 않는다. 그러므로 브래지어는 뷰티 콘테스트의 경우와 마찬가지로 이른바 멍에와도 같은 것이며, 여성미라는 것은 그 희생과 구속의 상징물이다. 그러니까 여성의 해방은 브래지어를 벗는 데서부터 시작되어야 한다는 것이다.

좀 과격한 주장이긴 하지만 여성들이 오늘날까지 인간적인 능력의 계발보다 화원花園과 마찬가지로 미의 개발에만 힘써왔던 것은 사실이다. 여성들은 미에 관한 한 어떤 남성학자보다도 참을성 있게 연구를 거듭했으며, 어떤 남성들의 노동보다도 눈물겨운 노력을 해왔다고 볼 수 있다. 아메리칸 인디언들은 화장품 공장이 생기기 이전부터 옥수수 가루로 얼굴에 분칠하는 방법을 발견했으며, 메소포타미아의 옛날 여인들은 40종이 넘는 헤어스타일로 얼굴을 꾸미는 기술을 익히고 있었다.

우리는 퀴리 부인이 언 잉크병을 녹이며 연구에 몰두했던 사실을 기억하고 있지만, 무명無名의 여인들이 피부를 아름답게 하기 위해서 초에 절인 야채밖에 아무것도 입에 대지 않았던 그 고생에 대해서는 곧잘 망각하고 있다. 여성들이 만약 그 노력과 시간과 온갖 고통을 화장술을 위해 쓰지 않고 남자들처럼 학문에, 정치에, 그리고 돈벌이에 바쳤더라면 문명의 피라미드가 남성들에 의해서만 이루어졌다고 큰소리칠 사람은 없었을 것이다.

여성들은 슬픈 일이 있어도 얼굴 화장이 지워질까 봐 눈물조차 마음놓고 흘리지 못했다. 여자가 이렇게 온갖 정력과 슬기를 여성미에만 쏟아온 것은 여성들의 의사라기보다 남성들의 그 편견 때문이라는 것이다. 여성은 남성들 앞에서 한 떨기 꽃이어야 하며, 쾌락을 주는 노리개여야(@원본에는 '노리개이어야' 163p) 하며, 자기들의 출세와 명예의 아름다운 상패여야 한다고 생각한 탓이다. 그들은 여성에게서 '아름다운 것' 이상의 것을 구하지 않는다.

남성들이 여성의 눈을 쳐다볼 때 그 시력이 밝으냐 어두우냐 하는 것보다는, 그 눈으로 무엇으로 바라보고 있느냐 하는 것보다 얼마나 아름다운가에만 정신을 판다. 육체의 모든 부분을 장식품으로만 완상하려고 했다. 여성의 입은 음식을 먹고 말을 하는 기관이기 전에, 그리고 여성의 손은 사물을 집고 일을 하는 동작의 수단이기 전에 남성의 성욕을 자극하는 아름다운 도구여야 한다. 그래서 많은 시인들이 여성의미를 예찬하고 있지만 그것을 분석해보면 숨 쉬는 한 인간이 아니라 여성의 인격을 박탈하여 상아나 산호와 같은 물체로 만들어 버린 것에 지나지 않는 것이다.

여성들은 미를 위해서는 자기 자신으로부터 소외되어야 한다. 모든 육체가 자기의 생활에 어떤 불편을 주어도 아름답기 위해서는 서슴지 않고 그 편을 택해야 된다. 체중을 줄이기 위해서 여성은 굶주림을 참아야 하고, 심지어는 졸도해서 쓰러지는 일까지도 감수해야 되는 것이다. 더구나 여성의 미는 남성에게 표준을 두어야 하기 때문에 주인이 없는 미가 되는 경우도 많았다. 이제 미美의 숙명을 통해서 여성의 모습을 보기로 하자.

여성미의 기준

현대인은 무엇이든 숫자로 표현해야만 잘 믿는다. 옛날에는 '신동이다', '귀재다'라고 말했지만, 현대인은 그 지능도 정육점에서 고기를 달듯이 IQ가 130이니 134니 하는 숫자로 계산한다. 미인을 나타내는 것도 마찬가지다. 바스트 ○○, 웨스트 ○○, 히프 ○○ 그리고 신장과 몸무게까지 정밀한 숫자로 기록한다. 롱비치의 '미스 유니버스'도 바로 그러한 숫자 위에서 탄생된다.

미의 조건을 마치 형법刑法을 따지는 것처럼 일일이 조항으로 나타낸 것이 좀 흠이긴 하지만, 옛날 사람들이 미인의 규범으로 삼았던 '미의 20개 조항'이 롱비치식 숫자놀음보다 훨씬 실감이 있다. 그 조항을 들여다보면 약간 현기증이 날 것이다. 미인이 된다는 것이 얼마나 까다로운 일인가? 오직 담력과 힘만으로 영웅이 될 수 있는 남성들의 그것과는 비교도 되지 않는다. 그러나 인내심 있게 미인장전美人章典의 그 조항들을 축조심의逐條審議해 볼 만한 일이다.

첫째로 세 가지는 그 빛이 희어야白色 한다는 것이다. 즉 피부, 이, 손. 그리고 둘째는 눈, 머리카락, 눈썹 이 세 가지는 반대로 검어야 된다. 셋째는 입술, 뺨, 손톱은 붉어야 한다. 넷째는 키와 머리카락과 손은 길어야 한다. 다섯째는 짧아야 한다. 귀, 이, 턱이. 여섯째는 넓고 펑퍼짐해야 된다. 가슴, 이마 그리고 눈과 눈 사이. 일곱째는 3세細로 허리와 손과 발이 가늘어야 한다는 것이다. 다음 여덟째는 손가락, 발목, 콧구멍의 세 가지가 모두 얇아야 한다. 아홉째의 조건은 반대로 세 가지 것이 두툼해야 된다. 입술, 팔, 엉덩이…….

이런 조건이 20개 조목이 넘지만 벌써 이것만으로도 남아날 여성들이 흔치 않을 것이다. '왜 이렇게 까다로운가?' 여성들은 '미의 20개 조항'을 놓고 불평하기보다는 도대체 그러한 기준을 결정한 미의식美意識이 무엇인가를 냉철하게 따져봐야 할 것이다.

무엇보다 첫 조목에 나오는 3백白을 두고 생각해보자. 이가 희어야 한다는 것은 치아의 위생적인 견지에서도 이론異論의 여지가 없지만, 얼굴빛은 왜 희어야 할까. 자기 얼굴을 달빛처럼 창백하게 보이기 위해서 서양의 귀부인들은 뺨이나 이마나 목에 일부러 인공적인 까만 사마귀를 만들어 붙였다. '무슈'라고 불리는 그 까만 사마귀는 검은 반창고로 만들어 붙였던 것인데 그것이 피부빛을 한결 하얗게 돋보이게 했다. 왜 그토록 창백해야만 미녀가 될 수 있었는가? 왜 그 빛이 붉어서는 안 되는가?

18세기의 프랑스 틸리 백작이 자기 연인에 대해 쓴 『회상록』의 한 구절을 읽어보자.

"나는 사랑에 번민하는 창백한 그 여인의 얼굴을 생각한다. 어떻게 내가 그것을 잊을 수 있었으랴."

이 한마디 증언으로써 창백한 얼굴을 좋아한 남성들의 미의식이 어디에서 비롯된 것인지 그 수수께끼를 풀 수 있을 것이다.

상아 같다…… 백설 같다…… 백색의 대리석 같다……. 그렇게 찬양한 미녀의 하얀 피부 빛은 건강한 생명력 그리고 일하고 활동하는 생산적 행동력을 거세당한 빛깔이기도 했다. 그것은 19세기 말의 그 유명한 폐병파派 취미와도 전연 무관한 것이 아니다.

얼굴이 창백하다는 것은 번민의 빛이다. 우수와 고뇌에 싸인 고통의 빛이다. 그리고 또 얼굴이 창백하다는 것은 밖에 잘 나돌아다니지 않는 밀폐의 이미지다. 얼굴이 창백하다는 것은 무기력한 약자의 빛이기도 하다.

피부 빛깔만이 아니다. 허리와 발과 손이 다 같이 가늘어야 한다는 조건도 그렇다. 행동적인 것, 힘의 근원이 되는 부분은 허리요, 발이요, 손이다. 그런데 그것이 가늘었을 때만이 미녀가 될 수 있다는 것은 무기력하고 약한 것이 바로 미녀와 동의어라는 사실을 느끼게 한다.

훅스의 말을 빌리자면 그것들이야말로 '귀족적인 유희적 미'의 상징이라고 할 수 있다. 결국 '노동에 부적당한 것이 아름다운 것'이라는 육체관이다. '노동하기에는 아무 쓸모도 없는 부드럽고 가는 손'이 아름다움이 된다. 그러한 손은 물건을 들 수는 없지만, 그 대신 상냥하게 애무할 수는 있다.

"가벼운 발걸음으로 사뿐히 춤을 출 수 있는 그 작은 발은 아름답지만 그런 발을 가지고는 멀리 걸을 수 없으며, 힘차게 대지를 디딜 수가 없다."

훅스의 말대로 여성미의 법칙을 결정하는 척도는 지배 계급의 생활을 그대로 투영한 데 지나지 않는다.

오스카 와일드 같은 예술가가 아니라도 미는 무엇이든 조금씩은 다 무용無用한 곳에 있다. 아름다운 장미꽃에서 토마토나 사과와 같은 유용有用한 열매가 매달리는 것을 본 적이 있는가? 우리에게 가장 귀중한 양식이 되는 벼와 보리의 그 꽃이 백합처럼 아름답던가? 신神은 가장 쓸모없는 것에 영혼을 기쁘게 하는 미美를 주었다.

그러나 여성의 미는 다윈의 의견대로 단순한 무용한 장식성에서 끝나는 것은 아니다. 적어도 종족 보존에 있어서 가장 유효한 힘을 지닌 것이 여성미다. 아름다움이란 그만큼 많은 이성異性을 유혹할 수 있는 힘을 의미하며, '밉다'라는 것은 거꾸로 많은 이성으로부터 기피를 당한다는 것을 의미한다.

종족 보존에 대한 성性의 경쟁에 미의 토대가 있고 자연 도태의 법칙에 그 미의 기준이 있다. 그러므로 아무리 미가 주관적이라 해도 생명적인 것, 생산적인 것 그리고 퇴화가 아니라 진화적인 것 속에서 우러나와야만 한다. 오늘날까지 여성미는 다분히 퇴화적인 것들 속에 있었다. 인간의 욕망과 생을 억제하고 이지러지게 하는 데서 여성미를 구하는 일이 많았다.

여성에게 미를 요구한 것이 잘못이 아니라 그 미의 기준이 여성의 자연스러운 생명감을 부정하는 쪽으로 치우친 것이 잘못이었다. 여성의 사회적 지위가 바뀌고 남성들의 여성관이 편견에서 벗어나 좀 더 자연스러운 것으로 옮겨져가고 있는 현대에서는 여성미의 기준도 바뀌어야 한다는 것이다.

두발頭髮의 미학

플라톤은 인간을 "털 없는 두 발 달린 짐승無毛二足動物"이라고 정의했다. 그 때문에 냉소주의자인 디오게네스로부터 톡톡히 망신을 당했다는 일화가 전해지고 있다. 디오게네스는 털이 뽑힌 삶은 통닭 한 마리를 들고 돌아다니면서 "봐라! 이것이 플라톤이 말하는 인간이다"라고 외쳤다는 것이다. 그러나 인간이 외견상 다른 동물과 간단히 구별되는 특징은 디오게네스의 냉소에도 불구하고 두 발로 걸어다닌다는 점과 벌거숭이의 피부를 지니고 있다는 점일 것이다.

더구나 동물에 비해 그냥 털이 적다는 데만 그 특징이 있는 것은 아니다. 가만히 관찰해보면 그것이 아주 정반대로 되어 있다. 동물 같으면 털이 없을 곳에 도리어 털을 가지고 있고 동물이 가장 많이 갖고 있는 부분에는 거꾸로 그것이 가장 적은 것이 인간이다. 모든 짐승은 등에는 털이 많아도 겨드랑이나 흉복부胸腹部는 그렇지 않다.

그런데 사람은 등에는 털이 없어도 겨드랑과 흉복부(남자일 경우)에는 털이 있는 것이다. 특히 머리카락이 그렇다. 사자와 특수한 종류의 원숭이를 제외하고는 두부頭部에 인간처럼 탐스러운 모발을 가진 짐승은 찾아보기 힘들다. 그렇기 때문에 인간의 두발은 묘한 역설적인 이미지를 지니고 있다. 가장 원시적인, 동물적인 느낌을 주면서도 또 가장 인간적인 특성을 풍기고 있기 때문이다.

이러한 이미지를 더욱 강렬하게 나타내고 있는 것이 여자의 머리카락이다. 남자의 머리카락은 아무리 자르지 않고 내버려둔다 하더라도 여자처럼 길게 자라지 않는다. 랑케와 윌 호우의 설說을 따르면 여성의 머리카락은 평균 75센티미터까지 자라며 남자보다도 밀생密生하여 단연 그 수도 많다. 그렇기 때문에 길고 풍부한 머리카락은 여성미의 상징이 되어왔던 것이다. 머리카락이 거의 자기의 신장과 맞먹는 여성도 있고 20세기 초 베를린의 미용사 콩쿠르에서 영광의 트로피를 받은 엘제 부르크하르트 양의 머리카락 길이는 197센티미터나 된다.

대서사시인大敍事詩人 호메로스도 헬레네를 묘사하는 데 다른 부분엔 구체적인 언급을 피하고 있으나 하얀 팔과 함께 '아름다운 머리카락'만은 빼놓지 않았다. 우리나라에서도 미녀를 표현하는 데 '삼단 같은 머리'란 말이 빠지지 않는다.

'여인의 머리카락 하나로 능히 코끼리를 끌 수 있다'는 중국의 그 대륙식 허풍 역시 머리카락이 여성의 힘인 그 미美를 상징해 주고 있다는 증거다. 태초에 여성들의 그 아름다움은 저 머리카락의 숲속에 잠들어 있었던 것이다. 태초의 남성들이 숲속에서 문명을 개척한 것처럼 여성들은 머리카락의 그 숲에서 무한하리만큼 풍부한 미의 잠재적인 가능성을 발견한다.

눈이나 코나 가슴 그리고 육체의 모든 미는 고정적이다. 쉽게 바꿀 수가 없고 아무리 공을 들인다 해도 자기의 뜻대로 조각할 수 없다. 그러나 머리카락은 조각가에게 있어 찰흙이나 대리석같이 미를 조각해낼 수 있는 천연의 재료다. 빗질을 하기에 따라서 헤어스타일을 얼마든지 바꿀 수 있고, 신장과는 달리 기르기에 따라서 짧게도 할 수 있고 길게도 할 수 있다. 그렇기 때문에 여성들의 헤어스타일 변천은 바로 여성미의 문화사文化史라고 부를 수가 있다.

립스는 여성의 머리에서 인간의 문화 양식까지도 볼 수 있다고 말한다. 머리를 공들여 매만지려면 많은 시간이 있어야 하고, 일단 그렇게 해서 가꾸어진 아름다움을 보존하기 위해서는 조심해서 움직여야 한다.

그러므로 '농경생활을 하는 사람들에겐 그것이 가능하지만, 사냥이나 채집을 생업으로 하는 사람들은 생활이 불안하기 때문에 복잡한 조발調髮에 많은 시간을 소비할 수가 없다'는 것이다.

즉 여성의 헤어스타일에는 그 종족이 속해 있는 한 사회의 생활양식이 반영되어 있고, 그 시대의 정신적인 문화의 취향이 결정되어 있다는 것을 알 수 있다.

댕기와 쪽을 푸는 데서부터 한국의 전통 문화와 근대의 서구 문화가 하나의 분수령을 이루고 있다는 것을 봐도 알 수 있는 일이다. 단정하게 빗어 한 오라기 머리칼도 흩어지지 않게 쪽을 진 옛날 한국의 그 고전적인 헤어스타일에서 우리는 무엇을 느끼는가. 추상같이 엄격한 정렬貞烈의 미다. 그것은 자유분방하게 풀어헤친 머리나 혹은 퍼머넌트 웨이브로 쇼트커트한 현대 여성의 활동미 그리고 다양하고 자유로운 조형미와는 참으로 대조적이다. 문명의 미는 건축 양식 속에 있고 여성의 미는 헤어스타일 속에 있다.

그러나 무엇보다도 머리카락이 여성미의 상징이 된 것은 머리카락의 원시적인 이미지와 반대로 문화적(인공적)인 이미지가 팽팽한 모순을 이루고 있는 그 긴장감 때문이라고 볼 수 있다. 여성은 그 아름다움을 인공적인 것으로 가꾼다. 자연 피부에 분칠을 하고 눈썹을 그린다. 허리를 가늘게 졸라매고 가슴을 부풀게 한다. 햄릿의 우울한 독백처럼 하늘이 주신 자연의 모습에 만족하지 않고 멋대로 치장을 하는 것이다. 머리에서 발끝까지 전부가 가짜다. 그러나 여성의 미는 인공적인 것과는 또 반대로 자연성을 드러내려고 한다. 원시적인 생명감을 보이기 위해 몸을 노출시키려고 애쓴다.

이 양극의 모순이 대립을 이루고 긴장감을 줄수록 여성미는 마치 역설적인 시구처럼 빛나게 된다. 두발의 미가 바로 그것을 충족시켜주고 있다. 어느 것보다도 인공적으로 손질되어 있으면서도 그것이 인간에겐 퇴화된 모발의 자유물이기 때문에 어느 부분보다도 원시의 그 동물적인 야성을 풍겨준다. 그래서 보들레르는 여성의 머리카락에 도취하여 한 편의 시를 썼다.

저 지쳐버린 아시아와 타오르는 아프리카, 모두가 멀고 먼 옛날, 부재不在하며 거의 사멸해버린 세계가 여인의 깊은 머리 숲 속에서 숨 쉬고 있다ㅡ는 것이다. 그 머리의 숲에는 원시적인 생기가 넘쳐흐른다. 그것은 남성의 영혼을 부르는 향기 어린 숲이며, 검은 바다며, 하늘로서 그려진다. 원초적인 자연, 하늘과 땅과 바다의 이미지를 가지고 있는 아름다움이다. 그래서 남성들이 여성의 아름다운 머리카락에서 느끼는 사랑은 가장 원시적인 생의 본능과 그 경탄인 것이다.

아름다운 에피토메

아이를 기르는 데 모유母乳가 우유牛乳보다 좋은 점을 세 가지 들라는 시험 문제가 나왔다. 그랬더니 한 학생이 "① 소화가 잘 된다, ② 신선하다" 그리고 한참 궁리 끝에 "③ 그 용기容器가 비닐로 된 우유병보다 비교도 안 될 만큼 멋이 있다"라고 답을 썼다는 것이다.

이 유머의 포인트는 세 번째 답에 있다. 그러나 다시 한 번 생각해보면 결코 엉터리 대답이라고 웃어넘길 수는 없다. 여성의 유방은 아이를 키우는 생명의 우물이지만, 동시에 여성미의 원천이기도 하다. 그것은 모든 용기 가운데 가장 아름답고 생명감이 넘쳐흐르는 용기다. 단순한 비유가 아니다. 콩쿠르 형제의 기록으로 세상에 널리 알려져 있는 토라아농의 그 둥근 과실 접시는 실제로 마리 앙투아네트 왕비의 유방을 석고로 떠서 만든 모형이다.

어느 날 궁정의 귀부인들이 모여 담소하고 있을 때 '누구의 유방이 제일 아름다운가' 하는 토론이 벌어졌다. 그래서 진기하기 짝이 없는 유방 콘테스트가 벌어지고, 드디어 마리 앙투아네트가 만장일치로 일등상을 받게 되었다. 이 영광을 영원히 기념하기 위해서 세계에서 제일 아름다운 그 유방의 모형을 접시로 만들었고, 그래서 오늘날 어엿한 예술품으로 박물관에 진열되어 있는 것이다.

점잖은 동양인의 안목으로 볼 때 분명히 왕비의 유방을 모형으로 떠서 과실 접시를 만들었다는 것은 오랑캐들의 소행으로밖에는 보이지 않는다. 그러나 역사책을 조금만 뒤져보면 이것이 결코 프랑스혁명까지 일어나게 한 마리 앙투아네트의 퇴폐적인 착상이 아니라는 것을 알게 될 것이다.

반구상半球狀의 유방은 미로나 메디치의 비너스에서 볼 수 있듯이 고대로부터 오늘에 이르기까지 완전한 미의 이상적 형태였다. 그래서 이미 스파르타의 여왕은 자기의 유방을 모형으로 떠서 황금의 잔[盃]을 만들었고, 그것을 로도스의 아테네 사원에 봉납했다는 기록이 있다. 그 황금의 잔을 그리스 사람들은 '에피토메'라고 불렀다.

유방은 아이에게 수유授乳를 하는 가장 실용적인 기능을 갖고 있지만, 동시에 그 반구 형태半球形態의 완전한 기하학적인 미는 예술적인 조각과도 같은 미적 기능을 지니고 있는 것이다. 생물학자들의 연구를 보면, 본래 인간은 좌우 양쪽에 열네 개의 유방을지니고 있었다는 것이다.

태곳적 인간은 한 번에 아이를 열대여섯씩 낳았고 그렇게 많은 아이들에게 젖을 먹이자면 좀 창피한 비교이긴 하나 개와 돼지처럼 많은 젖을 가져야만 했던 것이다. 단순한 추론推論이 아닌 것은 현대의 여성들 가운데서 이따금 정수定數 외의 유두乳頭가 발견되기도 하고, 그렇지 않다 하더라도 상유방上乳房이라 하여 유방 위에 별도로 지방이 융기한 흔적을 가지고 있는 여성들이 많다는 것이다.

그러나 문명화할수록 수유의 기능보다는 여성미의 기능 쪽이 더 중시되어 이제는 아이에게 젖을 먹이는 여인은 미국의 경우 열 사람 가운데 한 사람 정도밖에는 되지 않는다고 한다. 거의 대부분이 인공 수유다.

벌써 18세기만 넘어도 여성의 유방은 아이들을 키우고 즐겁게 하기 위해서보다 사랑하는 연인들의 것으로 변해버린다. 미술이나 문학 작품에 나타난 유방미乳房美에의 그 열렬한 찬가를 보면 알 것이다. 눈에 띄는 대로 그 미를 예찬한 시구를 몇 개만 추려보면 "백조와 같은 유방의 언덕", "눈처럼 흰 유방", "겨울에도 꽃을 피우는 장미나무", "세상 사람들 다 경배하는 아름다운 제단이여", "향기 높은 청량수로 가득 채운 두 개의 통", "높은 산마루 위에 붉은 꽃이 타오르는 것", "사탕砂糖의 장미가 피어나는 과수원" 등 일일이 매거하기가 힘들다.

서클이라는 시인은 '검은 눈, 빨간 입술, 하얀 유방의 경쟁'에서 결국 승리의 월계수를 차지하는 것은 유방이라고 노래한다. '불을 내뿜는 그 눈[雪]은 바위도 불태우나니 그리고 아무리 뜨거운 태양빛도 우리들의 그 꽃을 시들 수 없게 하나니…….'

그러므로 유방의 미를 결정하는 그 조건은 어느 것보다도 까다롭게 되어 있다. 학자들은 유방의 형태를 세 가지로 분류한다. ① 접시유방Mamma Plana, ② 사과유방Mamma Pomiformis, ③ 배 [梨]유방Mamma Piriformis. 이 중에서 배유방은 저급하고 미운 것으로 여성미의 금기禁忌로 되어 있다. 그리고 같은 형태라 해도 그것을 다시 세 가지로 나누어 '선 유방', '내려온 유방', '처진 유방'으로 나누어 후자의 두 개는 미의 실격자로 규정된다.

슈트라츠는 이런 원칙 밑에서 아름다운 유방을 해부학적으로 규명하고 있다. 탄력 있고 팽팽하고 삐쳐 있을 것, 너무 커서는 안 되며 반구상이어야 할 것, 제3늑골과 제6늑골 사이의 자 리에 있어야 할 것, 유두는 제5늑골보다 아래로 처져 있지 않을 것, 유방 밑의 피부에 주름이 없어야 할 것, 유두의 간격은 20센티미터 이하로 좁아서는 안 된다…… 등등이다.

이렇게 복잡한 기하학이 또 있을 수 있겠는가? 심지어 '좌우의 유두는 사이 나쁜 자매들처럼 서로 토라져 반대편을 바라보고 있어야 한다'든지, '크기가 두 손으로 완전히 감출 만큼 되어야 한다' 등등 그 주문이 실로 다채로워 헬레네와 같은 미녀도 울릴 지경이다.

그러나 우리가 주목해야 될 문제는 유방의 미는 단순한 관능미가 아니라는 사실이다. 스잔 리라드는 화가 루벤스를 말하는 자리에서 유방의 아름다움을 '번식력과 생명의 상징 그리고 원圓의 마법'으로 풀이하고 있다. "하늘이 완전한 것은 그 크기 때문이 아니다. 하늘도 유방도 둥글기 때문에 완전한 것이다. 왜냐하면 둥근 것은 완전한 것이므로." 그는 롱사르의 시구까지 원용援用하면서 어째서 유방이 여성미의 상징이 되었는가 하는 것을 역설하고 있다. 브래지어로 카무플라주한 저속한 유방미의 강조, 그래서 수유를 거부하여 모성적인 이미지를 제거해버린 그 유방, 그것은 참된 미라고 할 수 없다.

탄생 이전, 생명의 먼 시원始源을 느끼는 그 원의 완전한 미, 하늘의 미, 이것이 유방의 미인 것이다. 유방의 실용성과 장식성은 서로 대립을 이루는 것으로 생각하고 있지만 두 개의 기능이 합쳐졌을 때 비로소 그것은 태양의 원광처럼 인간의 영혼을 아름답게 채색할 수 있는 것이다.

출세주의와 아내

"신은 엿새 동안에 우주를 창조해놓고 하루를 평안하게 쉬었다. 그러나 이브(여자)를 만든 다음부터는 하루도 평안하게 쉴 날이 없었다."

이 격언을 그대로 인정한다면 신이 만든 창조물 가운데 가장 말썽이 많은 것이 여자라는 뜻이 된다. 전지전능全知全能하다는 신神도 이브를 다스리는 데만은 쓰디쓴 패배의 술잔을 기울여야만 했다. 그러니 인간은 더 말할 것도 없다. 인간의 문명과 그 기술은 신의 보좌寶座를 찬탈할 수 있을 만큼 발달했다. 사막에 올리브의 푸른 동산을 가꿀 수가 있다. 오디세우스가 10년간 표류한 바다를 이제는 원자력 잠수함으로 초원을 산책하듯이 휘파람을 불며 왕래할 수가 있다. 넥타이를 매듯이 심장을 붙였다 뗐다 할 수가 있고, 신이 날개를 부여한 어떤 새보다도 인간은 더 빨리 높게 그리고 더 멀리 날 수 있게 되었다. 우주 공간을 나는 가장 자유스러운 새가 된 것이다.

그러나 어떠한가? 그 문명의 주역主役인 남자들은 밖에 있는 자연계를 다스리는 그 기술에 있어서는 눈부신 발전을 자랑하고 있지만 바로 곁에 있는 여성, 자기의 한 분신分身이라는 여성을 다스리는 데 있어서는 거의 천치에 가까울 정도다. 날이 갈수록 여성을 컨트롤하는 기술이 점점 퇴화해가고 있다.

사실 지금까지 남성들은 많은 기계를 발명해냈으나 여자를 컨트롤하는 기계라고는 유치하기 짝이 없는 그 정조대 정도의 것이다. 그것도 용감한(?) 중세기 남성 천국 시대의 이야기다.

아담이 이브를 관리할 수만 있었던들 선악과의 비극은 미연에 방지할 수 있었을 것이라는 후회는 결코 복고적復古的인 영탄만은 아니다. 만약에 장군이 사단 병력을 통솔하고 사장이 그 큰 기업체를 관리하는 그런 솜씨로 남성들이 사랑스러운 여성들을 잘 컨트롤할 수만 있었다면 현대 비극의 눈물 중 그 8할은 흘리지 않아도 좋았을 것이다.

여성의 힘이 어떤 것인가를 보기 위해서 우리는 잠시 여기서 삽화 하나를 읽어볼 필요가 있다.

아내와 첩을 데리고 사는 제齊나라 사람이 하나 있었다. 그는 언제나 밖에 나가면 술과 고기를 싫도록 먹고 돌아오곤 했다. 아내가 누구와 음식을 같이 먹었느냐고 물으면 늘 돈 많고 벼슬 높은 사람들의 이름을 대었다. 그런데 그의 집을 찾아오는 사람 중에는 그런 고귀한 사람은 하나도 없었다. 미심쩍게 생각한 그의 아내는 첩과 의논한 후 어느 날 남편의 뒤를 미행해보았다. 남편은 온 장안 어디를 가도 아는 사람 하나 없었다. 마침내 그는 동쪽 성문 밖의 묘지로 가더니 산소에서 제사 지내는 사람에게 그들이 먹다 남은 것을 구걸하고 있었다. 아내는 돌아와서 첩에게 말했다.

"남편이란 우러러보면서 평생을 살 사람인데, 알고 보니 우리의 남편은 이 꼴일세."

그들은 남편을 원망하고 흉보면서 서로 붙잡고 울었다. 이런 줄도 모르고 그 남편은 그날도 집으로 돌아와서 아내와 첩에게 뽐내는 것이었다.

이것은 『맹자孟子』(離樓章 句下33)에 나오는 이야기다. 맹자님은 떳떳하지 않은 방법으로 부귀를 구걸하고 있는 사나이들의 허영심을 풍자하기 위해서 이 삽화를 썼다.

그러나 이 이야기를 듣는 오늘날의 남성들은 그 묘지의 불쌍한 구걸자와 동질同質의 고뇌를 느끼고 그를 동정할지도 모른다. 왜냐하면 여기 나오는 두 여인들처럼 아내들은 자기의 남편이 누구와 음식을 먹었느냐 하는 데 비상한 관심을 가지고 있기 때문이다. 요즘 말로 하면 상류 사회에 자기의 남편이 한몫 끼기를 그녀들은 열망하는 것이다.

이 여성(아내)의 압력 때문에 남편들은 묘지의 음식을 대궐의 음식이라고 속여야 한다. 임어당林語堂 식으로 말하면 이 이야기의 비극은 남자의 거짓말에 있는 것이 아니다. 누구와 먹었느냐고 묻는 아내, 남편을 의식하고 극성맞게 그의 뒤를 미행하는 아내의 그 행동에 있는 것이다. 그녀들의 환멸은 거기서 왔다고 해도 과언이 아니다.

『맹자』의 이 이야기는 현대에 와서 그 속편을 써야만 할 단계에 이르렀다. 왜냐하면 오늘날의 여성들은 못난 남편을 보고 그냥 원망하며 눈물을 뿌리고 있지 않기 때문이다. 여성의 지위는 현격하게 높아졌다. 그래서 그 속편은 '묘지 구걸자'가 아내의 등쌀에 못 이겨 드디어 이를 갈고 일대분발을 하는 데서부터 시작될 것이다.

'나에게도 아내가 만족할 만한 벼슬과 돈을…….'

그래서 그 남자는 묘지로 가는 대신 5급 공무원 시험장에 가거나 권세 높은 친척집 대문의 초인종을 누르는 데서 부패腐敗연습을 하기 시작한다. 벼슬과 돈을 구하기 위해서 체면이고 선악이고 가리지 않게 될 것이다.

현대의 아내들은 화제話題만으로 만족하지 않는다. 밍크코트가 있어야 하며, 다이아몬드와 벤츠가 있어야 한다. 따라서 같은 물건이라도 사모님을 위해서 갖다 바치는 선물이라야 더 효과가 있음을 '묘지 구걸자'는 잘 알고 있다.

그러나 어느 날 아내의 진격 나팔에 맞춰 장렬한 출세의 백병전白兵戰을 벌이던 끝에 그는 졸도하여 순직을 하고 만다. 그 속편은 이렇게 끝날 것이다.

'아내는 안마당에서 흐느껴 울면서도 거물급 조객弔客들이 남 편의 영전에 향을 태우고 있는 것을 자랑스럽게 바라본다. 남몰 래 악한 짓을 많이 했지만 권세와 금력을 위해 노력한 그의 일생이 사회장으로 막을 내리게 된 것이다. 물론 아내의 공 때문이었다.'

재봉틀과 여권

현대를 여인천하女人天下로 만든 것은 바로 오늘의 문명 그 자체인 것 같다. 남자는 소를 모는 견우요, 여자는 베를 짜는 직녀였지만 산업혁명은 그 소와 베틀을 기계로 바꿔놓았다. 그래서 여자는 베를 짜는 수고와 그 시간에서 해방이 된 셈이다.

그런데 남자는 어떤가? 여전히 새로운 소—제임스 와트가 만든 증기기관을 움직여야 했고, 공장의 직조기(베틀)까지 움직여야 했다. 인간의 손가락을 기계로 바꿔놓은 이 산업혁명 덕분에 여성들은 베를 짜던 바쁜 손을 쉬고 그 한가로워진 손에 남성들을 공격하는 깃발을 들게 된 것이다.

기계는 남성을 노예로 만들었고 반대로 여성을 해방시켰다. 이것은 여성에 대한 공연한 명예훼손이 아니다. 우선 재봉틀과 여성과의 관계를 보면 그것은 더욱 분명해진다.

옛날 16세기의 바늘로는 1분간에 아무리 부지런한 여인들도 30바늘밖에는 꿰매지 못했었다. 그러나 1845년에 특허권을 처음으로 얻은 에리아스의 재봉틀로 바느질을 하면 1분간에 250바늘을 꿰맬 수가 있었다. 순수한 수학적 계산으로 한다면 재봉틀 때문에 바느질의 노력이 8분의 1로 줄어든 셈이고, 이런 계산으로 여성의 힘을 측정한다면 여덟 배나 더 힘이 세졌다고 할 수 있다.

사실 재봉틀의 대명사처럼 된 싱어미싱(인장표)이 미국의 산물이라는 것과 여권女權 바람이 역시 미국 대륙에서 먼저 불었다는 것은 우연한 일치로만 볼 수 없다. 더구나 싱어미싱이 특허권 문제를 해결하고 재봉틀을 실용화된 상품으로 본격적인 보급을 시도한 1850년 초는 바로 미국의 우스터에서 세계 최초의 부인 대회婦人大會가 열려 정치상의 남녀동등권을 선언한 바로 그 해와 맞먹는다. 그리고 재봉틀이 월부 판매—이 말에 조심할 필요가 있다. 현대의 남성들을 옭아놓은 바로 그 월부 판매가 처음으로 고안된 것은 다름 아닌 재봉틀 판매로부터 시작된 상술이었다. 얼마나 상징적인 일인가—되어 11만 대나 미국 가정에 보급된 1860년대는 또한 미국 부인선거권 국민협회(1869년)가 생겨 근대 여권운동이 확고한 기반을 잡게 된 시기다.

물론 재봉틀이 모든 여권의 보호신保護神이 되었다는 말로 들어서는 안 된다. 농업 사회가 근대 산업 사회로 접어들면서 모든 것이 기계화되고, 그에 따라 여성들의 노동 시간이 줄어들고, 그와 반비례하여 여권은 늘어간다는 그 사실을 우리는 재봉틀의 역사에서 볼 수 있고, 그 속에 어떤 하나의 상징적 의미를 발견할 수 있다는 이야기다. '블론디'와 '매기'를 탄생시킨 여인천하의 본보기를, 미국의 역사를 훑어보면 알 일이다. 남북전쟁 이후, 즉 공업 지역[北]이 농업 지역[南]에 승리를 거둔 후 미국의 가정생활도 급속히 변화한다.

미국의 근대화는 집 안 세탁물을 자기 집에서 빠는 아내가 네 사람에 한 사람꼴로 줄어들었을 때부터 시작되고 있다. 지금은 더 말할 것도 없다. 왜냐하면 한국에서도 어느 부인 단체에선가는 '재봉틀 녹 안 슬게 하기 운동'을 벌일 판이니까 말이다. 이젠 재봉틀에 신세질 필요도 없다. 어디를 가나 양장점이다. 백화점에는 기성복들이 산더미처럼 쌓여 있다. 재봉틀도 베틀과 마찬가지로 가정에서 공장으로 넘어간 것이다.

재봉틀이 폐물화되었을 때 여권운동도 완성되어 폐물화된다. 여권을 주장하던 시대에서 이제는 그것을 누리는 시대가 된 까닭이다. 현대 문명은 재봉틀보다 더 앞선 여성들의 보호신을 만들어내고 있지 않은가. 라디오, TV만 해도 남성들보다는 여성들을 위한 것이다. 그렇기에 방송국은 남자들보다 여성들의 입맛에 맞도록 프로를 짜내고 있다. 주간지의 범람은 어떤가? 여기에 자동세탁기, 전기 믹서, 냉장고, 진공 청소기……. 문명의 이기란 것을 가만히 따져보면 남자들에겐 땀을 더 흘리게 만들고 여성들에겐 노래를 더 많이 부르게 하는 페미니스트의 산물이라는 것을 부정할 수 없다.

일찍이 설거지를 끝내고 TV와 신문을 빼놓지 않고 들여다보고 있는 오늘의 아내는 남편보다 훨씬 상식도 풍부해서 지능적인 면에서도 우수해졌다. 하지만 남편들은 하루가 멀다 하고 쏟아져 나오는 최신식 가정 전기용품들을 사들이기 위해 등골이 휘어야 한다. 그 집 안에 전기 기구의 품목이 얼마나 많으냐로 남편의 능력과 아내에 대한 충성심이 평가되고 있는 세상이다.

적어도 남편이 아내 앞에서 큰기침 소리를 내려면 전기 냉장고와 TV쯤은 확보해야 된다. 그렇지 않으면 '이웃집 아무개 아버지를 좀 보라'는 기합을 죽을 때까지 노랫소리처럼 들어야 한다.

공연히 그것도 남자(제임스 와트)가 주전자 뚜껑을 움직이는 것을 보고 증기기관인가 뭔가를 발견하고 난 뒤부터 오늘에 이르기까지 그 산업 문명은 이렇게 여성에겐 자유를, 남성에겐 구속을 가져다주는 방향으로만 구보를 해온 셈이다.

어머니와 아버지

자기 집 문 앞에서 아이들과 놀고 있는 낯선 한 부인을 보자 신사는 그냥 지나칠 수 없어 아주 정중하게 인사말을 했다. "훌륭한 자녀들을 두셨군요. 얼굴이 모두들 잘생겼습니다." 그러자 그 부인은 몹시 거북한 표정을 지으면서 말했다. "저는 선생님 댁의 유모랍니다. 이 애들은 바로 댁의 자녀들인걸요." 딱하게도 이 신사는 부인네들에 대한 예절은 잘 알고 있었지만 막상 자기 자식들의 옛날 얼굴은 잘 몰랐던 것이다.

그렇게 먼 옛날 이야기가 아니다. 농담 좋아하는 친구들이 우스갯소리로 꾸며낸 이야기는 더더구나 아니다. 워털루 역에서는 기차가 검은 연기를 내뿜고 런던에서는 세계 대박람회가 열려 근대화 바람이 한창이던 무렵, 그러니까 빅토리아 왕조 때의 한 실화實話다.

오늘날의 상식으로는 도저히 이해할 수가 없지만 불과 한 세기 전의 풍습만 해도 아버지와 자식과의 관계는 대개가 다 그 정도였다. 어느 나라를 막론하고 홀아비가 된 심청이의 아버지가 아닌 담에야 남자가 어린애를 품에 안고 길을 서성거리는 것은 20세기 이전의 사회에서는 보기 힘든 광경이었다.

어린아이를 낳고 기르는 그 권한은 「창세기」때부터 여성의 전유물이었다는 사실을 우리는 잘 알고 있다. 엄격한 의미에서 부가장사회父家長社會라 할지라도 자녀들에 관한 한 모권母權의 전통은 시퍼렇게 살아 있었다.

여자가 아이들을 품에 안고 있는 동안만은 남자들이 아킬레우스같이 별 박힌 불멸의 갑옷으로 앞가슴을 무장하고 있는 것보다도 강했던 것이다.

남자들은 정반대다. 자녀 문제로 초점을 옮길 때 남자들은 갑자기 비참한 열등의식과 소외감에 빠지게 된다.

스페인의 이베리아인들은 아내가 해산을 할 때 멀쩡한 남편이 도리어 자리에 누워 신음을 하고 거꾸로 산모는 부엌에 나가 산産구완을 하는 기괴한 풍속이 아직도 남아 있는 모양이다.

마을 사람들이 자리에 누운 남편에게 얼마나 수고를 했느냐고 인사를 하면 뻔뻔스럽게도 이 가짜 산모(남편)는 엄살을 떨며 일일이 답례를 한다.

이 능청스러운 풍속은 우리나라의 평북 산간 박천博川 지방에도 있었다. 아내가 아기를 낳으려고 하면 남편은 소 멍에를 등에 지고 지붕 위에 올라간다. 그러고는 배를 움켜쥐고 온 동네를 향해 진통하는 흉내를 낸다.

두말할 것도 없이 이것은 자식이 내 것이라는 소유권을 주장하기 위한 애처로운 연극이다.

자기가 어린애를 낳은 것처럼 위장하거나 적어도 아내와 같이 해산을 했다는 참여의식을 보임으로써 애를 못 낳는 남성들의 그 열등감과 소외감을 보상하고 싶었기 때문이다.

같은 부모라도 진짜 어버이는 아이를 몸으로 낳아 젖을 먹여 키운 '어머니'다. 자녀를 놓고 생각할 때 아버지의 존재는 '개밥에 도토리'에 지나지 않는다.

고려 때의 「사모곡思母曲」을 읽어보면 긴 설명이 필요 없을 것 같다.

> 호미도 날[刀]이 있는 연장이지만 낫처럼 잘 들지 않습니다.
> 아버지도 같은 어버이시지만 어머니처럼 사랑해줄 리가 없나이다.
> 아, 어머니처럼 사랑해줄 리가 없나이다.

그러나 이 「사모곡」을 오늘의 입장에서 다시 한 번 분석해보면 어떤 결과가 나타날까? 부모의 사랑을 '호미와 낫'으로 비유한 것을 보면 틀림없이 이 「사모곡」을 지은 사람은 손마디가 굵은 소박한 농사꾼임에 틀림없다.

도시에 사는 현대인 같으면 아마 '판잣집도 집이지마는 빌딩처럼……' 혹은 '등잔불도 불이지마는 형광등처럼……'이라고 표현했을 일이다. 결코 부모의 사랑을 '호미와 낫'으로 대조시켜 나타내지는 않았을 것이다.

「사모곡」은 호미와 낫의 시대, 즉 봉건적인 농촌의 어머니상像이라야 더욱 실감이 난다. 옛날의 그 어머니와 현대의 어머니를 한번 생각해보자.

장독대의 모상母像

몇십 년 전이라도 좋다. 한국의 어머니들을 한번 생각해보라.

그 어머니들에게 무슨 재미와 무슨 희망과 무슨 권한이 있었겠는가? 생각만 해도 눈시울이 뜨거워지는 존재다. 아들과 딸자식에 대한 사랑밖에는 아무것도 가진 것이 없었다. 여권女權이 있었다면 아이에게 젖을 먹일 수 있는 권한밖에는 없었다. 그러나 그 젖인들 어떠했는가?

남편 죽고 우는 눈물 두 젖에 내려 흘러
젖 맛이 짜다 하고 자식은 보채거든
저놈의 어느 안(마음: 속)으로 계집되라 하는다.

한국의 아이들은 정철鄭澈의 시조처럼 어머니의 젖과 함께 짭짤한 그 눈물의 맛을 빨며 자라났다.

그리고 한국인이라면 누구나 장독대를 생각할 것이다. 눈물도 마음놓고 흘릴 수 없었던 어머니들은 슬픈 일이 있으면 아이들을 데리고 뒤울안 장독대로 간다. 끌어안고 울 수 있는 상대란 오직 자식밖에 누가 있었겠는가? 그래서 아이들은 어머니의 사랑과 그 눈물의 의미를 동시에 익혀가는 것이다. 그리고 그 사랑과 눈물을 통해서 꽃들의 의미를 알게 된다.

장미나 달리아가 아니라 꼭 어머니의 얼굴처럼 생긴 맨드라미, 분꽃, 봉선화……. 장독대에 피는 그런 수수한 꽃들의 의미를 안 것이다. 으레 그런 날 장독대에는 빨간 고추잠자리 하나가 와서 앉게 마련이다. 어머니를, 꽃을, 그 잠자리를……. 우리는 이렇게 해서 자연까지를 자기 마음속으로 끌어들여온다.

그것만이 아니다. 한국인 최초의 여행…… 집을 떠나 낯선 마을을 찾아가는 사회에의 그 첫걸음은 어머니의 손을 잡고 '외갓집'을 찾아가는 데서부터 시작되지 않았던가?

노천명盧天命의 시구에도 그런 것이 있다.

> 뙤약볕에 채송화가 영악스럽고
> 코스모스 외로운 조그만 정거장……
> 젊은 양주가 데리고 나온
> 빨간 양복의 사내아이는
> 외가엘 간다고 좋아라 뛰었다.

어째서 그럴까? 도시에 있는 외가란 상상할 수 없다. 외갓집은 돌자갈이 많은 저 하얀 시골길의 끝에 있다. 외갓집에는 어쩐지 꼭 빨간 감이 달린 감나무가 아니면 대추나무들이 있어야 될것 같다.

이 외갓집의 이미지는 어머니가 그대로 한 사회의 이미지로 확대해가는 건널목 같은 구실을 한다. 그런데 이러한 눈물의 모상母像은 뉴똥치마가 선망의 대상이었던 올드 패션을 끝으로 사라져 버렸다.

'호미와 낫'의 시대에서 '미니와 맥시'가 대결하는 시대로 옮겨 앉은 오늘날의 「사모곡」은 재편곡을 하지 않으면 안 되게끔 되었다.

모권母權이 여권女權으로 바뀌었다. 자녀에 대한 애정이 유일한 소유요, 권한이었던 옛날의 어머니와는 다른 여인들이 등장하기 시작한 것이다.

요즘의 어머니들이 자녀를 데리고 외출하는 광경을 본 적이 있는가? 어머니인지 누나인지 분간을 할 수조차 없는 현대의 학사學士 어머니들은 쇼핑과 파티와 심지어 레슬링 같은 스포츠를 보고 열광한다. 그리고 온갖 물질의 쾌락이 어떠한 것인지를 잘 알고 있다.

아무리 가난하고 불행한 주부라도 옛날 어머니들이 코 흘리는 아이들을 안고 넋두리를 할 그런 시각에 영화를 감상하고 여성

잡지의 원색 화보를 들여다볼 수 있는 특권을 누릴 수 있다.

현대의 어머니들은 장독대에 가서 울지 않는다. 아니 울고 싶어도 이젠 옛날의 장독대 같은 것을 이 도시에서는 찾아보기도 힘들다. 현대의 어머니들은 쓰라린 시집살이의 고통을 모르니 친정의 맛도 또한 모른다. 외갓집이 아니라도 아이들은 나들이 갈 곳이 많은 것이다.

철사鐵絲 어머니와 헝겊 어머니

마거릿 미드가 남양 토인들의 생활 문화를 조사한 것을 보면 육아법育兒法과 사회성社會性은 서로 끊을 수 없는 끈으로 맺어져 있는 것 같다. 인간의 원시적인 성격은 '입술'로부터 형성된다. "세 살 때 버릇이 여든까지 간다"는 말을 좀 더 구체적으로 표현한다면 '어머니 젖을 빠는 버릇은 여든까지 간다'고 표현할 수 있다.

뉴기니의 아라페시족族은 온순하기 짝이 없다. 가난하고 영양은 나쁘지만 절약을 해서 그들은 악기를 산다. 평화와 예술을 사랑하는 종족이다. 그리고 이웃끼리 싸움을 하지 않는 다정다감한 종족이다. 그런데 바로 곁에 있는 문두구모르족들은 전투적이고 그 기질도 거칠기 짝이 없다. 여성들도 남성 못지않게 억세고 활동적이다. 아라페시족과는 정반대라고 할 수 있다. 이러한 기질의 차이는 바로 그들이 아이를 키우는 태도의 차이에서 오는 것이라고 미드는 풀이하고 있다.

아라페시족의 어머니들은 아이들에게 싫도록 젖을 빨린다. 아이들의 눈앞에는 언제나 어머니의 젖가슴이 있다. 마르지 않는 샘물처럼 넘쳐나는 어머니의 젖가슴 속에 안겨 그들은 자라나고 있는 것이다. 여기에 비해서 항상 싸우며 피를 봐야 직성이 풀리는 문두구모르족은 아이들을 키우는 것을 아주 싫어한다. 애들을 앞가슴에 품어 기르는 풍습이 없다. 광주리에 처넣어 어깨에 메고 다니거나 처마 끝에 매단다. 아이들은 어머니의 유방에서 언제나 멀리 떨어져 있다. 젖을 먹일 때도 선 채로 먹이고 보통 보채지 않으면 그나마도 젖을 물려줄 생각조차 하지 않는다.

입술을 어느 만큼 충족시키고 자랐느냐로 한 종족의 생활 문화는 여름과 겨울만큼 달라지는 것이라 할 수 있다. 옛날 한국의 어머니들은 아라페시족과 흡사한 데가 많다. 주야로 아이들에게 젖꼭지를 물리고 있었다. 우리가 평화를 사랑하고 예술을 즐겼던 반면에 독립심이 없고 나약하고 정에 물렀던 이유 가운데 하나가 바로 거기에 있는지도 모른다.

현대의 어머니들은 문두구모르족과 비슷해져간다. 아이들은 광주리 속—유모차나 요람과 같은 광주리 속에서 자라나고 있다. 선 채로 젖을 먹고 있는 그 아이들처럼 현대의 젖먹이 아이들은 어머니와 떨어진 공간에서 우유를 빨고 있다. 왜 현대의 한국인들이 옛날과는 달리 날이 갈수록 잔인해져가고 그 사디즘적인 탐욕으로 흘러가고 있는지, 문두구모르족처럼 자라나고 있는 아이들을 보면 이해가 감직도 하다.

젖만이 아니다. 인간의 피부와 피부가 맞닿는 접촉, 이것을 상실한 현대의 모자母子 관계는 한층 더 현대 사회를 삭막한 불모지로 만들어가고 있는 것이다. 그러면서도 여전히 아이들에게 있어 어머니의 존재는 압도적이다. 미국의 남성들은 나날이 여성화되어가고 있다고 한탄한다. 마미즘(모성주의)이 휩쓸고 있는 까닭이다.

남자는 일평생 여성(어머니적인 것)의 그늘 속에서 자라나야 한 다. 이 세상에 나자마자 산파의 신세를 져야 한다.

유치원에 가면 보모에, 초등학교엘 가면 여선생(옛날 하늘천 따지를 가르치던 서당에는 여선생이란 없었다), 그리고 조금 장성하게 되면 걸프렌드, 결혼을 하게 되면 아내…… 이런 순서로 여성들의 눈치를 보게 된다.

따스한 젖가슴을 잃었다 해서 문두구모르족처럼 야만한 식인종이 될 수도 없다. 여성의 젖가슴은 없어도 사회의 여러 곳에 이 여성적인 마미즘의 바리케이드가 쳐져 있어 남성은 남성다운 기질을 발휘하지 못하고 있다.

애정의 본질은 결코 물질이나 학식에서 생겨나지 않는다. 해리 F. 할로의 실험 보고에서도 그것은 명확하게 드러나 있다. "인간은 빵만으로 살 수 없다"는 『성서』의 명언을 아이들에게 있어서는 '젖만으로 살 수 없다'는 진리로 바꿀 수가 있다.

할로는 원숭이의 신생아를 철사로 만든 것과 부드러운 헝겊으로 만든 두 인공모人工母로 키워보았다. 물론 그 인공모에는 다 같이 젖을 먹이는 특수 장치가 되어 있었다. 그 결과로 애정의 반응에 있어 접촉의 쾌락이 수유授乳보다 압도적으로 중요하다는 사실을 알아냈다. 새끼 원숭이들은 철사 어미보다 젖을 덜 주는 헝겊 어미를 더 따른다. 그리고 철사 어미 밑에서 자라난 꼬마 원숭이들은 장난감 곰으로 위협할 때 그냥 혼자서 떨고 있을 뿐이다. 그러나 헝겊 어미 밑에서 자란 놈들은 거의 80퍼센트 이상이 그 공포 테스트에서 인공모의 품안으로 기어 들어가는 것이다.

생물들은 부드러운 그 접촉을 통해서만 심리적인 안정과 어머니에 대한 애정을 느낀다.

이와 같은 여러 가지 실험을 통해서 아이들은 먹는 것보다도 육체적인 접촉이 훨씬 더 중요하다는 비밀과 그렇지 않은 때는 심리적 불균형과 정서에 장해를 입는다는 사실을 알게 되었다. 인공 수유로만 자라는 오늘날의 아이들은 철사 어미 밑에서 자란 꼬마 원숭이와 별로 다를 것이 없다.

같은 어머니지만 옛날 어머니를 '헝겊 어머니'라고 한다면 오늘날의 어머니는 싸늘하고 딱딱한 비정적非情的인 '철사 어머니'라고 할 수 있다. 같은 어머니지만 '호미와 낫'만큼 다르다. 이것이 현대의 「사모곡」인 셈이다.

어머니와의 부드러운 접촉을 잃고 유모차에서 자라나는 아이들, 장독대의 눈물과 외갓집을 상실한 그 아이들, 심리학자와의학자들이 쓴 육아전서의 활자로 양육된 아이들, 물질적 풍요가 애정의 풍요를 대신하고 있는 이 시대의 아이들, 이런 아이들이 커서 어른이 된다는 것은 대체 무엇을 의미하는가? 아이들의 성격은 문명의 알[卵]이다. 인간의 심리와 정서, 사고思考와 행동으로 그 세계에는 커다란 변동이 생겨난다.

어머니가 달라지면 아이들도 달라진다. 이 평이한 삼단논법三段論法은 시시각각으로 지금 이 현실 속에 나타나고 있다.

철사 어머니 밑에서 걸음마를 배우는 오늘의 아이들은 지금 고향과 대지를 상실한 아스팔트 문명을 음모하고 있다. 그것은 콘크리트의 거친 심장을 향한 걸음마이기도 한 것이다.

죄장소멸형罪障消滅型 어머니

현대 여성의 앞가슴은 아이의 양육이라는 실용적 가치보다도 미학적인 액세서리로 더 중요한 의미를 띠게 되었다. 유방의 의미 자체가 그렇게 달라진 것이다. 어머니와의 육체적 접촉은 시대가 흐를수록 어렵게 되어간다. '학사學士 어머니'들은 아이들을 자신의 체온으로 키우는 것이 아니라 유모차의 포대기(강보)로 기르고 있다. 마리아가 아기 예수에게 플라스틱 우유병을 빨리고 있는 광경을 우리는 상상이라도 할 수 있겠는가?

그러나 미국의 통계로 보면 아이들 열 명 가운데 가장 불행한 아이가—그것도 흑인이지만—뜻밖에도 어머니 젖을 빨며 자라나는 행운을 차지하고 있다. 그러니까 나머지 아이들인 90퍼센트가 어머니의 부드러운 젖가슴을 모르고 자라난다는 이야기다. 그들이 알고 있는 것은 인간의 촉감이 아닌 비닐 제품의 그 대용代用 젖꼭지다. 그래서 현대 문명은 바로 '오이디푸스 콤플렉스'가 아니라 '비닐 콤플렉스'에 걸린 2세들에 의해 전개되어가고 있다. 이러한 외부의 변화들은 자녀에 대한 어머니들의 심리 내부까지도 흔들어놓는다.

현대의 어머니들은 대부분이 자녀에 대해 무의식적인 죄책감을 지니고 있다. 옛날의 여성들은 아이를 낳음으로써 칠거지악七去之惡의 하나가 떨어져나가고, 사회적으로나 가정적으로나 비로소 확고한 자신의 지위와 그 권한을 보장받게 된다. 아이는 자기의 은인이기도 한 셈이다. 그러나 현대의 '학사 어머니'들은 그렇지가 않다. 옛날의 여성들은 아이를 낳는 데서 자기 인생이 시작되었지만, 현대의 여성들은 도리어 거기서부터 모든 것이 끝났다고 생각한다. 퀴리 부인이 되려던 꿈, 롤랑상이 되려던 꿈, 대학 캠퍼스에서 자라나던 모든 꿈이 아이의 탄생으로 끝장난 것처럼 생각한다. 사회가 달라졌기 때문에 자신을 '보장'해주던 아이가 오늘날엔 장애물로 인식되기도 한다.

'저 아이만 없었던들 이혼을 할 수 있을 텐데…….' '저 아이만 아니었던들 지금쯤 미국에서 박사학위를 얻었을 텐데…….'

내부에서 이런 소리가 들릴 때 여성들은 갑자기 놀라며 귀를 틀어막는다.

"내가 못됐지, 이런 생각을 하다니……."

혹시 자기는 아이들을 미워하는 게 아닌가 하는 불안 때문에 반사적으로 자기가 그렇지 않다는 증거를 찾기 위해 으스러지도록 아이를 끌어안고 뽀뽀를 해주고, 발작적인 소나기 사랑을 퍼붓는 것이다.

이런 광경을 가만히 옆에서 관찰해보면 옛날의 자연스럽던 어머니들의 사랑과는 어딘지 모르게 어색한 점이 있다는 것을 느끼게 된다. 오버액션을 하는 배우의 연기처럼 부자연성이 그 저변을 흐르고 있다.

오늘의 어머니들은 누구나 조금씩은 심리학에서 말하는 이른바 죄장소멸형의 모성애에 빠져 있다. 가족 계획으로 중절수술을 하고 있는 현대의 어머니들은 한 번쯤은 낳을까 말까 하고 망설이다 그 아이를 낳는 것이다. 이 말을 다른 말로 고치면 죽일까 말까 하는 끔찍한 살인의식을 품고 애를 낳았다는 뜻이 된다. 파티나 동창 모임으로 집을 자주 비우는 파티형 어머니, 여권 운동에 바쁜 세미나형 어머니, 라디오나 TV에서 활약하고 있는 매스컴형 어머니, 직장에 나가 돈벌이를 하는 아버지형 어머니……. 이 많은 현대의 어머니들은 자녀를 충분히, 그러니까 자신을 키워준 어머니처럼 그렇게 충분히 사랑해주지 못하고 있다는 콤플렉스를 느끼며 살아가고 있다. 바빠진 죄의식을 씻어 내기 위해 자녀들을 히스테리컬하게 껴안는다.

"나는 너를 사랑해, 너를 사랑해."

아이에게 말하고 있는 것이 아니라 차라리 그것은 자기 자신을 향해 외치고 있는 것이나 다름없다. 그 보상으로서 오늘의 어머니들은 '눈물'이 아니라 아이들에게 '돈'을, 사치스러운 옷과 장난감을 안겨준다. 피아노 개인 교수를 불러들이고, 미술 연구소와 그리고 일류교에 아이들을 집어넣으려고 극성을 떤다. 이것이 바로 그 치맛바람을 일으키는 원인이기도 하다.

"봐라, 나는 결코 다른 엄마에게 뒤지지 않는단 말야."

옛날의 아이들이 어머니가 흘리는 눈물과 그 사랑을 서로 구별하지 못한 것처럼 요즘 아이들은 어머니가 주는 '물질'과 '사랑'을 서로 떼어서 생각할 수가 없다. 엄마의 애정 표현은 곧 물질적 표현과 등가물等價物이 되고 만다. '노래를 잊어버린 카나리아'는 철 늦은 유행가가 아니다.

'학사 어머니'들은 물질 이외로 자녀를 사랑해주는 모성의 본능적 방법을 잊어버린 카나리아들이다. 라틴어와 히브리어를 자기 고장 사투리처럼 자유자재로 말할 수 있는. 그래서 우리가 존경해 마지않는 어느 여류 학자님은 처음 이 세상에서 어머니가 되시던 날 활명수를 서너 병이나 마셨다는 애화가 있다. 저녁 식사가 갑자기 체한 줄로만 생각했다는 것이다. 그리스어는 알아도 아이를 낳으려면 진통을 하게 된다는 어머니의 소박한 그 본능적 언어는 그만 몰랐던 까닭이다.

그래서 미국의 히피 여성들은 브래지어로 젖을 보호하고 어린 아이에게는 분유를 먹이는 현대의 어머니들을 향해 일종의 선전포고를 하고 있다. 히피 여성들은 '아기에 대한 최대의 사랑은 직접 젖을 먹이는 이외의 것은 없다'는 캠페인을 벌이고 있는 중이다. '자연으로 돌아가라'고 외치던 루소의 구호가 이들에게 있어서는 'Return to breast feeding(품안으로 돌아가라)'이다.

히피뿐만 아니라 부유한 주부들도 이 운동에 호응하고 특히 젊은 여성들 사이에는 '아기에게 젖 빨리는 운동'의 인기가 대단한 모양이다. 인간은 이래저래 서글프게 되었다. 옛날엔 자연의 본능이었던 것을 이제는 노동조합 운동처럼 어마어마한 구호를 내걸고 캠페인을 벌여야 하는 판이니 말이다.

아마존의 신비神秘

권위주의나 폭력에 의한 지배의 역사는 지금 3막의 마지막 장場을 연출하고 있는 중이다. 우리도 미국의 저널리즘을 들끓게 하고 있는 세 가지의 파워에 대하여 잘 알고 있다. 블랙 파워, 영 파워 그리고 우먼 파워. 이 파워의 핵을 이루고 있는 것은 인종이나 연령이나 성차性差에 대한 오랜 인간의 편견에 대한 도전이다. 그러므로 단순한 농담이 아니라 이 세 가지 파워의 등장 때문에 미국에는 미래에 대한 세 가지 가정법假定法이 생겨나고 있다. '흑인 대통령이 나온다면—', '20대의 히피 대통령이 나온다면—', '여자 대통령이 나온다면—'.

수십 년 전만 해도 감히 상상할 수조차 없었던 이런 가정법이 싹트게 되었다는 것은 종래의 낡은 지배 형태가 무너져가고 있는 새 시대의 예고인 셈이다. 미국만의 신화는 아닌 것이다. 민족(국가)간의 투쟁이나 한 사회를 형성하고 있는 계층간의 갈등에서 이제는 어느 나라에서든지 세대와 양성兩性간의 새로운 마찰이 발생되고 있다. 그러므로 오늘의 여성들은 '아마존'이 되느냐 '아리아드네'가 되느냐 하는 새로운 신화의 시대로 돌입하게 된 것이다.

먼저 아마존의 모습을 생각해보자.

그리스 신화에는 남성들의 지배를 거부하고 여성들만 모여 그들끼리 살아가는 아마존족에 대한 이야기가 나온다. 아마존의 나라를 지배하는 것은 여왕이다. 주민들도 모두가 여자들뿐이다. 그들은 빗자루가 아니라 초승달 모양의 방패와 활, 도끼 그리고 창으로 무장되어 있다. 날쌔게 말을 타고 달릴 줄도 안다. 여성만의 종족으로 이루어져 있기 때문에 자손을 얻기 위해서는 일정 기간 동안 다른 나라의 남성들과 교섭을 갖는다.

그러나 남자가 태어나면 죽여버리거나 혹은 불구자로 만들어 버린다. 여자아이가 태어나면 오른쪽 유방을 도려내고 만다. 장차 커서 방패를 들고 창을 잡고 싸울 때 그 유방이 방해가 되는 탓이다. 아마존의 이 여인천하에서는 남성은 영원한 적이 된다. 그들은 남자들처럼 용감하고 독립심이 강하다. 능히 남성과 싸워 이길 수 있는 무력도 지니고 있다. 아마존들은 치사스럽게 넥타이나 매주면서 남자에 의존해서 살려고 하지 않는다.

오늘날의 여성 그리고 여권론자들은 '아마존의 신화'를 만들어 내고 있는 것일까? 브래지어를 불태워버리라고 외치는 여성 해방의 구호는 꼭 오른쪽 유방을 잘라버린 아마존족의 그것과 별로 다를 것이 없다. 남성들의 여성에 대한 에티켓, 저 은근한 중세 기사도의 예의도 그들은 거부한다.

"우리는 어린아이나 병자가 아니다. 불구자나 바보가 아니다. 무엇 때문에 남성들은 자동차 문을 열어주고 항상 숙녀에게 옷을 입혀주고 자리를 양보해주는가? 레이디 퍼스트의 그러한 친절은 여성을 위하는 것이 아니라 실은 남성 없이는 문 하나 변변히 열 줄도 모르는 무력한 존재로 생각하는 여성 멸시의 위장에 지나지 않는다."

이렇게 여성의 독립성을 꿋꿋한 태도로 주장하는 여성 해방론자의 그 믿음직스러운 모습에서 우리는 초승달의 방패로 무장한 아마존의 자세를 엿볼 수가 있다. 또 누구는 이렇게 말한다. 대머리가 벗어진 60대의 남성들 그리고 몸무게가 300파운드나 나가는 남성들도 청순한 20대 여성과 결혼할 수가 있다. 그런데 여성은 어떤가? 보기 싫기는 피차 마찬가지지만 여성은 사소한 티가 있어도 결혼에 대해 핸디캡을 갖는다. 남자는 독신생활을 해도 손가락질을 당하지 않는다. 그런데 여성이 혼자 살면 편견의 눈총에 시달려야 한다. 여자들도 남성처럼 자유롭게 독신생활을 할 수 있는 사회 풍토가 이루어질 때 비로소 여성 해방은 이루어진다. 그렇게 되면 인구 문제도 해결될 것이고 여성도 가정을 떠나 무엇인가 사회적인 일을 할 수가 있다.

이러한 주장에서도 우리는 역시 여인 종족만의 이상향을 꿈꾼 아마존의 그 핏줄을 볼 수 있는 것이다.

그러나 여성의 이상은 과연 '아마존'이 되는 데 있는 것일까? 그동안 여성에게 가한 남성의 횡포는 어떠한 궤변으로도 정당화할 수가 없다. 여성들의 주장은 그런 면에서 합리성을 띠고 있다.

그러나 아프리카의 신생국들이 그들을 지배하던 세계를 적대시하는 것만이 독립의 열정은 아닌 것이다. 대화와 공존 그리고 그 조화를 갖지 않는 갈등과 고립주의는 역사의 진정한 힘이 될 수는 없다. 양성간의 문제도 마찬가지다. 남성의 여성 지배가 비극이라면 여성의 남성 지배나 적대도 또한 비극이 아닐 수 없다. 여성이 한 인간으로서 독립하고 그 권한을 누려야 한다는 것이 곧 남성화를 의미하는 것은 아니다.

'아마존'이 되어 남성들에게 창칼을 돌리는 여성 해방과 그 독립의 신화 속에 과연 인류의 행복이 깃들어 있는 것일까? 우리는 눈을 돌려 또 하나의 신화. '아리아드네'의 실을 바라보자.

아리아드네의 실

미노타우로스라는 인신우두人身牛頭의 괴물이 크레타 섬에 나타나 사람들을 잡아먹었다. 미노스 왕은 궁리 끝에 명장明匠을 만들어 이 괴물을 가두어버린다. 그러고는 매년 아테네로부터 일곱 명의 소년소녀를 조공으로 바치게 하여 괴물의 먹이로 주었다. 괴물을 그냥 죽게 하면 신神의 노여움을 살까 두려워했기 때문이다.

억울하게 죽어가는 어린 생명들을 구하기 위해 아테네의 왕자 테세우스는 스스로 그 제물祭物의 한 사람이 되어 크레타섬으로 향한다. 미노스 왕의 딸 아리아드네 공주는 테세우스 왕자를 보자 사랑을 하게 된다. 그래서 누구나 한번 들어가면 나올 수 없는 미궁으로 그를 보낼 때 공주는 그에게 실타래를 준다. 테세우스 왕자는 미궁 속으로 들어가 괴물과 싸워 그것을 퇴치한다. 그리고 아리아드네가 준 실을 따라서 길을 잃지 않고 무사히 그 미궁을 빠져나오게 된다.

이 그리스 신화는 아마존의 이야기와는 아주 다르다. 아리아드네는 아마존처럼 말을 탈 줄도 모르며 창검을 휘두를 줄도 모른다. 아름답고 나약한 여성이다. 그러나 아리아드네는 남성의 단순한 종이 아니다.

용감하고 무예武藝가 뛰어난 테세우스 왕자의 칼이 남성의 상징이라면 아리아드네의 그 실은 여성의 힘을 상징하는 것이다. 미노타우로스의 괴물을 무찔러 인간의 평화를, 그 사랑을 실현하는 데는 테세우스의 칼과 아리아드네의 실이 함께 협화를 이룰 때만이 비로소 가능하다.

테세우스는 길을 알 수 없는 미궁 속으로 들어간다. 그것은 일상日常의 길이 아니다. 위험과 길들일 수 없는 모험으로 가득한 미지의 현실이다. 그리고 테세우스는 괴물과 만나 피 묻은 투쟁을 한다. 용기와 무술과 힘을 요구하는 싸움이다. 그러나 테세우스가 만약 다시 저 출구로, 그가 애초에 떠났던 일상의 거리, 태양이 빛나고 길들인 길과 지붕과 어린아이들이 젖을 빨고 있는 그 마을로 돌아오지 못한다면 대체 그 싸움은 무슨 의미가 있는가? 미노타우로스와의 싸움은 그가 다시 미궁 속에서 애초의 길로 돌아올 수 있을 때만이 비로소 완성될 수가 있다.

그를 돌아오게 한 것은 아리아드네였다. 칼이 아니라 실이 있어야 한다. 아리아드네처럼 실은 가냘프다. 그것은 강철이 아니다. 무찌르고 부수는 칼의 힘이 아니라 그 실은 길게길게 이어져 단절해 있는 모든 것을 잇는다. 아리아드네의 실은 테세우스의 기억이다. 떠나온 장소로 다시 이끌어들이는 향수다. 이 실이 있을 때만 존재의 고향으로 다시 돌아올 수가 있고 승리의 의미를 인간의 대지 위에 꽃피울 수가 있다. 영웅을 돌아오게 하는 힘, 이것이 아리아드네의 실이며 여성이 지니고 있는 본래의 구실이다. 테세우스의 '칼'은 아리아드네의 실이 있을 때만이 영광으로 빛난다. 아리아드네의 실은 테세우스의 칼이 있을 때만 강철보다 강해진다. 피뢰침처럼 생의 섬광을 대지로 빨아들인다. 그것이 없으면 단지 테세우스의 힘과 용맹은 오직 파괴하고 도멸倒滅시키는 번갯불처럼 허공에서 울릴 것이다. 아리아드네의 신화는 현대 여성의 새로운 운명이기도 하다. 남녀의 평등은 테세우스의 칼을 함께 잡는 것을 의미하는 것이 아니다. 남성이 가지고 있지 않은 것, 여성은 그것을 보완시키고 여성이 가지고 있지 않은 것을 남성이 첨가함으로써 미노타우로스를 퇴치하는 길, 그것이 진정한 양성兩性의 자유이며, 힘이며, 사랑이 되어야 한다. 말하자면 아마존이 되기보다도 아리아드네가 되어야 한다. 남성의 노예로서가 아니라 대등한 자리에서, 하나의 협화자協和者로서 여성의 존재 이유를 발견해야 된다.

남성들은 오늘도 저 미궁으로 가야 하는 것이다. 전쟁을 하고 정치를 하고 공장을 세운다. 달세계를 향해 로켓을 쏴 올리고 사막과 해저를 파헤쳐 미지의 세계를 열어야 한다. 컴퓨터를, 전자 광선을, 인공 심장을……. 새로운 길을 가며 인간을 위협하는 모든 미노타우로스와 싸워야 한다.

여성들은 그것을 지켜본다. 단지 지켜보는 것이 아니라 그들에게 실타래를 주어야 한다. 그들의 싸움이 개개의 지붕, 저 일상의 평화와 사랑으로 연결되지 않을 때 그것은 단지 자연을 파괴하고 도시와 인간을 원수폭의 사회死灰로 변하게 하는 미로迷路의 문명이 될 뿐이다.

핏줄의 실, 고향의 실, 사랑과 평화의 실, 아리아드네의 그 실처럼 여성들은 미로 속의 남성들에게 생명의 길을 알려주어야만 한다. 단순한 비유라고 생각해서는 안 된다. 이미 호메로스의 서사시에서는 이러한 여성의 구실이 극명克明하게 그려져 있다. 안드로마케는 공명심 때문에 스스로 자기를 파멸로 이끌어가는 남성들의 운명을 한탄하면서 지붕 밑의 사랑과 평화의 길을 그 남편에게 가르쳐주고 있다.

그리고 아리스토파네스의 〈리시스트라타〉는 여성들이 섹스 스트라이크를 일으킴으로써 양국간의 전쟁을 평화로 이끌어가는 우먼파워를 그리고 있다. 즉 싸움만 좋아하는 남성들에게 주부들이 단결하여 일체 잠자리를 거부하는 압력을 가한다. 그래서 아테네와 스파르타의 남성들은 전쟁을 그만두고 평화를 맺게 된다.

허구의 세계만이 아니다. 실제로 라바레 박사의 보고를 들어

보면 아메리카 평원 지대에 사는 인디언들의 풍속에는 전쟁의 최후 결정권을 여성들이 갖고 있다는 것이다. 만약 집회에서 노녀老女들이 거부권을 행사하면 침략 전쟁을 하려는 제안을 철회할 수밖에 없다. 우먼 파워의 진정한 구실은 문명과 역사가 그 미로에 있을 때 항상 근원적인 생명의 실로 귀환의 출구를 알려주는 데 있는 것이 아닐까?

아! 여성신생국女性新生國

기독교 신자가 아니라도 그 이야기는 잘 알고 있을 것이다. 사람들이 간통한 여인을 쳐죽이려고 했을 때 예수는 "이 중에 죄 없는 자는 돌을 들어 저 여인을 치라"고 했다. 그래서 결과적으로 예수는 간통한 여인을 죽음으로부터 구제해준 셈이다. 옛날의 여성들 같으면 죄지은 그 여성에게 사랑을 베푼 예수의 관용에 대해서 눈물을 흘렸을 일이다.

그러나 현대의 여권론자들은 감상적인 마음으로 『성서』의 그 대목을 그냥 넘기지 않는다. 어째서 그 『성서』에는 '간통의 여인'의 이야기만 등장하고 상대편 남자에 대해선 일언반구도 없느냐는 것이다.

예수는 '이 중에 죄 없는 사람은 돌을 들어 저 여인을 치라'고 애매한 말투로 얼버무리기보다는 똑같이 간통을 하고도 여성만이 돌을 맞아야 하는 모순과 그 불합리한 제도에 대해 먼저 고발했어야 마땅하지 않았겠느냐는 것이 그녀들의 항변이다. 예수도 역시 남자였기 때문에 성性의 불평등에서 오는 그 여성의 눈물을 뼈저리게 느낄 수는 없었을 것이라고 빈정거리는 과격파 페미니스트들도 있다. 그러므로 남성의 상식으로는 미처 생각하지 못한 여러 가지 문제들이 고발의 대상이 된다.

남성의 입장에서 볼 때(특히 미국의 남성이 그렇다) 분명히 이혼을 하게 될 경우 남자만이 위자료를 지불해야 될 그 법률의 멍에는 부당하기 짝이 없는 것이다. 그런데도 여권론자들의 말을 들어보면 위자료를 받게 되는 것까지도 마땅찮은 불평등이라는 것이다. 겉으로 보면 그런 법률은 여성을 우대해주는 것 같고 보호해주는 선심처럼 보이지만 실은 자기(남성)들의 모순을 숨기고 합리화하려는 음흉한 술책이라는 주장이다.

현대 사회에서는 이혼을 하더라도 남성은 혼자 힘으로 얼마든지 살아갈 수가 있다. 그러나 여성은 위자료를 받지 않는 한 제 힘으로 살아갈 수가 없다. 모든 사회제도가 그만큼 남자들에게만 유리하게 짜여져 있는 탓이다. 그러므로 여자들은 위자료 몇 푼 받고 감지덕지할 것이 아니라 위자료를 받지 않고 이혼한 독신녀도 남자의 경우처럼 떳떳이 제 힘으로 살아갈 수 있도록 공평한 사회의 개혁을 요구해야 된다는 것이다.

『성정치학性政治學』을 써서 독서계와 여성계에 회오리바람을 일으킨 케이트 밀레트 여사의 주장도 그런 데 있다.

그는 남녀라는 양성간의 문제를 정치적 권력으로 풀이한다. 즉 남성 집단체가 다른 여성의 집단을 지배하고 있다는 것이다. 그렇기 때문에 지금 세계는 자본주의와 공산주의의 양대 라이벌이 있는 게 아니라 남성과 여성이라는 두 적대세력이 있다는 논법을 펴고 있다.

남성이든 여성이든 케이트 밀레트의 이러한 『성정치학』에 대해서 일단은 수긍을 해야 될 것 같다. 그러나 바로 거기에 문제가 있는 것이다. 남녀의 상관관계를 지배층과 비지배층의 대립으로 본다고 하자. 여성해방 운동을 마치 식민지 치하에서 갖은 학대와 모멸을 받아온 한 약소민족의 독립운동과 같은 것이라고 하자. 다 옳은 이야기다.

그런데 우리는 잘 알고 있지 않은가. 제2차 세계대전 후 식민지 치하에서 해방되고 독립을 하게 된 그 많은 신생국들은 그 영광보다도 여러 가지 정치 시련을 겪어야만 했다는 그 사실이다. 자치自治의 능력이나 독립적인 주권행사의 전통이 얕기 때문이다. 또 개개인의 민주적인 훈련이 부족했기 때문에 혼란이 끊이지 않는다. 성性의 정치학은 그 해방보다도 이런 시련을 어떻게 극복해나가느냐에 더 문제성이 있는 것이다. 물론 신생국들이 독립적인 생활을 제대로 하지 못하니까 차라리 안정된 옛날의 식민지 생활로 되돌아가야 한다고는 말할 수 없다. 역사의 시곗바늘을 거꾸로 돌릴 수는 없는 일이다.

오늘의 여성 문제도 마찬가지다. 불평등을 인정한다. 남성 지배의 그 식민지적 생활로부터 여성들의 아름다운 신생국을 이룩해야 한다는 것도 마땅한 일이다. 그러나 신생국이 지니고 있는 것과 마찬가지로 독립과 자주와 평등을 내세운 새로운 여성계에도 그런 혼란은 있다. 아직도 그 가치관은 좁은 울타리 안에서 머물고 있으면서도 사회의 거리로 나오고 있으며, 부엌에서 찌개를 끓일 때나 통용되던 안목을 가지고 인류의 역사에 참여하려고 한다. 여권女權이 높아진 만큼 여성들의 사회적 의식이나 인간의식도 높아져야 한다. 그 이[齒牙]가 서로 맞지 않을 때 여성도 인간사회도 옛날보다 더 불행한 상태에 빠진다. 그러므로 여성의 적은 남성이 아니라 여성 자신 속에 있다고 말할 수 있다.

그러므로 대對 남성 투쟁의 승리가 곧 여성들의 인간적인 행복의 승리를 의미하는 것은 아니다. 독립이 한 나라의 목적은 아닌 것이다. 독립 다음에 오는 것이 더욱 소중한 문제다. 남성이 여성을 지배하는 세계도 불행하지만 여성의 남성 지배도 이상적인 세계라고는 할 수 없다.

지금까지 남성과 여성의 관계는 어느 쪽이 어느 한쪽의 위에 올라서느냐의 그 상하의 수직 관계에서만 고찰되어왔다. 모두 가 낡은 생각이다. 참으로 새로운 것은 지배하고 지배당하는 세 계가 아니라 양성의 조화와 상호 보완의 그 수평적인 측면에서 협화를 찾는 데 있다. 민족간의 투쟁, 계층간의 투쟁 그리고 양성간의 투쟁 등 지금까지 역사의 운명은 이 투쟁 속에서 전개되어 왔다. 그러나 새로운 역사는 '프로메테우스로부터 오르페우스의 시대'로 옮겨가는 데 있다. 즉 저항과 투쟁에서 협화와 일체감의 화해 시대로 변모해가고 있는 중이다. 여성의 신생국도 양성의 협화를 어떻게 이룩하느냐에 그 미래의 깃발이 있을 것이다.

여성이 돌리는 저 물레에서 지금 또 하나 다른 운명의 실이 풀려 나오고 있다. 새로운 역사를 창조해가는 데 있어서 여성들은 남성의 방해자가 되느냐 동등한 협력자가 되느냐의 두 가지 다른 그 베틀 앞에서 지금 그 운명의 실을 뽑아내고 있는 것이다.

II
내일의 여성을 위한 엽서

눈을 뜨면 그때는 대낮이리라

나는 지금 랭보의 새벽을 생각하고 있다. 눈을 비비고 일어나듯이 이 어둠 속에서 모든 사물은 서서히 그 형태를 나타내기 시작한다. 낡고 병들어버린 것이라 할지라도 새벽녘에 보는 것은 모두가 싱싱하고 새롭다. 환한 대낮보다도 새벽이 더 아름다운 까닭은 아직 그 밝음 속에 어둠이 남아 있기 때문이다. 새벽은 어둠과 밝음의 문지방 위에 있다. 이쪽과 저쪽의 문지방 위에 올라서 있는 것은 새벽처럼 싱싱하고 아름다운 것이다.

딸아! 새벽이 한 마리의 새로 바뀐다면, 그것은 어떤 몸짓으로 있을 것인가를 생각해봐라! 하늘 위에서 날고 있을까? 아니면 나뭇가지 위에 앉아서 쉬고 있는 것일까? 아니다. 새벽으로 바뀐 새들은 나뭇가지 위에서 하늘을 향해 막 날아오르는 비상의 순간 속에 있다. 깃털은 바람에 부풀어오른 돛처럼 전율하고 그 눈은 지극히 높은 하늘을 향해 열려 있을 것이다. 하늘 위에서 날고 있는 새도 나뭇가지 위에 앉아 있는 새도 다 같이 우리에겐 긴장을 주지 않는다. 가장 힘찬 새, 황홀한 새 그리고 싱싱한 새는 방금 가지를 떠나는 그 새인 것이다.

딸아! 새벽이 한 송이 꽃으로 바뀐다면 어떤 모양을 하고 있을까를 생각해봐라. 봉오리진 꽃이나, 활짝 피어 있는 꽃은 다 같이 새벽의 의미를 지니고 있지 않을 것이다. 그것은 반쯤 피어난 꽃이라야 한다. 뇌관을 건드린 순간의 그 폭탄처럼 안에서 밖으로 폭발하고 있는 꽃, 그런 꽃만이 어둠과 밝음의 문지방 위에 놓인 새벽처럼 긴장된 미를 지닐 수가 있다.

딸아, 다시 한 번 새벽의 의미를 기억해주기 바란다. 과녁을 향해 활시위를 떠나는 화살, 침묵 속에서 울려오는 가수의 첫 번 째 발성 그리고 무희가 최초로 떼놓는 발자국, 흙을 비집고 솟아 나는 떡잎, 이른 봄 골짜구니를 흐르는 물소리.

딸아! 새벽과도 같은 사람을 생각해봐라. 그 사람은 결코 성숙한 인격도 완성된 지혜도 가지고 있지 않을 것이다. 그러나 우리는 그 사람을 무지하다고도 부를 수 없을 것이며, 무력하다고 비난할 수도 없을 것이다. 그는 지금 움직이고 있기 때문이다.

이쪽에서 저쪽으로 나가는 경계선 위에서 숨 쉬고 있기 때문에, 말의 덫으로 잡을 수가 없다. 긍정할 수도 부정할 수도 없는 한복판 속에서 이름 지을 수 없는 표정과 몸짓으로 살아가고 있 는 사람이다. 새벽 같은 사람은 완료형의 글로는 기술되지 않는 다. 종지부나 쉼표를 찍을 수 없는 영원한 현재형의 문장과도 같다.

딸아! 그 사람이 바로 네 자신이다. 너는 새벽이며 반쯤 피어난 꽃이며, 가지를 박차고 날개깃을 편 새다. 활시위를 떠나 과녁을 향해 날아오른 화살이며, 얼음에서 풀려난 물방울 소리다. 그렇기에 누구도 너를 비판할 수는 없을 것이다.

그 새벽이 어떤 날을 가져오며, 그 꽃이 어떤 빛과 모양으로 만발할는지, 그리고 또 그 새가 어느 쪽 하늘로 날아가버릴는지, 누구도 답변할 수 없었기 때문이다. 이것이 너의 특권이며, 너의 모험이며, 너의 아름다움이다.

딸아! 너는 나에게 오직 긴장과 모험과 생동하는 율동만을 줄 뿐이다. 네 앞에서 나의 언어는 무력하기 짝이 없다. 언어는 모든 것이 끝난 자리에서 시작되는 것이지만 너는 지금 천지창조 첫째 날과 같은 시원始源 속에 살고 있기 때문이다.

그러니 나의 딸이여! 너는 미로의 비너스를 부러워할 것이 없다. 아무리 완벽한 조각이라도 그것은 자신의 자세를 한 치도 바꿀 수 없다. 한 자세로 얼어붙어 있기에 아무리 아름다워도, 너의 몸짓과는 비교할 수 없는 것이다.

너는 360도로 열린 무한한 가능성의 벌판 위에 놓여 있다. 너는 선택할 수 있으며 동시에 너의 자세를 바꿀 수가 있다. 길은 어디에나 열려 있다. 이러한 자유, 이러한 특권은 너의 생에 있어서 단 한 번밖에 주어지지 않는다.

그러나 나의 딸이여, 새벽은 얼마나 신속히 사라져버리는가를 알아야 할 것이다. 새벽의 도취에서 눈을 뜨면 그때는 벌써 대낮이리라. 그 짧음을 안다면 너는 결코 헛되게 그 순간의 나날들을 휴지처럼 구겨버리지는 않을 것이다.

여름날 새벽을 끌어안는다. 궁전의 앞뜰에는 아무것도 움직이지 않으니 샘물도 숨을 죽였다. 어둠은 아직도 숲길 속에서 머뭇거린다. 싱싱하고 따스한 숨소리를 일깨우며, 나는 걸어간다. 아름다운 돌들의 응시, 소리 없는 새들의 날갯짓, 최초의 움직임이 일어나자 오솔길은 어느새 신선한 우윳빛으로 채워진다. 작은 꽃이 그 이름을 내게 말한다……. 저만큼 숲속에 있는 월계수, 숲은 밀집한 베일에 둘러싸여 있다. 나는 어렴풋이 거대한 그 나무들의 몸을 느낀다. 새벽과 아이들은 숲 그늘에 내려섰다. 눈을 뜨면, 그때는 벌써 대낮이리라.

나는 지금 너를 보면서 랭보의 새벽을 생각하고 있다.

촉각으로 사는 생

그렇지 않은가? 우리는 너무나 많은 것들을 보아오기만 했다. 영화나, TV나 혹은 스포츠 경기를 보듯이 단지 관객석에서 우리들의 삶을 관망해왔다. 그것들은 모두 시각視覺의 삶에 지나지 않는다.

생각해봐야 할 것이다. 우리들의 바다는 저만큼에서 꿈틀거리고 있다. 그것은 페인트를 칠한 파란 공간에 지나지 않는다. 4월에 피는 우리들의 꽃은 유리창 너머로 진열되어 있다. 색소의 뭉치다. 보기 위해서는 언제나 적당한 거리를 유지해야 한다. 산을 보기 위해서는 산속으로 들어가서는 안 된다. 강을 보기 위해서는 물속으로 뛰어들어서는 안 된다. 시각의 삶은 바로 그 생 속에서 뛰어나온다는 것, 거리를 유지한다는 것, 말하자면 매몰하기를 거부하는 삶이다. 너와 내가 분리된 삶이다. 바다도 꽃도 산도 강물도 모든 것은 바깥에 존재한다.

촉각으로 사는 방법을 배워야 할 것이다. 만지기 위해서는 시각과는 달리 대안對岸으로 다가서야 한다. 한 치의 틈도 없어야 비로소 우리는 그것을 촉각으로 느낀다. 해변에 앉아서 바라보는 바다가 아니라 촉각 속의 바다는 그 물결 속에 뛰어들어 헤엄을 치는 바로 그 바다인 것이다. 조류의 수온이 나의 체온과 섞인다. 물방울이 내 숨결의 거품과 어울린다. 바다는 밖에 있지 않고 나의 내면 속으로 밀려든다.

다시 생각해봐야 할 것이다. 보기 위해서는 정지시켜야 된다는 것, 멈춰 서야 한다는 것, 보는 나도 그 대상과 하나의 석상처럼 고착되어야 한다는 것이다. 하늘을 날아가는 새를 자세히 관찰하기 위해서는 박물관의 표본실로 가야 한다. 박제가 되어버린 새들 앞에 섰을 때 우리는 새의 눈과 발톱과 부드러운 깃털의 무늬를 들여다볼 수 있다.

이렇게 시각의 생은 정지된 생, 박제가 된 생이다. 시각은 서라고 명령한다. 마치 단체 사진을 찍을 때 '움직이지 말라!'고 소리치는 사진사처럼 생을 향해 그렇게 외쳐야만 한다.

시각의 생은 스톱모션의 생이다. 그러나 촉각의 생은 그렇지가 않다. 사진사가 아니라 달리는 말의 잔등이에 올라탄 기수의 생이다. 그의 손에서는 가죽 채찍이 울려오고 있다. 말갈기의 땀과 기수의 몸속에 흐르는 땀은 이미 떼어낼 수가 없다. 말의 근육과 그 율동은 기수의 온몸에서 파동친다. 두 개의 심장이 하나가 된다. 누가 달리는 말에서 기수의 몸짓을 떼어낼 수가 있겠는가?

사랑을 할 때, 책을 읽을 때, 어머니라고 부를 때, 그 언어가 곤충의 촉각으로 변해야 된다. 사랑은 밖에 있지도 않고 정지되어 있지도 않다. 나는 사랑 그 자체가 된다. 사랑하는 자와 사랑하는 이 사이에 바람이 통과하지 않는다. 책은 환자가 아니라 내 신경의 일부다. 그것은 깔끄럽기도 하고 매끄럽기도 하며 무겁거나 가볍거나, 내 몸으로 육화되어 밀착된다. 어머니는 고향처럼 나를 에워싼다. 서로 바라보는 것이 아니다. 생명의 시원 속에서 포옹되어, 이미 우리는 탄생 이전의 태내에 자리한다. 탯줄은 끊어져 있지 않다. 혈액은 양수 속에서 모체와 같은 순환을 한다.

젊은 사람들이여, 생은 볼 것이 아니라 만져야 할 것이다. 하나의 사물, 하나의 정신, 하나의 우주 밖에 있는 모든 생을 끌어안아서 촉각으로 받아들여야 할 것이다.

곤충들의 더듬이처럼 촉각의 연장으로 둥근 우주를 내 의식, 내 감각으로 느껴야 한다. 그리고 행동해야 한다. 하늘을 나는 새가 너무 빨리 사라졌다고 판단할 것이 아니다. 파도가 너무 거세다고 주저앉지 말아야 할 것이다. 너무 높은 곳에서 구름이 흐르고 해가 빛난다고 단지 쳐다보려고만 해서는 안 될 것이다. 그림엽서를 보듯 생을 살아서는 안 될 것이다.

안 될 것이다. 식곤증에 걸려 지그시 눌리는 눈꺼풀을 뜨고 TV를 구경하듯, 자신의 생을 구경해선 안 된다. 멈춰서는 안 된다. 지폐를 한 장 한 장 침을 발라 헤듯 그렇게 인생을 헤아려서는 안 될 것이다.

포옹하라. 틈을 없애라. 그리고 숨 쉬고 움직이라. 사물의 부피와 피부를 맞대고 그 체온을 더 뜨겁게 해야 된다. 태양을 보는 자는 눈이 멀지만 그것을 촉각으로 느끼는 자는 건강하게 온몸을 채울 수가 있다.

이것이 촉각으로 살아가는 삶의 방식이다. 풀잎의 이슬은 그대들의 속눈썹 위에 비쳐 있는 눈물이 될 것이고, 무지개는 그대들의 영혼 속에, 아주 잠시라도 '보·남·파·초·노·주·빨'의 광채로 빛날 것이다.

그렇지 않은가? 너무 먼 거리에 떨어져서 한 자리에 멈춰 서서 우리는 우리의 운명과 사랑과 그 생명을 바라보지 않았는가? 스탠드에서 감격의 푸른 잔디밭으로 내려오라. 발레리나처럼 온몸의 율동으로, 볼을 추적하는 축구선수들의 재빠른 제스처로, 외줄 타는 곡예사처럼 촉각을 폭발시켜라. 허무의 텅 빈 공간까지 더듬이를 세우고 만져볼 것이다.

꽃꽃이 여성론

도마에 펄떡펄떡 뛰는 생선을 올려놓고 여자들은 사정없이 식칼을 내리친다. 조금도 징그러운 표정이 아니다. 정반대로 야릇한 미소가 그 입술에 어려 있는 수도 있다. 그렇지 않으면 불승佛僧이 도경道經이라도 읽듯이 삼매경三昧境에 취해 있는 것처럼 보이기도 한다. 특정한 여자의 이야기가 아니다. 적어도 부엌에서 일하는 여성들이면 모두가 예외는 아닌 것이다. 루비나 사파이어 그리고 진주 같은 반지가 어울리는 그 아름다운 손이라 해도 일단 도마 앞에서 식칼을 들면 여성은 누구나 잔인해지는 법이다. 그렇게 생선을 토막질하고 있는 여성들에게서 뜻하지 않는 잔인성을 발견하고 어떤 심약心弱한 시인 한 사람은 자못 깊은 한숨을 내쉰 적이 있다.

그러나 비난을 받아야 할 것은, 눈 하나 까딱하지 않고 토막을 내는 우리의 근면한 주부들이 아니라 실은 그런 것을 보고 벌벌 떠는 못난 시인, 그 남자답지 못한 남성 쪽이다. 그런 남자일수록 으레 아내의 요리 솜씨를 가지고 짜다느니 싱겁다느니 샌님처럼 밥상머리에서 잔소리가 심한 법이다.

여성에게만 있는 일은 아니다. 생명의 모든 근원에는 잔인성이란 것이 있다. 만약 그 잔인성이란 것이 없었더라면 잠시도 그 목숨을 유지하고 살아갈 수 없다. 슬프지만 그것이 생명의 한 순수한 법칙이기도 하다. 여인이 도마에 생선을 올려놓고 칼질을 하는 끔찍한 그 장면을 뒤집어보면 아이들을 품에 안고 자장가를 불러주는 한없이 평화롭고 서정적인 광경이 나타난다. 그것은 서로 떼놓을 수가 없는 두 폭짜리 병풍 그림이라고 말해야 옳다.

여자들의 정조貞操도 마찬가지다. 잔인성 없이는 한 남성에게 바쳐지는 자신의 순수한 사랑과 정절을 지켜나갈 수는 없다. 유혹이나 폭력을 뿌리친다는 것은 쉬운 일이다. 그러나 자신을 지극히 사모하는 또 다른 남성의 구애求愛, 그것을 뿌리치자면 늑대가 어린 산양을 물어뜯는 그 이상의 잔인성을 필요로 해야 된다. 만약 자비롭기만 한 여성, 남의 고통을 자기 고통 이상으로 뼈저리게 느끼는 마음씨 착한 여성이 있다면, 그리고 그 여인의 얼굴이 헬레네처럼 아름답다면, 그 여인은 존경보다도 창녀처럼 손가락질을 당하게 되었을 것이 틀림없다.

그렇기에 이상理想으로 삼고 있었던 옛날의 여성들, 심청이나 춘향이는 그 잔인성에 있어서도 단연 다른 여인들의 추종을 불허한다. 모진 매를 맞고 옥고를 치르면서도 수청을 거부하는 춘향이의 모습은 아름답기보다 쌀쌀한 가을 서리처럼 차다.

그녀를 사랑했던 이도령이라 해도 앙칼지게 변학도에 대드는 춘향이의 표독한 모습을 보았을 때는 정이 떨어졌을 것이다. "저 여인이 정말 부용당 그늘에서 그토록 상냥스럽게 그토록 부드럽게 그토록 연약하게 그토록 정겹게 내 손목을 잡던 바로 그 여인이란 말인가?"라고.

모진 매를 맞으면서도 일일이 말대꾸를 하던 춘향은 우리가 흔히 여성의 매력으로 삼고 있는 가냘픔이란 찾아보기 힘들다. 춘향은 정감情感의 여인이라기보다 혁명가 타입의 의지의 여인이다. 그렇지 않고서는 한 애인을 섬길 수 없었을 것이다. 이런 춘향이라면 생선쯤 도마에 올려놓고 칼로 치기란, 무 조각을 내는 일보다도 쉬웠을 일이다.

심청이 역시 마찬가지다. 자기 몸을 산 제물로 바친다. 이 끔찍스러운 일을 해낼 수 있던 심청이에게는 지극히 아름다운 효녀의 마음이 있었지만, 동시에 그런 효를 이룩하기 위해선 악마의 돌심장보다 차가운 비정의 마음을 갖지 않으면 안 되었다. 우선 어떻게 아버지와 이별할 수 있었겠는가! 눈이 안 보여도 좋다고 흐느껴 우는 심봉사, 의지할 곳 없는 그 심봉사의 옷소매를 어떻게 뿌리치고 배에 오를 수 있었겠는가! 보통 모진 마음이 아니고서는 상상조차 할 수 없는 일이다.

여성들은 자신의 정감을 살리기 위해서는 춘향이나 심청의 경우처럼 그에 못지않은 냉혹한 비정성非情性을 지녀야 했다. 그러므로 남자보다는 훨씬 부조리不條理한 입장에 서 있는 것이 바로 여성이다.

어머니가 된다는 것만 해도 그렇지 않은가? 아들을 사랑하는 어머니의 마음은 솜처럼 보드랍고 포근하다. 그러나 그 사랑을 위해서는 때로 얼음장처럼 차가운 모진 마음을 한 옆에 마련하지 않으면 안 된다. 추운 겨울밤에 어머니가 그리워 찾아온 아들을 그대로 내쫓은 한석봉韓石峯의 어머니 마음을 한번 생각해보라. 아니다. 그렇게 까다롭고 특수한 일화逸話의 세계가 아니라도 좋다. 배탈이 난 아이가 어머니에게 젖을 달라고 애처롭게 운다. 목이 쉬도록 운다. 어머니는 아이의 건강을 위해 끝내 젖을 찾는 그 귀여운 입, 의지할 데 없는 그 아이의 입을 매정하게 거부해야 된다. 오히려 곁에서, 참다 못해 그냥 젖을 주라고 권하는 쪽은 무뚝뚝한 남편일 경우가 많은 것이다.

이러한 여성의 부조리는 여성들의 취미인 '꽃꽂이'의 풍습 속에 잘 드러나 있다. 원래 '꽃꽂이'는 일본에서 온 풍속이다. 일본인은 잔인한 것으로 극히 정평이 있는 민족이다. 단지 명예를 지킨다는 명목 하나로 사람의 목을 배추 밑동 자르듯이 하는 '사무라이' 문화라는 것, 자기가 자기 배를 두부 자르듯이 자르는 그 무사도武士道라는 게 바로 잔인성의 상징이다.

우리의 놀부는 아무리 악인이라도 기껏 제비의 다리밖에는 꺾

지 않았지만, 그와 비슷한 일본의 「舌切り省」란 일화에 나오는 '놀부'적인 악인은 참새의 혓바닥을 자르는 것으로 되어 있다. 얼마나 잔인한 민족이었기에, 참새의 혀 자르는 것을 상상했겠는가?

그러나 여성이라고 예외였을 리 없다. '꽃꽂이' 하는 여자를 보라. 먹기 위해서 생선을 토막 내는 것과는 유가 다르다. 저 아름다운 꽃, 향기로운 꽃, 악인의 검은 마음까지도 잔인해지는 마음까지도 곱게 물들이는 꽃, 그런데 그것을 요리하는 것도 아닌데 어떻게 이리 싹둑 저리 싹둑 사정없이 가위질을 할 수 있는가? 종이를 오리듯 눈 하나 까딱하지 않고 그 예쁜 꽃들을 꺾고 비틀고 쪼개고 한다. 꽃꽂이를 하고 있는 여성들에게서 우리는 여성 심리에 잠재되어 있는 잔인성에 당황한다. 그리고 그 꽃꽂이의 풍속이 왜 저 사무라이의 나라인 일본에서 성행해왔는지 연유를 알 수 있을 것 같다.

남자들이 일본도日本刀로 남의 목을 치고 자기 배를 가르고 다닐 때 여성들은 방 안에 들어앉아, 가위로 꽃들의 목을 자르고 있었다. 정말 정이 있는 사람은 무심히 꺾어진 꽃 한 송이를 봐도 눈물을 흘릴 것이다. 그것이 아름다운 꽃이기에 더욱 그렇다. 그런데도 도리어 꽃의 아름다움을 전시한다는 명목 아래 꽃들의 줄기를 사정없이 가위질하는 것은 그냥 비정한 마음으로도 안 되는 일이다. 정과 비정이 상극하는 모순이 한데 어울려 이룩된 것이 바로 그 '꽃꽂이의 문화'가 아니겠는가?

김소월의 「진달래꽃」을 읽어보라. 님과 이별할 때 진달래꽃을 한 아름 꺾어다가 뿌리겠다는 그 마음도 그런 것이 아닌가? 예쁜 꽃들을 흙 묻은 구둣발 밑에 깔아놓는다. 잔인과 미가 함께 공존해서 이룩된 꽃꽂이 같은 연시聯詩다.

그리고 그것이 여자의 마음이기도 하다. '꽃꽂이'는 아름답다. 그냥 피어 있는 꽃보다도 인간의 손에 의해 다시 꾸며진 꽃꽂이는 아름답다. 그러나 그 아름다움을 감상하기 위해서, 또는 창조하기 위해서는 잔인성의 어두운 터널을 지나야 한다. 그냥 가위질만이 아니라 그렇게 해서 추려진 꽃들을 뾰족하고 날카로운 침봉에 꽂는다.

꽃을 침봉에 꽂을 때 자기 가슴이 바늘에 꽂히는 아픔을 겪어야 하는 것은 꽃꽂이를 하는 여성이 아니라 그것을 곁에서 구경하고 있는 남성측이다. 미는 슬프지만 꽃꽂이처럼 처절한 잔인성 위에서만 이루어지는 부조리성을 갖고 있나 보다. 여자들의 정절·효성·사랑 그리고 그 아름다움과 상냥스러운 미소와 정의 세 계는 여성 특유의 그 잔인성을 뒤집어놓은 것인지도 모른다.

이것이 꽃꽂이로 상징되는 여성 문화의 특이성인 것 같다. 우린 어느 빈 공간, 권태롭고 허전하기만 한 쓸쓸한 그 공간에 꽃꽂이의 아름다운 시정이 자리하기를 희망한다. 사실 멋대로 피어 있는 들국화보다는 정성스레 꽂아진 그 꽃꽂이에서 우리는 아내의, 모든 여성의 정성 어린 미와 청결함을 느낄 수 있다. 꽃꽂이를 하던 신비한 여성의 손을 느낀다. 상투적인 표현으로 그 상아같이 하얀 손을 말이다. 그러나 우리는 꽃꽂이 너머에서 들려오는 소리, 끝없이 싹둑거리며 자르고 베고 오려내는 섬뜩한 가위소리를 듣는다. 서릿발처럼 차고 예리한 바늘 끝을 본다. 목이 잘린 채 뒹구는 무수한 꽃들의 죽음을 본다.

이 모순의 문화야말로 우리가 사랑하고 또 멀리하는 바로 여성문화의 상징인 것을 어떻게 하랴.

신화神話 속의 성性

처음으로 해외 여행을 하는 사람이 비행기 안에서 입국 수속 카드를 볼 때의 이야기다. 이름·국적·연령·주소 등 영어로 표기되어 있는 사항을 차례차례 적어가던 그 사람은 갑자기 얼굴이 붉어지면서 당황해하는 눈치를 보였다. 왜냐하면 Sex라고 적힌 난이 있었기 때문이다.

'별것을 다 묻는군!'

그는 혼잣말로 불평을 하면서 이렇게 적었다. '주 1회 정도' 점잖지 못한 유머지만 이 이야기는 '섹스'란 말이 현대에 와서 어떤 의미로 통용되고 있는지, 가장 단적으로 나타난 예일 것이다. 물론 입국 양식의 섹스 난은 성별, 즉 남성인가 여성인가를 물은 것이다. 그러나 이 경우만이 아니라 대체로 오늘날에는 '섹스'란 말에서 성별을 연상하기보다 성적 행위의 뜻으로 짐작하는 사람들이 많은 것 같다.

원래 '섹스'란 말의 어원은 라틴어의 섹서스sexus에서 비롯된 것이며, 그 뜻은 분할division을 가리킨 것이라는 설이 지배적이다. 더 쉽게 말하면 섹스란 무엇인가를 '나누는 것', '둘로 쪼개는 것to cut'을 뜻하는 말이었다.

그러니까 같은 인간이지만 그것을 여성·남성 둘로 나눈 것이 바로 섹스가 되는 셈이다. 성행위는 둘로 분리되어 있던 것이 도리어 하나로 결합되는 상태기 때문에 '성'과 '성행위'는 의미론적인 본질에 있어서는 반대가 되는 것이라 해도 과언이 아니다.

신화에 반영된 성을 따져보면 더욱 그러한 의미를 분명히 알 수 있다. 어느 나라 어느 민족의 경우든 천지창조에 대한 창조신화는 신화의 기본을 이루고 있으며, 그것이 또한 성과 밀접한 관련이 있다는 것은 오늘날 문화 인류학자들의 공통된 의견이다.

신화의 세계에서 '창조'라는 것은 곧 분할을 의미하는 것이었다. 우주의 창조는 카오스(혼돈의 세계)를 코스모스(질서의 세계)로 만든다는 것이며, 이때의 코스모스란 하나의 덩어리로 뒤섞여 있는 것을 분할하여 질서를 준다는 것을 의미한다. 말하자면 혼돈의 세계는 무의 세계며 그것은 어둡고, 형체가 없고, 모든 것이 팥죽처럼 경계선 없이 뒤섞여 있는 것으로 생각했다. 이러한 혼돈에서 모든 우주의 생명이 창조된다. 그리고 그러한 창조는 성의 어원처럼 이 혼돈을 분할한다는 뜻이다.

구체적인 예를 들어보자. 우리가 잘 알고 있는 그리스 신화의 경우 우주의 창조신화는 곧 혼돈 속에서 땅과 하늘이 생기는 것으로부터 시작된다.

'가이아'라는 땅이 먼저 생겨서 '우라노스(하늘)'를 낳는데, 땅은 여자이고 하늘은 남자로 되어 있다. 이들은 부부가 되어 자식들을 낳는다. 거기에서 자연물들이 생겨나기 시작한다.

이 그리스 신화에서 우리가 분명히 알 수 있는 것은 우주 공간을 땅과 하늘의 두 가지로 양분하는 데서부터 모든 것이 창조되기 시작한다는 사실과 땅과 하늘이 갈라서는 것은 곧 성(여성과 남성의 분할)을 상징하고 있다는 점이다. 그리고 이 양성의 접촉에 의하여 새로운 사물들이 태어난다는 사고다.

그리스 신화의 경우만이 아니다. 대부분의 우주 창조신화는 하늘과 땅의 양분으로부터 시작되어 있으며 하늘은 남성, 땅은 여성으로 표현되어 있다.

이것은 곧 우주 자체가 남성·여성으로 분할되어 있으며, 우주의 창조란 다름 아닌 성의 탄생이라는 사실을 나타내주고 있다. 그래서 신화학자들은 인류의 신화 체계를 '하늘=아버지', '땅=어머니'의 원형으로 파악하고 있다. 가령 인도의 경우 결혼을 하여 남편이 된 사람이 아내를 맞이하여 신방을 마련할 때 반드시 '나는 하늘, 당신은 땅이다'란 말을 선언하는 풍속이 있다. 이것은 우주의 창조신화가 인간의 양성 관계와 동일시되는 같은 체계의 것임을 그대로 보여준 예라 할 수 있다.

폴리네시아의 신화 역시 마찬가지다. 우주가 처음 생겨 하늘과 땅이 있었는데, 이들은 서로 끌어안고 정사를 한다. 이렇게 하늘과 땅이 맞붙어 떨어지지 않았는데, 땅에서 거목이 자라 겨우 하늘과 땅을 '분리'시켰고 그래서 만물이 성장하게 되었다는 것이다. 두말할 것 없이 이 경우도 하늘과 땅은 남성, 여성의 양성을 나타낸 것이고 이런 성별이 분리될 때 창조의 질서가 생겨난다는 것을 상징해주고 있다.

기독교의 「창세기」신화는 이러한 상징이 좀 더 복잡하게 나타나 있을 뿐 그 근원의 의미는 마찬가지다. 신이 우주를 만들기 전에 있었던 것은 혼돈이었다. 하나님은 물 위를 거닐고 있었다고 했는데, 바로 그 물이란 혼돈과 같은 뜻이 된다. 물은 고정된 형체가 없다. 그리고 두 개로 분할하여 쪼갤 수 없는 것, 한데 섞여 있는 것이기 때문이다. 말하자면 무성의 세계, 모든 것이 구별 없이 하나로 되어 있는 상태를 의미한다. 여호와 신이 우주를 만들었다는 것은 진흙탕의 물 같은 혼돈에서 하늘과 땅을 빛과 어둠으로 분할시켜 서로 나누어놓은 작업이었다. 이러한 창조의 작업은 인간을 양성으로 나누어놓은 것에서 완성된다.

그렇다면 대체 그 뱀은 무엇인가? 마치 온 세상이 하늘과 땅으로 나누어져 있듯이 인간의 생명은 아담과 이브로 양분되어 있다. 즉 에덴 동산에서는 양성은 있었지만 아직 성행위는 없었다. 뱀이 나타나고부터 인간의 생식이 생겨난다. 뱀은 창조된 것을 다시 혼돈의 상태로 되돌리려고 하는 것이다.

뱀의 형체는 혼돈을 상징하는 물과도 같다. 모든 사물은 뚜렷한 그리고 일정한 질서 있는 움직임을 하고 있지만 뱀만은 그렇지가 않기 때문이다. 사행蛇行이란 말이 있듯이 뱀의 움직임은 직선으로 움직이지 않고 꾸불꾸불한 무한한 곡선으로 꿈틀거린다. 무질서다. 그뿐만 아니라 길게 늘어졌다가는 때로 똘똘 뭉쳐 원형으로 똬리를 이루기도 한다. 물의 움직임과 가장 유사하다. 물은 강이 되기도 하고 호수에 괴기도 한다. 움직일 때는 곡선이, 정지했을 때는 원형이 되는 뱀과 동일하다. 그렇기 때문에 뱀에게서 우리는 창조 이전의 저 혼돈의 세계, 깊은 어둠과 물로 가득 차 있는 세계를 발견한다. 탄생 이전의 무이거나 죽음 뒤에 오는 무의 세계와 통한다.

그렇다면 뱀이 아담과 이브에게 선악과를 따먹게 하고 그래서 인간들이 서로 육체를 부끄럽게 여기며, 그 결과로 여자는 생식의 고통을 맛보게 되었다는 말은 이렇게 해석될 수 있다. 양성의 분할을 다시 하나로 결합시켜놓은 것이 뱀(혼돈)으로 상징된 그 성행위라는 것. 말하자면 아이들이 커서 사춘기에 이르고 결혼하여 성행위를 하는 것, 이것이 에덴 동산의 순진무구한 아담과 이브가 뱀에 의하여 육체의 부끄러움을 알게 되고 성행위를 하는 타락의 과정으로 재현된 것으로 볼 수 있다. 어느 나라에서나 뱀이나 용이 성적 욕망을 상징하는 것은 비단 그 형태가 남자의 생식기와 유사하기 때문만은 아니다.

성에 대한 플라톤의 신화를 생각해보자. 태초의 인간은 오늘날처럼 남자와 여자로 나누어져 있었던 것이 아니라 두 개의 머리, 네 개의 눈, 네 개의 다리와 손으로 맞붙어 있었다. 인간은 신에게 불편을 덜어주기 위해 서로 분리해달라고 간청하여, 신은 인간을 여자와 남자로 갈라놓았다. 그래서 이 양성간에는 서로 옛날처럼 한 몸이 되고자 하는 각자의 분신에 대한 그리움이 생겼는데, 그것이 바로 성욕적인 사람이라는 것이다. 인간이 양성으로 나누어진 것이 다시 본래의 혼돈 상태, 즉 하나의 몸으로 돌아가려는 것이 성행위다. 성은 분할이고 성행위는 혼돈의 복귀라는 것을 알 수 있다.

우리는 여기에서 수많은 신화를 일일이 예거할 수는 없다. 수백 수천의 신화를 나열한다 해도 결국 거기에는 공통된 하나의 법칙을 발견하는 데서 그치게 될 것이다. 즉 모든 창조신화는 성에 대한 신화며 그것은 분리로 나타난다. 그리고 그 결합은 분리 이전의, 창조 이전의 혼돈 세계로 되돌아가는 것을 의미한다고.

그러니까 차라리 신화 속의 성을 통해서 인간은 성을 어떻게 인식했으며, 그러한 성에 대한 의식은 인간의 문화와 어떻게 연결되어 발전되어왔는가를 밝혀내는 작업이 보다 중요한 일일 것이다.

섹스는 무엇인가? 신화를 통해서 볼 때 그것은 분할의식이라는 것임을 알았다. 그렇기 때문에 부부유별이나 남녀칠세부동석이라는 유교의 윤리가 덮어놓고 고루한 생각, 보수적인 성윤리라고 비웃는 것은 매우 피상적 관찰인 것이다. 혼돈에서 우주가 창조되었다는 것은 성이 창조되었다는 것이고, 성이 창조되었다는 것은 하늘과 땅의 양분처럼 분명한 질서가 생겨났다는 것이다. 이 분할과 질서의식이 성의식이기 때문에 유교의 부부유별은 단순한 성윤리만을 의미하는 것이 아니라 모든 우주의 질서의식에서 생겨난 것으로 보아야 한다.

성의식에 있어서 현대인이 생각하는 것처럼 성행위의 결합 쪽보다 도리어 분리 쪽에 더 중요성이 있다는 것은 신화 연구를 통해서 분명히 드러난다. 단군신화는 우주 창조의 이야기가 아니라 건국신화다. 그러나 우주 창조든 나라를 창조하는 이야기든 인간을 낳는 것이든 무엇인가를 만든다는 점에서는 마찬가지다. 단군신화는 쉽게 말해서 하늘의 아들과 웅녀가 결혼하는 이야기다. 그러므로 환웅을 '하늘=아버지', 웅녀를 '땅=어머니'의 '신화적 원형에 넣어보면 빈틈없이 들어맞는다. 나라를 창조하는 것이나 우주를 창조하는 것이나 결국은 양성(남성과 여성)의 구분에서 시작되고 있다는 사실은 우리의 신화에서도 그대로 재현된다. 그리고 이 신화에서 강조된 그 성의식 역시 결합 이전의 '분리'에 두었다는 점을 발견할 수 있다.

곰이 한 여자가 된다는 것은 환웅의 남성과 곰이라는 여자의 성별을 극대화시켰을 때만이 가능하다. 그 증거로 곰을 동굴 속에 분리시키는 이야기가 이 신화의 가장 중요한 골자를 이루고 있지 않은가? 어둠 속에서 마늘과 쑥을 먹고 백일을 기忌한다는 것은 곰을 이 지상으로부터, 이 세계로부터 분리시켜놓는 행위다. 그래야지만 곰은 웅녀, 즉 환웅의 남성과 유별되는 여성의 성을 획득한다.

단군신화만이 아니라 아프리카의 한 부족들의 풍속을 보면 여자가 초경을 하게 되면 3일 동안 누구와도 말해서는 안 되며 울 안에서 지내야 된다. 웅녀가 동굴에 들어가는 것과 마찬가지다. 여자가 초경을 한다는 것은 비로소 완전한 여자가 되었다는 것이고, 그것은 곧 남성과 다른 성을 갖게 되었다는 것이다. 여자는 이 분리를 통해 탄생된다.

이러한 신화적 발상에서 아메리칸 인디언 가운데는 한 부락을 인위적으로 둘로 양분해놓고 하늘부락, 땅부락으로 부른다. 그러고는 절대로 같은 부락 사람들끼리는 결혼을 하지 못하도록 되어 있다.

건너편 사람을 배우자로 맞이해야 된다. 부락을 양분해놓고 결혼 대상을 건너 마을에서 각기 취한다는 것 역시 성의식이 다 름 아닌 분리의식을 전제로 하고 있다는 것을 방증하는 자료다.

이런 논리를 가지고 볼 때 인간의 성의식은 모든 것을 분리 대응시키는 사고의 원형을 낳았다는 결론에 도달한다. 같은 인간을 남성, 여성으로 파악하는 이분법적 대응이 우주 공간을 하늘과 땅으로 분리해서 생각하게 한 것처럼 언어 사고도 예외가 아니었다. '선'과 '악', '빠르다'와 '늦다', '높다'와 '낮다', '아름답다'와 '추하다', '왼쪽'과 '오른쪽', '두껍다'와 '얇다', 모든 언어의식은 서로 짝을 이루며 남성·여성처럼 분할대응의 관계를 갖고 있다. 만약 이러한 '흑'·'백'이 섞이게 되면 남녀가 결합하여 하나가 되듯이 의미의 구획은 없어지고 무의미와 무질서에 빠진다. 즉 언어의 혼돈混沌이 생기게 된다.

언어의 발생(창조)이 성적 분할과 같은 맥을 갖고 있다는 것은 라틴어 그리고 오늘의 프랑스어, 독일어에 어째서 말마다 일일이 성별을 두어 남성·여성의 성을 붙였는지를 보면 이해할 수 있을 것이다.

어린아이들은 특히 태아들에겐 혼돈이 있을 뿐 분할의식은 없다. 그들에게는 선악의식은 물론 성별의식도 없다. 그렇기 때문에 어머니의 자궁은 우주가 태어나기 이전의 혼돈계처럼 어둡고 물에 차 있는, 그리고 개체와 모체까지도 탯줄에 의해 분할되어 있지 않은 세계다. 여기에서 한 생명이 탄생된다는 것은 우주의 창조와 맞먹는 과정을 갖게 된다.

아이들은 미숙하다. 완전한 인간으로 창조되려면 이러한 혼돈에서 분별력을 배워야 한다. 그렇기 때문에 이때는 성별조차 없다. 차차 성장해가면서 여성은 초경을 하게 되고 남성은 변성기를 거쳐 남성다워진다. 성적으로 완전히 구분될 때 비로소 그들은 한 인간의 자격을 갖게 되고 탄생의 의미가 완성된다.

성의식이 싹튼다는 것은 지능적으로 분별력이, 육체적으로는 뚜렷한 성구별을 의식하는 것이다. 성숙지 않은 아이들은 남녀의 구별이 없다. 즉 서로 성적인 분리의식이 생겨나지 않고 있기 때문에 결합도 될 수가 없다.

이러한 인간의 탄생 과정과 성장이 성적 의식으로 파악되는 것처럼 우주의 창조나 국가의 창조 그리고 한 사회 한 인간의 모든 창조 행위는 성의식에 기반을 두고 이루어진 것이라는 것을 알 수 있다. 즉 성의식은 신화의 원형일 뿐만 아니라 인간의 모든 문화, 창조 행위의 원형이라 할 수 있다.

이제는 서서히 결론을 맺을 단계에 이른 것 같다. 그리고 그 결론은 이러한 질문에 대해서 답변을 함으로써 얻어진다. '즉 성의식은 분할의식=질서의식=코스모스'다. 태초에 로고스(이성)가 있다는 『성서』의 말처럼 우주의 창조는 저것은 하늘, 이것은 땅이라고 하듯이 모든 것을 분할하고 경계의 선을 만들고 질서를 이루는 이성의 힘에서 비롯된다.

그리고 그것이 성의식이다. 그렇다면 성행위의 의식은 무엇인가? 분리에서 다시 결합하려는 그 힘은 무엇인가? 분리만의 성의식은 무의미하다. 그것은 창조의 힘이 아니다. 사람들은 누구나 이렇게 생각해왔고 또 그렇게 생각해갈 것이다.

그렇다. 성행위는 양성을 다시 결합시켜서 창조 이전의 상태,

혼돈의 세계로 우리를 이끌어간다. 생 이전의 세계이거나 죽음 이후의 세계로.

그렇기 때문에 그것은 이성이 아니다. 광기에 가까운 열정이며, 모든 것을 융합하여놓은 깊은 심연의 세계에 빠지는 것이다.

창조되어진 세계를 부수고 다시 창조 이전의 상태로 돌아가는 것이다. 그 혼돈 속에 들어간다는 것은 태초의 천지창조를(@ 원본에는 '천치창조를' 233p) 다시 되풀이하여 경험하는 것이 된다. 성의 경험은 혼돈의 체험이며, 그 체험은 모든 것을 창조하는 시원 중의 시원을 체험하는 것이 된다. 성행위는 하나의 죽음이거나 탄생 이전의 그 무를 체험하는 것과 같다. 창조는 혼돈에서 나온다. 어둠, 쪼갤 수 없는 무형체의 물, 자궁 속과 같은 세계다.

결국 '창조되어진 것(코스모스)'과 '창조 이전의 것(카오스)'은 서로 다른 것이면서도 그것은 떼어 생각할 수 없는 밀접한 연관성이 있다. 신의 자리, 말하자면 창조자의 자리는 이 두 세계의 한복판, 카오스와 코스모스의 문지방 위에 있는 것이라 할 수 있다.

천지창조의 신화를 빵을 만드는 것에 비유해보라. 빵 굽는 사람은 먼저 밀가루를 물에 넣어 반죽해야 한다. 이것이 바로 혼돈의 세계다. 그 반죽을 하나하나 빵의 형태로 떼어놓아 굽는다. 빵은 만들어진 것이다. 즉 카오스가 하나의 코스모스로 바뀌었다. 그런데 어떤가. 빵이 오래되면 완전히 굳어버린다. 먹을 수 없게 딱딱해진다. 새 빵을 구워야 할 것이다. 그러므로 창조는 되풀이

되어야 한다. 우주는, 인간을 만들어진 것이 아니라 끝없이 만들어가야 하는 것이기 때문에 인간의 문화, 역사라는 것이 지속되려면 수천 번 수만 번 창조신화를 되풀이해야 된다.

문화를 창조하는 주체자는 빵을 굽는 요리사처럼 밀가루의 반죽과 빵의 한가운데 위치해 있어야 한다. 즉 혼돈과 질서의 한가운데 말이다.

이것은 태어나서 결혼하여 죽는 인간 생의 과정이 한 대에서 끝나지 않고 되풀이하여 생식 작용을 하는 것처럼, 혼돈에서 질서로 이끌어가는 모든 창조 행위는 되풀이되는 생식 작용에 의하여 연결되어간다.

성의식은 분할하는 질서의식이며 이성의 것이지만, 성행위는 융합하고 하나가 되고 혼돈의 세계로 들어가는 것이다. 현대의 비극은 성행위에 있어서도 성의식은 망각되어가고 있다는 데 있다. 비근한 예로 남녀의 성적 개방은 성의 분할의식을 없애고 있기 때문에 성적 결합도 무디어진다.

부부가 오래 같이 살면 성별이 없어진다. 친구가 되어버리니까. 분리가 없기 때문에 성적 욕망도 저하된다. 이것을 방지하기 위해서 은혼식이니 금혼식이니 하는 의식을 갖는다. 결혼 직전의 분리의식을 강조함으로써 새로운 결합을 낳는다.

국가든 문화든 마찬가지다. 성의 결합 쪽만 강조하여 분리 쪽을 망각하는 문화는 무질서와 혼돈과 퇴폐의 세계를 이룬다. 그러나 분리 쪽만 강조하는 세계는 굳어진 문화, 기계적 세계가 되어버린다.

분리와 결합의 중간지대에서만이 창조의 긴장이 있고, 이 긴장에서 신화가 생겨난다. 마치 갓 구워낸 빵처럼 천지창조의 첫째 날의 그 새로움을 되찾기 위해서 우리는 신화적인 체험을 해야 되는 것이고, 그 신화에의 복귀는 모든 예술·문화·정치에 활력을 불어넣는 창조의 긴장을 주는 것이다.

여담 같지만 기술과학 문명의 첨단을 걷고 있는 미국에서 200주년 기념 행사를 하는 것은 무엇인가? 근본적으로 그것은 신화의 시대에서 5월제나 디오니소스제를 지내던 의식 행위와 조금도 다를 것이 없다.

성聖·속俗의 차이가 있을 뿐이지만, 근본적으로 이런 행사를 통해, 그들은 국가를 건설하던 독립 당시의 창조적 긴장을 다시 체험하려는 것이다. 즉 정치신화의 복귀다. 이러한 모든 창조 행위의 신화적 체험은 바로 인간의 성에 그 원형을 두고 있는 것이며, 그 원리는 결합과 분리의 모순하는 두 세계를 한복판에서 파악하려는 노력인 것이다.

혼돈 쪽에도 질서 쪽에도 성의 신화는 없다. 혼돈을 의식하며 거기에서 질서를 끄집어내 오는 것, 이것이 우주 창조신화이며 곧 성의 신화라고 정의할 수 있다. 성은 깊은 침묵과 어둠에 형태를 부여하고 빛을 주며 죽음과 가장 가까운 모서리에서 생을 주는 긴장이어야 한다. 그것은 언제나 안도 밖도 아닌 문지방 위에서 존재하는 힘이어야 한다.

지적知的인 여성

지성은 남성의 전유물인가

'아무리 남녀평등의 사회가 이루어진다 해도 여자 얼굴에 수염이 나는 법은 없을 것이다'라고 생각하는 사람들이 많다. 이 말 뒤에는 남성과 여성은 이미 생물학적으로 다르기 때문에 아무리 역사와 문화가 바뀌어도 남녀 사이에는 분명한 한계가 있게 마련이라는 결정론決定論이 숨어 있는 것이다. 그리고 그중에는 '여자가 뭘 안다고 그래'의 상투어를 낳게 된 '여성들의 반지성론反知性論'이 끼어 있다.

과연 지성도 수염처럼 남성의 전유물이고 지적 활동은 수염 깎이처럼 남성의 손에만 쥐어져 있는 것일까. 이러한 질문은 어리석은 것처럼 보이지만, 「창세기」 이래 되풀이해온 토폴로지였다고 할 수 있다.

남녀동등권을 일찍 실현했다는 서구 사회에서도 조금만 옛날로 거슬러 올라가면 '여성에게도 영혼이 존재하는가' 하는 문제를 놓고 종교 지도자들이 실제로 투표를 했다거나(한 표 차이로 겨우 승인되었다고는 하지만) 노예와 마찬가지로 여성에게 글을 가르치는 사람이 있으면 태형笞刑을 가했다거나 하는 이야기가 별로 생소하지가 않은 것이다.

일상의 한 주부가 더 위대하다

현대의 학자들도 대개는 여성들이 지적 활동에 부적합하다는 견해를 '과학적'으로 증명하려고 한다.

사회적으로 남성에 비해서 여성들의 뇌는 작고 가볍다거나, 여성의 신체적 구조는 사고를 키우는 집이라기보다도 난자卵子의 성숙을 촉진시키는 온실이라는 설들이 그것이다.

남자는 두뇌에 의해서 살아가고 여자는 자궁에 의해서 존재한다는 것을 더 발전시키면 다음과 같은 말이 될 것이다.

여성의 육체는 생명을 재생산하는 데만 쓰이도록 운명지어진 것처럼 보인다. 이에 반하여, 남성은 태어날 때부터 생산의 기능이 결여되어 있기 때문에 기술이나 상징이라는 매개를 통해서 스스로의 창조성을 개발시켜나간다. 그래서 남성은 비교적 영구하고 불멸성이 있고 초월적인 대상을 창조해가는 데 비해서, 여성은 단지 멸망해가는 것—인간을 낳을 뿐이다.

오트너는 이 같은 정식화定式化를 통해서 남자는 '문화의 원리'

에 속해 있고 여성은 '자연의 원리'에 지배되고 있다고 주장한다.

그렇기 때문에 반문화론자들은 대개 여성 찬미론자가 되는 수가 많은 것이다. 뉴턴보다도, 셰익스피어보다도 일상의 한 주부가 더 위대하다고 믿는 것은 제아무리 아름다운 시詩나 심오한 과학의 산물이라 해도 어머니 품에 안겨 있는 어린 생명의 그 살아 있는 미소보다는 못 한 것이라고 믿기 때문이다.

남장 여인의 의미

이러한 관점을 거꾸로 뒤집어보면 여성들은 아이를 낳기만 하면 문학도 학문도 할 필요가 없다는 말이 되고, 육아법을 알고 있기만 하면 정치에 대해서 눈감아도 되며, 사회의 움직임에 대해서 아무런 판단력이 없어도 된다는 '여성무지론女性無知論'이 된다. 그리고 아이 이상의 것을 낳으려 드는 지적 여성들은 '여성답지 않다'는 '반여성反女性'의 전형이 되어버리는 것이다.

그렇기 때문에 셰익스피어의 연극 가운데 무엇인가 지적인 행위를 하려는 여성들은 거의 예외 없이 포샤처럼 남장男裝을 하고 등장한다. 연극만이 아니라 실제로 셰익스피어 당시의 런던에는 남장 여인들이 우글거렸고, 그것은 르네상스의 지적 분위기가 만들어낸 풍습이었다고 한다.

면 예가 아니라도 우리의 고전 소설에서도 지적 여인들은 남장을 하고 나타난다. 『이춘풍전李春風傳』에 등장하는 '춘풍의 처妻'처럼 방탕한 남편을 그냥 기다리고만 있는 것이 아니라, 스스로의 손으로 찾아보려 할 때 그녀는 남장을 하지 않을 수 없었다.

과연 지적 여성이 된다는 것은 반여성 또한 남성화와 동의어가 되는 '남장 여인'을 의미하는 것일까. 그리고 과연 여성은 출산 기능이라는 자연 원리에서 미덕을 찾아야만 하는 것일까.

이런 근본적인 질문에 대답하지 않고는 여성의 평등권도 의미없는 것이 되어버린다.

여성의 본능

출산의 기능은 가장 중요한 것이지만 동시에 그것은 인간이 아니더라도 어느 하등 동물도 해낼 수 있는 역할인 것이다. 거기에 문화적 의미가 부가되고 창조되지 않을 때 그 기능은 도리어 동물적인 맹목성을 띠는 마이너스 가치로 전락된다.

출산의 기능에는 '애를 낳는다'는 생명의 재생산만이 아니라 그것을 확대시키면 애를 낳기까지의 '섹스'와 애를 낳아 기르는 자녀보호의 본능까지도 포함된다.

아름다워지려는 본능은 여성을 책상보다는 화장대 앞에 앉게 하고, '아이구 내 새끼' 하는 모성적 본능은 사회의 정의나 진실의 탐구를 위해 광장의 의자에 앉기보다는 자기 집 울타리 안의 식탁 의자에 머물도록 하는 수가 많다.

여성에 따라 '자연의 원리'를 지나치게 강조할 때 우리는 그것이 여성의 '인간적 역할'을 무시하는 것이 되고, 인간 전체의 문화를 파괴하는 행위가 된다는 것을 부정하기 어려울 것이다.

자연은 'being'이지만 문화는 'becoming'이다. 지금 있는 것에 대하여 안이한 만족에 빠진다거나, 감각적 자극에만 골몰한다거나, 찰나적 쾌락만을 강조하는 사회는 문화를 창조할 수가 없다. 여성들의 문화가 이 'becoming', 'being'의 상태에 떨어지는 것은 출산 기능의 연장선에서 파악될 수도 있다.

지적 여성이 된다는 것은 석녀화石女化를 의미하는 것이 아니다. '자연의 원리'를 '문화의 원리'로 바꾸어가는 '인간화'를 상징하는 것이다. 그것뿐만 아니라 지적 여성이라는 것은 학위를 가지고 있거나 사회 단체의 직함이 찍혀 있는 명함을 들고 다니거나 혹은 AFKN의 뉴스와 TV를 즐길 수 있는 여성만을 의미하는 것은 결코 아니다.

'자연의 원리'에서 '문화의 원리'로

'아이구 내 새끼야'의 본능의 언어로 살아가지 않고 주어진 것(자연 상태)을 자신이 가질 수 있는 가치를 지닌 것으로 바꿔나갈 줄 아는 문화의식에 눈을 뜨는 결단이다. 여성 학자의 수나 여류 문인의 활동이 지적 여성의 레벨을 상징하는 것은 아닐 것이다.

우리는 복부인과 같은 부동산 투기꾼, 이른바 치맛바람이라는 것이 반문화적·반사회적 현상으로 흐르게 되는 그 비극 속에서 지적 여성의 빈곤성을 읽을 줄 알아야 할 것이다.

남성의 바지와 여성의 치마처럼 지성의 모드가 둘로 분할되는 것은 아니다. 요즘 유행하고 있는 바지와 치마를 합친 큐롯 스커트처럼 지성은 양성을 함께하는 것이다.

지적 여성이 된다는 것은 남성화가 아니라 인간화를 의미하는 것이고, '자연의 원리'에서 '문화의 원리'로 여성의 길을 넓히는 행위다. 여자들은 자궁만 가지고 있는 것이 아니라 오히려 체중과 비율로 볼 때 남성보다도 더 큰 두뇌를 갖고 있는 호모사피엔스이기 때문이다.

모순矛盾의 미학美學과 여성의 현대미

프랑스어의 경우 '발'은 'Le pied' 남성 명사이고 '손'은 'La main' 여성 명사이다. 한국적인 안목으로 보면 참으로 기괴한 일이 아닐 수 없다. 매사를 합리적으로 생각하는 그들이지만, 손·발에 성별이 있다는 것은 이만저만한 논리의 모순이 아니다. 굳이 손발에까지도 성별을 붙이려면 여자의 손발은 주인을 따라 여성 명사로 통일시키고 남자의 것은 또 남성형으로 해야 이치에 맞을 것이 아닌가? 그런데 손과 발을 한 인체로부터 분리시켜 제각기 독립 성별을 갖게 한다면 보통 혼란이 일어나는 것이 아니다.

생각해보라. 여자가 남성으로 불리는 발을 붙이고 다니는가 하면 멀쩡한 남자가 여성인 손을 달고 다닌다는 이야기가 된다. 그것도 손·발의 경우에만 그렇다면 어지간히 참을 수 있다. 그런데 인체의 모든 부분이 제각기 다른 양성으로 분리되어, 코는 남성인데 입은 여성이며, 또 눈은 남성, 귀는 여성으로 뒤죽박죽이다. 비단 프랑스어나 독일어만 그런 것이 아니라 서양 문명을 낳은 수원지인 그리스에서도 그런 모양이다.

그렇기 때문에 우리가 프랑스어나 독일어를 배울 때 제일 두통거리가 되는 것은 모든 명사의 성별을 식별해야 하는 일이고, 그것을 잘못 알았다가는 대학 입시 같은 중요한 생의 갈림길에서 막중한 영향을 받기도 한다. 배우는 사람만이 아니라 언어학자들도 그 때문에 땀을 많이 흘려야 한다. 어째서 이것은 여성인가? 그것이 생물이라면 외형만 가지고도 따질 수 있지만 무생물이나 추상 명사 그리고 부분 명사의 경우 남자와 여자로 분류할 만한 일정한 법칙이 없기 때문이다.

손은 발에 비해서 부드럽다. 그리고 그것은 무엇을 잡거나 안거나 쓰다듬거나 받아들이기 때문에, 여성적인 손과는 달리 발은 활동적이고 거칠고, 모든 행동이 다 능동적이라 남성적이다. 가령 스포츠를 봐도 손으로 하는 농구, 배구는 여성적인데 발로 차는 경기인 축구는 남성적인 경기가 아닌가? 그러므로 남성의 것이든 여성의 것이든 손은 여성으로 불려져야 하며, 발은 남성으로 대우받는 것이 당연한 일이다. 이렇게 구차스러운 풀이를 하는 언어학자도 있다. 그러나 그런 논법을 따르자면 남성의 상징처럼 되어 있는 '알리'는 여성적인 경기인 복싱을 하고 있다는 이야기가 되고 만다. 백보를 양보해서 그렇다면 어찌해서 눈은 남성이고 귀는 여성인가? 더구나 코가 남성이라는 것은 이해가 가지 않는다. 눈이나 코는 모든 문학 작품에서 여성의 미를 북돋

우는 응원가처럼 씌어지지 않았던가? '하키레스러' 같은 남성이 라 해도 눈을, 그리고 코를 묘사할 때만은 여성적인 우아함과 섬세함으로 수식되는 것이 관례다.

그러나 이 무의미한 품사의 성논쟁에서 벗어나기 위해서, 우리의 시선을 다른 측면으로 돌려보는 것이 좋을 것이다. 이유야 어디 있든 남성에게 여성인 손과 귀가 있고 반대로 여성에게 남성인 발과 코와 눈이 있다는 것은 하나의 구제일 수도 있기 때문이다.

여성의 몸에도 남성이 깃들여 있고 남성 속에도 여성이 있다는 것은 결국 외를 두 쪽 내듯 인간을 남녀 양성으로 엄격하게 나눌 수 없다는 논리가 된다. 품사의 양성들 때문에 서양에서는 유니섹스의 사고가 훨씬 자연스럽게 싹틀 수 있었는지도 모른다.

우리는 너무 여성을 여성으로만 보고 남성을 남성으로만 본다. 원래 다 같은 인간이었는데, 이러한 절대적인 성별 때문에 남성과 여성은 별개의 심장을 가진 두 생물처럼 인식되기도 한다. 마치 호랑이와 고양이처럼.

여성에게도 부분적으로는 남성적인 것이 있어야 하며, 남성에게도 여성적인 요소가 공존해 있어야만 성性을 넘어서 완전한 인간이 될 수 있다. 그렇기 때문에 문법적으로나마 남자는 여성인 손을 지니고 있어야 하며, 여자는 자기 몸에 남성인 발을 소유하고 있어야 한다. 분명히 그것은 모순이지만, 이 모순이야말로 참된 인간의 맛과 미를 부여하는 원동력이 된다.

합리주의가 지배하던 구세기에 있어서는 모순을 극력히 제거하려고 했다. 밤이면 밤, 낮이면 낮이어야 한다. 그것처럼 남성은 오로지 남성 일변도이어야 하고, 여성은 모든 것이 여성으로 통일되어 있어야 한다는 시점視點이다. 예술도 그러했다. 단일적 의미만을 추구하는 시와 소설의 미학에서는 언어와 작중 인물은 뚜렷한 통일된 성격을 지녀야만 했다. 흥부는 백 가지가 다 착하고 놀부는 천 가지가 다 악하기만 하고, 콩쥐 팥쥐도 예외가 아니다.

현대는 바로 그러한 단일성에서 벗어나 복합성, 말하자면 모순 속에서 긴장된 미와 생명력을 발견하게 된 시대다. 여기에 현대의 비밀이 있는 것이다. 한 줄의 시가 지닌 아름다움과 한 여성이 지닌 아름다움은 결코 무관한 게 아니다. 시 속에 담긴 미의 질서와, 여성 속에 잠재된 미의 질서는 동일한 뿌리를 지니고 있다. 그렇기 때문에 시의 미학이 달라지면 여성을 보는 미도 달라진다. 결코 이 말이 허풍이 아니라는 것을 알기 위해서, 미국의 신비평가新批評家의 시 이론詩理論과 가장 손쉬운 여성의 유행을 분석해보면 될 것이다.

클리언스 브룩스는 시의 본질을 아이러니나 패러독스로 보았다. 말하자면 서로 반대되는 것, 상충되는 의미의 이중성이 시를 풍부하고 아름다운 것으로 만드는 본질이 된다. 그럴 때만이 우리는 감동을 받는다. 그 예로 브룩스는 워즈워스의 「웨스트민스터 다리에서의 작시作詩」라는 시를 우리에게 보여주고 있다. 시인이 아름다운 아침, 그 자연의 미를 드러내기 위해서는 어떻게 할 것인가? 서툰 시인들 같으면 으레 몽블랑이나 설악산 같은 대자연의 아침 경치를 노래하려고 할 것이다. 그러나 워즈워스는 그와 정반대로, 몽블랑이 아니라 런던 도시 한복판을 배경으로 하여 아름다운 아침 풍경을 노래 불렀던 것이다. 아침 햇살, 신선하고 맑은 공기, 고요하고 신비한 안개……. 이러한 자연은 매연으로 오염된 런던의 공기, 먼지와 소음과 욕망으로 가득한 인공적인 도시와 모순한다. 그렇기 때문에 그것은 몽블랑의 아침보다 더욱 아름답고 더욱 신선하고 더욱 찬란하다. 모든 언어는 단일적인 데서 벗어나 아이러니의 이중적 의미의 긴장감을 불러일으킨다.

좀 더 쉬운 말로 아이러니의 효과를 설명해보자. 우리는 흔히 무엇인가에 깊은 감동을 느낄 때 가슴이 찢어지는 것 같다고 한다. 종이를 찢을 때나 마음을 찢을 때나 그 역학의 법칙은 똑같다. 한 방향으로 힘을 주어서는 종이가 찢기지 않는다. 종이를 들고 각자 다른 방향으로 힘을 주었을 때 그것은 찢기게 될 것이다. 마찬가지로 인간의 마음도 한 방향의 외곬으로만 흐르지 않고 각자 반대 방향으로 작용할 때 마음은 찢기게 된다. 워즈워스의 시를 읽을 때 생겨나는 마음의 찢김(공감)은 그 의미가 인공적인 도시 런던의 그 분위기(의미)와 아침의 태양, 공기 그리고 안개가 지닌 자연의 의미가 서로 모순되고 대립되는 방향으로 작용하고 있기 때문이다. 그 대조를 통해서 자연은 더욱더 자연의 미가 강조된다.

우리는 이러한 시론을 여성의 의상에 그대로 적용시킬 수 있다. 구시대의 여성들은 단일의 이미지를 추구했다. 여성은 남성에 비해 작고 약하고 섬세하다. 그렇기 때문에 여자들이 입는 옷감도 올이 가늘고 하늘거리는 비단 같은 것이라야 한다. 모든 액세서리도 마치 여성의 입처럼 작고 앙증맞아야 한다. 가늘고 약하며, 작고 부드러운 것……. 이런 것으로 몸을 치장했다. 이를테면 아침의 자연을 나타내기 위해 몽블랑의 대자연을 덧붙이는 시학이다. 여자의 소지품은 시계라 해도, 같은 만년필이라 해도, 같은 수첩이라 해도 모두 그 몸짓 사이즈처럼 작다.

그런데 요즘은 그렇지 않다. 반대 효과, 즉 모순의 미학을 사용한다. 밀리터리 룩이 그렇다. 남성 같은 여자보다 정말 가냘프고 섬세하고 나약한 여성일수록 남자 군복 같은 밀리터리 룩이 어울린다. 런던의 아침처럼 아이러니의 미가 우러나오기 때문이다. 옛날에는 미처 몰랐던 미학인 것이다.

농부들이나 입었던 거친 블루진 바지는 하얗고 매끄러운 피부를 지닌 여성에서 더욱 생동하는 미를 발휘한다. 남자가 남자용 시계를 찼을 때와는 달리 여자의 가는 팔목에서 우람하고 큼직한 남자용 시계를 발견했을 때 예기치 않던 색다른 매력이 생겨난다. 그런 까닭으로 여자의 하이힐 뒷굽은 남자 구두처럼 나날이 굵어지고 안경도 액세서리도 허리띠나 버클도 듬직하고 큼지막하게 바뀌어져간다. 아킬레우스가 들고 다녔음직한 방패 같은 액세서리를 굵은 쇠줄에 매달고 다니는 여성도 없지 않다. 이른바 그것을 '유니섹스'의 모드라고 하지만, 잘못된 명칭이다. 여자이기 때문에 남성적인 것이, 남성이기 때문에 여성적인 것이 때론 어울리는 역설과 모순의 효과. 그렇기 때문에 진짜 유니섹스가 되려면 그런 효과도 사라지고 말 것이다.

여성의 매력과 미는 이렇게 시의 미를 논하는 현대 비평의 이론과 그렇게 먼 데 있는 것이 아니다. 비단 복식만이 그런 것도 아니다. 셰익스피어는 『리어 왕』에서 코델리아가 어느 때 가장 아름다웠는가를 이렇게 묘사하고 있다.

켄트 : 오, 그러면 왕비께서는 그 편지를 보시고 마음이 동요되셨군요.

기사騎士 : 걷잡을 수 없이 동요하지는 않으셨소. 참을성과 슬픔의 그 어느 쪽이 왕비를 더욱 아리땁게 보이게 하느냐 서로 다투고 있었소. 당신은 해가 쨍쨍 쬐는데 비가 오는 것을 보았지요? 그런데 웃으면서 눈물을 흘리시는 왕비의 모양은 그보다 더 아름다웠소. 왕비의 무르녹는 듯한 입술에 떠오르는, 그 아름답고 그윽한 미소는 왕비의 눈에 어떠한 손님이 와 있는 것을 모르는 듯하였소. 그런데 그 눈물이란 손님은 금강석에서 진주가 떨어지듯 그 눈에서 떨어집디다…….

코델리아의 완벽한 미는 웃을 때도 눈물을 흘릴 때도 안다. 웃으며 눈물을 흘리는 모순……. 슬픔의 감정과 그것을 참으려는 이성이 서로 반대 방향으로 움직이고 있을 때, 그녀의 얼굴은 가장 아름다운 빛을 나타낸다. 햇빛이 쬘 때 비가 내리는 그 모순의 독특한 미학 속에서 셰익스피어는 코델리아의 이상적인 아름다움을 그려내고 있다.

코델리아의 미는 이성의 것도 감정의 것도 아니다. 그 어느 한쪽의 미는 단일적인 것이지만, 코델리아의 미는 이성과 감정이 상충하면서 그려내는 복합적인 미로 형성된 조화의 미라고 할 수 있다.

코델리아의 성격 자체가 그렇다. 인생을 바라보는 시선 자체가 그렇다. 맥루한은 『리어 왕』을 분석하는 자리에서 코델리아의 성격이 그 언니와 어떻게 다른 것인가를 밝힌 적이 있다. 상식적으로 볼 때 그 언니들(고네릴과 리건)은 불효녀不孝女고, 코델리아는 효녀다. 그런데 그런 구별보다 더 본질적인 차이는 두 언니가 효를 말로 표현하는 데 있어서 단일적인 방법을 쓰고 있다는 점이다. 이를테면 효심만 남겨놓고 모든 것을 다 제거해버리겠노라고 말한 것이다. '효 아니면 죽음을!'이다. 이렇게 어떤 사랑을 나타내는 데 일변도로 흐르는 것이야말로 단일적인 사고의 산물이다. 그런데 코델리아는 단일적으로 효를 표현하지는 않았다. 여자는 남편에 대한 아내로서의 사랑이 있고 또 그 아버지에 대한 딸로서의 사랑이 있다. 효를 택하기 위해 남편의 사랑을, 또는 남편에의 사랑을 위해서 효를 각기 희생시켜야 한다는 이자택일적二者擇一的인 단일한 사고를 하지 않았다. 생은 복합적이다. 그래서 코델리아는 효를 딸이 행하는 아버지에 대한 의무, 그리고 딸로서의 역할(사랑) 그 이상도 그 이하도 아니라고 했다. 그것이 화근이 되어 부왕의 노여움을 사지만, 결과적으로 보면 진짜 효녀는 코델리아였다. 코델리아는 말한다. 효가 전부라면 언니들은 왜 결혼을 했느냐고…….

올 오어 낫싱(All or nothing)은 언제나 단일적인 신념을 요구한다. 그러나 코델리아는 모순을 그대로 포용하면서 그 가운데 오히려 생의 빛을 찾아내는 복합성, 전문 용어로 말하면 인클루시브inclusive한 인생관을 지니고 있기에 아버지를 배신하는 일이 없다.

이것이 코델리아의 매력이고 미다. 감성과 동시에 이성을 갖고 사는, 그리고 남편을 사랑하면서 동시에 아버지에 효를 하는 코델리아는 모순을 제거하는 여성이 아니라 모순을 송두리째 끌어안아 그것을 조화로 이끌고 나가는 여성이다.

이성과 감성을 동시에 생 가운데 공존시킨 셰익스피어의 그 풍성한 마음이 근대 사회로 들어오면서부터 분열을 일으켰다. 이성은 성질이 다른 감정을 내쫓고, 감성은 그 살결이 다른 이성을 원수로 삼았다. 그래서 문학도 미도 인간성도 양분되어 이성의 것과 감성의 것으로 분할되고 만 것이다. 고전주의와 낭만주의의 대립이 그렇다.

현대의 여성은 그리고 현대 여성의 미와 매력은 고전주의에도 낭만주의에도 있지 않다. 서로 대립하는 이성과 감성을 동시에 지닌 여성, 모순을 가진 여성 그리고 그 모순 속에서 조화의 힘과 미를 끌어낼 줄 아는 여성이야말로 오늘날의 이상적인 여성이라 할 수 있다. 남의 눈치도 보지 않고 길거리에서 아이스크림이나 뻥과자를 먹고 다니지만 조금도 천해 보이지가 않는 여성, 도서관에서 칸트를 읽고 있으면서도 그 볼은 조금도 파리하거나 머리카락이 뻣뻣하지 않은 여성, 유관순 양처럼 오로지 나라를 위해 목숨을 바칠 태세가 되어 있는 신념을 가지고 있으면서도 일요일에는 남자 친구와 설악산쯤 등산을 가서 때로는 멋지게 고고춤을 추는 여성, 천사처럼 고결하지만 동시에 악마처럼 쾌락을 아는 여성—이런 모순을 지니고 살아가는 여성은 매력이 있고 멋진 미가 있다.

도스토옙스키의 주인공은 선한 자도 아니며 악한 자도 아니다. 선악의 모순 속에서 살아가는 인간이기에 매력이 있다. 앙드레 지드의 말대로 도스토옙스키가 그런 인물을 그리기 전에 서구의 작가들은 인물을 단일적 성격으로밖에 그리지 못했다. 즉 광선을 언제나 한쪽에서만 흐르게 하여 조각한 인물이다. 그러나 도스토

엡스키는 360도의 둘레에서 흘러 들어오는 광선의 한복판에 인간을 놓고 그려왔던 것이다.

정말 그렇다. 현대의 여성은 360도의 벌판에 서 있어야 한다. 모순을 두려워하지 말아야 한다. 자기를 한쪽으로만 한정해서는 안 된다. 인류는 지금껏 그런 방향으로만 생을 토막내왔기 때문에 자코메티의 조각처럼 그 존재는 야윌 수밖에 없었다. 미와 매력은 풍성한 데 있다. '대낮'이나 '밤'이 아니라 빛과 어둠이 공존하는 노을의 빛 속에 있다.

결론을 말해야 되겠다. 여성은 여성이면서도 남성으로 불리는 발을 가지고 있는 이상 순수한 여성이 아닌 것이다. 여성이 지나치게 여성적이고자 할 때 이미 여성다운 매력과 미는 상실되고 만다. 여성이면서도 그와 모순하는 남성의 발과 남성의 눈과 남성의 코를 지니고 있어야 한다. 이 말을 여성의 남성화를 주장하는 말로 들어서도 안 된다. 오히려 반대다. 여성이 더욱 여성적이기 위해서는 남성적인 요소, 그 반대의 성격을 가미시켜야 한다는 이야기다. 복식에서부터 성격, 가치관에 이르기까지 이러한 모순과 역설을 지닐 때 비로소 인간의 매력을 지니게 된다는 이야기다. 착하기만 한 여성, 악독하기만 한 여성, 천사에게도 악마에게도 구제救濟는 없다. 정말 천사의 미를 가지려면 악마의 협력을 얻어야 하며, 정말 지적인 여성이 되려면 감성의 피를 필요로 해야 된다.

여성들이 남성화한다고 서러워하는 사람이 있다. 그 피부와 마음이 보들레르가 비통해 마지않던 화강석처럼 굳어가는 여성들, 이것은 또 하나의 단일성을 의미하는 과오다. 여성이 여성인 채로 있을 때에만 그 위에 남성적인 요소를 가미할 수 있고, 거기에서만 발랄한 매력이 나오는 법이다. 여성다운 여성이 밀리터리 룩처럼 남성다운 옷을 입어야 멋이 있다. 남성처럼 생긴 여성에게는 뒷굽이 굵은 하이힐이나, 블루진 바지가 어울리지 않는다. 그와 똑같은 이치다.

> 나는 그대를 칠 것이니라 노여움도 미움도 없이 도살자처럼
> 모세는 바위를 친 것처럼 그래서 그대의 눈꺼풀에서
> 내 사하라 사막을 적시기 위해
> 고통의 물을 솟아나게 하리라.

보들레르처럼 딱딱하게 굳어버린 여성, 바위처럼 되어버린 여성은 지팡이를 들어 치지 않는 한 남성의 마음을 적셔줄 눈물을 흘려주지 않을 것이다. 여성이 남성화하는 시대를 누가 원할 것인가? 그렇다고 여성이 여성의 것만, 즉 단일의 여성만을 추구하던 중세적인 여인의 시대를 누가 원할 것인가?

문법론으로 돌아가자. 그녀는 여자지만 그 부분에는 남성 명사로 불리는 요소가 있다고……. 그런 요소들이 더욱더 여성의

미와 매력을 더하는 것이라고. 그래서 미와 매력은 생을 송두리째 끌어안을 때 비로소 풍성해지고 모순의 생을 제거하지 않을 때 꽃이 피어난다고…….

III
한국 고전에 나타난 여인상

시원始源에의 향수鄕愁—『심청전』

심청의 탄생

무無의 벌판에서 하나의 생명이 탄생한다는 것은 신비한 일이다. 어제까지 없었던 새싹이 얼어붙었던 길가에서 몸의 입김과 더불어 싹트는 잡초를 보면 아무리 그것이 보잘것없고 향기도, 꽃도 없는 초라한 생명이라 할지라도 우리는 신비한 생명의 의미를 암시받게 된다.

어떻게 해서 저 거칠고 딱딱한 흙 속에서, 침묵하는 바위들 틈에서 잠자던 생명의 씨앗들이 눈을 뜨고 일어나는 것일까? 이 탄생의 의미를 바라보고 있는 시선 속에서 인간의 길이, 그 모든 생명의 길이 열려지게 된다.

어떻게 해서 인간은 태어나는 것일까? 그 생명을 빚어내는 부드러운 손길은 대체 무엇인가?

그러나 이러한 물음은 시대와 장소에 따라 무수히 변해왔으며, 그 속에서 각기 다른 인간상人間像들이 태어나고 있는 것이다.

아브라함의 인간상은 이 탄생의 의미를 찾는 아브라함의 해답 속에 있고, 쇼펜하우어의 인간상은 쇼펜하우어의 그 해답 가운데서 나타난다. 그리고 그 인간상의 차이만큼 탄생의 의미에 대한 그들의 해답 역시 달랐다. 아브라함에 있어, 인간이 자식을 낳는 것은 인간의 의지가 아니라 신의 섭리였다. 홍수가 사라진 무의 벌판에서 아브라함은 신의 음성을 듣는다. "바닷가의 모래나 하늘의 별처럼 너희는 이 땅에 자손을 번성케 하라"고.

그러므로 하나의 생명이 태어난다는 것은 신의 자비로운 축복과 그 은총에 연결되어 있다. 어떤 아이의 탯줄은 산모産母가 아니라 무한한 신의 손길과 맺어져 있다. 그러나 쇼펜하우어의 어린이들은 자손을 번식코자 하는 맹목적인 자연의 의지, 우연한 그 생의 본능 속에서 탄생한다.[1] 탄생의 신비감은 사라지고 실험실의 플라스크와 같은 싸늘한 그 과학의 지성知性이라는 분만대分娩臺만이 남는다.

현대의 지성은 신이나 부모의 그 애정, 그 절대적이고도 신비한 봉인封印을 뜯어버리고 말았다. 탄생을 하나의 우연이라고 생각하는 데서부터 현대인의 환멸이, 그리고 고독한 인간의 길이

1) 쇼펜하우어는 생生을 종족 보존의 맹목적 의지로 보고 "우주의 근저가 이 의지인 이상 인생을 지배하는 것 또한 의지가 아니면 안 된다"고 말하고 있다. 그런데 그 의지는 항상 수요에 의한 결핍이 뒤따른다. 결핍은 고苦다.

열리게 된다. 허무한 현대의 아이들은 이러한 정신의 탯줄 없이 태어나고 있다. 그들은 우연히 내던져진 하나의 돌덩이와 하나의 나뭇조각이라고 믿는다.

속된 말로 현대의 앙팡테리블(깜찍한 아이들)은 자신들을 어느 한 남녀의 쾌락 속에서 생겨난 부산물이라고 생각한다. 여기서 부모에 대한 저항이 생겨난다. '당신들이 나를 낳고 싶어서 낳았느냐!' 적어도 이렇게 항거하는 현대의 아이들은 모체와의 깊은 단절을 느끼고 있다. 그들의 말 속에는 세계 자체를 기획도, 은총도, 어떤 필연적 목적도 없이 멋대로 굴러다니는 비합리적 인간 실존의 선언이 숨어 있는 것이다.

결국 탄생의 의미야말로 곧 인간의 의미를 좌우하는 모든 시대 사상의 산실産室이 되었다고 할 수 있는 것이다.

그런 의미에서 『심청전』은 한국인들이 어떻게 태어났으며 그 탄생의 의미를 어떻게 바라보았는가를 암시해주는 소설의 하나다.

무엇보다도 먼저 주목해둘 것이 있다면, 심청은 쾌락의 부산물로 우연히 탄생되어진 존재가 아니라는 점이다. 심학규沈鶴圭와 곽씨 부인이 어린애를 갖고자 한 것은 다윈과 같은 생물학자나 육체적 쾌락을 좇는 콜론타이와 같은 연애론자가 아니라 맹자孟子와 밀접한 관련이 깊다는 사실이다.

"옛글에 있는 맹자님 말씀에 '불효에 삼천 가지가 있으되 뒤를 잇는 자손 없음이 가장 큰 불효니라不孝三千無後爲大'고 하셨으니, 자식 두고 싶은 마음 뉘라고 없사오리까? 소첩의 죄는 응당 쫓겨날 만하오나 가군家君의 넓으신 은덕으로 지금까지 무탈하였으니 이제 몸을 팔아 뼈를 간들 무슨 일을 못 하리까."

병신 자식이라도 낳아달라는 심봉사의 간절한 소망에 이렇게 대답한 곽씨 부인의 말을 분석해봐도 심청이 어떤 의지와 소망 속에서 이 세상에 태어나게 되었나를 이해할 수 있을 것이다. 아들을 낳는다는 것은 곧 조상에 대한 효도였다. 본능이나 애정이라기보다 그에 앞서는 하나의 의무감이다. 나이 사십이 넘도록 슬하에 혈육이 없다는 것은 심봉사의 말대로 조상의 향화香火를 끊게 되는 일이요, '죽어 저승으로 돌아간다고 해도 조상을 대할 면목이 없는' 불효의 죄였다. 그러므로 한국인이 탄생하는 자리는 '효'의 자리였고 그 산파는 거룩한 맹자님이시다. 만약 이 '효'의 개념이 없었더라면, 그 의무감이 없었더라면 심청은 이 세상에 태어나지 않았을 것이며, 인당수印塘水에 어리는 그 희비의 물결도 없었을 것이다.

그러나 심봉사 부부의 조상에 대한 효성이라는 의무감만으로 심청은 이 지상의 햇볕을 보게 된 것일까? 그렇지 않다. 심청이 태어나기 위해서는 명산대천名山大川을 비롯하여 온갖 신들의 도움이 있어야만 했던 것이다. 유불선儒佛仙 3교가 모두 동원된 자리에서, 즉 위로는 석불보살로부터 아래로는 부엌신과 터줏대감에 이르기까지 서른이 넘는 신들에게 그들은 온갖 정성을 다 바쳤다. 심청의 탄생은 조상에 대한 효성과 신들에 대한 기도의 결과였다. 이 하늘의 몫과 땅의 몫이 심청을 탄생케 했고, 그의 생명을 지배하는 두 개의 규칙이 되었다. 즉 심청이라는 여인상은 그가 어떻게 해서 태어났느냐 하는 것과 불가분의 관계를 맺고 있다.

인간은 탄생하면서 기저귀를 찬다. 그러나 심청은 낳자마자 '효'라는 또 하나의 정신적 기저귀를 차고 성장해간다. '효'를 하기 위해서 자식을 낳는 것처럼, 그 자식들은 '효'를 하기 위해서 어버이의 젖을 먹는다.

사실상 '효'라는 탯줄을 빼고 나면 심청은 거의 부모로부터 받은 것이라곤 티끌도 없다. 곽씨 부인은 심청을 낳자마자 숨진다. 그렇기에 그녀는 남의 동냥젖으로 컸으며, 걸음을 걷자마자 봉사인 그 아버지를 구걸해 먹여야 했다. 사랑을 받기 이전에 사랑을 바쳐야만 하는 그런 존재였다.

심청과 부모와의 관계를 기록한 대차대조표의 장부에는 '기브 앤 테이크'라는 것이 없다. 마땅히 보호를 받아야만 할 입장인데도 심청은 거꾸로 눈먼 아버지를 봉양하는 물구나무선 입장에 놓여져 있다.[2] 심청의 유년 시절을 그처럼 박복하게 그린 까닭은 부

2) 효孝라는 글자부터가 심청의 경우와 같다. 효가 늙을 노老자, 아들 자子의 합자合字이

모에 대한 '효'가 '기브 앤 테이크'의 상대적 윤리가 아니라는 것을 시사하기 위한 것이었는지 모른다.

심청이 걸어간 '효'의 길은 그녀를 심봉사와 접촉시켜주는 것이 아니고 도리어 그로부터 멀리 떨어져나가게 하는 역설의 길이었다는 것을 보아도 우리는 그러한 아이러니를 실감할 수 있다. 눈먼 아버지를 구걸로 봉양하기 위해서는 그녀는 집을 떠나야 한다. 아버지의 곁을 떠나서 먼 이웃 마을을 방황할수록 아버지에게 기름진 음식을 먹일 수 있는 '효'가 된다.

아버지에 대한 애정은 아버지와 함께 있기를 원한다. 아버지와의 부단한 접촉에서만이 사랑을 받을 수 있기 때문이다. 그러나 애정이 아니라 효(의무)는 그의 곁을 떠나라고 명령한다. 효도를 다하기 위해서는 아버지의 곁을 떠나지 않을 수 없는 강요된 운명이 심청의 생生의 한 부조리다.

자기가 아버지와 함께 존재하는 효가 아니라 자기 존재의 멸각滅却으로써만 달성할 수 있는 효의 길인 것이다. 아버지로부터 멀리 떨어져갈수록 그의 '효'는 완성되어간다.

다. 다시 말하면 아들이 노인을 업고 간다는 뜻의 글자다. 이러한 노인과 아들의 상하관계는 가부장제의 가정제도를 표시한다. 그리고 이러한 사고방식은 서구의 물리수학을 수입해 오는 과정에 있어서도 molecule을 분자, denominator를 분모, atom을 원자, proton을 양자로 해석하여 쓰고 있으며, 작가作家, 불가佛家, 유가儒家 등 가족 중심제의 사고방식은 이렇게 자기 길을 닦는 사람들에게도 가家자를 부여했던 것이다.

심청은 아버지를 위하여 집을 떠난다. 그녀는 마을을 떠나고 나라를 떠나고 끝내는 이 세상을 떠난다. 구걸에서 죽음에 이르는 편력! 그 수난의 과정이 '효'의 과정이며 '효'의 편력이다.

심청은 자기를 거부한다. 그녀가 동냥을 할 때 사람들은 그녀에게 음식을 주지만, 아버지 때문에 그녀는 그 음식을 먹지 못한다. 자기의 입을 거부할 때만이 아버지의 입이 존재할 수 있기 때문이다. 장승상 부인이 양녀로 맞이하려 하나 심청은 그것을 거부하지 않을 수 없다. 자신의 행복을 거부하는 데서만 아버지의 행복이 가능하기 때문이다. 이러한 드라마는 심청의 생명을 300석의 쌀로 상품화하고, 한낱 인당수의 제물로서 멸각시켜버린다. '효'의 의지는 자기 거부의 의지였고, 자기 거부의 의지는 죽음에의 의지였다. 심리학적으로 보면 일종의 퇴행 과정退行過程이다.

부모에 대한 그리움이나 애정은 무엇일까? 그것은 생명의 고향에 대한 향수이며, 탄생 이전의 막막한 '무無', 자궁벽 너머의 존재 이전에 대한 '무'에의 귀의인 것이다. 독립된 개체가 아니라 자기의 세포들이 부모의 혈관 속을 흐르는 한 점의 피가 되고, 꿈틀대는 그 싱싱한 육체가 늙고 시들어가는 부모의 피부로 환원되려는 것—심청의 전 존재全存在는 심봉사의 눈으로 환원되려는 퇴행에의 열정으로 나타나 있을 뿐이다.

생명은 시간 속을 흐른다. 개체는 끝없이 미래를 향해 번져간다. 그것을 사람들은 진화라고 부른다. 이 진화를 위해서 자식이 어미를 물어뜯는 처절한 모체에의 반란이 있다. 고향에서 떠나며 새로운 생명의 벌판에 깃발을 꽂는다. 그것은 반역의 깃발이기도 하다. 탄생의 시원始源에서부터 멀어지는 고독의 깃발이기도 하다.

그러나 심청의 길은 진화의 길이 아니라 본래의 고향으로 되돌아가는 퇴화의 길이다. 그가 인당수에 떨어진다는 것은 어머니의 자궁으로 돌아가는 것을 의미한다. 용궁은 탄생 이전의 그 적막한 세계다. 그는 거기에서 어머니를 만나고 먼 과거의 고인들과 태곳적 신선들을 만난다. 이미 먼 과거의 시간과 더불어 사라져 버린 곽 처사郭處士의 죽장고, 농옥弄玉의 퉁소, 원적阮籍의 휘파람, 금고琴高의 거문고 소리를 듣는 것이다.

그녀가 그 아버지를 떠나 뱃사람과 더불어 인당수까지 가는 긴 항해는 그 아버지의 또 그 아버지의…… 끝없는 과거를 거슬러 올라가는 항해로 그려져 있다. 소상강瀟湘江에서 기러기를 감상하고 장사長沙에서 가태부賈太傅를 생각하며 굴삼려屈三閭의 넋을 묻는 멱라수汨羅水를 지나서 회계산상會稽山上에서 오자서吳子胥를 만나는 등 죽음의 인당수를 찾아가는 심청은 마치 역사의 관광 여행자처럼 고사에 얽힌 모든 고장을 스쳐서 지나가는 것으로 되어 있다.

'효'의 길은 이렇게 새로운 생명의 탄생의 길이 아니라 존재의 근원을 오늘까지 연장시키는, 역류하는 생명의 강하임을 알 수 있다.

야만은 도덕의 러닝메이트

심청은 앞으로 나아가는 인간상이 아니라 탄생 이전의 자기로 돌아가려는 역행逆行의 인간상이라고 했다. 그리고 그것이 가족 윤리를 중심으로 해서 인간 관계를 만들어간 효의 정신이었다. 그러므로 효를 강조하는 문화권은 보수적이고 전통적인 것이 될 수밖에 없었다. 미래보다도 과거를, 미지의 것보다는 기지旣知의 것을 더욱 존중한다. 말하자면 떨어져나가려는 원심력의 도덕은 개인을, 미래를, 새로움을 찾아나가는 모험적인 인간상을 만들어 내고 근원으로 돌아가려는 구심력의 도덕은 심청이처럼 자기를 거부하고 모체로 돌아가려는 효의 인간상이다.

유럽의 문화는 살부殺父의 문화였다. 리어 왕은 불효한 여식들에 분노를 느껴야 한다. 이 불효를 지불한 발전이 서구 문화의 요염한 꽃이라고 할 수 있다. 그렇기 때문에 효를 중심으로 한 도덕은 인간의 완성을 추구하는 것이면서도 새로운 사회를 낳을 수 있는 발전적인 개혁의 힘을 가지고 있지 않다.[3]

3) 고전이 문학이나 철학, 정치, 경제, 사회 등 광범위한 분야에 영향을 끼치면서 변증법

효도는 아름답고 순결하고 인정이 넘쳐나는 밝은 세계지만, 으레 그 옆에는 무지와 비정이, 또한 야만스럽고 잔인한 폭력의 어두운 그늘이 서려 있다.

심청이 아버지를 위하여 목숨을 바친다는 이야기는 동시에 인간을 상품처럼 매매하여 인당수에 제물로 바친다는 반인간적인 야만한 이야기이기도 한 것이다. 효는 가장 고급한 인간 윤리의 결정이다. 그런데도 어째서 그러한 정신을 추구하는 사회에 인신을 매매하는 야만성이 자행되고 있는 것일까? 어째서 심청의 효행에 눈물을 흘리고 박수를 치는 선량한 이웃들이 인간을 제물로 만드는 부당한 그 악습에 대하여는 침묵만 하고 있는 것일까? 그 악에 대해서는 무감각하기만 한가?

효의 인도주의는 인신공양의 비인도주의를 정다운 러닝메이트로 삼아 『심청전』의 플롯 위를 달리고 있다.

우리는 효도라는 것이 사회적인 것으로 발전되는 진화론적 도덕이 아니라는 점에서 그러한 모순을 찾아볼 도리밖에 없는 것이다. 만약 부모에 대한 사랑만이 아니라 이웃에 대한 평등한 사랑의 도덕을 더 강조했더라면 『심청전』의 이야기는 300석으로 인간 생명을 팔고 사는 비인도주의의 악습에 대한 저항으로 나타났

적 발전을 한 서구 사회와는 달리 중국에서는 새로운 사상이 들어와도 그 사상을 그들의 고전 속에 용해시켜버렸다.

을지도 모른다. 심청이 선원들에게 팔려 바닷가로 끌려갈 때 몸부림치며 항거하는 것은 오직 심봉사뿐이다.

"지금 내가 죽고 보면 네 놈들이 무사하랴. 이 불학무지한 놈들아. 생사람 죽이면 대전통편율에 걸리렷다"라고 큰소리를 치며 심봉사는 분노하고 있지만, 그 주변의 남녀노소들은 다만 슬퍼할 뿐 아니 그녀의 효행을 칭찬하고 있을 뿐, 생사람이 제수가 되는 것을 그냥 묵묵히 구경만 하고 있다. 더욱 우스운 것은 당사자인 뱃사람들까지 모두 눈물을 흘린다는 사실이다. 그러면서도 이러한 슬픔이나 동정이 대전통편의 법률 문제나, 물질에 의한 인신매매의 비인도성이나, 살인행위와도 같은 인신공양의 미신에 대한 반성으로 발전되지는 않고 있다.

그들에겐 오직 주종윤리主從倫理인 효의 개념이 있을 뿐 인간과 사회의식은 티끌만큼도 엿보이지 않는다. 물론 마을 사람들은 불쌍한 심봉사를 십시일반으로 돕자고 한다. 또 승상 부인은 심청의 몸값을 대신 갚아주려고 나선다. 그러나 이것은 심청의 효에 감동된 것이지 이웃에 대한 인간애의 발로는 아니다.

한마디로 말하면 효도의 모럴은 혈육을 토대로 한 가족 중심의 모럴이다. 한 집안의 울타리는 될지언정 사회의 한마당이 되는 집단적인 모럴은 아니다. 그렇기 때문에 심청의 윤리관은 아무리 발전되어도 아버지의 눈을 뜨게 할 수는 있어도 야만하고 미개한 눈먼 사회의 무지를 눈뜨게 할 수는 없다.

효는 기존 질서를 파괴하고 새로운 생명을 창조하는 것이 아니라 자기 이전의 혈육, 자기보다 앞서는 상고尙古의 전통에 자기 몸을 바치는 정신이다. 과거의 제단에 바쳐지는 제물들—심청이 인당수의 제물로 되었다는 것과 그가 효녀라는 사실은 동전의 안팎처럼 떼어서 생각할 수 없다.

심청은 어질고 착한 여성이다. 그러나 그녀는 착한 딸일 뿐, 착한 인간이라고는 말할 수가 없다. 그 증거로 심청은 남을 돕기보다는 남의 도움만으로 살아가는 여인상이다. 어려서는 다른 아이가 먹어야 할 젖을 빼앗아 먹었고, 커서는 남이 먹어야 할 음식을 가로채 먹은 기생적 존재다. 그것은 구걸의 일생이었다. 마지막엔 용왕에게서 그 생명을 구걸받는다. 대체 그녀는 사회 전체로 볼 때 어떤 이익과 보람을 주었는가. 만약 심청과 같은 효녀가 도화동에 열 명만 있었더라도 마을 아이들은 젖이 부족해서 영양실조에 걸렸을 것이고, 땀을 흘려 거두어들인 양식들은 그들의 구걸로 항상 동이 났을 것이다.

맹인 잔치 광경을 생각해보자. 각 지방에서 모여든 수천, 수 만의 맹인들이 황후가 된 심청 앞에서 잔치를 벌이고 있다. 그가 불쌍히 여기는 것은 이 모든 맹인이 아니다. 술과 고기를 베푸는 축연은 광명을 잃은 맹인들에의 위로가 아니다. 심청에겐 아무런 관심도 없는 맹인들의 집단일 뿐이고 즐겁지 않은 잔치일 뿐이다. 그녀는 오직 한 사람의 맹인만을 찾는다. 만 명의 맹인과도 바꿀 수 없는 단 한 사람의 맹인, 심봉사만이 오직 그 앞에 존재할 뿐이다. 심청이 착하고 어진 것은 어디까지나 딸로서의 착함이며 어짐이다.

심청은 만 명이 눈을 뜨는 것보다 심봉사 한 사람이 눈을 뜨는 것이 더욱 즐겁고 행복하고 가치 있는 일이라고 생각하는 여인이다. 극단적으로 이야기하면 인당수의 뱃사람들처럼 아버지의 눈만 뜰 수 있다면 생사람이라도 사서 인당수에 빠뜨렸을 것이다.

그렇게 도덕적이었으면서도, 그렇게 인륜人倫을 존중했으면서도 실상 사회 전체는 비윤리적 야만성으로 가득 차 있었다. 이 모순이 바로 『심청전』의 모순이다. 그리고 그것이 효라는 모럴이 갖는 숙명의 역설이기도 하다.

만약 심청의 시대에 오늘날과 같은 각막 이식의 안과술이 발달한 병원이 있었더라면 심봉사는 심청과 같은 효녀를 두지 않고서도 그 눈을 뜰 수 있었을는지도 모른다. 스칸디나비아처럼 사회복지 제도가 발달하였더라면 어진 효녀를 거느리지 않고서도 심봉사는 굶지는 않았을 것이다.

요즘 같은 원자력 화물선 사바나 호가 그 당시에 있었더라면 한 인간을 제물로 바치는 슬프고 잔인한 일은 없었을 것이다. 결국 효도의 의식이 인간의 의식으로 바뀌지 않은 데서, 가족의식이 사회의식으로 발전되지 못한 데서 그러한 드라마가 생겨난 것이라고 볼 수 있다.

옛 문헌을 보면, 풍랑을 만난 어떤 배에서 뱃사람들이 한 여인을 제물로 물에 던지려고 할 때 그것을 극력 만류했다는 기록이 나온다. "어찌 인간이 자기만 살려고 남의 생명을 빼앗을 수 있는가? 해신海神도 선한 존재라면 그러한 것을 원치 않을 것이다." 그래서 끝내는 그 여인을 구하고 풍랑 속의 배도 무사했다는 이야기다.

심청의 태도는 근본적으로 다르다. 그 여인의 이 같은 인간의식은 사회와 역사를 바꾸는 가치관이다. 황후가 된 심소저에게 이러한 인간의식이 있었더라면 그의 선善은 한 집안의 뒤주 속에서만 갇혀 있지는 않았을 것이다. 황후에 오른 심소저는 무엇을 했던가? 도화동 백성들에게는 '호잡역戶雜役'을 면하는 특전을 주고 자기가 자랄 때 젖을 먹여준 부인들에게는 상금을 후히 주었으며, 동무들을 궁중으로 불러들여 환대를 했다. 현대식으로 말하면 완전한 정실인사情實人事다. 오늘날의 부패부정도 이러한 사고방식에서 생긴 것이다. 나라를 자기 집 안마당쯤으로 착각하고 있다. 이것은 심청의 잘못이 아니라 효로써 상징되는 가족주의적 사고방식에서 비롯된 것이라고 할 수 있다. 전근대적 사회에서는 너무나도 당연한 일이기도 하다.

『심청전』은 "그리하여 만백성이 심황후를 본받으니 효자 열녀 곳곳에서 나오더라"라는 말로 종지부를 찍고 있다. 황후를 지망하는 숱한 소저들은 인당수에 빠지는 행운을 꿈꾸었을는지도 모른다. 효도를 하면 그 결과로 벼슬하고 부자가 된다는 공리적 인 인과율 때문에 그나마 그 모럴은 순수할 수도 없었다. 『심청전』의 독자들은 아마 심청의 효가 심봉사의 눈을 뜨게 했다는 사실보다 그 효행으로 황후가 되었다는 그 점에 많은 매력을 갖게 될는지도 모른다.

『심청전』의 작품 의도는 무엇인가? 한마디로 효를 하자는 것이다. 그러나 효를 순수한 도덕으로, 인간이 추구하는 절대 진리의 가치로 설득시킨 것이 아니었다. 진실을 찾으려는 욕망에서 빚어진 효라면 도리어 이 소설은 심소저가 인당수에 빠져 죽는 데서 끝났어야 한다. 심봉사가 눈을 떴든 안 떴든, 심소저가 환생하여 황후가 됐든 안 됐든 그것은 중요한 일이 아니다. 아버지를 위해 헌신하려는 심청의 효성 그 자체에 가치가 있는 것이다. 모럴은 어떻게 사느냐에 있다. 수단이 아니라 그것이 생의 목적인 것이다. 현실적으로 불행해진다 하더라도 그것이 옳은 삶이라면 그 불행을 택하는 것이 순수한 모럴이다. 심청의 인간상을 통해서 우리가 발견하는 효는 목적의 효가 아니라 수단의 효라는 데 더 강한 인상을 받는다.

『흥부전』을 생각해보자. 제비에게 착한 일을 해서 복바가지를 얻었다는 그 이야기 때문에 놀부가 억지 선행을 하는 그 슬픈 희극을 기억하지 않는가? 『흥부전』의 독자들은 흥부보다 놀부 쪽에 반응을 나타내는 일이 많았을 것이다. 원래 도덕의 모방이란 그런 것이다.[4] 그러므로 우리는 효녀 심청의 인간상에서 다음과 같은 세 가지의 암시를 받게 된다.

첫째, 진화적인 인간상이 아니라 퇴행적인 인간이라는 점—효자, 열녀의 인간상은 사회를 개선하고, 또 인간 관계를 개선하는 발전적인 인간상이 아니라는 점.

둘째, 효도 자체는 순결하고 아름다운 것이지만 그 방법이나 효의 수행 과정은 거꾸로 야만하고 비인도적이라는 점—효행은 병적일 정도로 자학적이고 비정성非情性을 지니고 나타난다.

소설이나 사기史記에 나타난 효자, 열녀 들은 자기의 살을 베어 부모에게 먹이거나 노모를 위해서 자기 자식을 생매장하는 등의 이야기로 나타나고 있다.

셋째, 공리적인 인간 관계로 효행을 권장했다는 점—권선징악의 형식을 가진 소설들은 인간의 모럴을 형식적인 데로 흐르게 한 흠을 가지고 있다. 심청을 황후가 되게 한 것은 부모에게 효를 하면 결국 자기 자신이 덕을 본다는 인간 이기주의에 호소한 것이다.

4) 이러한 것을 경계하기 위해서 도가道家에서는 선善을 해도 명예에 이르러서는 안 되고, 악惡을 해도 감옥에 가는 것이어서는 안 된다고 한다. 명리를 초월하는 데 인간의 최고선을 두었던 도가의 이런 사상은 유교의 모럴이 공리와 명예에 흐르게 되는 점을 공격한 것이었다고 일단 볼 수 있다.

그러므로 1대一代의 효는 자연 발생적이고 비공리적인 것이나, 그것에 권선징악의 목적의식이 개재될 때는 공리적 효로 탈바꿈을 하게 된다. 여기서 1대를 모방하는 2대, 3대의 효자들은 불가피하게 위선의 인간상으로 타락하고 만다.

인간의 것과 하늘의 것

흔히 옛날의 한국인들은 하늘에 순종하고 사는 운명론자들이라고 전해져왔다. 그러나 좀 더 자세히 관찰해보면 하늘의 것과 인간의 것은 엄격한 두 개의 질서를 갖고 서로 조화되어가고 있음을 발견할 수 있다. 말하자면 인간은 단순한 운명의 괴뢰가 아니라 인간 스스로의 자유를 지니고 하늘의 것과 교섭하고 있다는 사실이다.

『심청전』의 경우에 있어서도 이러한 두 개의 질서는 명확한 대조를 이루며 하나의 이야기를 꾸며내고 있다. 그것은 그리스 비극의 운명과도 다른 것이며, 또한 헤브라이적인 아브라함의 절대 복종의 소명론召命論과도 그 성격이 다르다. 우선 심청이의 탄생을 두고 생각해보자.

한국 고대소설에는 아이를 낳지 못하는 사람들이 천신天神에게 지성을 들여 아이를 잉태한다는 이야기가 참으로 많이 등장한다. 소설의 본 줄거리와는 직접적인 관련이 없어도 으레 작중 인물들이 어떠한 경로로 태어나게 되었는가를 밝혀놓는 것이 소설 작법의 정식定式처럼 되어 있다.

단군신화만 하더라도 이러한 탄생극에 주춧돌을 둔 신화임을 알 수 있다. 한 인간의 성격과 운명을 그리는 데 한국인은 그의 성장 과정보다도 탄생 이전의 상황에 더 많은 역점을 두고 있다. 거기서부터 인간의 이미지는 하늘의 것과 인간의 것, 즉 천지天地의 것으로 분할되어 전개된다. 화합되는 것은 마치 남녀가 결합하여 어린아이를 낳는 의미와도 흡사하다. 남자만으로는, 그리고 또 여자만으로는 한 생명을 창조해낼 수 없다. 마찬가지로 인간은 하늘의 일방적인 의사나 또는 인간만의 독자적인 노력만으로는 인생의 가치를 창조해낼 수가 없다.

심청은 천신天神들을 지성으로 감화시켰기 때문에 얻어진 생명이다. 그러나 심청은 하늘에서 직접 내려진 것이 아니고 어디까지나 인간의 육체를 통해, 즉 곽씨 부인의 잉태로 태어나게 된다.

태몽의 상징성은 하늘의 것과 인간의 것이 결합될 때 비로소 이루어지는 영상이다. 꿈은 현실(인간의 것)도 아니며, 그렇다고 인간과 무관한 초자연적인 것(하늘의 것)도 아니다. 필름과 빛이 합쳐졌을 때 우리는 스크린에 어리는 하나의 영상을 보게 된다.

인간의 마음인 필름에 하늘의 빛이 스쳐 지나갈 때 하나의 영상은 비쳐진다. 그것이 바로 태몽의, 그리고 모든 꿈의 상징적 의미라고 할 수 있다.

일본 설화의 '모모타로桃太郞'나 '가구야히메'[5]는 하늘이 직접 내려주시는 아이들이다. 그러나 한국의 설화는 대체로 그 아이들이 인간을 통하여, 즉 한 여인의 몸을 통해서 분만된다. 심청은 하늘의 일방통행적 은총으로 복숭아나 대 속에서 탄생된 것이 아니라 곽씨 부인의 몸을 통해서 이 지상에 태어난 것이다.

『심청전』은 이 같은 탄생극의 특징을 그 줄거리 속에서 그대로 발전시켜가고 있다. 이야기는 변해도 하늘의 것과 땅의 것이 서로 관련을 짓는 그 방식은 조금도 다를 것이 없다. 좀 더 자세히 살펴보자.

『심청전』은 과연 황당무계한 이야기인가? 그렇지 않다. 젖을 동냥해 먹이는 것이나 심봉사가 심청을 마중 나갔다가 물에 빠진다는 이야기나, 돈을 노려서 심봉사의 후처로 들어온 뺑덕어미의 그 못된 성격 묘사나…… 모두가 인간 세상에서 볼 수 있는 불합리하고도 리얼한 인생극의 한 단면들이라 할 수 있다.

『심청전』은 단순한 공상 속에서 빚어지는 비현실적인 신비한 하늘나라의 환상곡이 아니다. 그토록 원하던 자식을 얻자마자 산

5) 일본의 설화를 보면 '모모타로'는 복숭아 속에서 나오고, '가구야히메'는 대나무 속에서 태어난다. 이것은 동양 일대에 퍼져 있는 설화의 일반적인 특징이다. 즉 그들은 사람의 몸에서가 아니라 복숭아나 대나무나 커다란 알(고주몽 신화) 등에서, 즉 하늘에 의해서 나온 하늘의 섭리다. 탯줄이 없는 인간인 것이다.

고의 후유증으로 세상을 떠나버린 곽씨 부인 그리고 그토록 아름답고 착한 딸을 두고서도 그 얼굴을 보지 못하는 심봉사, 딸의 몸값으로 얻은 재산을 모두 탕진시켜버린 악한 뺑덕어미, 불쌍한 소경의 옷까지도 훔쳐가는 도둑떼들……. 결코 이러한 삽화들은 인생을 천국의 장미밭으로 그려간 이야기가 아니라는 것을 증명한다. 발자크의 리얼리즘처럼 냉혹하기까지도 한 것이다.

그렇다면 『심청전』은 인간 현실을 사실적으로 다루어간 비환상적인 소설인가? 그것도 그렇지 않다. 용궁이 나오고 물에 빠져 죽은 심청이는 한 송이 연꽃으로 바뀌고, 동냥질하던 거지가 일약 황후의 몸이 되고, 눈먼 심봉사가 기적적으로 눈을 뜨는 황당무계한 환상의 이야기가 중요한 골자를 이루고 있는 것이다.

말하자면 그 어느 쪽도 정답이 아니다. 왜냐하면 『심청전』은 두 개의 다른 차원에서 벌어지고 있는 이야기다. 즉 인간 지상의 이야기와 초현실적인 환상의 이야기가 하나의 날줄과 씨줄이 되어 한 편의 이야기를 짜낸 것이기 때문이다.[6] 그리고 이 신비극과 현실극은 서로 혼합되어 있는 것이 아니고 엄연한 자기 질서를

6) 중국의 무협소설이나 일본의 설화문학 혹은 서구의 서사시는 처음부터 끝까지 환상이면 환상, 현실이면 현실의 이야기로 일관한다. 그러나 한국의 소설은 그 환상과 현실이 반반씩 차지하고 있다. 심청이 인당수에 빠지기까지는 완전한 리얼리즘이지만, 그다음부터는 관념에 의해서 씌어지고 있다.

유지해가면서 그 관계를 빚어내고 있기 때문이다. 그렇기 때문에 인간들은 인간들이 해야 할 현실에서의 노력과 그 자유의지를 지니고 있다. 하늘의 것은 절대로 이러한 인간계의 현실에 직접 파고들어 간섭하지 않는다.

심청이가 받는 도움도 그가 태어났을 때와 마찬가지로 두 분야로 나누어진다. 귀덕 어머니를 비롯하여 마을 사람들에게서 받는 동냥이나 장승상 부인의 인정적인 도움 그리고 그녀가 팔려갈 때 심봉사를 도와주는 마을 사람들의 십시일반, 이러한 것들은 하늘이 내린 기적이 아니라 현실의 구체적인 구제의 힘이었다.

아무리 착한 심청이라 할지라도 그가 굶주릴 때 하늘에서 기적의 만나가 직접 떨어지진 않는다. 인당수 물속에 떨어질 때도 홍해 바다가 갈라지고 길이 생기는 하늘의 기적은 생겨나지 않는다. 그뿐만 아니라 심봉사의 눈이 저절로 떠지지는 않는다. 오히려 그들은 인간적인 고뇌와 그 악운 속에서 자신들의 길을 선택해나간다. 심청이 자기 몸을 판 것은 자기가 선택한 길이다.

효도를 하기 위해 그는 죽음을 택한다. 만약 효심이 적었다면 용궁이 제아무리 현란한 연회를 벌이고 그녀를 기다린다고 해도 그곳에 심청은 나타날 수가 없었을 것이다. 이것은 황후가 된 심청이 일방적으로 사신을 보내 심봉사를 모셔오거나 또는 자기가 직접 아버지를 찾아가지 않고 맹인 잔치를 벌여 스스로 오기를 기다리는 기회만을 베푼 것과 다름이 없다.

심봉사는 뺑덕어미에게 배신을 당하여 여비를 빼앗기기도 하고, 멱을 감다가 옷을 도둑맞기도 하는 등 온갖 수난을 겪어가면서 맹인 잔치에 참석하려 한다. 그가 이 수난을 견디어내지 못했더라면, 맹인 잔치에 참석하려는 생각을 포기했더라면 그는 딸을 만날 수 없었을 것이며, 눈을 뜨고 광명한 햇빛을 맞이할 수도 없었을 것이다. 심청이 인당수로 가는 것이나 심봉사가 맹인 잔치로 가는 것이나 그것은 오로지 자신들의 선택과 결단과 그 의지에 달려 있는 것이다.

심청은 인당수의 용궁을 기대하지는 않았다. 심봉사는 맹인 잔치에서 딸을 만나 눈을 뜨리라는 암시를 받은 바도 없다. 그들은 오로지 땅의 질서를, 인간으로서의 그 어둡고 험난한 길을 참고 걸어가려 한 것뿐이다.

하늘의 길은 인간의 길이 다 끝나는 그곳에서부터 열린다. 그것은 단절된 채로 이어지는 하늘과 땅이 맞닿은 지평선과도 같다. 심청은 인당수의 극한 속에서 가장 귀중한 생명을 버렸을 때 연꽃으로 재탄생하고, 아내를 잃고, 딸을 잃고, 후처를 잃고, 돈을 잃고, 정다운 마을마저 잃고, 자기가 입었던 옷까지 잃어버리는 수난과 눈물의 긴 여로 끝에 심봉사는 맹인의 축연장에 도달한다. 그리고 그 자리에서 눈을 뜨고 광명을 볼 수 있는 심봉사가 재탄생된다.

인간계에서 성실하게 살려고 할 때 그들은 불행과 비극 가운데 그대로 끝난다. 구제救濟는 그다음에 온다. 그 순간 갑자기 그 불행과 비운은 예기치 않던 행운으로 이어진다. 하늘의 몫이 시작되는 것이다.

우리는 분명히 말할 수가 있다. 『심청전』에는 모든 고난이 끝나는 두 개의 잔치 속에서 인간의 것과 하늘의 것이 마주치고 있다는 것을……. 하나는 용궁의 잔치요, 또 하나는 맹인들의 잔치다. 한쪽에서는 죽었던 심청이 새 생명을 얻는 잔치며, 또 한쪽은 눈먼 심봉사가 광명의 새 생명을 찾게 되는 소경 잔치다. 그러나 누가 그것을 부정하겠는가? 천신들(하늘의 것)은 오직 잔치를 베풀 뿐이요, 이 잔치에 이르는 길은 인간 자신들의 그러한 고난, 그러한 힘 그리고 그러한 선택孝의 의사다.

심봉사의 눈을 뜨게 한 힘은 무엇일까? 하늘의 힘에 전적으로 의존되어 있는 것이 아니라 딸을 보고자 하는 간절한 욕망이 있었기 때문에 비로소 그것은 가능해진다. 그러면서도 이 욕망은 인간의 감정으로 얻어질 수 있는 욕망의 한계를 넘어선 것이다.

왜냐하면 심청은 죽었다. 그리고 그 장소는 이역만리의 황성皇城이다. 이 심청이 그의 눈앞에 나타나리라는 것은 전연 예기치 않던 일이다. 심봉사는 자신이 맹인임을 망각한다. 전 생애의 현실을 망각해버린다. 소경이라는 자의식, 딸을 잃었다는 그 현실 체험의 전 내용이 깨어지는 순간에 그는 비로소 현세 내의 인력권에서 뛰어나올 수 있게 된다. 현실이 지배하는 감정으로부터,

그 고난으로부터 갑자기 해방되는 진공의 상태, 그것이 그의 놀라움이었으며 그 놀라움 때문에 그는 눈을 뜨게 된다.

심청이 죽었다는 사실, 완전한 그 희망의 단절이 있었기에 그는 그토록 놀라게 되었던 것이다. 심청이 실종되었다고 생각했다면, 그리고 언젠가는 그를 만나게 될지도 모른다는 희망이 있었다면 그는 자신이 소경이라는 사실까지도 잊어버릴 만큼 놀라지 않았을 것이고, 자신도 모르게 눈을 번쩍 뜨고 보려는 격렬한 감정을 얻을 수 없었을 것이다. 심청이 죽어야만 심봉사가 눈을 뜰 수 있다. 현실의 절망에서만이 하늘의 기적이 열릴 수 있다. 그러므로 심봉사의 개안開眼이나 심청의 재생은 그 심리적 상황이 일치하는 것이다. 그것은 죽음이라는 인간의 극한이다.

심청이 만약 구제받을 수 있다는 신념을 가질 수 있었다면, 생명에 대한 티끌만큼의 집념이 있었다면 그는 인당수에 빠질 수 없었을 것이다. 완전한 단념, 그것에서 용궁에의 길이 열린다. 완전히 포기했을 때 완전히 얻는다는 이율배반적 논리가 『심청전』의 카타스트로프catastrophe를 만드는 본질인 것이다.

지상의 슬픔이 극한에 이르고 그것이 하늘의 도움에 의해서 예기치 않던 기쁨으로 바뀌는 이 역설의 극단적 전화가 다름 아닌 심봉사의 기적이며, 이 소설의 전 결론이기도 하다. 예수의 손길이 닿자 그냥 눈이 떠지는 그러한 기적과는 근본이 다르다.[7] 스스로 눈을 뜨려는 심봉사의 감정 내에서, 즉 자신의 내부를 통해서 신의 기적은 구현된다. 심봉사와 천신天神이 합쳐져서 그러한 기적이 이루어진 것이다.

현실적인 절망의식이 초자연적인 또 하나의 다른 현실과 만나게 되는 그 순간, 말하자면 땅의 것은 땅의 것대로 어둡고, 하늘의 것은 하늘의 것대로 밝게 있으면서 이 어둠(절망)과 밝음(구제)이 마주칠 때 감전되는 불꽃, 그 사이에서 비로소 그 기적은 나타난다. 그러므로 그러한 기적은 하늘의 것도 아니고 땅의 것도 아니다. 동시에 그것은 하늘의 것이며 땅의 것이기도 하다.

마치 하늘나라의 환웅과 지상의 곰이 서로 마주쳐 단군을 낳았다는 그 상징적 구조와 흡사한 발상법이다.

결국 『심청전』은 어떻게 인간이 태어나는가를 밝혀준 상징적 구조를 하나의 인간상에 부각시킨 소설이라 할 수 있다. 곽씨 부인의 자궁은 인당수의 용궁이라는 또 다른 자궁으로 확대되고 신비한 그 태몽은 심청이와 심봉사가 만나는 현실과 환상이 뒤얽힌

7) 베세다에 이르매 사람들이 소경 하나를 데리고 예수께 나아가 손대시기를 구하거늘 예수께서 소경의 손을 붙드시고 눈에 침을 뱉으시며 그에게 안수하시고 무엇이 보이느냐 물으시니, 우러러보며 가로되 사람들이 보이나이다 하거늘, 이에 그 눈을 다시 안수하시매 저가 주목하여 보더니 나아서 만물이 밝게 보이는지라. (마가 8:22~25)

기적의 실현으로 확대된 것뿐이다. 심청을 낳게 한 심봉사 부처의 지성이 조상에 대한 '효' 때문인 것과 마찬가지로, 심청의 제2의 탄생 그리고 심봉사가 광명 속에 재탄생된 것 역시 심소저의 효행 때문이다.

그래서 효는 인륜人倫(인간의 것)이며 동시에 천륜天倫(하늘의 것)이라고 그들은 불렀다. 부모에의 효도는 본능(자연적인 것)이면서도 동시에 노력과 배움에 의해서 도달되는 인간 모럴이었다.

사랑과 저항의 여인—『춘향전』

광한루의 봄과 그 만남

심청은 효를 나타내는 대표적인 한국인의 여인상女人像이다. 그렇다면 사랑을 대표하는 한국의 여인상은 누구일까? 두말할 것 없이 누구나 춘향을 첫손에 꼽을 것이다. 심청과 춘향은 한국 여인들이 정신적 거울 노릇을 해왔다고 볼 수 있다. 그리고 그 두 여인상은 두 개의 다른 성격으로 각각 분리되어 있는 것이 아니고, 실은 동일한 뿌리에서 자라난 빛깔이 다른 두 송이의 꽃이었다는 데 더욱 긴밀한 관련을 맺고 있다.

한국 여인의 일생을 생각해보자. 태어나자마자 그들에게 주어진 모럴은 전장前章에서 살펴본 바와 같이 효도하는 방법이었다. 부모에 대한 효도는 나이를 먹고 결혼을 하게 되면 절개節槪라고 하는 남편에 대한 헌신으로 나타난다. 더 쉽게 말하자면 소녀적인 여인상은 심청으로 대표되고 사춘기의 여인상은 춘향을 본받는 데 있었다. 그러므로 효와 정절은 한국 여성의 기본적인 윤리의 장전章典이었던 것이다.

그리하여 『심청전』의 '탄생적 이미지'가 『춘향전』에서는 '만남의 의미'로, 심봉사에 대한 효성은 이도령에의 애정과 정절로 나타난다. 효도의 길이 '어떻게 해서 태어났는가' 하는 탄생의 의미로 시작된다면, 정절은 '어떻게 해서 만났느냐' 하는 그 연분으로부터 출발되고 결정된다고 할 수 있다. 『심청전』의 드라마는 심청이 태어나는 데서부터 전개된다. 그와 마찬가지로 『춘향전』은 이도령과 춘향이 만나는 자리에서 하나의 춘향적인 인간상이 닻을 올리게 된다.

한국의 고대소설에서 탄생 다음으로 중요한 의미를 띠고 있는 것이 바로 그 만남이다. 탄생은 부모와 자식의 혈육의 정을, 그리고 만남은 남자와 여자의 애정 관계를 각각 수식하고 운명 지우는 문턱이었다.

인간의 의미는 인간과 인간이 만나는 데서부터 시작한다. 그들이 만나는 장소와 만나는 계기와 그리고 만나는 방식에 의해서 인간의 한 운명이 빚어진다. 한 개인만이 아니라 시대의 성격, 사회의 특징이 그 가운데 집약된다.[8)]

8) 인간의 만남에는 반드시 일정한 시간과 장소가 있게 마련이며, 거기에는 또 계기라는 것이 있게 된다. 현대소설 속의 남녀는 《춘향전》의 남녀와는 다른 장소, 다른 시간 속에서 만나고 있다. 현대 한국소설의 애정은 전쟁터나 피난길이나 다방이 아니면 직장에서 만난

이도령과 춘향이 어떻게 만났느냐 하는 것을 분석해보면 『춘향전』의 모든 골자와 성격이 그대로 드러나게 된다. 즉 광한루는 『춘향전』의 단순한 무대 장치가 아니라 춘향이라는 한 인간상을 낳은 산실産室 이상의 역할을 하고 있다. 이도령이 광한루에 오르게 된 것은 춘흥春興 때문이었다. 아름다운 봄의 꽃들과 새들의 울음소리가 이도령으로 하여금 광한루에 오르도록 한 것이다. 일종의 탐화봉접探花蜂蝶과도 같은 자연의 부름 소리에 눈을 뜨는 순간 이도령은 광한루에 오르게 되고, 그 광한루에 올랐기에 춘향을 만나게 된다. 그러나 봄을 즐기려는 그 마음이 춘향에게 없었다면 아무리 이도령이 높은 광한루에 올라앉았다 하더라도 두 사람의 만남은 불가능했을 것이다.

결국 이도령과 춘향을 만나게 한 것은 봄이라는 계절, 즉 대자연의 힘이었다. 『춘향전』의 광한루의 봄 풍경 묘사는 단순한 장식이 아니다. 버드나무 사이의 꾀꼬리들, 춘풍을 못 이겨 웃음짓는 녹음방초, 꽃수염을 물고 너울너울 춤을 추는 군봉무접群峰舞蝶—봄의 모든 자연은 서로 조화를 이루며 생명이 교차되는 춘흥의 아지랑이에 휩싸여 있다. 물은 돌과, 꽃은 벌과, 그리고 바람과 숲, 하늘과 땅, 심지어 붉은빛과 푸른빛, 녹색과 황색, 이 같

다. 그리고 그들의 애정을 지배하는 것도 자연히 그 장소와 시간의 특색 그대로 전쟁과 직업과 도시성이라는 것이 그 배경적 역할을 하고 있다.

은 색채의 율동에서부터 소리와 동작의 리듬에 이르기까지 화합의 극치를 이루고 있다. 결국 양성이 결합하는 인간의 만남도 이 모든 봄의 연탄곡連彈曲 가운데서 이루어진 것임을 알 수 있다.

서양의 고대극과는 다르다. 로미오와 줄리엣은 가면 무도회에서 만난다. 꽃과 바람과 벌, 나비가 어울리는 자연이 아니라 가면 분장을 한 무도회장의 인공적인 사교의 자리에서 그들은 만나는 것이다. 촛불과 인간들의 장식품들은 광한루적인 그 만남의 장소와 얼마나 다른 것이었던가?

그리고 중세기의 서구 연애소설(로맨스)에서는, 적어도 한 남성이 여성을 만나는 데 광한루에 점잖게 올라앉아서 붓을 들고 시를 쓰지는 않는다. 로맨스의 이도령들은 광한루가 아니라 말을 타고 길을 달린다. 붓이 아니라 그 손에는 번득이는 칼이 들려져 있다. 즉 전쟁과 모험의 길목에서 그들은 여성을 만나게 되고 달콤한 사랑을 속삭이게 된다. 이도령의 사랑은 벌과 나비처럼 춘흥을 즐기려는 데서 시작되고 있으나 지크프리트는 괴룡怪龍을 사냥하고 도둑의 무리를 쫓다가, 말하자면 늑대나 표범처럼 험준한 산길을 걷다가 여인의 사랑을 얻게 된다.[9]

9) 서구의 고대소설 속에 등장하는 로맨스의 남녀 주인공은 영웅, 기사, 그리고 군인들이었다. 물론 한국식으로 표현해서 선비가 없었던 것은 아니다. 일반적으로 봉건적인 시대의 풍속화를 보면 여인들과 사랑하는 대상은 으레 기사들이나 군인 장교들이었다.

이도령은 광한루의 높은 자리에 앉아서 춘향을 굽어본다. 마치 자연 경치를 굽어보고 감상하듯이 일방적으로 춘향의 모습을 발견해낸다. "저 건너 버드나무 사이에 오락가락 희뜩희뜩 어른어른하는 게 무엇인지 자세히 보아라." 방자가 살펴보고 기생의 딸 춘향이라고 말하니, "들은즉 기생의 딸이라니 급히 가 불러오너라."

그러나 방자가 함부로 다루기 어렵다고 말하니까 이도령은 "물건이란 각각 주인이 있음을 모르느냐? 잔말 말고 불러오너라"라고 소리친다.

그렇다. 이도령은 높은 광한루에 올라앉아 있고, 그리고 춘향은 그 밑에 있다. 이렇게 만나는 자리가 서로 달랐다. 남자는 높은 자리에서, 여자는 낮은 자리에서 만나게 되는 그 장소의 상징적인 구조가 바로 그 시대의 남녀 관계의 본질을 그대로 암시해주고 있다.

여성 숭배의 서구의 중세적 연애는 이와는 정반대인 것이다. 남자는 창 밑에서, 여자는 창 위에서 구애를 한다. 여자 쪽이 내려다보고 남자가 올려다본다. 그 위치만큼 로맨스의 본질도 달리 나타난다.[10)]

10) 서양의 로맨스는 고대에서 19세기에 이르기까지 창가에서 이루어졌다고 해도 과언이 아니다. 사랑의 묘사는 이러한 창문과 밀접한 관련이 있다. 톨스토이의 《전쟁과 평화》

이도령과 춘향이 만나는 장소의 위치를 보면 이미 그건 대등한 사랑이 아니다. 주인과 하인이 물건을 소유하고 소유를 당하는 주종관계임이 명백해진다. 이것은 한쪽이 신분 높은 사또의 아들이요, 또 한쪽이 퇴기退妓의 딸이라는 신분적 계급의 차이만을 의미하지는 않는다. 같은 계층의 사랑이라 할지라도 이미 남녀의 위치는 광한루 위와 광한루 아래의 주종적 관계로 성립되게 마련이다. 그렇기 때문에 부모를 공양하는 효도가 그대로 한 남성을 사랑하는 감정으로, 그리고 다시 남자를 섬기는 마음이 임금을 섬기는 충성으로 같은 강줄기를 이루며 번져가게 되는 것이다.

한국 사회는 흔히들 남성 사회라고 한다. 그러나 사실은 그와 반대로 한국인의 정신을 지배해온 것은 여성적인 것이다. 섬긴다는 것, 받든다는 것, 대등한 애정이 아니라 일방적으로 공경하는 애정이 지배했던 한국인 상像은 언제나 여성적인 것으로 상징되어 있다고 할 수 있다. 우리는 『춘향전』에서 옛날 한국 여성들의 사랑이 어떤 여건 밑에서 싹터갔는지를 그 '만남의 상징적의미'를 통해서 밝혀본 셈이다.

의 여주인공인 나타샤가 안드레이와의 사랑이 싹튼 것도 창가에서의 그녀의 달에 향한 열광적인 독백으로부터 시작되며, 헤세의 크눌프의 사랑이 싹튼 것도 밤의 창가에서 불빛과 휘파람의 덕이다. 그리고 창가에서의 사랑이 정수라고도 말할 수 있는 로미오와 줄리엣의 그 유명한 대사들도 밤의 창가에서 시작하는 것이다.

첫째로는 이성의 만남을 자연 발생적인 데다 두었다. 즉 사랑의 감정을 봄에 피어나는 한 송이 꽃이나 푸른 버들가지에서 우는 한 쌍의 꾀꼬리의 울음소리와도 같은 것으로 보았다는 점이다. 인간의 감정이라기보다 한국인에게 있어 그 사랑은 자연 감정에 그 발생의 근원인 뿌리를 박고 있다는 사실이다. 그렇기 때문에 춘향이 그네를 뛰는 아름다움은 정신적인 것이라기보다 육감적인, 즉 자연적인 성性을 유발케 하는 장면으로 그려져 있다. 이도령이 춘향에게 맨 처음 연정을 품게 되는 것도 춘향의 인품이나 정신적인 내적 미보다도 동물적인 생물로서의 성본능이 우선한다.

오늘날 사람들은 춘향에 대해서 많은 오해를 하고 있다. 정숙하고 지조 높은 모범적인 한국 여인의 부덕婦德을 상징하는 여인이라고 생각하고 있지만, 좀 더 분석해보면 춘향과 이도령의 사랑은 플라토닉한 정신적 사랑은 아닌 것이다. 도리어 오늘날의 그 인스턴트 러브에 가깝다. 춘향이 그네를 뛰는 것은 완전히 성적 이미지를 나타낸 것이다. 그네는 여성들의 노출 효과를 드러내기 위한 데서 시작된 것이다. 이것은 동서東西 할 것 없이 성적인 것과 밀접한 관련이 있다(제1부의 '그네와 미니스커트' 참조). 직접 그 대목을 읽어봐도 알 수 있다.

"사또 자제 도령님이 광한루에 오셨다가 너 노는 모양 보고 불러오란 영이 났다"는 말에 춘향이 화를 낼 때 방자는 이렇게 그녀에게 다시 힐책을 한다. "네(춘향)가 글제 내가 그르냐? 너 그른 내력을 들어보아라. 계집아이 행실로 추천을 할 양이면 네 집 후원 담장 안에 줄을 매고 남이 알까 모를까 은근히 하는 게 도리가 당연함이라. 이곳을 논할진댄 광한루 머지않고 녹음방초 승화시라. 방초는 푸른데 버들은 초록장을 두르고 뒷내 버들은 유록장 둘러 한 가지 늘어지고 또 한 가지 펑퍼져 광풍에 겨워 흐늘흐늘 춤을 추는데 이곳에 그네를 매고 네가 뛸 제, 외씨 같은 두 발길로 백운간白雲間에 노닐 적에 붉은 옷자락 펄펄, 백방사 속곳가래 동남풍에 펄렁펄렁, 박속 같은 네 살결이 백운간에 희뜩희뜩, 도령님이 보시고 너를 부르실 제 내가 무삼 말을 한단 말이냐? 잔말 말고 건너가자."

이 대목을 읽어보면 이도령이 춘향에게 마음이 끌린 것은 순수한 애정이 아니라 색정色情으로부터 시작되어 있음을 부정할 수 없고, 춘향이 역시 미니스커트로 남성들의 시선을 끄는 현대 여성과 별로 다를 것이 없는 여자임을 알 수 있다. 여자가 밖에 나와 그네를 뛴다는 것은 자기의 육체를 노출하고자 하는 여성의 유혹 본능과 본질적으로 다를 게 없다. 다만 그 방법이 소극적으로 암시적이라는 것뿐이다.

지금까지 춘향을 너무 모럴의 면, 즉 정숙한 여인이란 면에서만 편견을 가지고 해석했다. 춘향의 육체적 부분을 무시하고 동정녀 마리아처럼 생각하는 고정관념이 춘향뿐만 아니라 한국의 여인상을 그릇되게 해석해온 가장 큰 요인이다. 춘향의 성격과 그 가치를 정절녀로만 곡해했기 때문에 도리어 춘향의 진실성을 훼손했다고 말할 수 있다. 본능적이며 자연적인 정욕의 세계가 춘향에게서 발견될 수 있기 때문에 그의 정절과 애정의 윤리가 한층 더 빛을 발하는 것이다.

그뿐만 아니라 춘향이 사랑의 개척자라면 마땅히 구속된 성性의 해방이란 면을 보여야만 한다. 한마디로 한국인의 애정은 자연적인 성으로부터 싹튼다는 것을 『춘향전』은 증명해주고 있다.

그러나 둘째로 이도령과 춘향의 만남에는 권력 그리고 대등하지 않은 신분의 상하라는 계급적인 힘이 첨가되어 있다는 사실이다. 애정의 발생은 나비가 꽃을 탐하는 자연의 힘에 뿌리를 박고 있으면서도 그 만나는 방식에 있어서는 반대로 반자연적 인인위적 계급의식이 지배하고 있다.

이 모순이 바로 한국적 사랑의 드라마를 만들어내는 발전기적發電機的 구실을 해왔다. 장황하게 설명하기보다 다시 그 광한루를 생각해보자. 광한루의 봄은 타잔이 정글에서 맞이하는 봄이 아니다. 바위와 동굴에 앉아서 맞이하는 그 봄이 아니다. 이도령은 자연의 춘흥에 도취해 있으나 그가 앉은 곳은 녹음방초 위가 아니고 인간이 지어놓은 높은 누각이다.

이렇게 이도령과 춘향의 만남은 자연의 장소와 인위적인 장소, 높은 자리와 낮은 자리의 단층斷層 그리고 부르고 부름을 당하는 만남의 방식에서 사랑과 정절이라는 춘향의 상像을 있게 했다. 이 만남의 의미가 그 소설 가운데 어떻게 발전되어가고 있는가를, 그리고 어떠한 여인상을 만들어가고 있는가를 우리는 좀 더 구체적으로 분석해봐야 할 것이다.

사랑은 이별의 용광로에서

이제 이도령이 아니라 춘향의 모습을 보자. 좀 천한 표현을 하자면 춘향은 조선의 뭇 여성들의 경염대회競艶大會에서 영예의 미스코리아로 선발된 것과 다름이 없다. 사랑의 여인상을 생각할 때 우리는 춘향을 그 이상적 여인으로 평가해왔고, 또 한국 여인의 미와 부덕의 상징으로서 생각해왔다. 춘향이 그토록 우리의 마음을 사로잡은 그 이유는 어디에 있는 것일까? 춘향의 신분, 성격 그리고 그의 운명을 분석해보면 한국인의 마음속에 잠재해 있는 사랑의 이상을 규명해낼 수 있을 것이다.

무엇보다도 춘향은 어렴풋한 모든 것의 중간적 존재다. 그것은 밤과 대낮이 엉클어져 있는 아침이며 저녁이다. 빛과 어둠의 모순을 지니고 있는 여인이다. 한국인이 좋아한 여인은 마리아처럼 순수한 정신적인 여인상도 아니요, 그리스의 아프로디테처럼 외모만 아름다운 육감적인 여인상도 아니다. 그 두 개의 것이 합쳐진 마리아의 신비한 밤과, 아프로디테의 뜨거운 대낮의 육체가 서로 혼합된 노을 같은 여인상의 추구였다. 그것이 『삼국유사三國遺事』에서는 수로부인水路夫人과 도화녀桃花女로 나타났으며, 조선조에 와서는 황진이나 춘향으로 반영되어 나타났다.

춘향에게는 두 갈래 다른 핏줄이 있었다. 한쪽에는 성참판의 양반의 피가 흐르고, 또 한쪽으로는 관기官妓 월매의 피가 흐르고 있다. 엄밀하게 따져 그는 양반과 상인의 중간지대 그리고 정신적인 양반의 교양미와 육감적인 창기娼妓의 웃음을 동시에 지닌 두 개의 언덕 사이에서 숨 쉬고 있다.[11]

월매 자신도 그것을 이렇게 증언하고 있다.

"춘향은 씨가 있는 자식이다. 만사를 달통하고 강행하는 행실 뉘라서 내 딸이라 하리요. 가세가 부족하니 재상가에는 부당하고 사서인士庶人 상하에 다 미치지 못하니……."

즉 춘향은 양갓집 규중궐녀도 아니고 함부로 남자에게 몸을 파는 기생도 아니다.

비단 그의 신분만이 그런 것이 아니라 이도령과 춘향의 관계도

11) 춘향은 판본에 따라서 그 인물의 성격과 환경이 각기 다르지만 그중에서도 완판본完板本의 춘향을 가장 춘향적인 것으로 치고 있는 이유는 그것이 한국인의 구미에 가장 적합한 것이기 때문이다. 경판본京板本의 유교적 윤리 속에서 굳어 있는 춘향보다도, 그리고 만화본晩華本이나 이고본李古本의 육감적인 여인으로서의 춘향보다도 정신과 육체가 균형을 유지하면서 나긋나긋한 전라도 방언의 가락 속에서 살아 있는 춘향이 그들의 가장 이상적인 춘향이었기 때문이다(완판完板이란 완산주完山州, 지금의 전주全州에서 발행한 것이란 의미이다).

그러한 양면성으로 제시되어 있다. 이도령이 밤마다 춘향을 찾아가는 것은 기생집을 드나드는 것도 아니고, 그렇다고 양갓집 궐녀를 맞아들인 떳떳한 부부생활도 물론 아니다.

비록 이도령은 개구멍 서방이라고 자처하나 약식일망정 육례六禮를, 즉 자기 나름대로의 결혼식을 올리고 백년가약을 다짐한 끝에 춘향과 정사를 맺는다.

"내 마음대로 할진대는 육례를 행할 터나 그렇든 못 하고 개구멍 서방으로 들고 보니 이 아니 원통하냐. 이애 춘향아, 그러나 우리 둘이 대례 술로 알고 먹자."

이렇게 말한 이도령의 말속에 바로 그 춘향과의 특수한 사랑의 관계가 시사되어 있다. 우리는 그들의 사랑을 단순한 관능적 쾌락으로 맺어진 육욕적인 사랑이라고 볼 수 없듯이 또한 그들을 부부라고 부를 수도 없다. 결혼식과 다름없는 의식을 올렸지만 그것은 역시 개구멍을 드나드는 연애에 지나지 않는다.

춘향의 성격을 보면 그러한 이중성이 더욱더 명확히 드러난다. 그의 일면을 보면 정숙하고 온화하여 사대부집 궐녀에 비해 조금도 손색이 없는 학식과 순결한 정절을 지니고 있다. 그러나 또 다른 면은 도저히 요조숙녀라고 부를 수 없는 음탕하고 육욕적이며 창기에 가까운 교태가 있는 것이다.

이도령과 춘향의 침방 장면을 읽어보면 감히 그것을 요조숙녀의 침방 풍경이라고는 말할 용기가 없다. 청루의 창기와 다를 것이 없다. 이 장면을 읽은 사람이라면 자기 딸을 향해 춘향처럼 되라고 선불리 말할 수는 없을 것이다.

사랑의 연기는 곧 섹스의 연기일 뿐이다. 어떤 아프레적인 사랑도 이도령과 춘향의 인스턴트 러브만큼 핑크 무드 일변도로 흐르지 않을 것이다. 이도령의 사랑가에는 정신적인 요소는 거의 없다. 모두가 섹시한 이미지에 그 패턴을 두고 있기 때문이다. 종鐘과 인경마치, 방아와 방아공이는 각각 여성과 남성의 성기를 상정한 것이고, 인경마치가 종을 울리고 방아공이가 방아를 찧는다는 것은 남녀의 성교를 뜻한 것이다.

더욱 우리를 놀라게 하는 것은 춘향이 공공연히 성도착적性倒錯的인 발언을 하고 있기 때문이다. "나는 항시 어찌 이생이나 후생이나 밑으로만 된다는 법 있소? 재미없어 못 쓰겠소." 이렇게 말하자 이도령은 "그러면 너 죽어 위로 가게 하마. 너는 죽어 맷돌 웃짝이 되고 나는 밑짝이 되어 슬슬 돌아가자"고 말한다.

성기 상징은 맷돌에서 다시 양다리 사이에 있는 '수룡궁水龍宮'으로 옮겨가고 성교는 배 타고 노 젓는 행동, 말 타고 달리는 행동으로 각각 유추되면서 그 사상事象을 행동으로 실천하는 장면으로까지 옮겨진다. 이른바 말타기와 서로 업고 노는 성유희극性遊戲劇으로서 러브 신은 절정에 달한다.

오늘날 우리는 남원에 춘향의 사당을 짓고 춘향제를 열고 있다. 한 민족의 여인상으로 그를 예찬하고 있으면서도 어째서 감히 고전인 『춘향전』을 우리 딸자식들에게는 그대로 읽힐 수 없는지 그 이유를 한번 생각해보자. 아무리 에로틱한 오늘의 신문 연재소설이라 할지라도 『춘향전』의 베드신만큼 선정적이고 음탕한 외설은 없다. 적어도 춘향이 지니고 있는 창기적 요소만 본다면 춘향제를 지내는 점잖은 관리들이 우스워진다. 동정을 금할 수 없다. 아무리 자유 연애를 구가하는 오늘의 안목으로 보아도 춘향과 이도령의 사랑은 도덕의 모범은커녕 비난을 받고 있는 아프레적 사랑보다 한 걸음 앞선 점이 없지 않다. 나이 어린 여학생들까지 동원시켜 공개리에 향불을 피워 제사를 지내기엔 너무나도 그들의 개구멍 사랑은 색정적이고 육욕적인 것이었다.

그러나 또 다른 일면을 보면 춘향의 굳은 절개란, 그리고 그 일편단심이란 유관순이나 논개의 지조에 비길 바가 아니다. 사당을 천 개를 지어도 어색하지 않다. 그의 사랑은 죽음보다 강하다. 그냥 강한 것이 아니라 늠름한 도덕의 갑옷으로 무장되어 있다. 어떠한 권력이나 유혹에도 굴하지 않는 그 의지는 한 줄기의 대[竹]요, 윤리의 언덕 위에 선 푸른 노송이다.

거지꼴을 하고 돌아온 이도령을 보았을 때도, 그리고 모든 희망이 좌절되어 죽음을 눈앞에 보았을 때도 그는 변사또와 타협할 생각은 티끌만큼도 하지 않는다. 그리고 그녀의 사랑이 결코 기회주의적인 것이나 관능만의 충족이 아니었음을 이것으로 증명하고 있다. 곤장과 귀신의 울음소리와 어둡고 싸늘한 옥 속의 고통을 참고 견디는 춘향의 모습은 하나의 성녀聖女임이 틀림없다. 그것이 낡은 도덕이었든 무엇이었든 간에 자기 신념을 향해 걸어나가는 꿋꿋한 춘향의 자태는 관능에 몸을 불사르는 탕녀의 여인상과는 하늘과 땅만큼의 거리가 있다.

결국 춘향은 그 어느 쪽도 아닌 것이다. 관능의 여인인 동시에 기품 있는 의지의 여인이다. 거기에 춘향의 매력이 있다. 사실 춘향처럼 정의하기 어려운 여인도 드물 것이다.

그는 온갖 것의 혼혈아다. 춘향은 절세의 가인이며 동시에 하늘에서 낳은 열녀다. 심미적인 면으로나 윤리적인 면으로나 다 같이 우리의 마음을 사로잡는다. 말하자면 춘향의 매력은 그 아름다움 때문인지 그녀가 열녀라는 점에서인지 어느 한 가지로 꼬집어 말할 수가 없다.

적어도 유교 사상이 수세기를 지배해온 한국의 사회였지만 한국인은 서구적인 플라토닉 러브, 자연의 본능과 육체를 거세해버린 관념적인 사랑을 추구한 적이 별로 없다. 어디까지나 음양이 서로 섞이는 자연 현상의 성애性愛로 사랑의 꽃을 피워갔다. 그러나 육체미 숭배만으로 나갔거나 그 관능을 자연 그대로 방임해 둔 것이 아니고 윤리적인 것으로 발전시켜갔던 것이다. 춘향의 집 뜰이 잘 가꾸어진 화원처럼 야생 그대로의 자연적인 사랑은 아니었다. 봄바람이 감도는 춘향의 침방은 찬바람이 부는 음산한 옥방으로 연결되고 사랑의 열정은 변사또에 대한 거부의 의지로 발전되어간다.

그러므로 『춘향전』의 소설 목차는 한국인의 길고 긴 사랑의 행로에 꽂아진 하나의 이정표라고 할 수 있다. 광한루(상면)→춘향이의 규방(결연)→독수공방(이별)→옥방(절개)→동헌의 마당(절개를 위한 싸움과 승리) 등, 대개가 다 이러한 순서로 한국의 여인상들은 사랑의 순례를 했다. 춘색春色의 자연 본능의 사랑으로부터 시작하여 그 본능이 연정으로, 그 연정이 이별의 한恨과 기다림으로, 그러다가 그 기다림과 한은 도덕의 세계로 굳어진다. 눈물이 다이아몬드처럼 굳어질 때 한국적 사랑은 그 빛을 발한다.

춘향은 약한 여인상이 아니다. 비탄에 젖어 눈물을 흘리고 가는 임의 옷소매를 움켜잡는 적극적인 여인상이 아닌데도 누가 춘향을 약한 여성이라 부를 것인가? 모진 고문을 당하면서도 끝내 항거하는 옥중의 춘향은 오히려 여성적인 매력이 없을 정도로 독하고 전투적이다.

재미난 것은 이별 장면에 나타난 춘향의 그 태도다.[12] 이도령이 떠난다는 말을 들었을 때 춘향은 "금시 낯빛이 변하여 요두전

12) 『춘향전』의 이별 장면은 심미적인 진실과 윤리적 진실이 서로 교차되어 있다는 데 그 특징이 있다. 결과적으로는 심미적 리얼리티가 윤리적인 것으로 위장되어 나타난 것이 『춘향전』을 비롯한 모든 이별을 그린 한국 고전의 특성이다. 대부분의 평자들이 심리적 진실을 무시하고 외면에 나타난 감정인 것처럼 말한 것은 잘못이다.

목에 붉으락푸르락 눈을 가느스름하게 뜨고 눈썹이 꼿꼿하여지면 서 코가 벌씬벌씬하며 이를 뽀도독뽀도독 갈며 온몸을 수숫잎 틀 듯 하며, 매가 꿩을 차는 듯하고 앉아 '허허 이거 웬말이오'라고 소리치면서 치맛자락도 찢어버리고 자기 머리카락도 와드득 쥐어뜯어 싹싹 비벼 이도령 앞에 내던지고 면경, 체경, 산호죽전을 방문 밖에 내던지고 울부짖는다."

뿐만 아니라 백년가약 하자던 이도령의 언약을 들추어 이도령을 닦아세우고, "원수로다 원수로다"라고 말하는 춘향의 태도는 꼭 오늘날 결혼을 빙자한 간음죄로 애인을 고발하는 악착스러운 여인상과 조금도 구별되지 않는다.

"나 보기가 역겨워 가실 때에는 말없이 고이 보내드리오리다"의 김소월의 시구가 한국적 여인의 감정을 나타낸 것이라는 말도 따지고 보면 거짓말이다. 오히려 그것은 서구의 로맨티시즘에서 예를 구할 수 있을지언정 한국의 전통적 여인상에서는 구하기 힘든 일이다.

장모와 춘향이 남원을 떠나는 이도령을 몰아세울 때 우리가 동정하는 것은 그 여인들이 아니라 도리어 어찌할 줄 모르며 쩔쩔매는 순진한 책방도령이다. 극단적으로 말하자면 변사또가 나타나 춘향을 옥에 가두기 이전까지의 『춘향전』만 놓고 따진다면, 우리는 춘향 일가에서 택할 것이라고는 무엇 하나 찾아보기 힘들다. 우리가 볼 수 있는 것은 이기적이고 타산적이고 추악한 리얼리즘뿐이다. 권세 좋고 지체 높은 양반집의 순진한 도령을 딸과 어미가 공모하여 유혹해냈다고 비난한들 변명할 여지가 없다. 백전노장과 같은 노회한 퇴기 월매가 그래 구상유취口尙乳臭한 책방 도령의 그 언약을 곧이곧대로 믿고 자기 딸을 이도령에게 바쳤단 말인가? 오히려 그녀의 행동은 순수한 애정이라기보다 그의 권세와 부귀를 노린 계획적인 유혹이라고 오해될 가능성이 충분하다. 상대가 이도령이 아니고 다른 남자였더라면 개구멍 사랑을 과연 월매가 그대로 묵인하고 도왔을 것인가.

불교 설화의 하나인 본생담本生談을 보자. 패족묘덕貝足妙德의 어머니인 선현善現은 월매의 태도를 훨씬 더 명백히 천명한다. 그는 고급 창부agraganika다. 선현은 얼굴이 썩 아름답고 현자의 모든 기예技藝와 학문에 능통하고, 모든 예의범절이 출중한 바 있는 그의 딸이 어느 날 위덕왕威德王의 왕자를 보고 열렬한 사랑에 빠져 "어머니, 만약 나에게 위덕왕자를 주시지 않는다면 나는 죽어버리겠습니다"라고 그 연정을 고백하며 왕자의 아내가 되겠다고 말할 때, 어머니 선현은 "딸아, 그런 마음을 가져서는 안 된다. 위덕왕자는 장차 전륜성왕轉輪聖王의 자리에 오를 사람이다. 그렇기 때문에 보좌寶座에 오를 보석과 같은 부인이 나타나게 될 것이다. 그러나 딸이여, 우리들은 창부라는 것을 알아야 한다. 세상의 모든 남자에게 쾌락을 주어야 한다. 우리는 생명이 있는 한 다만 한 사람만을 받들지는 못할 것이다"라고 말한다.

선현은 월매, 패족묘덕은 춘향 그리고 위덕왕자를 이도령으로 바꿔놓고 본다면 스스로 월매의 태도와 선현의 마음가짐이 다르다는 것을 알 수 있다. 선현은 생명이 있는 한 세상의 모든 남자에게 쾌락을 골고루 나누어주어야 하는 그들의 숙명을 딸에게 가르치지만, 월매는 그러한 숙명이 아니라 당시의 사회 통념으로서는 거의 이룰 수 없는 꿈을 위해 이도령을 잡는다.

춘향의 태도도 마찬가지다. 이도령이 흐느껴 울면서 남원을 떠나게 되었다고 말할 때 오히려 그의 눈물을 닦아주며 위로해준 것은 춘향이었다. 그 장면을 보면 이도령이 여성적이고 "여보, 도련님 아가리 보기 싫소. 그만 울고 내력이나 말해보오"라고 말하는 춘향이 훨씬 더 자제력이 강한 사나이같이 보인다. 부친이 동부승지로 승차하여 남원을 떠나게 되었다는 말에도 춘향은 매우 도량이 있고 현숙한 태도로 사태에 임한다.

그러다가 서울로 데려갈 수 없다는 말을 듣고 난 뒤에야 춘향의 태도는 표변한다. 자기에게 유리한 한계 내에서는 어질고 착한 순종의 미덕을 보여주지만 일단 불리하다 싶으면 안면을 바꾸고 표변한다. 춘향이는 그런 점에서 근대인에 가까운 리얼리스트인 것이다.

춘향과 이도령의 이별 장면만큼 춘향의 이중적이고 타산적인 성격이 카멜레온처럼 노골화된 것도 아마 없을 것이다. 화를 내고 울부짖다가도 이도령이 자신을 버리지 않을 것이라는 심증을 얻게 되면 또 금세 태도가 누그러져서 "마소, 어머니 도련님 너무 조르지 마소. 우리 모녀의 평생 신세 도련님의 손안에 매었으니 알아서 하라 당부하오……. 이왕에 이별이 될 바에 가시는 도련님을 왜 조르리까?"라고 금세 현숙한 아량을 보인다. 이도령을 사모하는 절대적 애정이라기보다 자기의 신세(에고이즘)를 앞세우는 춘향의 그 심리적 추세를 보더라도 한국인의 애정은 자기 초월적인 절대적 희생이 아니라는 것을 알 수 있다. 이광수李光洙의 『사랑』은 그런 면에서 한국인의 전통적 사랑이라기보다 김소월의 그 시구와 마찬가지로 서구의 로맨틱 러브, 또는 기독교적 사랑에 가까운 것이다.

우리는 지금 춘향의 미덕을 깎아내리자는 것이 아니다. 도리어 그의 대쪽 같은 애정 그리고 정당한 춘향의 아름다움을 찾기 위해서 이러한 현실적인 평가를 거치지 않으면 안 되기 때문이다. 즉 이별하는 대목까지의 춘향은 보통 여인들이면 누구나 다 겪는 단순한 리얼리티의 재현에 불과하다는 것이다. 이러한 현실성에서 출발하여 이별의 어두운 터널을 지날 때 춘향은 비로소 한국적 사랑의 의미를 터득하게 된다.

말하자면 춘향의 참된 사랑은 이별하고 난 그 뒤에서 시작한다는 이야기다. 마치 단군신화의 곰이 쑥과 마늘을 먹으며 어두운 동굴에 갇혀 백일을 기한 끝에 아리따운 한 여인이 되고, 그래서 환웅과 신방을 꾸미듯이 춘향은 이별의 쓰라림, 그 원한과 고난의 어두운 동굴 속에서 아침 햇살처럼 새로운 사랑의 의미를 완성해가는 것이다.

이도령과 이별할 때까지의 춘향은 순수성도 그 윤리성도 객관적으로 증명할 만한 아무런 증거를 가지고 있지 않다. 한낱 지상의 동물, 미련스럽기까지 한 현실적인 한 마리의 곰에 지나지 않는다.

이러한 곰이 여인으로 화신하여 승화된 그곳에, 말하자면 고난을 통해 여인의 사랑을 자각해가는 그 자리에 한국의 여인상이 결정되어간다고 말할 수 있을 것이다. 결국 이것이 이도령과의 '새로운 만남'으로 나타나게 된다. 한국인의 사랑은 이별과 독수공방의 용광로 속에서만 결정되는 휘황한 하나의 보석이었는지도 모른다.

한국 여성의 정조대

한국인의 효도는 부모가 죽고 난 다음에야 더욱 진면목을 나타낸다. 제사를 지내는 의식儀式으로 그 효는 종교화된다. 남녀간의 사랑도 또한 마찬가지다. 사랑할 때보다도 이별하고 난 다음에, 그리고 남편이 죽고 난 다음에 비로소 그 애정의 특색이 구현된다. 열녀의 수절은 종교의 경지로부터 발전된 성애性愛라 할 수 있겠기 때문이다.

어둠이 있어야 달과 별은 빛난다. 효도는 부모가 죽고 난 다음에 빛나는 별이며, 수절은 임이 그 자리를 떠났을 때 떠나는 하나의 달이라고 할 수 있다. 그러므로 한국인의 사랑은 시조를 읽어보나 소설을 읽어보나 이별 뒤에 오는 기다림의 그 감정과 떼어낼 수는 없다.

춘향이 한국적 여인의 상징이 된 것도 그녀가 기다림의 챔피언이었기 때문이다. 한국 여인의 일생은 기다림의 일생이라 해도 과언이 아니다. 이 세상에 태어나 어머니의 젖을 기다리는 데서부터 시작하여, 그들은 임을 기다리고, 또 자식을 기다린 끝에 멍들어버린 가슴을 풀어헤친다. 요람에서 죽음에 이르기까지 기다림의 연속이다.[13)]

『춘향전』은 한 여인의 기다림을 어떤 작품보다도 극적으로 설정해놓았기 때문에 한국인의 인기를 독점할 수 있었다고 해도 지나친 말이 아니다. 춘향은 감옥 속에서 기다린다. 그것은 단순한 독수공방과 다른 기다림의 극한 상황이다. 거기에는 두 개의 기다림이 동시에 얽혀 있다. 임을 만나고 싶다는 애절한 사랑의 기다림과 동시에 감옥으로부터 해방되고자 하는 구제의 기다림인

13) 그 어느 나라보다도 한국 여성들이 더욱 많이 기다렸다는 증거는 두 남편을 섬기지 못한다는 그 윤리의식이 극단화되어 있었기 때문이다. 법률적으로 재가를 금했던 것은 중국에도 일본에도 없었던 한국만의 한 계율이었다.

것이다. 옥에 갇힌 춘향에게 있어 이도령의 존재는 두 기다림을 다 같이 해결해주는 애인이자 메시아인 셈이다.

그러므로 『춘향전』에 나타난 표현 그대로 7년의 큰 가뭄에 비를 기다리는 탕왕湯王의 마음보다도 더 절실한 기다림이었던 것이다. 『춘향전』의 극적 시추에이션은 한 여인에게 이와 같은 기다림의 이중적 의미를 부여해주고 있다는 데 무엇보다도 색다른 특징이 있다. 따라서 이 기다림을 이길 수 있느냐 없느냐가 한 여인의 정절을 판가름하는 시금석으로 되어 있다. 춘향은 양면에서 고문을 당하고 있는 셈이다. 그것은 헤어진 임을 기다리는 정신적 고통과 변사또의 모진 형장의 그 육체적 고통이다. 이 고난을 이겨내는 것이 여인의 정절이며 안팎으로 멍든 그 핏자국이 열녀에게 주어지는 훈장이다.

이러한 상황을 중세 유럽으로 옮겨놓으면 대단히 흥미 있는 대조를 발견할 수 있을 것이다. 고대와 중세기의 설화도 '남편 부재'의 이야기가 그 근간을 이루고 있다. 말하자면 남편이 장사를 하기 위해서 집을 비우거나 전쟁터로 원정을 나간 그 공백기에 여러 가지 시련을 겪고 있는 여인들의 이야기가 많다는 것이다. 아내가 그 시련을 겪다가 위기의 최후 순간에 남편이 돌아오고 아내는 구제된다. 그래서 부부는 재회를 즐긴다는 오디세우스적 플롯은 『춘향전』의 기본적인 스토리와도 일맥상통하는 것들이다.

그러나 그러한 이야기들은 비록 상황은 같으나 수절보다는 주로 남성들의 모험담에 중점을 두고 있다는 점에서 『춘향전』의 주제와는 크게 다르다. 여자의 수절은 남성들의 모험담에 조미료를 치는 구실밖에 하지 않는다. 도리어 남편의 시체까지 파헤치는 수절의 파계, 그리고 정조대 때문에 번민하는 요부들의 이야기가 더 많은 비중을 차지하고 있다. 흔히 비너스대帶라고 불리는 정조대가 출현하게 된 것은 십자군이 수십 년씩 집을 비우고 원정을 하고 무역을 하기 위해 바다를 건너던 중세 르네상스의 그 상황 때문이라고 말한다. 그들은 여자의 수절을 믿지 않았다. 그래서 그들은 여성의 수절을 인공적이고 기계적인 방법으로 강요했다. 그야말로 '억지 춘향'을 만든 셈이다.

여자의 정조를 그 생명으로 삼았던 엄격한 동양사회였지만 우리는 그들처럼 정조대를 만들어 채울 생각은 하지 않았다. 이 한 가지 예만 보더라도 스스로 정신의 정조대를 두른 동양의 여인들이 죄수처럼 무쇠의 비너스대를 차고 다닌 유럽의 그들과 어떻게 달랐는가를 이해할 수 있다.

춘향의 정절이 언뜻 보기에는 인간의 본능을 지나치게 억압한 부자유스러운 윤리처럼 보이지만, 좀 더 깊이 따져가면 도리어 자연에 토대를 둔 윤리관이었음을 알 수 있다. 한국의 도덕은 자연성을 역행하는 것이 아니라 그 자연성을 계발시켜나간 데에서 서구의 그것과는 근본적으로 다른 발상 양식이 있게 된다.

순한 말에는 재갈을 채울 필요가 없다. 마찬가지로 윤리에 복종하는 여인들에겐 자물쇠로 정조대를 잠가두지 않아도 된다. 그런데 그러한 순응은 윤리 자체의 질이 서구의 그것과 달랐기 때문이라 할 수 있다. 서구의 윤리는 자연과 대립되는 것으로 자연의 욕망을 역행하는 극단적 금욕주의로 흐르나, 동양의 윤리관은 거꾸로 자연을 모방하고 그 법칙을 깊이 인식하는 데서부터 출발하고 있다. 춘향이 목숨을 내걸고 수절한다는 것은 천생연분(자연적인 것)을 따르자는 것이며, 짝 잃은 원앙새가 홀로 외롭게 살다가 죽는 그 자연 현상을 본받은 윤리의식이라고 할 수 있다.

그러나 『춘향전』을 좀 더 자세히 읽어보면 박수를 받아야 할 것은 춘향이 아니고 이도령이라는 사실을 알게 된다. 『춘향전』은 열녀의 이야기라기보다 열남 이도령의 이야기라고 보는 편이 정직할지도 모른다. 가장 어려운 일을 한 것은 춘향이 아니라 이도령이었다. 사랑의 순수성과 그 신의를 지킨 것은 이도령 쪽이 단연 그 중량이 무겁다.

우선 그 이해관계나 현실적 개연성蓋然性을 따져보자. 춘향이 이도령을 따른다는 것은 모럴을 떠나서도 현실적인 이해관계로 보아 있을 수 있는 일이다. 춘향은 사생아다. 당시로 보았을 때 노예나 다름이 없는 천한 관기의 딸이다. 월매의 말대로 양반 집에 시집갈 수도, 서인에게 시집을 보낼 수도 없는 불리한 신분이다. 보통의 경우라면 오직 월매처럼 창기娼妓가 될 수밖에 없는 몸이다. 이러한 춘향이 사또의 자제로, 아직 미혼이요, 앞으로 기회만 있으면 좌우영상의 벼슬을 지낼 수도 있는 이도령을 만났다는 것은 애정이 없다 해도 충분히 자기 운명의 주사위를 던질 만한 대상이 아닐 수 없다.[14] 서울양반을 만나 몸을 바치고 그에게 온 장래의 희망을 걸어둔다는 것은 옛날이나 오늘이나 흔히 있을 수 있는 일이다. 따라서 양반의 자식이 부형을 따라 하행왔다가 일시적인 기분으로 화방작첩花房作妾하고 여인을 버리고 간다는 것도 흔히 있을 수 있는 일이다. 우선 월매의 경우가 그렇게 당했다. 춘향이 아버지인 성참판이 그러했었다.

흔히 있을 수 있는 일을 하지 않은 유일한 인물은 오로지 『춘향전』에서는 이도령 하나뿐이었던 것이다. 사실 변사또가 미움을 한 몸에 사고 있는 앤태거니스트(적대자) 역할을 하고 있으나 그 시대의 사또로서 퇴기의 딸을 건드리려 한 것은 결코 유별난 짓이라고도 할 수 없다. 도리어 그에 응하지 않는 춘향이가 도도하고 건방진 일에 속한다. 더구나 월매는 시종일관 자기 딸을 권세 높은 이도령에게 보내려고 한 의도를 드러내고 있다.

춘향의 입장 역시 마찬가지다. 변사또에게 수청을 들면 두 남

14) '플라토'란 말이 유행했던 19세기의 유럽에서는 신분이 낮은 여인이 결혼 전 아이를 잉태하여 귀족이나 대학생과 정책적으로 결혼하려는 풍습이 많았다. 그런 점에서 본다면 우리들의 춘향 역시 일종의 '플라토'라고 할 수 있을 것이다.

편을 섬긴다는 훼절毁節보다도 신세가 불행했던 그의 어머니 월매의 뒤를 따르는 결과가 된다. 그것은 윤리적인 문제라기보다도 물건을 거래하는 일처럼 실질적이고 공리적인 문제다. 퇴기의 딸이면서도 그가 관기가 되지 않았을 때는 적어도 규방을 동경했기 때문이다. 그러니 매쯤 견디다가 이도령을 다시 만날 수만 있다면, 그래서 정경부인이 될 수만 있다면 누구나 한번 해봄직한 모험이다. 아마 청상과부가 수절하기 위해서 자기 마음에 드는 멋진 사대부의 유혹을 뿌리치는 것보다 그 편이 훨씬 더 쉬운 일이었는지 모른다.

변사또는 또 어떤가? 신임 사또의 체면이 깎였다. 일개 퇴기의 딸로 하여 권위를 실추당했다면 그 긍지나 실리實利에 있어서도 적지 않은 타격이 된다. 아마 누구라도 옥에 가두어 자기 권력의 힘을 증명하려 했을 것이다. 야욕보다도 한 고을을 다스리기가 어려워진다. 사또로서 위신을 만회하기 위해선 능히 그와 같은 짓을 저질렀을 가능성이 많다.

문제는 이도령이다. 그는 과거에 급제를 했다. 남원의 시골이 아니라 그는 화려한 도성 서울에서 살게 되었다. 그가 출세를 하려면 부마를 꿈꾸었을 만한 입장에 놓여 있다. 최소한도 정승집 사위라도 되려고 했을 일이다. 현실적인 이해관계로 볼 때 최소한 남원 퇴기 딸과의 사랑은 단념하는 쪽이 여러모로 유리하다. 과거에 급제한 이도령에게는 새로운 여성들이 얼마든지 기다리고 있다. 흔히 이런 경우, 보통 남자들은 춘향을 버리고 양갓집 다른 규수를 선택했을 것이다. 당대의 풍습으로 보나 오늘날 플레이보이의 경우를 보나 이도령이 취한 행동은 춘향이나 월매나 사또에 비해 분명 있을 수 없는 어려운 일을 해낸 사람이다. 현실적 이해관계를 초월한 것은 남원으로 돌아온 이도령뿐이었다.

월매나 춘향이나 변사또나 그들이 선택한 행동으로 현실적인 자기 이익이 개재된 것이라 해도 변명할 여지가 없다. 그야말로 사랑일변도의 100퍼센트 순수성을 지닌 애정이었다. 그러므로 춘향이 만고열녀가 아니라 이도령에게 그에 준하는 이름을 붙여 주어야 마땅하다.

사실 우리가 이도령을 존경한다면 오직 애정 면에 있어서만은 그런 것이다. 암행어사로서는 별로 권장할 만한 인물이 못 된다. 암행어사로서 굳이 남원을 최종 목적지로 삼은 사실 하나만 보아도 그가 좋은 애인은 될지언정 결코 좋은 관리라고는 할 수 없다. 변사또와 마찬가지로 나라에서 내린 중임重任을 사사로운 데 사용한 권력 남용의 표본이라고 비난을 받음직하다. 이도령은 번득이는 그 마패와 유척鍮尺을 애인을 만나기 위한 방편으로 사용했기 때문이다.

그가 거지꼴을 하고 남원에 내려갔을 때 월매는 그를 거들떠보지도 않았다. 변함없는 구정舊情으로 대해주는 것은 도리어 향단 쪽이었다. 그런데도 이도령은 자기가 급제한 것이 선영 덕이 아니라 장모 때문이라고 말한다. 그는 남원을 떠날 때부터 신주를 버리고 그 가마에 춘향이를 몰래 태워가려고 했을 만큼 조상의 편이기보다는 춘향이 편이다. 춘향을 위해서 모든 것을 바친 것은 이렇게 이도령 쪽이라고 단언할 수 있다.

우리는 여기서 『춘향전』을 읽는 데 하나의 혼란이 생기게 된다. 이도령의 애정과 그 신의가 없었더라면 춘향의 기다림은, 그리고 그 정절은 아무런 의의도 없었을 것이고 나쁘게 해석하면 문벌 있는 책방도령을 꼬여낸 분수 없는 여자의 엉뚱한 이야기로 끝나게 되었을 것이다. "뱁새가 황새를 좇아가다가는 가랑이가 찢어진다"는 그 교훈밖엔 다른 뜻을 구할 수는 없었을 것이다.

이것은 혼란이 아니다. 마땅히 그렇게 읽어야 한다. 춘향이의 수절이 이해관계에서 온 것인지 또한 순수한 애정의 윤리에서 온 것인지를 궁금하게 여긴 것은 비단 독자만이 아니다. 이도령 자신도 그러했던 까닭이다.

『춘향전』은 춘향의 진심을 찾는 일종의 추리극이기도 하다. 춘향의 정절을 테스트하는 것은 변사또의 형장刑杖이라기보다도 오히려 이도령이 거지꼴로 나타날 때 본격화된다고 볼 수 있다. 그 전까지의 춘향의 행동은 공리적인 계산에서 온 자기 이익의 추구로도 보여지기 때문이다.

춘향의 정절이 공리적인 것인지 아닌지 그 사람의 속은 누구도 모른다. 변사또의 매는 오직 물리적인 실험 방법에 지나지 않는다. 춘향의 내면을 들여다보는 투시적인 실험은 이도령이 거지꼴로 그녀 앞에 나섰을 때만이 가능해진다. 옥에서 나와보았자 이도령은 이미 양반의 권세도, 처자를 먹여 살릴 수도 없는 무능한 자처럼 보인다. 춘향의 정절에 조금이라도 공리적인 타산이 잠재되어 있었더라면 그 옥중 상봉에서 그녀의 말씨나 낯빛을 통해서 나타날 수밖에 없다.

거지로 위장한 이도령을 대하는 월매와 향단이와 춘향은 제각기 다르다. 그것은 곧 애정의 도를 측정하는 바로미터와 다를 것이 없다.[15] 기다림이 헛된 것인 줄을 알게 된 춘향이지만 이도령을 위로하며 죽을 각오를 한다. 영원한 기다림은 그 죽음속에서 그의 애정을 완성시킨다. 춘향의 애정이, 그리고 그 정절이 죽음보다 강하다는 것이 증명될 때 춘향이라는 한 여인상 또한 완성되는 것이다.

15) 거지꼴로 남원에 나타난 이도령을 본 각자의 심리 반응은 각양각색이다.

월매月梅 : "무정한 이 사람아, 일차 이별 후로 소식이 없었으니 그런 인사 있으며 뒷기약을 바랐더니 이리 잘되었소, 쏘아논 화살이요, 엎질러진 물이 되어 누구 허물할까마는 내 딸 춘향 어쩔려나."

향단 : "아씨, 아씨, 큰 아씨, 마오마오, 그리마오. 멀고 먼 천 리 길 뉘 보려고 와겼는데 이 괄세가 웬일이오. 애기씨가 아시면 지러 야단이 날 것이니 너무 괄세 마옵소서."

춘향 : "에고 이게 누구시오, 아마도 꿈이로다. 상사불견 그린 임을 이리 쉬이 만날손가. 이제 죽어 한이 없네. 우리 모녀 서방님 이별 후에 자나 누우나 임그려 일구월심 하였더니 내 신세가 이리되어 매에 잠겨 죽게 되니 날 살리러 와 계시오."

그렇기 때문에 마지막 순간까지 이도령은 그 정체를 춘향에게 숨겨둔다. 변사또를 봉고파직하고 고을 옥수들을 끌어내 문초할 때 이도령은 스스로 자신을 위장한 채 춘향을 문초하는 것이다. 이 장면이야말로 『춘향전』의 매듭을 짓는 황금의 종지부다. 어사또의 물음 그것은 곧 애정을 시험하기 위한 인간의 가면과 두꺼운 마음의 장벽을 헐고 그 본심을 듣는 소리였다.[16)]

이 사랑의 문초는 100대의 형장보다도 무섭고 정신의 내부를 후벼파는 날카로운 쇠갈퀴를 지니고 있다. "너만 년이 수절한다고 관전포악하였으니 살기를 바랄소냐? 죽어 마땅하되 내 수청도 거역할까?" 이 물음에 대한 '예스' 또는 '노'의 선택은 이도령에게 희망을 걸며 저항했던 그때의 상황과는 전연 다르다. 춘향의 수절이 과연 어떤 성질의 것인지는 오직 이 장면에서만 뚜렷이 밝혀질 수 있다. 그것이 춘향이 춘향으로서 종결되는 순간이고 거기서 새로운 만남이 있게 되는 장소가 열려진다. 암행어사 출두로 춘향의 외부적인 위험은 사라졌지만 어사또의 이 물음에 답변하는 춘향의 말속에서 마지막 내면의 싸움은 무너진다. "층암절벽 높은 바위가 바람 분들 무너지며 청송녹죽 푸른 나무 눈

16) 장자莊子는 아내의 정조를 시험하기 위하여 거짓 죽음을 하며 관 속으로 들어간다. 그러나 『춘향전』은 관 속에 들어가지 않고서도 애인의 정조를 시험할 수 있는 훌륭한 방법을 사용하고 있다.

이 온들 변하리까. 그런 분부 마옵시고 어서 바삐 죽여주오."

광한루에서 만난 이도령과 춘향은 또다시 사랑을 심판하는 새로운 자리에서 만난다. 그 두 자리 사이에는 얼마나 많은 바람과 차가운 눈이 날리고 있었던가? 그리고 눈과 바람의 그 사이에서 춘향은 바위와 소나무와 푸른 대로 성장했던가. 남자가 백일장에서 장원급제를 하듯이 여자는, 춘향은 고된 이별과 유혹과 수난의 그 옥방에서 열녀 시험에 급제를 한 것이다.

심청이 죽음의 자리를 통해서만 그 효를 완성하고, 그 효를 통해서만 눈먼 아버지와 만나게 되듯이 춘향은 죽음을 뛰어넘었을 때만이 그 애정을 완성하고 그 수절을 통해서만이 그는 이도령과 새롭게 만나게 된다. 이 새로운 만남이 바로 한국적인 사랑의 의미다.

오디세우스의 귀환과 이도령의 귀환

호메로스의 서사시 『오디세이아』와 『춘향전』은 매우 비슷한 점이 있다. 남편이 없는 사이에 갖은 고초를 겪으며 수절하고 있는 페넬로페는 춘향의 입장과 흡사하고 그 위기의 순간에 거지꼴로 위장하여 잔치에 나타나는 오디세우스는 남원에 나타난 이도령의 그것과 별로 다를 게 없다. 유모인 에우뤼클레이아만이 그의 다리를 닦아줄 때 옛날의 상처를 발견하고 놀라지만 오디세우스는 그녀에게 자기의 정체를 알리지 말라고 신신당부를 한다. 이것은 향단이 이도령이 암행어사라는 것을 눈치채고, 이도령은 그녀에게 자기 정체를 발설하지 말라고 말하는 장면과 일맥상통한다. 다만 오디세우스가 거지꼴로 위장하여 집에 돌아왔을 때 그의 집 개 아르고스가 알고 반갑게 맞이하는데 춘향이의 집 개는 이도령을 몰라보고 짖어대는 것이 다르다. 페넬로페를 괴롭히는 구혼자들이 잔칫상을 벌이고 그 자리에 오디세우스가 나타나자 거지인 줄로만 안 그들이 갖은 욕설을 퍼붓는 극적 상황도 변사또의 잔치에 나타난 이도령의 그것과 마찬가지다. 남원을 이타카 섬으로, 이도령을 오디세우스로, 페넬로페를 춘향으로, 유모 에우뤼클레이아를 향단으로, 무뢰한인 구혼자들을 변사또로…… 이렇게 바꾸어놓으면 『춘향전』은 『오디세이아』의 서사시가 될 수도 있다.

그러면서도 『춘향전』과 『오디세이아』는 절대로 같은 작품이 될 수 없는 숙명성을 지니고 있다. 물과 불이 합쳐지는 한이 있다 할지라도 이도령과 오디세우스는 결코 한 몸이 될 수 없는 두 개의 캐릭터로 분류되어 있는 까닭이다.

오디세우스는 장군이요, 이도령은 선비다. 한쪽이 힘과 용기와 독립된 개성으로 인생의 위기를 타개해온 영웅이라면 한쪽 은 시와 윤리와 권력(벼슬)의 힘으로 연인의 파국과 대처하는 성자형聖者型이다.

그렇기 때문에 위기일발에서 페넬로페를 구하는 오디세우스의 드라마틱한 대단원은 이도령이 춘향을 구제하는 동헌 장면의 드라마와는 본질적으로 그 성격이 다르다.

페넬로페는 가지가지 꾀로 미루고 미루다가 결국 더 이상 피할 수 없게 되자 구혼자들을 향해 옛날 남편이 애용한 강궁强弓을 보여주면서 이것으로 열두 개 도끼의 고리를 쏘아 맞추는 사람과 결혼을 하겠다고 선언하게 된다. 구혼자들은 활을 쏘려고 제가끔 덤벼들지만 누구 하나 활시위를 제대로 잡아당기지 못한다.

그 자리에 오디세우스가 나타나 손쉽게 활시위를 잡아당겨 열두 개의 도끼고리를 모조리 쏘아 맞힌다. 이만한 힘, 이만한 기술을 가진 사람은 이 세상에 오직 오디세우스 장군밖에 없다. 놀라 허둥대는 구혼자들을 오디세우스는 그 자리에서 그의 충복과 힘을 합쳐 일시에 퇴치해버린다. 이렇게 해서 남편과 아내의 감격적인 상봉이 이루어지는 것이다.

악을 무찌르는 오디세우스의 힘은 활과 칼에 의한 힘의 대결로 이루어진다. 그러나 변사또와 대결하는 이도령 편은 활이 아니라 붓이며 칼이 아니라 마패다. 영웅의 길과 선비의 길은 이렇게 다르다. 복수의 방법도, 위기를 타개하는, 그리고 악에 대결하는 방법도 근본적으로 다르다는 것을 알 수 있다.

영웅적인 인간상과 선비의 인간상이 서로 어떻게 다른가, 즉 동서양의 이상적 인간형이 어떻게 구별되는가는 필자가 이전에 밝힌 바 있는데, 노래(향가)로 산적을 굴복시킨 승僧, 영재永才, 춤으로 역신疫神을 제어한 처용, 이러한 전통이 『춘향전』에서도 그대로 전승되어 있다.

다만 영재나 처용은 순수한 인격과 예술의 감화력만으로 악의 칼을 떨어뜨렸지만, 조선조의 관료 사회에서는 마패라는 권세의 위력이 더 첨가되어 있음이 다를 뿐이다. 역시 이도령도 변사또도 투쟁하는 데 시를 사용했다.

金樽美酒千人血금준미주천인혈
玉盤佳肴萬姓膏옥반가효만성고
燭淚落時民淚落촉루낙시민루낙
歌聲高處怨聲高가성고처원성고

선비들의 투쟁 방식은 예술의 힘(정신의 감화력)과 윤리를 무기 삼아 나아가서는 정치적 권세, 배경에 의존한다. 그러므로 투쟁은 겉으로 흘리는 피가 아니라 안으로 멍드는 음성적인 방식으로 전개되어왔다. 여기서 자연히 선비들은 권력을 동경하게 되고 암행어사가 한국적 영웅의 상징이 된 것이다.

춘향이 변사또에게 항거를 하는 방식도 그 예외일 수는 없다. 춘향은 대체 변사또와 무슨 힘으로 대결할 작정이었던가? 우리가 춘향이라면 수청을 들라는 변사또의 횡포에 대결하는 여러가지 방식을 상상해 볼 수가 있다. 첫째, 붙잡히는 한이 있더라도 도망치는 길이 있다. 둘째, 마을 사람들을 찾아다니며 여론을 일으킬 수도 있다. 셋째, 어차피 자기가 죽을 각오가 되어 있다면 수청을 드는 체하고 장도로 그의 가슴을 찌를 수도 있다. 넷째, 미인계를 써서 탈옥할 수가 있다. 다섯째, 자살하는 방법이 있다. 그런데 춘향이 알고 있는 것은 오로지 일편단심밖에 없었다. 오직 수절하려는 정성뿐, 수절의 방식에 있어서는 포샤 같은 기능, 잔 다르크 같은 적극적 투쟁은 없다. 오라면 오고, 때리면 맞고, 가두면 갇히고, 죽이려 들면 '어서 빨리 죽여주오'라고 말할 뿐이다. 춘향의 대결 방법이야말로 가장 한국적인 행동 양식의 상징이 아닌가 싶다. 위기에 대처하는 춘향의 태도를 하나하나 분석해보면 숱한 고난 속에서 그것을 어떻게 대응해왔는지의 한국적인 비밀을 읽을 수 있을 것이다.

「십장가十杖歌」에 나타난 푸념에 의한 저항을 보자. 춘향이 한 대씩 매를 맞을 때마다 그 숫자에 맞추어 푸념을 늘어놓는 대목이야말로 한국적인 저항감을 가장 잘 나타낸 것이 아닌가 싶다. 매를 노래로, 운치 있는 그 시로써 대한다. 폭력을 폭력으로 대결하는 것이 아니라 정신의 감화력으로 대처하는 것이 승 영재 때부터의 우리들의 전통이다. 변사또의 형장과 춘향의 노래가 대결하는 그 기묘한 싸움에서 승리하는 것은 힘이 변사또가 아니라 성춘향이다. 변사또가 곤봉으로 그를 치면 춘향은 노랫가락으로 변사또의 가슴을 친다. 매 한 대씩에 노래 한 수가 흘러나오는 것, 고통을 노래로 승화시키는 것, 폭력을 아름다운 운율로 고발하는 것, 사실 한국의 예술이라는 것은 바로 춘향의 「십장가」와 같이 형장 속에서 우러나온 것이라고도 할 수 있다.

그러한 방법 외에 춘향에게 그래도 실질적인 대결 방법이 있었다면 이도령에게 구원의 편지를 띄웠다는 것, 그리고 그를 잡으러 온 사령들에게 돈을 주었다는 것, 그것이다. 한국적 저항의식의 막차는 바로 그 권도權道를 타고 올 수밖에 없었다. 『춘향전』에는 열녀에 대한 동정보다도 권력을 동경하는 잠재의식이 더 많이 숨어 있다. 『오디세이아』를 읽은 독자라면 힘을, 그 영웅의 힘을 동경했을 것이다. 그러나 『춘향전』을 읽은 독자들이 마지막 통쾌한 박수갈채를 보낼 때는 암행어사와 같은 절대 권력에의 향수를 느꼈을 것이다.

나에게 더 큰 권력을, 나에게 더 높은 신분을, 이것이 『춘향전』의 절규다. 흔히 『춘향전』을 계급 타파, 자유연애, 권력에의 저항 등 비판적 소설이라고 말하는 사람들이 있다.[17)]

17) 조윤제趙潤濟의 『국문학사』를 비롯해서 김사엽金思燁, 김기동金起東, 김태준金台俊 등은 『춘향전』을 계급 타파와 인간 평등의 선언으로 해석하고 있으나 잘못이다. 왜냐하면 춘향이 변학도에 항거하고 그의 정절을 고수하려고 버둥거리는 것은 조선사회의 지침이 되어 있는 유교적 가치 규범에 추종하려는 의지에서 우러나온 것이기 때문이다. 그러므로 춘향이 변사또에게 "열녀불경이부지절烈女不更二夫之節"을 말하는 것은 변사또로 대표되는 양반

그러나 이상에서 보았듯이 겉으로는 계급을 부정하고 관官에 저항하는 것 같지만 실질적으로는 양반 숭배, 권력 숭배의 색채가 농후하다. 마치 겉으로는 폐의파관敝衣破冠한 거지처럼 보이지만 이도령이 정말 거지가 아닌 것처럼 『춘향전』 역시 그 속과 겉이 다르다. 이도령이 정말 거지가 되어 옥문을 부수고 춘향을 끌어내어 다른 이상향을 찾아가 사랑의 생활을 했다면 그것은 정말 조선사회의 계급과 이도吏道를 부정한 저항소설이라고도 할 수 있었을 것이다.

『춘향전』의 결말은 춘향이 정렬부인이 되고 이도령이 좌우영상을 다 지내 백년동락한 것으로 되어 있다. 천기의 딸이 정렬부인이 된다는 그 골자는 계급 타파는커녕 양반이 되고 싶은 열병의 환상이라고밖에 말할 수 없다.

이제 결론을 내리자. 춘향은 저항한다. 수절하기 위해서 저항한다. 그녀는 사랑의 여인상이며 동시에 저항의 여인상이다. 그러나 그 사랑과 저항의 본질은 서구적인 의미와는 정반대다. 서구의 사랑은 도리어 윤리를 깨뜨리는 데서 그 몸살을 앓는다.

오이디푸스는 어머니를 사랑하고, 이졸데의 이야기에서는 숙모와 조카가 서로 사랑하고, 줄리엣은 원수의 집안 아들을 사랑

사회와 대결하기 위한 것이 아니라 그 사회의 규범인 유교적 이상을 성취하기 위한 것이다.

하고, '르시드'의 시메느는 아버지를 죽인 원수 돈로도리 그를 사랑한다. 그렇기에 사랑의 여인상은 언제나 낡은 윤리를 깨뜨리는 다이너마이트의 구실을 한다. 그러나 춘향은 「공후인」의 여옥麗玉이나 제상堤上의 부인이나, 그리고 도미의 아내와 마찬가지로 도리어 그 사랑이 윤리와 갈등을 일으키는 것이 아니고 그 윤리를 한층 더 강렬하게 실천한다.

윤리는 사랑과 모순되는 것이 아니고 사랑의 이상이 되어 그 목걸이 노릇을 한다. 그렇기 때문에 그 저항 역시 거부하고 뛰쳐나가고, 새로운 가치를 찾아내는 혁명의 봉화가 아니라 기존 질서의 성벽을 더욱 굳건히 하는 깃발이 된다. 그리고 그 저항 양식 역시 내면적인 세계, 곰처럼 미련하기까지 한 참고 견디는 정신의 완성에 두었었다.

그렇기 때문에 『춘향전』의 저항에서 얻어진 것은 피비린내가 아니라 춘향의 멋들어진 옥주탄식의 노래와 「십장가」의 그 시 였으며, 칼이 아니고 이도령의 붓 끝에서 흘러나온 칠언절구七言絶句의 사행시四行詩였다.

아내의 세계―『사씨남정기謝氏南征記』

화합과 갈등의 모순

조선시대 한국 남성들은 세 여인상 속에서 그들의 이상理想을 찾으려 했는지 모른다. 즉 심청과 같은 딸, 춘향과 같은 연인 그리고 사씨와 같은 아내―『심청전』과 『춘향전』과 그리고 『사씨남정기』를 합치면 조선의 '여자의 일생'이 될 것이다. 특히 『사씨남정기』는 외롭고 험준한 아내의 일생으로서 조선의 여성적 특성을 나타낸 가장 전형적 소설이라 말할 수 있을 것이다.

어느 나라의 신화든 거기에는 반드시 여성 대 남성의 화합과 갈등의 대응 관계가 있다. 그리스 신화는 '게'라는 여신이 그의 아들들과 합세하여 남편의 우라노스를 살해하는 끔찍한 이야기가 나온다.[18]

18) 신화에 의하면 우라노스는 아들들의 모습이 너무도 끔찍스러운 모습이어서 모조리 묶어 무한지옥無限地獄 타르타로스에 가두었다. 이것을 못마땅히 여긴 그의 아내 게는 막내

『성서』의 첫 장도 아담과 이브의 결혼으로부터 시작되고 있으나, 그 결혼생활은 선악과를 놓고 부부싸움을 한 것이 가장 괄목할 만한 사실로 나타나 있다. 이브는 선악과를 따먹자고 하고 마음이 약한 아담은 선뜻 아내의 말에 동의를 하지 못한다. 이 알력에서 이브가 승리를 하고 아담이 꺾이는 것을 보면 남편을 죽이는 그리스 신화에 비길 바는 못 되나, 역시 헤브라이 신화에 있어서도 남자가 여자를 따르는 것으로 되어 있다.

일본의 고지키 설화도 같은 범주의 것이다. 아담 격인 이사나기와 이브 격인 이사나미가 서로 만나 결혼을 하자고 말하는 장면이 나온다. 먼저 여자가 남자에게 "아나니아시 에오도코(멋있는 색시군요)"라고 고백한다. 이 구애의 고백을 보면 여자 쪽이 더 적극적이다. 그 남자도 그것을 눈치챘었든지 서로 사랑을 고백하고 난 다음 여자가 먼저 사랑을 고백하는 것은 좋지 않은 것이라고 이의를 말한다. 이들은 이렇게 해서 결혼을 하지만, 두 사람 사이에는 아이가 태어나지 않는 것이다. 천신天神에게 그 원인을 물어본 결과 결혼을 할 때 여자가 주도권을 쥔 것이 잘못되어 그런 것

아들 크로노스와 모의하고 우라노스가 침실로 들어와 잠이 들 때에 도끼로 생식기를 잘라 죽인다. 그리고 이런 복수의 극은 계속되어 크로노스 역시 그 아들인 제우스에게 죽임을 당한다. 이것으로 미루어보면 그리스인들은 신들을 인간적인 관념으로 해석했음을 알 수 있다. 즉 그들이 죽임을 당했다는 것은 인간이 노경에서 죽는다는 것의 신적神的인 표현에 불과한 것이다.

이니 그 순서를 다시 바꾸어 고백하라고 명령이 내려졌다. 그래서 이번에는 남자가 먼저 "아나니아시 에오도메오"라고 구애를 하고 여자가 그에 답함으로써 일본의 국토인 섬들을 낳게 되었다고 전한다.

이러한 설화들을 자세히 분석해보면 남녀 관계의 화합과 동시에 주도권을 쟁취하려는 갈등(싸움)의 모순 속에서 시작되었다는 것을 알 수 있다. 옛날의 신화나 설화는 모권사회에서 부가장父家長제도로 넘어오는 때의 남성과 여성이 주도권 쟁탈을 하는 흔적을 보여주고 있다. 우리나라의 단군신화를 보더라도 여자(웅녀)가 남자(환웅)에게 오늘날의 부가장제도와 달리 여자 편이 더 적극적이었다는 공통된 현상을 찾아낼 수 있다.

남자와 여자는 서로 사랑하고 또 서로 지배하려는 화합과 갈등의 기묘한 전쟁을 해온 셈이다. 부창부수夫唱婦隨냐 거꾸로 부창부수婦唱夫隨냐의 이니셔티브(주도권)를 놓고 포성 없는 전쟁이 벌어져왔으며, 그 속에서 부부 사이에 벌어지는 많은 이야기들이 점철되어왔다. 그러므로 부부생활을 다룬 그 나라의 신화, 설화 그리고 그 소설들을 분석해보면 그 시대의 문화와 그 국민의 특성이 무엇보다도 뚜렷하게 반영되어 있다는 사실을 느끼게 된다.

서양은 그 역사가 영웅 중심의 사회적 투쟁만을 보여주고 있는 것이 아니라 양성의 투쟁 역시 격렬하게 그 불꽃을 튀기고 있다. 사실 서구의 소설은 남편을 가진 아내가 다른 남자와 사랑을 하는 간통의 이야기에 많은 비중을 두고 있다.

남편의 예속물로서 살아가는 한 여성의 저항이, 그리고 그 자의식이 정절이라는 윤리나 가정이라는 현실을 거부하고 나서는 반역의 행동으로 나타나기도 한다.

그러나 한국의 경우에서는 여성이 남성의 지배로부터 벗어나 옛날의 모권사회처럼 사회의 이니셔티브를 쥐려는 저항의 이야기는 단 한 편도 찾아볼 수가 없다. 개화 이전의 모든 이야기는 도리어 아내가 남편을 따르고자 하는 절대 복종을 위한 투쟁이며, 남성과의 알력이 아니라 여성과 여성, 동성끼리의 경쟁이었다. 『사씨남정기』가 그것을 입증한다. 사씨는 그 남편으로부터 의심을 사고 추방을 당하지만 그러한 불화는 남편과의 관계가 아니라 첩인 교씨와의 갈등에서 생겨나는 드라마다. 자기를 내쫓은 것은 이유야 어디에 있든 그 남편 유연수라 하지만 그의 적은 유연수가 아니라 첩 교씨라고 사씨는 생각한다. 『사씨남정기』의 특징은 바로 여기에 있다고 할 수 있다. 부부관계에 있어서 아내는 절대로 남편을 원망하거나 비판적인 태도를 취할 수가 없다. 여성의 부덕에 관계없이 그 상황이나 스토리 자체가 그렇다.

부부싸움은 남성 대 여성으로 직접적으로 전개되어 있지 않고 그 사이에 개재되는 제3자—시어머니라든가 시누이라든가 또는 첩이라든가 하는 다른 방해자에 의해서 생겨나는 것으로 되어 있다. 남편이 미워해도 그것은 남편의 잘못이 아니라 시어머니나

첩의 고자질 때문이고 그 모함 때문이다. 그러니까 우리나라의 고대소설에는 순수한 부부싸움, 말하자면 양성의 그 대결이 거의 없었다는 이야기가 된다. "전쟁터에 가기 전에는 한 번 기도하라. 바다에 갈 때는 두 번 기도하라, 그리고 결혼생활에 들어가기 전에는 세 번 기도하라"라는 러시아의 속담처럼 결혼생활은 전쟁보다도, 바다의 항해보다도 순탄치 않은 것이다. "슬픔 없는 결혼생활은 없다"라는 것은 독일의 속담이요, "결혼은 손발을 묶는 자물쇠다"라는 것은 영국의 속담이고, "아내는 다만 이틀밖에는 좋은 날이 없다. 결혼식 날과 죽는 날과"라는 것은 그리스의 속담이며, "아내가 예속되어 있지 않으면 남편은 아내의 노예가 된다. 왜냐하면 아내란 복종하거나 지배하거나 하지 않으면 안 되기 때문이다"라는 것은 달단인의 격언이다. 어느 나라에서든 남자와 여자가 만나는 결혼생활을 전쟁처럼 인식하고 있다.

『사씨남정기』도 그러한 전쟁이라고 말할 수가 있다. 그러나 남편과의 싸움이 아니라는 데 그 쟁투의 성격이 달라진다. 만약 그것이 남편과의 싸움이었다면 여성의 자의식이, 여권이라는 새로운 전리품이 운명에서 자유를 획득하는, 가정에서 사회로 진출하는 노라의 이야기로 발전할 수도 있었을 것이다.

사씨는 많은 고난을 겪고 죽음의 극한에까지 이르는 머나먼 방랑의 길을 거듭하고 있으나 절대로 노라가 될 수는 없었다. 사씨는 남편에게서, 그 가정에서 선영의 무덤과 그 마을로부터 끝없이 떠나가고 있지만 실은 그럴수록에 그 여인상은 남편에게로 가족에게로 더욱더 몰입해 들어가는 것이다. 결국『사씨남정기』같은 드라마에서는 노라 같은 여인상이 탄생될 수도 없다. 왜냐하면 사씨는 남편이 아니라 교씨에 대한 희생자로 나타났기 때문이다.

만약『사씨남정기』의 이야기가 다음과 같이 되었더라면 사씨의 그 입장이나 그 비극의 의미는 좀 더 다른 차원으로 발전되었을 것이다. 사씨는 10년이 되어도 어린아이를 낳지 못한다. 남편의 사랑은 변하고 그 때문에 그는 갖은 학대를 다 당한다. 교씨의 간계에 의한 것이 아니고 남편의 자의恣意에 의해서 그녀는 온갖 수난을 당해야만 된다. 이때, 사씨는 남편을 따라야 한다는 그 전통적 윤리에 대하여 회의를 품게 될 것이고, 여성은 하나의 인간이라기보다 한 집안의 족보에 자손의 이름을 올리기 위한 도구에 지나지 않는다는 것을 느끼게 될 것이다. 애정과 의무의 갈등, 인간의식과 여성적인 운명에 대한 모순 그리고 가족의식과 개인의식의 대립—결국은 남성 대 여성의 대결로까지 사씨의 비극은 확대될 수가 있다.

모리아크의『테레즈 데케루』처럼 여성이란 포도덩굴과 같아서 열매가 맺기만 하면 누구도 거들떠보지 않고 일말의 아쉬움도 없이 걷어가버리는 그런 존재임을 뼈저리게 느꼈을 것이다. 그러나『사씨남정기』의 경우에는 그렇게 될 수가 없다. 잘못은 남편에게 있는 것이 아니라 교씨와 교씨 일당에게 있었다. 증오도 슬픔도 남편에게 돌릴 수는 없다. 그러므로 부부생활에 파탄이 왔음에도 사씨는 부부생활 자체에 회의를 느끼기보다 교씨의 흉계만을 서러워해야 할 입장에 있다. 교씨가 미울수록 그녀는 그릇된 부부의 윤리를 거부하는 것이 아니라 오히려 그것에 더 희망을 걸어야만 한다. 그런 면에서 교씨가 개재되지 않거나 교씨가 등장한다 하더라도 사씨가 아니라 최소한도 교씨를 소설의 여주인공으로 했던들, 작자가 그녀에게 새로운 조명을 던졌던들 좀더 다른 여성의식이 부각되었는지도 모른다. 자기의 야심을 위해서 교씨는 자기의 자식까지 제 손으로 죽여야 했다. 모정의 혈육지정까지 거부한 교씨의 간악성이 도덕적으로 용납할 수 없었다 하더라도 우리는 거기서 자기의 야심과 욕망이나 자기의 가능성을 달성하기 위해 싸워나가는 새로운 여인상의 가능성을 볼 수 있다.

우리는 중국의 측천무후則天武后[19]의 이야기와 교씨의 이야기가 매우 흡사하다는 것을 알 수 있다. 측천무후는 자기의 라이벌인 황후를 몰아내고 황제의 총애를 독점하기 위해서 자기 자식을 독

19) 당 고종唐 高宗의 왕후. 성은 무武씨. 고종이 죽은 뒤 중종中宗·예종睿宗을 폐하고 스스로 제위에 올라 신성神聖황제라 칭하고 국호를 주周로 개칭했으나 장간지張柬之 등에 의해 폐위되었다.

살한다. 아무도 그녀가 자기 자식을 독살했으리라고는 믿지 않는다. 혐의는 왕후에게로 돌아가고 그녀는 천하의 정권을 손아귀에 넣을 수 있었다.

비록 악일망정 그녀는 여성의 운명을 뛰어넘고 자기 자신을 실현하기 위해 모정까지 희생한다. 교씨도 그랬던 것이다.

이러한 이야기를 일본의 여류 고대문학자인 무라사키 시키부에게 그의 아버지가 들려주었을 때 그녀는 측천무후를 비난하지 않고 눈빛이 빛나면서 "여성에게 모정보다 더 큰 목적이라는 것이 있을 수 있군요"라고 희망에 찬 표정을 지었다는 일화가 있다. 무라사키 시키부는 선악을 따지기 전에 측천무후에게서 여성의 한계를 뛰어넘는 자유와 그 가능성을 발견했던 까닭이다. 남편을 섬기고 자식을 키운다는 그 이상의 것이 여성에게 있을 수 있다는 그러한 면에서 『사씨남정기』를 읽는다면 오히려 노라나 테레즈 데케루는 사씨가 아닌 교씨에게서 가능했을 것이다.

작가 김만중뿐만 아니라 조선시대의 남성들은, 그리고 여성까지도 사씨적인 데에 여성·아내의 이상을 두었지 결코 교씨의 악에 여성의 이상적 씨앗을 찾아보려고는 꿈에도 생각지 않았다. 그런 세력이란 푸른 바다에 좁쌀 정도로도 나타나 있지 않았다. 오로지 여자는 사씨처럼 되어야 한다고 믿었고, 사씨의 그 인정과 관용과 절대 순종의 미덕 속에서 아내의 길을 찾으려 했다. 사씨의 부부생활을, 그리고 그 비극과 구제의 극적 요소를 분석해보면 한국의 아내라는 여인상을 좀더 구체적으로 생각해볼 수 있을 것이다.

독침 없는 벌

"토화사兎和寺에는 벌이 많다. 나는 사승寺僧으로부터 벌에 대한 설명을 듣고 이 왕벌에 대해서 물었다. 그는 대답하기를 왕벌은 빛깔이 약간 푸르고 보통 왕벌보다 더 크다고 대답했다. 나는 다시 왕벌이 어떻게 많은 벌들을 통솔하느냐고 물었다. 그때 그는 왕벌은 독이 없을 뿐이라고만 했다. 왕벌이 있으면 벌들이 감히 쏘지를 못하고 왕벌이 없어지면 모두 흩어져 갈 곳을 모른다는 것이다. 아아, 나는 독이 없는 왕벌이 덕德으로써 왕노릇하는 것을 사랑하고 또한 왕벌의 새끼가 왕노릇을 하는 직분이 정해져 있는 임금과 신하의 법도와 같음을 사랑한다."

이 글은 왕원지王元之『기봉記蜂』 가운데 나오는 말이다. 우리는 이 짤막한 글에서 파브르의 『곤충기』와는 색다른 인간의 관찰력을 발견한다. 벌을 보는 데 있어서 옛날의 동양인들은 과학적 생태로 따지기보다 윤리적인 각도에서 그 특색을 찾아내려 했다. 독침을 가진 벌은 용감하게 싸우고 자기를 방어하는 능력이 있다. 그러나 그 벌은 왕들이 될 수 없는 것이다. 독이 없는 벌, 언뜻 보기에는 아무 쓸모도 힘도 없는 그 벌이 왕노릇을 할 수 있다는 것이다. 서양 사람들은 결코 그렇게 생각하지 않는다. 무력과 지능의 독침을 가진 자가 세계를 지배할 수 있다고 믿는 사람들이다. 독이 없는 벌이 통치자가 될 수 있다는 그런 사고야말로 동양적인 인간관과 정치·사회관의 밑받침을 이루는 특색이라 할 수 있다.

벌만이 아니다. 이솝 우화의 매미는 게으르고 가련한 향락주의자로서 규탄을 받고 있지만 육운陸雲은 거기서 다섯 가지 덕을 예찬한다. 머리에 반문이 있는 것은 문文이고, 이슬만 마시는 것은 청淸이고, 곡식을 먹지 않는 것은 염廉이며, 집을 가지고 있지 않는 것은 검儉이고, 계절을 꼭꼭 지키는 것은 신信이다—이렇게 벌이나 매미와 같은 곤충 속에서 그들은 덕을 찾아내고 그것을 예찬했다. 동양인들이 쓴 곤충기는 모두가 덕의 곤충기라고 말할 수 있겠다.

유공이 그의 아들 연수를 성혼하려 할 때 며느릿감을 고르던 그 척도도 바로 이 덕에 있었다. "우리는 색色을 취함이 아니니 현숙한 덕행이 있는 소저라야 하오." 유공은 사소저를 중매하는 매파에게 무엇보다도 덕이 있는 소저여야 한다고 강조하고 있다. 『사씨남정기』는 현숙한 여인의 덕성이 어떠한 것인가를 보여주는 소설이고, 그 덕성과 교씨의 부덕不德이 쟁투를 하는 일종의 대결극이라고 할 수 있다. 말하자면 독침을 가진 벌과 독이 없는 벌의 싸움이 이 소설의 주제라고 볼 수가 있다.

사씨가 자식을 낳지 못하자 교씨를 남편의 침으로 삼게 하는 데서부터 모든 사건은 발단된다. 그러니까 따지고 보면 사씨가 겪게 되는 온갖 수난은 교씨로부터 비롯된다기보다 도리어 자기 자신의 덕성 때문이라고 하겠다. 이미 남편이 반대하는 데도 어진 여인을 취하여 득남득녀를 하라고 권유할 때 사씨는 스스로 수난의 불길 속에 한 발을 들여놓은 것과 같다. 유씨 종사를 위해 사씨는 인간의 본능인 그 질투심을 초월하고자 한다. 덕德은 독毒을 거세하는 길이다. 현실의 자아를, 그 본능이나 욕망을 넘어서려는 것이다. 그래서 때로는 그 덕행이 바보와 다름없는 행동으로 보여질 수도 있다.

사씨가 자진해서 첩을 들이고자 하는 것은 고모 두부인의 말대로 성인이 아닌 범인으로서 어찌 투기가 생기지 않으리라고 장담할 수 있는 일이겠는가. 공연히 옛날의 미명을 사모하여 화근의 씨를 뿌리는 일일 수도 있다. 가문을 이을 후손을 보는 것이 더욱 중요하다고 말하는 사씨 부인의 덕행은 자기의 고난을 자초한 결과가 된다. 이른바 그녀가 현선지덕賢善之德을 실현하려 했기 때문에 가정의 평화는 깨지고 가문과 그 남편마저 위기에 빠지게 된다.

사실 이 소설의 줄거리대로 한다면 사씨가 성급하게 첩을 들이지 않았어도 그녀도 유씨 종사를 이을 후손을 얻고 편안히 지내갈 수 있었을 것이다. 요즘 표현으로 하면 모든 것이 과잉 충성에서 생겨난 부작용이라고밖에 말할 수 없다. 같은 덕이라도 한국에 오면 그것이 매우 유난스러운 것이 되어버리고 만다. 시속時俗이 변했는데도 고인의 미덕만 앙모한다. 그리고 "옛날의 관조와 수목은 진실로 태자의 투기함이 없었기 때문에 도리어 덕이었지만, 만일 문왕이 미색을 탐하시고 의종이 편벽하셨으면 태후가 투기하지 않았더라도 어찌 구중에 원한이 없었으며 규중이 평생 어지럽지 않겠느냐"는 두부인의 말이 사씨의 변보다는 훨씬 현실 감각이 있다.

아무리 선의로 해석해도 오늘날의 우리 안목으로 볼 때 남편이 싫다는 첩까지 얻어주는 사씨 부인의 덕은 유난스럽고 방정맞기까지 하고, 간교한 교씨의 악행보다 그 덕행이 더욱 비난을 받을 만한 일이 아닐까 싶다. 공연히 사씨가 덕성을 발휘하려 했기 때문에 남편은 옥에 갇히고 자식은 버림을 당하고 자기 자신은 남쪽 땅으로 유랑하게 된 것이다. 원만한 덕만이 능사가 아니라는 것은 원결元結[20]의 오원설惡圓說에도 나타나 있다. 차라리 모져서 오욕을 받을지라도 둥글둥글하게 현역하지는 말라는 그 오원설이 오히려 현실적인 인간 윤리라고 볼 수도 있다.

『사씨남정기』를 읽으면서 우리는 금루자金樓子의 일화가 머리에 떠오른다. 제환공이 잠자리에 들었다가 중부仲父에게 이르기

20) 당唐의 정치가, 문인. 자字는 차산次山. 사사명史思明의 반란을 토벌한 공로가 있다.

를 "나는 나라가 부하고 백성이 편안하니 아무 근심이 없소. 본시 과인은 일물一物이라 해도 제 먹을 것을 찾지 못하면 마음이 편안하지 못한 사람인데 지금 저 모기들이 심한 기아에 처해 있는 것 같소" 하고 곧 모기장의 휘장을 젖히고 밖의 모기들을 들어오게 했다. 그런데 그 모기들은 지각이 있는 것 같았다. 어떤 놈은 예禮가 있어 환공의 피를 빨지 않고 그냥 나가고 어떤 놈은 자기 분수를 알아 환공의 몸을 스치기만 하다가 나갔다. 그러나 그중에도 지각을 모르는 놈이 있어 드디어 환공의 피를 빨아 먹었다. 그놈은 결국 포만해 배가 터져서 죽고 말았다.

모기들이 불쌍해서 자기 피를 빨아 먹게 하는 제관공의 이 기묘한 파티는 규방의 모기장을 열어 교씨라는 모기를 끌어들인 사씨의 이야기로 각색될 수도 있다. 도대체 모기에게 예의와 지각을 기대한다는 것은 도리어 기대를 거는 편이 예의와 지각이 없다고 할 것이다.

금루자의 일화에서는 모기도 『논어』『맹자』를 읽은 것처럼 되어 있어 환공의 피를 빨지 않았다 했으나, 현실 속의 모기는 환공의 피를 마음껏 빨아 먹고서도 배가 터져 죽는 일조차 없다. 환공은 덕을 아는 사람인가? 그렇지 않다. 인텔리 모기들은 예와 지각이 있어 그의 피를 빨지 않는다 했으니 모기장을 들춰 선심을 쓴대도 아무런 도움이 되지 않고 그중에 지각 없는 놈이 그의 뜻대로 굶주림을 채운다 하더라도 포식해서 죽었으니 오히려 살해한 것이나 다름없다.

사씨만이 그 덕행 때문에 고생한 것이 아니다. 오히려 사씨의 관용과 무저항 때문에 교씨는 그 피를 빨아먹고 그 일당의 모기들도 자멸하고 만 것이다. 사씨의 덕행 때문에 덕을 본 사람은 아무도 없다. 교씨는 사씨의 덕과 대항하기 위해서 자기 자식마저 죽여야 했고 끝내는 창기가 되어 불우한 인생을 마쳤다. 사씨가 좀 더 자기 방어를 했던들, 좀 더 지모智謀에 의해서 대결했던들 그 자신뿐만 아니라 교씨도 자신의 악에 브레이크를 걸어 그처럼 비참하게 낭떠러지로 전락하지는 않았을 것이다.

심청의 고생은 눈먼 아버지의 눈을 뜨게 했으며, 춘향의 수절은 변사또의 악행으로부터 마을 사람들을 구했을 뿐만 아니라 사랑하는 임을 얻기라도 했다. 그런데 사씨의 덕행은 숱한 고생을 치르고도 아무런 보람도 남긴 것이 없다.

먹구름이 끼기 이전의 태양이나 구름이 걷힌 후의 태양이나 거기에는 아무런 변화도 없는 것이다. 사씨는 다만 옛날처럼 집으로 돌아와 유연수의 아내가 되었을 뿐이고, 죽은 줄 알았던 자식을 찾고 훼손된 명예를 찾았을 뿐 원상복귀 이외의 어떠한 발전도 없다.

한국의 마키아벨리즘

『사씨남정기』를 읽는 재미는 덕행 때문에 고생하고 덕행 때문에 구제되는 여성의 부덕婦德이 지닌 그 아이러니와 긴장과 그 갈등의 리얼리티에 있다. 『사씨남정기』는 비록 황당무계한 이야기가 많이 등장하나 조선의 인간 쟁투극을 가장 리얼리스틱하게 묘파한 소설인 것이다. 마키아벨리[21]가 조선사회에 살았더라면, 『오셀로』를 쓴 셰익스피어가 한국의 가정에 태어났더라면 틀림없이 『사씨남정기』와 같은 소설을 썼을 것이다. 그것은 모략의 장전이요, 그 방법의 텍스트 북이라고 할 수 있다. 고자질, 모함, 거짓된 참소, 교묘한 함정, 궁전이나 한 가정이나 조선적인 인간 갈등의 문법이 이처럼 극명하게 정리된 소설도 드물다.

한국의 리얼리즘은 모략하는 데서 싹텄고 그 심리학은 모략의 기법에서 발전했다. 솔직히 고백하자면 우리는 셰익스피어 같은 위대한 작가를 가지고 있지 않다. 괴테에 필적할 만한 사상과 교양 있는 작가도 발견할 수가 없다.

그러나 단 한 가지 『사씨남정기』만큼 치밀하고 끈질기고 리얼리스틱한 모략의 미학을 그린 작품은 세계의 어떤 작품과 겨루어도 빛이 난다. 조금도 과장된 말이 아니다. 셰익스피어의 『오셀로』를 보자. 이아고가 순결한 데스데모나를 모함하여 오셀로와

21) 이탈리아의 정치가.

이간질을 시키는 그 모략극은 손수건을 훔쳐내어 가짜 증거품을 만들어내는 것이 고작이다. 더구나 상대방은 백인을 아내로 삼고 있는 흑인 무어인—이아고의 모략이 아니라도 흑인이라는 콤플렉스의 잠재의식을 갖고 있는 오셀로다. 이아고는 그 심리를 이용한 데 지나지 않고 결과적으로 보면 이아고의 속임수보다 그에 속아 넘어간 오셀로가 어리석었을 뿐이다. 파우스트를 유혹해 내는 메피스토펠레스도 별것이 아니다. 자살 직전의 늙은이를 꾀어 낸다는 것은 누워 떡먹기에 지나지 않는다.

간교한 교씨의 솜씨는 이아고와 메피스토펠레스에 비해 상수라도 몇 수가 더 위라고 할 수 있다. 그의 대상은 흑인의 콤플렉스를 가진 오셀로도 아니며 매사에 회의를 느낀, 자제력을 잃은 파우스트도 아니다. 유연수는 남을 의식하지 않고 향시鄕試에 장원으로 뽑힌 대쪽 같은 선비며, 아내를 사랑하고 존경하는 선비다. 더구나 덕행과 식견이 높은 아내를 공경하고 화락하라는 부친의 유언과 사씨 부인을 에워싸고 도는 두부인이 유연수의 후견인 노릇을 한다. 뿐만 아니라 사씨 부인은 온 집안과 비복들이 존경을 하고 예찬하는 흠잡을 곳이 없는 현덕의 갑옷으로 무장되어 있는 여인이다. 사씨 부인의 가장 큰 약점이던, 자식을 못 낳는다는 결점도 뒤에 아들을 낳음으로써 그녀를 철옹성에 들어앉게 한다.

교씨가 유연수를 참언하여 사씨 부인을 내쫓는다는 것은 이아고가 오셀로를 설득하고 메피스토펠레스가 파우스트를 유혹하는 것에 비해 훨씬 더 어려운 상황에 놓여져 있는 것이다. 이아고가 두 수 앞을 내다본다면 적어도 교씨는 다섯 수 여섯 수를 내다보아야 한다. 『사씨남정기』를 읽은 우리 안목으로 본다면 오셀로와 데스데모나를 이간시키는 이아고의 수법은 참으로 유치하기 짝이 없다. 유연수는 손수건 한 장만 보아도 전신의 피가 끓어오르는 질투와 분노의 노예 오셀로가 아니다. 다른 것은 다 그만두고 모략의 소도구로 사용한 이아고의 손수건과 교씨의 그 가락지를 놓고 비교해보자.

① 이아고는 오셀로가 사랑의 표시로 준 데스데모나의 손수건을 훔쳐 직접 그것을 자기가 모함의 증거로 제시한다. 그러나 교씨는 사씨 부인의 반지를 훔쳐 직접 유연수에게 모략의 증거물로 제시하지 않는다. 그는 제3자의 손을 빌린다. 남의 남자가 자기 아내의 가락지를 가지고 있는 것을 우연히 발견할 수 있게 만든다. 그것도 눈치채지 않게 하기 위해서 궁금해진 유연수가 스스로 가락지의 연유를 캐묻도록 한다. 교씨 쪽의 IQ가 훨씬 높다. 이아고 쪽은 모함이라는 사기성이 드러나 보인다. 그러나 사씨 부인의 반지를 훔쳐내고 냉진에게 그것을 주어 유연수와 길동무를 삼게 하여 우연히 그 반지를 보이게 하는 교씨의 술책은 그와 비길 바가 아니다. 교씨는 전연 의심을 받지 않는다. 이아고의 모략이 땅이라면 교씨의 트릭은 하늘이다.

② 손수건을 보는 오셀로와 반지를 보는 유연수의 태도가 다르다. 오셀로는 손수건을 보자마자 이성을 상실한다. 동양인이 애용하는 말로 표현한다면 덕이 부족한 사람이다. 그는 곧 의심하고 질투한다. 그러나 유연수는 군자 편이다. 오셀로 같으면 반지를 보자마자 무슨 수를 쓰든 그것을 손에 넣고 그 부정의 증거품을 가지고 급히 집으로 돌아와 사씨의 목을 졸랐을 것이다. 그러나 유연수는 참고 숙고하고 볼일을 다 본 후에 혼자 고민한다. 사씨를 의심하고 미워하기 전에 문중 사람들을 모아놓고 의논까지 하는 것이다. 목석 같고 둔하기까지 한 유연수의 피를 끓게 하고 그 손으로 사씨 부인을 내쫓게 하기 위해서는 이아고의 혀가 열 개 있어도, 그 손수건이 백 장이 있어도 어려운 일이다.

③ 『오셀로』에서는 데스데모나의 결백을 옹호해주는 편이 없으나 사씨 부인에겐 든든한 후견인 두부인이 있고 부친이 운명할 때, '매사를 이 두부인과 상의하여 처리하라'고 했다. 이미 현덕하다는 객관적인 라이선스를 지니고 있다.

유연수, 두부인 그리고 사씨 부인은 거의 난공불락과 같은 성채를 보인다. 교씨는 이것을 부순 것이다. 교씨의 솜씨는 놀랄 만하다. 희로애락을 겉으로 드러내지 않는다. 성품이 무던해서 겉에 드러내지 않는 것보다 몇 배나 더 힘든 일이다. 교씨는 유연수를 설득한 데에 먼저 사씨 부인 이상의 덕행을 위장하지 않으면 안 된다. 덕행의 경주에서 먼저 승리를 해야 한다. 그러면서도 그녀는 거문고를 배우며 여자로서의 매력을 갖춰 유연수의 사랑을 독점한다. 그리고 끝내는 모성애까지도 끊어야 했다.

사씨 부인이 순수한 덕행의 영웅이라 한다면 교씨는 순수한 악의 영웅이라고 말할 수가 있다. 교씨가 제 자식을 독살했을 때 감히 누가 그녀를 의심했으랴. 그 누명은 성인군자라 해도 사씨에게 돌아갈 수밖에 없다. 데스데모나를 죽인 것은 오셀로의 어리석음이다. 질투에 눈이 멀었기 때문이다. 그러나 유연수의 경우엔 냉철할수록, 사리분별을 잘 할수록 사씨 부인을 의심할 도리밖에 없다. 누군들 그런 경우에 그것을 교씨의 모략이라고 간파해 낼 수 있었을까? 인간의 한계를 뛰어넘은 교씨의 그 모략은 완벽하고 초인적인 것이었다. 모함을 위해서는 모성애까지 거부할 수 있는 철저하고 절대적인 행동이었다. 교씨는 모략의 제단을 위해, 악의 제단을 위해 목숨을 바친 모략의 순교자라고까지 말할 수 있을 것이다.

소설만이 아니다. 실제로 한국의 여인상은 사씨의 절대적 덕행과 교씨의 또한 절대적인 모함의 간교성과의 두 극단이 시소게임을 벌인 데서 이루어졌다고 할 수 있다. 교씨가 현실로 나타나면 민비가 된다. 남자로 나타나면 모략으로 임금의 총애를 얻으려 했던 조선 당쟁 사회의 챔피언들이 된다.

잠시 『사씨남정기』를 덮고 조선의 궁정과 가정을 들여다보자. 그곳에서는 한 사람의 총애를 얻기 위해 사씨와 교씨가 웅성거리고 있다. 겉으로 보면 모두가 화기애애하고 부드러운 미소를 짓고 있다. 그러나 그 이면에는 소리 없는 불꽃이, 보이지 않는 피가 흐르고 있다. 이 고요한 싸움, 무대 뒤에서 벌어지는 싸움, 김만중은 이 싸움의 레퍼리 저지다. 교씨를 쓰러뜨리고 사씨의 손을 올려주는 데서 그는 덕에게 판정승을 내린다. 그는 덕의 지지자였다. 독침을 갖지 않는 벌이 왕벌이 된다는 동양 특유의 사고방식이 이곳에 있다.

김만중은 무능하고 주변이 없고 바보처럼 보이기까지 한 사씨에게서 아내의 이상을 구했다. 교씨에게 그렇게 당하고서도 또 남편에게 첩을 얻어주는 사씨, 분통이 터질 만큼 미련한 사씨, 작자는 교씨의 10분의 1만큼의 그 적극성과 치밀한 지모를 왜 사씨에게는 부여하지 않았던가? 선한 사씨는 왜 항상 악의 교씨에게 져야만 하는가? 신의 도움이 없었던들 사씨는 한 번도 교씨를 이길 수 없었을 것이다. 이 비밀이 풀릴 때 한국 여성의 아내의 길이 무엇이었던가도 풀릴 수 있을 것이다. 그리고 어째서 현대소설에 있어서도 우리가 긍정적으로 내세우고 있는 선한 인간들이 그렇게 바보처럼 보이고 무능력하기만 한지, 그 패배적인 휴머니즘의 약점도 변호될 수 있을 것이다.

구제의 의미

바람은 그냥 부는 것이 아니다. 물은 또 공연히 흐르는 것이 아니다. 바람이 불고 물이 흐르는 데에도 하나의 조건과 법칙이 따른다. 되풀이되는 말이지만, 모략을 주제로 한 그 소설 속에는 한국인의 그 분석적이고 현실적이고 심리적인 요소들이 발전되어져 있는 것이다. 마치 나일 강의 범람 때문에 애굽에서는 수학과 토목술이 발전된 것처럼 한국에서는 모략의 범람으로 과학적인 사고가 발달했다고도 할 수 있다. 남을 모함하려면 두뇌가 조직적이어야 하며 인간 심리에 밝아야 하며 상상력이 풍부해야 된다. 이러한 인간 지성이 우리나라에서는 경제학이나 과학으로 발휘되지 않고 남을 참언하고 세력 다툼을 하는 모함 쪽으로만 동원된 감이 없지 않다. 왜 그렇게 되었을까? 모략의 바람과 그 강물이 흐르는 데는 그럴 만한 여건과 법칙이 있었을 것이다.

모략은 1 대 1의 투쟁에서는 절대로 생겨날 수가 없다. 그 싸움은 일종의 삼각관계에서 그 싸움을 판가름하고 결정짓는 또 다른 절대 세력을 전제로 했을 때만이 모략이라는 투쟁술이 생겨나게 되는 법이다. 당쟁은 임금이라는 절대자의 힘을 한가운데 놓고 벌어졌던 싸움이요, 가정의 분란은 역시 절대자인 남편을 사이에 두고 두 여인이 싸움하는 것이다. 각자의 힘으로 대결하는 것이 아니라 누가 그 절대자를 자기편으로 삼느냐에 따라서 승부가 결정된다. 그러기 위해서는 모략이라는 방법밖에 쓸 수가 없었다.

사씨와 교씨의 대결은 그 남편인 유연수의 마음을 누가 차지하느냐에 있다. 이것은 마치 조정의 신하들이 어느 편에서 왕의 신임을 얻느냐에 달려 있는 것과 같다. 사씨와 교씨는 충신과 간신의 관계와 같으며, 유연수와 그 여인들의 관계는 임금과 신하의 관계와 다름이 없다. 이것을 다시 확대하면 하느님과 인간의 관계가 된다. 가정싸움은 남편, 조정싸움은 임금, 인간들의 그 모든 싸움은 하느님에 의해서 판결을 받게 된다. 자력自力으로 승패를 가름하는 실력 대결이 아니라, 남편과 임금과 하늘의 제3자의 처분으로 매듭을 짓는 그 싸움에서 그들 심판관에 순종해야 한다는 지상 명령이 있는 것이다.

그렇기 때문에 한국인의 투쟁은 절대 권력과 싸우는 것이 아니라 언제나 그 권력자의 총애를 받기 위한 동료 간의 사랑싸움 같은 것으로 나타난다. 투쟁의 본질이 남성 대 여성, 통치자 대 피통치자, 신神 대 인간에의 계급적 상하의 갈등이 아니라 같은 계층끼리의 알력, 즉 머슴들끼리의 싸움이라고 할 수 있다.

『사씨남정기』가 남편 대 아내의 싸움으로 나타났더라면 여권이라는 새로운 가치관이 그 싸움터의 전리품으로 나왔을는지도 모른다. 그러나 남편을 한가운데 둔 같은 여성끼리의 사씨와 교씨의 갈등은 여필종부의 윤리를 한층 더 공고히 하는 결과가 된다.

결국 모략을 수단으로 한 싸움이란 절대 권력을 전제로 한 것이므로 자기를, 기존 윤리를 그리고 운명을 바꾸어나가는 투쟁의식과는 거리가 먼 것이라고밖에 말할 수 없다. 교씨가 아무리 그 수단이 능란하고 간교한 술책으로 사씨를 누른다 해도 그 승패의 열쇠는 그들에게 있는 것이 아니라 남편인 유연수에게 있고 더 나아가서는 유연수를 움직이는 두부인 그리고 또 두부인을 지배하는 유씨의 가문, 그리고 더 높은 단계의 천신天神들에게 있다. 적어도 재판과 마찬가지로 3심까지는 가야 하는 것이다. 교씨는 1심(남편 유연수)에서는 이겼다. 그러나 인간계를 초월한 유씨의 선영들, 즉 죽은 시아버지는 착한 사씨의 편이었다. 순수한 인간계의 독립된 싸움이라면 교씨는 끝내 사씨를 이겼을 것이다. 그러나 『사씨남정기』는 그 싸움을 한 가정이나 인간계의 차원에서만 끝나게 하지 않았다. 사씨가 집을 쫓겨 나오는 데서부터 그 싸움의 국면은 인간계를 조금씩 초월해간다. 『사씨남정기』에서 비과학적인 신비주의를 빼내면 아마 이 소설은 사씨가 유한림의 집을 쫓겨나서 누명을 쓰고 시아버지 유씨의 묘소로 가고 거기서 몇 칸의 초옥을 짓고 살다가 교씨의 하수인들에게 살해되었거나 냉진의 첩이 되는 것으로 끝맺게 되었을 것이다. 두부인의 편지를 위조하여 교씨 일파가 사씨를 꾀어내려 교군을 보냈을 때 사씨가 그 흉계를 알아챈 것은 꿈에 나타난 시부님의 영혼이 남방으로 가라는 계시를 주었기 때문이다.

사씨가 유한림의 집에 있을 때는 완전한 현실극現實劇이요, 유씨묘에서 출발하여 남쪽으로 피신하는 그 과정은 초현실적인 환상극이다. 사씨는 죽은 시아버지의 망령을 만나고 또한 모 든 것을 절망하고 소상강가에 이르러 죽으려던 찰나에 꿈속에서 순舜임금의 양비兩妃 아황과 여영을 만나고 그들의 소개로 위국부인 반첩녀, 동한 때의 교대가와 양처사의 처 맹관 등을 소개받는다. 고사에 나오는 중국의 성덕열절聖德烈節들이 모두 나와서 사씨를 격려해주는 것이다. 그리고 끝내는 양비의 사당인 황릉묘로 가게 되어 구제를 받고 수월암이라는 절에 들어가 목숨을 구하게 된다. 거기서 그는 옛날 찬讚을 지어서 쓴 백의관음의 화상과 당시에 그 찬을 받아갔던 묘혜 스님을 만난다. 사씨는 이렇게 하늘(꿈)의 힘에 의해서 위기에서 구제되고 마지막에는 쫓기던 남편을 살려(역시 하늘의 힘) 다시 누명을 벗고 유씨 가문으로 돌아오게 된다.

사씨를 도운 이 하늘의 힘을 분석해보면,

① 유씨묘—조상 숭배하는 한국 고유의 토착 종교

② 소상강瀟湘江가의 황릉묘—중국 고사의 열부烈婦들로서 열녀들에게 나타난 유교 사상

③ 수월암—백의관음의 불교적 사상

세 가지 구제의 장소로 나타나는데 그것은 모두가 유불선儒佛仙 3교를 합친 조선의 혼합 종교를 그대로 투영시킨 것이라 할 수 있다. 즉 착한 며느리와 정숙한 아내가 된다는 것은 어디까지나 인

간 속세의 모럴에 지나지 않는 것이다. 그것을 하늘이 돕는다는 것은 일종의 현세 종교의 한국적 사상을 나타낸 것이라고 볼 수 있다. 인간이 종교적 세계로 나아가는 것이 아니라 종교가 인간의 세계로 들어온다. 그러므로 효녀·열부라는, 종교와는 관계가 없는 가치가 종교적인 힘으로 윤색을 받고 있다.[22)]

사씨는 이러한 도움을 통해서만 교씨의 악을 이긴 것이며, 교씨는 아무리 치밀한 지모로써 모략을 한다 하더라도 인간을 속일 수는 있으나 하늘을 속일 수는 없었기 때문에 패하고 만다. 선을 자기의 힘으로, 인간 독자의 힘으로, 그리고 현실적인 능력으로 구현시키는 데서 찾지 않고 이렇게 하늘의 의사 가운데 구하려 한 것이 사씨와 같은 한국적 여인상을 낳게 한 원인이 된다. '자기 힘으로는 어찌할 수 없다, 남편이 알아서 할 일이다' 하는 사고방식은 '신하의 힘으로는 어찌할 수 없다. 임금이 알아서 처리할 수밖에 없다'는 사상으로, 그리고 그것은 다시 '인간의 힘으로는 어찌할 수 없다. 하늘이 알아서 할 것이다'라는 천명사상天命思想으로까지 그대로 확대되어간다.

이러한 사사 속에서는 자기 자신을, 그리고 인간 능력을 불신

22) 석가모니의 자비가 공자의 인仁과 한 가지라고 말하는 묘혜 스님의 말을 듣고 사씨는 찬문讚文을 쓴다. 결국 석가모니든 공자든 그의 조상이든 이 세상에서 열부烈婦가 되면 모두 그들의 스폰서가 되어준다는 소박한 종교관을 찾아볼 수 있다.

하는 반개인주의적, 반인간주의적인 선의 추구가 생겨날 수밖에 없다.

어떠했을까? 김만중이 『사씨남정기』에서 꿈의 대목을 삭제하고 조상이나 순임금의 이비二妃나 백의白衣관음상이 걸려 있는 수월암 이야기를 잘라냈더라면 사씨는 선의 힘을 자기 자신 속에서 찾으려 했을 것이고, 악을 이길 수 있는 현실적인 능력을 갖추었을는지도 모를 일이다.

그리고 어떠했을까? 차라리 유연수가 거꾸로 사씨에게 도움을 받아 구제되는 것이 아니라, 자기의 잘못을 뉘우치고 교씨와 동청을 징벌하고 사씨를 빈사의 경지에서 구해주는 것으로 만들었다면 좀 더 이야기는 휴머니스틱한 것이 되지 않았을까? 그리고 어떠했을까? 교씨를 등장시키지 않고 유씨와 사씨 사이에서 일어나는 부부생활의 갈등을 그려갔다면 사씨는 여성의 새로운 자의식을 발전시킬 수도 있지 않았을까?

그리고 또 어떠했을까? 차라리 여주인공 쪽을 사씨로 잡지 않고 패륜적인 교씨의 이야기로 끌고 나갔다면 김만중은 '마담 보바리'와 같은 작품을 쓰지 않았을까?

김만중은 그렇게 쓰지는 않았다. 그렇게 쓸 수도 있었던 것을 꼭 이렇게 쓸 수밖에 없었던 것에서, 우리는 그 당대의 한국인의 모습을 발견할 수 있는 것이다. 그들이 생각한 이상적인 아내의 상像이라는 것은 사씨처럼 순종하고 자기의 무죄조차도 증명하지 못한 채 쫓겨나간 여인, 그러면서도 남편을 증오조차 하지 않고 도리어 그 위기의 순간에 남편을 구제하는 여인, 교씨에게 그처럼 많은 고초를 당하고서도 또 첩을 얻어주는 한량없는 선심, 겉으로 보기에는 무능력하고 어리석어 보이나 그 덕은 간악한 교씨를 이길 수 있다는 믿음 그것이 사씨를 통해 부각된 이상적인 아내의 모습이었다.

남장 여인의 행동—『이춘풍전李春風傳』

한국의 '남과 여'

조선 때의 소설을 보면 대체로 남자보다는 여자 쪽이 활동적이고 생활 능력도 있고, 경제적이며 지능 면에서도 매우 우월하다. 그에 비해서 남자들은 무책임하고 무계획적이며 의지력도 약하다. 『심청전』의 심봉사는 눈먼 소경이라고는 하나 남자이면서도 담쟁이덩굴처럼 연약한 여성에게 의지하며 살아가고 있다. 봉사라고 해서 모두가 심봉사와 같은 것은 아니다. 점복占卜 같은 일을 해서 자활하는 관수들이 얼마든지 있다. 마땅히 한 가족을 부양해야 할 가장이면서도 심봉사는 아내의 덕과, 그리고 나중에는 딸이 구걸해 온 음식을 먹으며 기생해가고 있는 것이다. 그뿐만 아니라 몽운사의 화주승이 공양미 300석을 내면 눈을 뜰 수 있다고 했을 때 조석끼니도 없는 처지이면서도 권선록에 선뜻 자기 이름을 적었던 것을 보아도 심봉사의 무계획성과 무책임한 행동을 엿볼 수 있다.

다른 것은 다 그만두더라도 심청의 몸값으로 받은 이웃들의 동정금을 뺑덕어미에게 모두 털리게 된다든지, 소경 잔치에 오라는 여비마저 제대로 꾸리지 못한 심봉사의 행동은 무능의 전형이라고 할 수밖에 없다.

이도령도 예외는 아니다. 춘향을 만나 선뜻 백년가약을 맺고 자신도 없으면서 춘향을 서울로 데려가겠다고 언약하는 것들은 그가 무계획한 기분파요, 감정파라는 것을 나타낸다. 먼빛으로 그네를 뛰는 광경만 보고 춘향에게 반해버리는 것도 그가 얼마나 경솔한 사람인가를 나타내고 있다. "말은 마구간에 일주일을 두어보아야 알 수 있고, 여자는 시집온 지 1년이 지나야 그 사람됨을 알 수 있다"는 러시아의 속담처럼, 좀 더 신중한 사람이라면 그네 뛰는 모습만 보고 단 하루 만에 백년가약을 맺으려 하지는 않았을 것이다. 일시적인 사랑의 유희라면 또 모르지만…….

그 이별 장면에서도 이도령이 취한 행동은 결코 남성답다고는 말할 수 없다. 춘향은 울지 않는데 오히려 사내대장부가 찔끔 찔끔 눈물을 흘리다가 춘향에게 면박을 당하는 거나, 춘향모가 서슬 푸르게 대들자 곤궁에 처한 이도령이, "신주는 모셔내어 내 창옷 소매에다가 모시고 춘향은 요여에다가 태워 갈밖에 수가 없네. 걱정 말고 염려 마소"라고 대답한 것을 보면 동정할 정도로 기가 약한 사람이다. 조상의 신주를 끌어내고 그 자리에 몰래 춘향을 태워간다는 것은 조상에 대한 불공일 뿐만 아니라 현실적으로도 불가능한 일이다. 어떻게 해서라도 위급한 자리를 모면만 하면 된다는 전후분별이 없는 경거망동이다.

『사씨남정기』의 유연수 역시 주변이 없고 명예심도, 남성적인 패기도 없는 사람이다. IQ로 보나 수완으로 보나, 그 덕망으로 보더라도 여성들(사씨와 교씨)에 비해 훨씬 뒤떨어져 있다. 동청董淸을 집사로 들여올 때도 사씨는 그 인물이 교활하고 간악하다는 것을 알아채고 만류하나, 유연수는 친구의 말만 듣고 그를 신임해버린다. 교씨가 동청과 상통하는 것도 또 동청이 그를 모함하는 것도 까마득하게 모르고 있는 유연수다. 그가 조금만 똑똑하고 눈치 있고, 아니 좀 더 남성다웠더라면 사씨는 그 고생을 하지 않아도 되었을 것이며, 그렇지 못하다 하더라도 최소한 그 후에 제 손으로 복수라도 하려 했을 것이다. 그는 누명을 씌워 내쫓은 사씨의 신세를 입고 겨우 살아난다. 비겁하고 어리석은 인간이다.

이러한 남성들에 비해 여성들은 매우 똑똑하고 활동적이다. 심봉사의 부인 곽씨는 현철하고 동리 사람들과 화목하고 가장家長을 공경하고 살림하는 솜씨가 뛰어났다. 삯바느질, 삯빨래, 삯 길쌈, 삯마전, 염색 일이며 혼상대사에 음식 만들기, 술빚기, 떡 찧기 등등 1년 삼백예순 날을 잠시라도 놀지 않고 품팔아 심봉사를 먹여 살리고 집안일을 돌보는 것이다. 심청이 역시 매사에 계획성이 있고 신의가 있으며 죽음도 두려워하지 않는 꿋꿋한 기품을 보인다. 적어도 심봉사보다는 냉정하고 분별이 있다.

춘향은 이도령보다 지성파知性派여서 이별하고 떠나는 장면에서 매우 공리적이며 타산적이요, 이도령을 위로할 정도로 냉정한 성격을 보이고 있다. 사실 춘향은 한국 여성의 우상으로 되어 있지만 변사또에 대들고 꿋꿋이 항변하는 품은 여성이라고 부르기엔 곤란할 정도로 의연하다.

유관순은 여성으로서의 연약성보다 영웅적인 애국자로서 칭찬을 받고 있다. 따지고 보면 춘향도 우아하고 섬세하고 부드러운 여성의 매력보다는 대쪽 같고 강인한 그 굳은 의지 때문에 사람들이 혀를 차는 것이다. 여자라고 부르기보다 옥중 춘향은 남성적인 지사라고 표현하는 편이 옳을 듯하다. 말이 빗나가지만 춘향과 같은 사람과 잘못 연애를 하다가는 크게 봉변을 당할 수도 있다. 그를 애인으로 선택하라면 돈 후안Don Juan들은 모두 달아나고 말 것이다.

『사씨남정기』의 유연수보다 그 아내와 첩이 월등한 입장에 있다는 것은 재언할 여지가 없다. 지모智謀로 보아서는 사씨가 그의 스승 격이다. 그리고 그러한 이면에는 유연수의 유약성만 아니라 한 시대의 관념의 탓도 있다. 아니 그것이 절대적이랄 수도 있다. 유교의 영향은 한국의 남성을 여성화해버렸고, 거꾸로 여성들을 남성적으로 만들어 꿋꿋한 기상을 갖게 했다. 남자가 유교의 엄격한 윤리를 따르자면 전투적이고 야성적인 기질을 거세하지 않으면 안 되었을 뿐만 아니라 노장사상老莊思想과 같은 무위자연無

爲自然이나 청빈낙도를 추구하고 자연에의 은둔을 인생의 멋으로 삼았던 시대에서는 경제 능력마저도 상실하게 되는 것이 바로 남성들의 운명이었다.

그러나 여성에겐 수절이나 부덕婦德을 강조했기 때문에 자연히 그 여성적인 나약한 기품은 의지력에 의해 단련될 수밖에 없었다. 절개를 지키다 보면 춘향처럼 억세어질 수밖에 없고, 음풍영월만 하고 있는 남편들의 곁에서는 자연히 먹기 위해 옷소매를 걷어올릴 수밖에 없다. 자녀를 길러야 한다는 생의 본능이 남성보다 강했기 때문이다. 여자가 그만큼 경제적이고 활동적이었다는 것은 남성들이 그만큼 생활의 무능력자였다는 반증이다.

굶으면서도 책을 읽고 반대로 호탕하다 싶으면 주색잡기나 하고 다녔던 당대의 남성들 때문에 여성들까지 방 안의 화초처럼 있을 수는 없었다. 남성들은 눈을 떴어도 생활에 관한 한 심봉사와 같은 소경들이었다. 가만히 앉아 있기라도 했으면 좋다. 거기에 계획성마저 없어 공양미 300석을 시주하겠다고 약속하는 무책임한 남성들이다. 그러므로 여성들은 곽씨 부인처럼 삯바느질을 하고 심청이처럼 목숨까지 바쳐야만 했다.

이런 '남과 여'의 관계를 가장 전형적으로 부각시켜놓은 것이 『이춘풍전』이라고 할 수 있다. 이춘풍은 장안의 거부巨富 집안에 태어나 부모의 사랑을 받고 교동驕童으로 자라났으며 인물이 옥골玉骨이요, 헌헌장부로 남부러울 것이 없는 사내다. 그러나 그가 하는 일이란 '남북촌 오입쟁이와 휩쓸려 다니며 모화관 활쏘기와 장악원 풍류하기, 산영에 바둑두기, 장기, 골패, 쌍륙, 수투전, 육자배기, 사시랑이, 동동이, 엽방망이하기와 아이를 보면 돈 주기, 어른 보면 술 대접하여 고운 양자, 맑은 소리, 맛좋은 1년주면, 벙거지골 열구자탕, 너비할미 갈비찜에 일장취 노는 것뿐'이었다. 이렇게 청루미색에 그 많은 돈을 다 탕진하고 제집에 돌아와서는 아내에게 현처가 되어 자기를 먹여 살려달라고 애걸을 한다.

우리는 춘풍의 태도에서 한국 남성의 향락주의뿐만 아니라 그 향락사상의 뒤에 있는 한국적 니힐리즘의 특색을 볼 수 있다. 아내가 주색잡기를 하지 말고 성실하게 살아갈 것을 부탁할 때 춘풍은, "사환 대식이는 술 한 잔을 못 먹어도 돈 한 푼을 못 모으고, 이갑동이는 오십이 넘도록 주색을 몰랐어도 남의 집 사환을 못 면하고, 탑골 복동이는 투전, 골패를 몰랐어도 수천금을 다없애고 굶어죽었다"고 말한다. 그러나 "이태백은 노자작鸕鶿杓 앵무배鸚鵡杯로 백년 삼만 육천 일을 매일 장취했는데도 한림학사 다 지내고, 자전골 일손이는 주색잡기 했어도 나중엔 잘되어서 일품 벼슬했다"고 변명을 한다.

혹심한 가난으로 생활고에 빠지자 이춘풍은 회괴자책은 했어도 다시 분발하여 가사를 일으키려 하지는 않는다. 가중범사家中凡事를 모두 아내에게 떠맡기고 의식衣食이나 주리지 말게 해달라고 애원을 하는 이춘풍에게는 명예심이란 티끌만큼도 없고 남성다운 강인한 의지는 바늘 끝만큼도 없다.

남성의 권한을, 남편의 구실을, 인간의 모든 생존권을 스스로 포기해버린 자다. 아내 앞에서 주색잡기를 다시 하지 않겠노라고 증서를 써 바치고 있는 이춘풍의 유머러스한 모습에서 우리는 웃음과 한숨을 동시에 지을 수밖에 없다. 스스로 금치산禁治産 선고를 내리고 아내의 손에 매달리는 이춘풍의 비굴에서 우리는 한 개인의 모습을 보는 것이 아니라 한국 남성의 한 약점을 볼 수 있다.

그런데 이춘풍의 아내는 부지런하며 철석 같은 의지로 모든 난관을 극복해나간다. "오 푼 받고 새 버선짓기, 서 푼 받고 새 김볼박기, 두 푼 받고 한삼짓기, 서 푼 받고 헌옷짓기, 넉 돈 받고 장옷짓기, 닷 돈 받고 도포하기, 엿 돈 받고 철릭짓기, 일곱 돈 받고 금침하기, 한 냥 받고 돌지누비, 석 냥 받고 긴옷누비, 두 냥 받고 바지누비, 넉 냥 받고 관복지며, 겨울이면 삼베 길쌈, 가을이면 염색하기, 사시장철 주야로 쉴 새 없이 4, 5년을 모은 돈을 장변이며 월수 놓아 수천금을 모으는" 것이다. 이춘풍이 어떠한 일로 가산을 다 탕진했는가? 춘풍의 처는 탕진한 가산을 어떤 일로 바로잡았는지 그 놀이와 일의 품목이 매우 대조적이다. 그만큼 이춘풍과 그 아내, 다시 확대해보면 조선의 남성과 여성의 대조를 엿볼 수 있다.

우리는 이춘풍과 그 아내의 관계를 분석해봄으로써 한국의 여인상을 좀 더 뚜렷이 부각시켜보기로 하자. 뜻밖에도 심청이나 춘향이나 사씨처럼 널리 인구에 회자된 여인상보다도 이름조차 기억할 수 없는 이춘풍의 아내에게서 이상적이고 근대적인 한국의 여인상을 찾아보게 될 것이다.

여성의 울타리를 넘어서

춘향은 열녀의 등록상표처럼 되어 있으나 고대소설에는 춘향보다 몇 걸음 더 앞선 열녀상이 많다.

기껏해야 춘향은 변사또 앞에서 자기 정조를 지켰다는 것뿐이다. 말하자면 정절이라는 여인의 성을 크게 지킨 수비역이다. 아무리 확대해서 해석을 해도 춘향은 그 성문을 나와 새로운 성들을 정복한 능동적인 윤리를 쟁취한 여상女像이라고는 볼 수 없다. 춘향은 남자(이도령)에게서 구원을 받는다.[23] 그것은 기다리고 기다린 끝에 얻어진 대가다. 그것은 나비를 기다리는 꽃, 후광처럼 향내에 휩싸여 있는 소극적인 한 떨기의 꽃이다.

23) 춘향이 그토록 오랫동안 이도령을 기다릴 수 있었던 것은 이도령과 만날 수 있다는 확약이 있어서가 아니라 그의 상상의 덕분에, 상상이 비참에서 벗어날 수 있다고 말해주었고, 또 그렇게 말해주는 그 상상에 홀딱 반해 있었기 때문이라고도 볼 수 있다. 키르케고르의 말마따나 여자는 "상상에 의해 위안받기 때문에, 그리고 도저히 그 환상을 뿌리치지 못하므로 어떤 의미에서는 여자는 상상 속에 방임된 존재"라는 것이다.

하지만 『옥낭자전玉娘子傳』만 보더라도 옥낭의 절행節行은 춘향과 같은 자기 보신保身의 수절에 그치지 않았다. 그 상황도 정반대여서 옥에 갇힌 것은 억울한 살인죄를 뒤집어쓴 자기 약혼자다.

옥낭은 그 약혼자 이시업李時業을 구하기 위하여 남복으로 변장하고 옥으로 들어간다. 그리고 그를 탈옥시키고 대신 자기가 그 자리에 들어간다. 그 뒤에 원님이 문초를 하다가 옥낭의 갸륵한 절행에 감복해 약혼자의 죄는 물론, 벼슬까지 제수除授하여 그녀는 정렬부인이 된다는 것이다.

춘향보다는 옥낭자의 절행이 훨씬 더 진취적이고, 적극적이며, 실리적 면으로 보아서도 월등하다. 그저 가만히 주저앉아 고난을 참고 견디는 여인상이 아니라 스스로 행동하여 어두운 옥문을 열어젖히는 운명의 타개자인 것이다.

춘향은 물론 옥낭자보다도 이춘풍의 아내는 그러한 면에서 훨씬 더 행실적이다. 우선 이도령이나 이시업은 모범적인 남자들이기 때문에, 그리고 출세할 가능성이 많은 선비들이기 때문에 웬만한 여자라면 역경 속에서도 희망을 갖고 그들을 위해 열녀 노릇을 할 수 있었을 것이다.

그러나 이춘풍은 다르다. 단순한 난봉쟁이일 뿐만 아니라 철석같은 맹세를 해놓고서도 아내의 힘으로 탕진한 가업家業을 일으켜 여유가 생기면 다시 주색잡기를 시작하는 배덕한背德漢이다. 아무리 애써봐야 이춘풍의 아내가 정렬부인이 된다는 것은 참새가 대붕大鵬이 되기보다도 더 불가능한 일이다. 웬만한 여자라면 그 남편을 버렸을 것이고, 춘향이나 옥낭자 같은 열녀라 할지라도 수절을 했을망정 그러한 남편을 구원하거나 바로잡지는 못했을 것이다.

남편에게 머리채를 끌리면서도, 그리고 애써 번 돈을 뜯기면서도 이에 굴하지 않고 남편을 지켜 바로잡는 행동적 열녀는 『이춘풍전』 아니고는 그 예를 다른 곳에서 찾아보기 힘들 것이다.

그러면서도 그가 한국인의 이상적인 여인상이 되지 못하고 춘향에게 그 자리를 물려주지 않을 수 없었던 것은 그 여자의 가장 큰 장점인 불굴의 의지 때문이었다.

한국인들은 여인에게서 의지를 바라지 않았다. 여인에게서 그들은 조화의 정절만을 보려고 했다. 한국 소설에서 여인들이 조화와 정절의 미덕을 갖추고 등장한 것은 그들의 관념 때문이다. 그리고 그 열녀상은 상대적으로 남자에게 역시 열녀 못지않은 의리와 인덕을 구비한 일급의 성인군자 타입을 요구했다. 그렇기 때문에 실상 그러한 열녀들의 소행은 외면적으로는 꽃을 따기까지의 가시에 지나지 않는다.

우리는 『춘향전』을 읽을 때 그리고 『사씨남정기』와 『옥낭자전』을 읽을 때 그들의 약혼자와 남편이 배신자였더라면, 불행히도 극악무도한 악인이었더라면 그 열녀들의 절행節行이 어떠한 의미를 가졌을까 하는 회의가 생긴다. 이도령은 돌아오지 않는다. 이시업은 파혼을 하고 다른 여인과 결혼을 한다. 유연수는 매사에 체념을 하고 청루青樓를 찾아다니는 부랑아가 된다. 만약 그렇게 되었더라면 춘향과 사씨와 옥낭자는 과연 오늘날 우리가 생각하는 그런 여인상일 수 있었을까?

윤리는 상대적인 것이다. 소설뿐만 아니라 한국의 성인군자 이야기를 보면 그들의 덕행보다 오히려 그들이 그 덕을 발휘할 수 있는 파트너를 잘 만났었다는 요행수가 앞선다. 『삼국유사』의 승 영재는 향가로 도둑을 물리쳤지만 만약 그 도둑들이 노래와 시를 이해할 줄 모르는 도척盜跖 같은 무리였다면 어쩔 뻔했는가? 처용은 관용과 춤으로 역신疫神, 간부姦夫를 감화시켜 무릎을 꿇게 했지만 만약 그 역신이 뉘우칠 만한 양심이 없고 처용의 멋을 이해할 줄 모르는 철저한 악신이었다면 어쩔 뻔했는가? 영재와 처용의 덕망은 전연 빛을 발휘하지 못했을 것이다.

『이춘풍전』만은 이런 상투적 상황을 벗어나 있다. 선과 악, 절행과 배신의 극단적 대립 속에서 한 인간의 취약성을 좀처럼 극복할 줄 모르는 나약하고 절제 없는 인간이다. 돈이 있으면 마음껏 쓰고, 파산을 하면 후회를 하고 가슴을 친다. 그러다가 다시 여유가 생기면 철새처럼 주색잡기에 골몰한다. 다시 위기가 오고 극적으로 그것을 면하게 되면 또다시 큰 기침을 하는 범속한 인간에 지나지 않는다.

사실 인간은 누구나가 다 이춘풍적인 요소를 가지고 있다. 그것은 인간의 현실인 것이다. 모든 남성이 이도령처럼 출세한 뒤에도 옛 애인을 찾아 남원 땅으로 가지는 않는다. 남원의 책방도령과 장원에 급제한 서울의 이도령, 환경이 달라지면 마음도 태도도 계절 속의 초목처럼 바뀌어지게 마련이다.

『이춘풍전』은 실감나는 현실적 상황 밑에서 한 여인의 절행을 그렸기 때문에 그 여성의 모럴도 매우 행동적이고 확 트인 리얼리티를 지니고 있다. 다시는 방탕하지 않겠노라고 문서까지 써 바쳤던 남편 춘풍은 아내의 피나는 노동으로 가세를 회복하자 호조戶曹 돈 2000냥을 대돈변으로 얻어내어 평양으로 장사하러 간다. "평양은 번화 사치하고 분벽사창 청루미색 단청호치 반개粉壁紗窓 靑樓美色 丹靑皓齒 半開 하고 청과 일겁으로 교태하여 돈 많고 호탕한 자는 죄 세워두고 벗긴다는데……." 부디 장사 가지 말라고 아내는 만류하지만 춘풍은 전일前日의 약속을 어기고 아내의 머리채를 잡아 사정없이 매질하고 길을 떠난다. 평양에서 추월秋月이란 기생을 만나 장삿돈으로 가져갔던 2000냥을 모두 털리고 그 집 머슴으로 전락하게 된다. 이 빠진 헌 사발에 눌은밥 토장덩이를 먹으며 물을 긷고 부엌에 불을 지피면서, 추월과 오늘도 술상을 마주하여 청가일곡淸歌一曲 화답하는 한량들을 바라보며 이춘풍은 다시 처자를 그리고 회한의 눈물을 흘린다. 다른 집도 아닌 추월의 집에서 개처럼 술상의 남은 안주를 주워 먹어가며 거지나 다름없는 사환이 된 이춘풍에겐 대장부의 명예심이라든가 분노의 복수심조차도 찾아볼 길이 없다.

이에 비해서 춘풍의 아내는 불패不敗의 의지, 치밀한 계획, 대담한 행동으로 남편의 인간 복권을 위하여 노력한다. 추월에게 수천금 재물을 다 빼앗기고 구박맞아 사환질한다는 말을 전해 들은 춘풍 아내의 심리적 반응을 분석해보더라도 일부종사, 부창부수의 주어진 윤리관만 고수하는 그런 여인이 아니라는 것을 발견할 수 있다. 매우 리얼리스틱하다. 처음엔 그런 남편을 둔 자기를 신세 한탄하고(여자로 태어난 것을 증오한다), 다음에는 남편과 추월에의 불타는 복수심—"평양을 찾아가서 추월의 집 찾아 불문곡직 달려들어 추월의 머리채 감아쥐고 춘풍에게 달려들어 허리띠에 목을 매어 죽으리라"고 하며 악을 쓰고 운다.

남편을 증오하는 감정과 남편을 구하겠다는 애정의 언밸런스, 그 모순하는 이중적 감정의 리얼리티는 춘풍의 아내가 취하는 모든 행동의 근원이 되어 있다. 즉 그녀의 감정은 지성과 행동으로 발전되어가지만, 남편에 대한 애증愛憎은 묘한 불협화음을 이루고 그 지성과 행동 사이를 누비며 흘러간다.

춘향에게서 발견할 수 없었던 지혜와 운명을 역전시키는 그 행동성을 우선 관찰하자. 춘풍의 아내는 뒷집의 가난한 참판 댁, 아무도 돌보려 하지 않는 그 관리집에 투자를 하기 시작한다.

참판 댁 대부인에게 조석 진지를 차려가고 문안 시중을 들어주는 까닭은 그 집 참판이 평양감사가 될 가능성이 있는 것을 눈치챘기 때문이다. 과연 그 총명한 선견지명이 들어맞아 참판영감이 평양감사가 되어 가자, 춘풍의 아내는 자기 오라비를 비장으로 따라가게 해달라고 부탁한다. 그러고는 자기가 남장을 하고 나타나는 것이다. 물론 자신도 자기 정체가 곧 탄로 날 것이라고 생각하지만 처음부터 자기가 남복男服하여 비장으로 되어가겠다고 나서면 일이 불리하게 되리라는 것을 통찰했기 때문이다. 그렇게 함으로써 자신이 직접 평양감사에게 자기의 입장과 소원을 고백할 수가 있었다. 여자로서는 하기 어려운 지능과 용기로써 그녀는 드디어 남편이 있는 평양으로 쳐들어간다.

외모만 남장을 한 것이 아니라 춘풍의 처는 순종하고 인내하며 끝없이 기다리기만 하던 당대 여성의 운명의 한계를 넘어서고 있었다. 남편이 돌아오기를 기다리던 그 많은 여인상과는 달리 남편을 돌아보게끔 만든 여인이며, 주어진 운명에 순응하는 여인이 아니라 자기의 의지로써 그 운명을 바꿔나가는 여자였다. 여자의 힘으로 안 되는 것을 그녀는 남장을 함으로써 남자의 힘을 얻었고, 또한 여염집 아낙네로서는 도저히 생각할 수 없었던 비장의 권한을 얻었던 것이다. 자기에게 닥친 고난과 싸우기 위해서는 자기 자신을 넘어설 수 있는 모험을 해야 한다는 것을 그녀는 알고 있다.

비장이 된 춘풍의 처는 그 직분을 성실히 이행함으로써 감사의 신임을 얻고 상을 받고, 자기 힘을 구축하고 난 뒤에 추월과 춘풍을 감영으로 잡아들인다. 아내는 춘풍을 향해 "이놈 네 들어라, 네가 이춘풍이냐?"라고 국문鞠問을 하여 형틀에 올려 매고 매를 치게 한다. 분하고 원통했던 남편에의 증오를 우선 시원스럽게 매질로 풀어버린다. 물론 남편을 때리자는 데 목적이 있는 것은 아니다. 추월이를 옭아 넣자는 연극이었지만, 앞서 말한 대로 사랑하며 동시에 미워하는 인간의 리얼리티를 가진 그 잠재적 심리의 일부를 그 장면에서 읽을 수 있다. 이것이 비인간적으로 이상화된 다른 열녀의 그것과 다른 점이다. 춘풍의 다리에 유혈이 낭자하자 차마 더 이상 치지 못하고 호조 돈을 얻어다 어디에 썼느냐고 국문을 하고, 다음에는 추월을 잡아다가 형틀에 올려 매고 별태장을 치는 것이다.

"일푼도 사정없이 매우 쳐라."

추상 같은 명령이 떨어지자 『춘향전』에서 암행어사가 출두하는 장면보다 더 통쾌한 장면이 벌어진다.[24] 이도령이 어사御使가 된 것은 있을 수 있는 일이지만, 연약한 아녀자가 비장이 되어 라이벌의 볼기를 치는 것은 불가능을 가능으로 전환시킨 한 여성의 행동성에서 비롯된 것이다. 단순한 감정적인 복수만이 아니다.

24) 여기서 통쾌하다고 말하는 것은 이춘풍 처의 처사가 정당하다는 의미에서가 아니다. 그가 한국 소설에 나타난 춘향이나 심청과 같은 여인상이 아니며 자기의 모멸을 복수할 줄 알며, 환경을 이용할 줄도 아는 그의 삶을 사는 여인이라는 의미에서이다.

춘풍이 빼앗겼던 2000냥을 도로 찾아내고 거기에 3000냥을 덧붙여 모두 5000냥을 추월에게서 받아낸다. 물론 권력을 배경으로 하여 매와 협박에 의한 것이다. 그녀는 자기 모멸을 회복하고 돈과 남편을 동시에 찾은 셈이다. 남편을 단순히 구제해준 것만이 아니라 배신과 난봉을 부린 그 죄에 대해서도 도저히 아내로서는 할 수 없는 응징(매질)까지 가했던 것이다.

이러한 관계는 집으로 돌아와 부부가 상면하는 장면에서도 그대로 계속된다. 춘풍이 돌아오기 전에 비장裨將 자리를 버리고 그녀는 미리 집에 와서 대기한다. 아무것도 모르고 돌아온 이춘풍은 아내 앞에서 다시 교만을 부린다. 5000냥을 내보이면서 평양장사에서 벌어온 것이라고 큰소리를 한다. 그리고 추월이라는 기생에게 극진한 대접을 받았다면서 아내가 차려온 술상을 보고 한바탕 불평을 늘어놓는다. 한국의 고대소설치고는 매우 끈질기게(@원본에는 '끈질지게' 344p) 인간심리를 파헤쳐간 소설이다. 보통 소설 같으면 한두 대의 매나 고난으로 개과천선하는 것으로 되겠지만, 이 작품에서만은 인간의 심리가 백짓장처럼 단순하게 그려져 있지 않다.

춘풍의 아내는 능히 그가 그렇게 나올 줄 미리 알고 있었기에(그만큼 춘풍의 아내는 현실이 무엇인가를 알고 있었다) 이미 평양에서 춘풍에게 서울에서 만나게 되리라고 암시를 하는 복선伏線을 깔아두었던 것이다. 아내는 몰래 밖으로 나가 다시 비장의 남복으로 갈아입고 춘풍을 찾아온다. 고자세의 춘풍은 비장을 보자 풀이 죽어 쩔쩔매는데 그 아내는 해갈이나 하게 갈분이나 한 그릇 가져오라고 명한다. 아무리 찾아도 아내는 없다. 별수 없이 춘풍은 부엌에 내려가 자기 손으로 죽을 쑨다. 아내의 고마움을 알았을 것이다.

비장으로 분장한 아내는 그 죽을 먹는 체하다가 내어주면서 "먹으라, 추월의 집에서 깨어진 헌 사발에 눌은밥 토장덩어리에 이지러진 숟가락도 없이 먹던 생각으로 먹으라"고 말하고는 자고 가겠다고 한다. 춘풍은 그리던 아내를 만나 겨우 잠자리를 같이하려고 하던 참에 비장이 자고 간다는 말에 몸이 단다. 아내의 사랑을 이 방해자 때문에 다시 한 번 절실히 느꼈을 것이다. 비장은 관망, 탕건부터 차례차례 벗어간다. 이 기묘한 스트립쇼 속에서 춘풍의 가면도 차례차례 벗겨졌을 것이다. 알몸이 된 비장에게서 자기 아내를 보았듯이 이춘풍은 허영의 가면이 벗겨진 자기 자신의 알몸을 보았을 것이다. '파경破鏡이 부합附合' 하는 순간이다. 춘풍의 아내는 연극을 통해서 남편의 본모습을 찾게 하고 스스로 자기 암시에 의해서 자기 죄를 깨닫도록 한 것이다. 이 연극 속에서 징벌과 사랑은 동시적으로 병행되어 있다. 남성이 되고 싶었던 여인들, 권력을 가지고 싶었던 여인들, 아마 옛날의 여권은 비장으로 남장한 그녀의 모습 속에서 소박하게나마 재현되어 있었다고 할 것이다.

춘풍의 아내는 조선 여인들의 또 다른 가능성을 보여준 기묘한 새싹이었다고 말할 수 있을 것이다.

남장 여인

『구약성서』의 「신명기」를 보면 여성들이 남자옷을 입는 것도 하나의 죄로 되어 있다.[25] 단순히 남자 의상을 금지하려는 것이 아니라 여자는 여자다워야 한다는 계명이었을 것이다. 성性은 하늘에서 주신 것이다. 자기가 선택한 것이 아니기 때문이다. 옛날 사람들은 이렇게 자기 의사나 행동으로 선택한 것이 아니고 선천적으로 주어진 것이면 모두 하늘의 것이라고 믿었다. 이 주어진 성의 한계를 묵묵히 지켜가는 것이 신神을 공경하는 것이고, 그 의사에 순응하는 것이라고 믿었다.

우리나라도 예외는 아니다. 여성은 절대로 남자가 될 수 없다. 그것은 강이나 산에 의하여 단절된 한계보다도 더 깊고 높은 경계선이었다. 그러나 인간의 능력을 믿고 무한한 자기의 자아를 실험해보려 할 때 이 한계를, 이 경계선을 돌파하고자 하는 혁명이 생겨난 것이다. 노예들의 해방처럼 여성들도 그 주어진 성의 감방으로부터 양양한 초원에 이르고자 노력한다.

25) 여자는 남자의 의복을 입지 말 것이요, 남자는 여자의 의복을 입지 말 것이라. 이같이 하는 자는 네 하나님 여호와께 가증한 자이니라. (신명기 22:5)

보부아르는 말하고 있다. "여자는 태어나는 것이 아니라 만들어져가는 것"이라고.

이러한 여성의 새로운 가능성이 고대 사회에 나타난 것이 있다면 바로 남장 여인이 아닌가 싶다. 여자의 옷을 벗어던지고 남자의 의상으로 갈아입는다는 것은 주어진 성에 대한 최초의 반역이었다.

서구에서는 이피게네이아(로마 시대의 여인), 포샤(셰익스피어의 『베니스의 상인』), 조르주 상드 등 소설 속에든 현실 속에든 이따금 그런 남장 여인들이 나타났다. 그리고 그들의 행동 역시 애를 낳고 남편을 따르고 우아하고 정숙하며, 그리고 등덩굴처럼 그 생명의 줄기를 타인의 존재에 의존하여 뻗어가는 여성적인 모든 속성을 거부하고 있다.

여성들의 반란이 남장으로 상징되고 있다는 것은 우리의 고대소설에서도 결코 예외는 아니다. 『옥낭자전』의 옥낭이 그렇고 『사씨남정기』에서도 사씨가 남장을 하고 다니는 대목이 있고, 그리고 『이춘풍전』에서 춘풍의 처가 비장 차림으로 나타나는 것이 있다. 그러나 옥낭은 약혼자 이시업을 감옥에서 꺼내기 위해 그 대역으로 남장을 한 것뿐이며, 사씨는 피난길에 자기 보신의 술책으로 남장 차림을 한 것뿐이다. 그야말로 일시나마 남복 차림을 하고 남자 행세를 자진해서 한 것은 이춘풍의 아내뿐이다.

우리는 비록 그것이 잠재적으로 나타난 것이라 할지라도 춘풍의 아내가 비장이 되고 감영의 뜰을 굽어보며 호령을 하는 그러한 모습에서 너무나도 약하고 순종만 일삼아오던 한 여성의 혁명적 기풍을 발견할 수가 있다. 여러모로 춘풍의 처는 여성답지 않게 걸출하고 진취적이며 행동적이다. 단순한 여걸이라고 부르기보다 여성으로 도저히 할 수 없는 일들을 실험하고 성공시킨 파이오니아적 요소를 지니고 있다.

프로이트는 '아니마', '아니무스'란 말로 양성 관계를 설명해준 적이 있다. 여성의 내면에는 남성적 요소가 잠자고 있고, 남성들의 내면 속에서는 여성적인 요소가 잠재하고 있다는 것이다. 상황이 역전되고 무의식이 폭발하면 여성은 남성적인 것이 되고 남성은 여성적이 된다는 것이다. 춘풍의 처가 남성이 된 것처럼 그 밑에 꿇어앉아 다소곳이 눈물을 흘리는 춘풍은 하나의 여성으로 전락한 것이나 다름없다. 『이춘풍전』은 이러한 양성도착兩性倒錯의 그 징후까지를 보여주고 있다.

그러나 춘풍의 처는 한 여성의 한계를 뛰어넘는 데서 성공했지만 그녀 역시 한 시대의 인간이라는 그 상황에서는 한 발자국도 나가지 못하고 있음을 알 수 있다. 그녀가 비장이 되고 평양 감사의 힘, 즉 권력의 후광에 의해서 자기 남편을 구하고 간악한 추월을 징벌한다는 것은 마치 이도령이 마패와 유척의 권능으로써 춘향을 구하고 변사또를 응징하는 것과 조금도 다름이 없다. 춘풍의 처는 운명에 의존하지 않고 스스로 그 운명의 성벽을 뛰어넘는 행동의 혁명가라고 할 수 있다. 그래서 그가 남성과 다름없는 지위와 힘을 소유했다 하더라도 역시 권력에 의존하고 그 힘을 빌려 난관을 타개한다는 점에서는 근대인의 독립성과는 거리가 멀다.

포샤와 춘풍의 아내를 비교해보자.

여자의 지위나 사회풍습에 있어서 그들은 거의 같은 상황 속에 놓여져 있다. 포샤가 약혼자의 친구를 돕기 위하여 남장을 하고 재판정에 나타난 것이나 춘풍의 처가 돈을 잃고 추월의 집 머슴이 된 남편을 구제하기 위해서 비장 차림으로 춘풍과 추월을 잡아다 재판하는 것이나 조금도 다를 것이 없다는 이야기다.

포샤는 자기 기지에 의해서, 말하자면 당당한 법해석의 슬기로움에 의해서 악독한 샤일록을 분쇄하고 안토니오와 바사니오를 위기일발의 곤경 속에서 구출한다. 보통 재판으로는 도저히 생각해낼 수 없었던 판결이 총명하고 판단성 있는 한 여성(포샤)에 의해서 기적처럼 이루어진 것이다. 그러나 춘풍의 처는 어떠했는가? 우격다짐으로 매질과 협박에 의해서 추월에게서 5000냥을 빼앗아냈다. 간악한 추월을 생각할 때 비록 통쾌한 장면이긴 하나 분명히 권력을 남용한 횡포라고밖에 할 수 없다. 당대의 비장이면 누구나 그런 짓을 할 수가 있었다. 비장의 옷, 비장의 그 자리, 비장의 그 권력이 추월을 응징하고 거지처럼 전락한 그 남편을 구해준 것이지 결코 춘풍의 처라는 순수한 인간의 능력으로 그 위기를 역전시킨 것은 아니다. 법관의 권능을 주었다고 해서 모든 재판관이 포샤처럼 샤일록의 비인도성을 여지없이 분쇄할 수는 없었을 것이다. 포샤는 자신의 슬기를 통하여 법의 위력을 보여준 사람이며, 춘풍의 처는 권력에 의해서 자기 자신을 시위한 인간이었다.

오늘날 포샤의 재판은 법이론상 여러 가지 각도에서 비난을 받고 있다. 예링은 포샤는 명판관이 아니라 있을 수 없는 오판誤判을 저질렀다고 증언하고 있다. 그런데 하물며 춘풍이 자기가 좋아서 추월에 주색잡기로 2000냥을 모두 바친 것을 마치 공금이라도 횡령한 것처럼 뒤집어씌우고 매질을 하고 3000냥이나 더 빼앗아 낸다는 무법에 이르러서는 왈가왈부할 여지조차 없다.

춘풍의 처를 비난하자는 것이 아니다. 그 시대상이 그러했다. 법이 지배하는 사회가 아니라 곤장이 지배하는 사회였으며, 개인의 능력이 아니라 권력의 신드바드에 의해서 사회가 통치되는 그러한 사회였다. 기다리고 기다리다 이도령이 누더기 옷을 걸치고 남원에 이르렀을 때 그 꼴을 본 월매나 춘향은 다 같이 한숨을 쉬며 말한다. “이젠 죽었구나.” 사람이 문제가 아니다. 사람이 갖고 있는 권력이 문제였다. 권력이 없으면 살아 있어도 죽은 자와 다름이 없다. 권력에 의해서만 비로소 존재한다. 마패를 빼앗아 낸다면 대체 무엇이 남는단 말인가. 그 의 미소도 학식도 인품도 대체 옥중에 갇힌 춘향에게 무슨 의미가 있단 말인가. 『춘향전』

을 읽은 독자나 『이춘풍전』을 읽은 독자나 그들은 모두 외칠 것이다. "권력을 우리에게 달라. 인간이 아니다, 권력이다"라고.

하늘의 도움이 아니면 권력의 도움으로 고대소설의 카타스트로프(파국)는 비로소 타개된다. 하늘의 도움이나 권력의 도움은 다 같이 인간 이상의 절대화된 힘이며, 이것이 나타날 때는 기적과 같은 것으로 등장하게 마련이다. 심봉사가 눈을 뜨고, 사씨가 죽을 고비를 넘기고, 춘향이 형장에서 살아나고, 춘풍이 잃었던 돈을 다시 찾아낸다는 그 모든 이야기가 오로지 기적의 힘이라고 할 수밖에 없다. 하늘과 권력이 지배하는 사회 속에서는 합리적인, 그리고 인간주의적인 인간상을 자기 자신의 손으로 스스로 만들어내는 근대인이 탄생되기 어렵다.

여자이면서도 여자 옷을 벗어던진 춘풍의 아내가 주어진 의상들, 천명(운명)이라는, 절대 권력이라는 그 옷을 벗어던지고 새로운 의상을 걸치려 할 때 참으로 인간은 인간다워지며 참으로 여성은 여성다워진다고 할 수 있다. 춘풍의 처에게 박수를 보내다가도 형장에서 피를 흘리며 5000냥을 빼앗기는 권력 없고 가냘픈 한 여인, 추월을 생각하면 어딘지 쓰디쓴 뒷맛을 감추기 어렵다.

권력의 지배자가 되거나 권력의 피지배가 되거나 그것은 위치만이 바뀌져가는 인간상을 만들어낼 뿐 인간 자체의 발전과는 관계가 없는 것이다. 마찬가지로 여자가 남자가 되고, 남자가 여자로 바뀐다 해도 개인의 운명은 달라질지 모르나 양성의 관계는 변함이 없다. 요는 군주와 신민의 관계를 새롭게 뜯어고치고, 남편과 아내의 관계를 새롭게 개선하고자 하는 그 노력 속에서만이 인간은 발전된다. 한국소설의 개혁은 이 관계를 개혁하기보다 위치를 바꿔놓는 역성혁명易性革命의 성질과도 같은 것이었다.

춘풍의 처 역시 여성의 한계는 뛰어넘었으나 권력과 인간간의 그 숙명적 밧줄의 관계에서는 한 발자국도 앞서지 못했다.

조선의 여인으로서는 매우 드문 행동적 여인상이었으면서도 그에겐 행동의 한계라는 것이 그 한계조차 의식할 수 없는 것으로, 말하자면 거미줄 같은 것으로 얽혀져 있다는 사실을 주의 깊게 바라볼 필요가 있다.

소설과 여성

소설 문학과 여성은 밀접한 관련이 있다. 티보데는 “두 종류의 공중公衆은 두 종류의 다른 소설을 낳았다”라고 말한다. 여기 ‘두 종류의 공중’이란 남성과 여성을 말하는 것이다.

마치 상품 시장이 여성 고객과 남성 고객에 의해서 그 양식과 성격이 분류되듯 소설 역시 그것을 읽는 독자에 따라서 양식의 그 의미가 달라진다.

유럽의 경우 로맨스 문학은 여자들의 안방에서 생겨난 것이다.

여자들은 인간의 어린애만 낳은 것이 아니다. 소설 문학까지도 그녀들의 몸으로부터 탄생된 것이라 할 수 있다. 꿈을 동경하고 현세를 떠난 상상의 나라를 헤매다니는 로맨스 문학의 특징은 치마폭 속에서 육성되었고, 떠돌아다니는 순례자나 음유시인들의 아버지들에 의하여 장성해갔다고 할 수 있다.

이와는 반대로 남성들에 의해서 발생된 소설 양식은 야유문학 littératurenàrquoise이라는 반反로마네스크적 풍자소설이다. 여성 양식인 로맨스가 히로익한 면까지 자기를 고양시키고 아이디얼한 생활의 날개를 펼쳐 그것을 독자의 마음에 감화시키는 신기한 체험의 연속이라고 한다면 남성의 구미를 충족시키는 야유 문학은 일상적인 생활 체험을 토대로 하여 허공에서 흔들리는 환상의 풍선을 이 지상에 끌어내리는 생활의 거울 같은 문학이라고 할 수 있다.

한국에 있어서는 어떠했던가?

유학자들은 한결같이 소설을 멸시하려 들었다. 심지어 소설의 성행을 국변國變이고 천하의 풍속을 어지럽게 한다고 지탄했으며, 아희문자兒戱文字라 하여 인간생활에 해독을 끼친다고 보았다. 이 자리에서 구구스러운 소설론을 들춰낼 용기는 없지만 분명히 말해둬야 할 것은 유교가 소설 문학과는 평행하기 어려운 어떤 필연성을 지니고 있다는 사실이다.

소설은 어느 시대에나 이중 플레이를 해왔다. 중세의 로맨스

문학은 언제나 종교적인 것을 배경으로 했고, 그 소재 역시 성지를 찾아가는 순례자나 이교도를 징벌하는 신앙심 깊은 기사들의 모험담이었다. 그러나 그들이 소설에서 구했던 것은 오히려 종교와는 관계없는 인간의 욕망과 끝없는 호기심과 현실의 불평을 해소하는 진정제 같은 구실이었다.

유교는 서구식 문예사조의 용어로 말한다면 고전주의적 정신과 상통한다. 상상력보다는 판단력을, 들뜬 열정보다는 싸늘한 법규를, 그리고 현실에서 멀리 떠나고자 하는 원심력보다는 윤리의 세계로 정착하는 구심력이 문제가 된다.

이런 의미에서 한국의 소설 역시 여자들의 규방 속에서 자랐다. 겉으로는 유교적인 강한 윤리의식과 교훈적인 주제로 위장되어 있으나 좀 더 깊이 읽어가면 그와는 관계없는 억압된 모든 욕구를 발산코자 하는 잠재력이 태동하고 있다.

『춘향전』을 읽는 모든 독자는 외설을 즐긴다. 이도령은 단순한 개구멍 서방이며, 춘향은 남성의 쾌락을 충족시키는 정부나 다름이 없다. 실제 묘사나 이야기의 줄거리가 그런 쪽으로 더 편중되어 있는 것이다.

하지만 이러한 본능적 욕구의 발산을 위장할 수 있는, 그리고 자기 자신까지도 기만할 수 있는 윤리성이 없다면 규방 여인들이 감히 읽을 엄두를 내지 못했을 것이다. 말하자면 무의식 속에는 A를 즐기고, 표면적으로는 B를 내세우는 무의식적 자기기만의 연극이 소설을 읽는 독자 심리에 동시적으로 작용한다. 이것은 마치 서부 활극을 보는 오늘날의 관중이 표면으로는 권선징악의 윤리성을 즐기는 척하면서 누구나 속으로는 폭력, 학살, 파괴, 무법과 황금과 욕망의 난무를 즐기고 있는 것과 다름이 없다.

독자의 의식의 표면에서는 착하고 어진 열녀인 춘향이나 사씨나 심청이의 편이 되지만, 그 무의식 속에서는 매를 내려치는 변사또의 폭력, 남을 해치고 음행을 저리는 교씨, 눈먼 소경을 학대하고 그 재산을 털어먹는 뺑덕어미의 편이 된다. 인간에게는 누구나 악의 본능이 있다. 더구나 유교의 지나친 형식윤리 속에서 살아가야 했던 여인들에겐 그만큼 좌절된 욕구불만의 잠재의식도 컸을 것이다.

결코 이 말이 지나친 억측이 아니라는 것은 여인들을 중심으로 한 한국의 고대소설에 자학 취미와 잔인한 사디즘이 흐르고 있기 때문이다.

예외 없이 그 주제는 열녀와 성인군자를 다룬 권선징악의 세계지만 그 결론의 종착역에 이르는 과정 묘사는 잔인한 마조히즘과 사디즘이 충만해 있다. 춘향이 매를 맞는 장면들을 보라. 고대소설에서 상세한 묘사를 하는 장면은 으레 매를 치는 장면이다.[26]

26) 오즈구느는 한국인의 습성(술과 결혼생활에 이르는) 속에 잠긴 잔인성이나 사디즘의 원인을

춘향이 머리채를 어린 시절 연실 감듯, 뱃사공의 닻줄 감듯, 사월 팔일 등대 감듯 휘휘칭칭 감아쥐고 동댕이쳐 엎지르니, 불쌍하다 춘향 신세, 백옥 같은 고운 몸이 육자백으로 엎어졌구나…….

—『춘향전』

춘풍이 이 말 듣고 대로하여 어질고 착한 아내 머리채를 석전시전 비단 감듯, 상전시전 연줄 감듯, 사월 팔일 등대 감듯 뱃사공의 닻줄 감듯, 휘휘칭칭 감아쥐고 이리 치고 저리 치며…….

—『이춘풍전』

억압된 현대인들은 욕망을 유리창을 부수거나 차를 몰고 정신없이 달리거나 레슬링이나 복싱을 보면서 풀어갔지만, 조선 사람들은 이런 대목에서 욕구불만을 해소했을 것이다.

또 상태 묘사를 늘어놓는 대목은 음식명, 가구, 집 들이다. 『춘향전』의 집 안 묘사가 기물명, 음식명(어떤 소설에서든 음식 이름이나 방 안의 가구들 묘사가 빠지지 않는 것이 특색이다)이 장장 수백 단어에 달하는데

억압된 에고와 욕구불만으로 보았다. 그래서 한국인 남자들은 흔히 지나친 음주벽에 빠지고 떠들어대지 않고는 직성이 풀리지 않는 습성이 생겼는지도 모른다. 그리고 그들이 자기 마음에 드는 여자들에게 접근할 수 있는 길이 거의 막혀 있기 때문에 육체적인 만족과 에고의 충족이 불가능하고, 그 결과 횡포와 사디즘의 경향이 증대하며, 그로 말미암아 자연히 소요를 일으키고 고문을 일삼는 버릇이 생긴다고 했다.(『인물한국사 Ⅳ』 436쪽 참조)

그것을 실제로 합쳐놓으면 진시황의 궁전이 무색할 지경이다. 소유하고 싶은 욕망의 잠재적 발로다.

얻어만 맞았기에 소설 속에서는 무조건 때리는 장면이 신이 난다. 가난했기에 무조건 음식명과 가구, 패물과 술상이 나오면 갖고 싶고 먹고 싶고 누리고 싶은 소유 욕망이 분출한다.

> 춘풍의 나삼을 휘여잡고 난간에 올라서서 좌우를 살펴보니 집치레도 황홀하다. 사면 팔자 입구자로 육간 대청 전후회에 이층난간 맵시있다. 방 안을 살펴보니 각장장판 소란반자, 국화 새긴 완자창과 산부병의 미인도가 아름답다.
>
> —『이춘풍전』

> 안주 등을 보자 하니 고음새도 정결하고 대양판 가리찜, 소양판 제육찜, 풀풀 뛰는 숭어찜, 포도동 날으는 매초리탕에 동래 울산 대전복…… 염통산적 양볶음과 춘치자명 생치다리, 적벽대접 분원기에 냉면조차 비벼놓고 생밤, 찐밤, 잣송이며…….
>
> —『춘향전』

오늘날의 독자들은 이렇게 끝없이 계속되는 음식명이나 피륙, 패물, 농장 그리고 뜰 안의 기화요초 이름의 나열이 메뉴나 한문서漢文書를 읽는 것 같아 지루하게 느껴지지만, 옛날의 독자들은 이런 대목이야말로 가장 신나는 장면이었을 것이다. 평생 가야 구경도 못한 진귀한 물건들, 임금이 아니면 냄새조차 맡기 어려운 음식명들을 숨 돌이킬 여유도 주지 않고 폭포처럼 주워섬길 때 그들은 정신이 아찔할 정도로 흥분과 스릴을 맛보았을 것이다.

『춘향전』을 읽으면 그 같은 열녀가 되리라고 생각지 않는 사람은 많아도 그러한 대목들의 물건과 음식은 하나도 빼놓지 않고 지녀보고 싶다는 생각을 하지 않는 사람은 없었을 것이다. 그것은 누구나 여인들이 지니고 있는 꿈의 목록들이었기 때문이다. 결국 고대소설은 주로 아녀자들이 읽었고, 또 그러한 여인들은 예외 없이 윤리 도덕의 감방 속에 갇혀 있었기 때문에 한국의 로마네스크는 자연히 마조히스트적이고 사디스트적으로 흐르지 않을 수 없었다.

소설 속의 여인상도 이러한 면을 무시하고 읽을 수는 없다. 거두절미하고, 외면적인 테마 속에서만 한국의 여인을 찾으려면 잘못이리라. 어려서는 심청이 되고, 사춘기에 들어서면 춘향이 되고, 결혼을 하면 사씨 부인처럼 된다. 조선의 사회가 그렇게 강요했다. 남자들이 그러기를 원하고 그렇게 되기를 가르쳤다. 우리는 심청에게 티 없이 맑은 효를, 춘향에게서는 불꽃 같은 연정과 동시에 바위처럼 싸늘한 수절의 마음을, 그리고 또한 사씨 부인에게서는 침묵하고 견디며 기다리며 좇는, 깊고 깊은 아내의 덕행을 본다.

그러나 한옆에서는 300석으로 인신을 매매하고, 백옥같이 하얀 여인의 살결에 시뻘건 피가 맺히는 곤장의 소리를, 자기 목적을 위해서는 친자식까지 죽이는 끔찍한 핏줄의 단절을, 그리고 호화로운 잔치를, 눈부신 가구가 널려 있는 집들을, 마패와 금잔과 부귀영화를 거느린 생살여탈전의 권력을, 그 출세를 꿈꾸는 검은 무의식이 꿈틀대는 소용돌이를 본다.

여기서 우리는 어두운 밤을 비틀거리며 걸어간 조선 여인들의 마음의 풍속도를 본다. 그것은 꽃이며 동시에 가시다. 침묵의 폭동이고 두꺼운 놋쇠에 끝없는 음향을 간직하고 있는 침묵의 종이다.

분명 그것은 침묵의 종이다. 우리는 그것을 때리리라. 통곡 같은 울음이, 욕망의 속삭임이, 해방되고 싶고 날아가고 싶은 좌절의 언어들이 이상한 불협화음을 이루며 울리리라. 어쩌면 그 종의 여운은 오늘의 여인상에도 은은히 뻗쳐 있을지도 모른다.

작품 해설

'강인한 여인' 박경리 vs '경쾌한 청년' 이어령

김진애 | 건축가

박경리(1927~2008)와 이어령(1934~2022). 살아생전 '신화'가 된 인물이다. 신화가 되었기에 오히려 두 인물의 진면목은 가려버리는지도 모른다. 너무도 '당연하게' 그 신화적 존재를 인정함으로써 오히려 그들의 의미를 절실하게 느끼지 못하는지도 모른다.

박경리와 이어령은 '나'에게 누구일까? 박경리는 나에게 '뿌리적 인간'이다. 이어령은 나에게 '미래적 인간'이다. 뿌리 인간과 미래 인간 사이에서, '나는 과연 어떤 인간일까' 생각하게 만들어 주는 두 인물이다.

'땅'과 '바람', 과 '青年'

박경리와 이어령은 '상징'이다. 박경리의 『토지』가 가장 사랑받는 현대 한국 문학이라는 데 별 이의가 없고, 이어령은 『흙 속에 저 바람 속에』라는 공전의 베스트셀러 이후 '한국 문화'를 대표하는 문화인사라는 데 별 이의가 없다. 이외에도 수많은 작품들이 있지만 두 인물의 대표작 이름이 공교롭게도 '땅'과 '풍토'를 달고 있음은 그 자체로 상징적이다.

박경리의 상징은 확실하게 '땅'이고, 이어령의 상징은 땅보다는 그 위에 부는 '바람' 아닐까. '땅'에 대해 애끓는 심정을 갖고 있는 우리에게 사회적, 역사적 의미까지 중첩된 『토지』는 각별하게 다가올 수밖에 없다. 끝없이 돌아가고 싶은, 언제나 기대고 싶은, 나와 우리를 확인하고 싶은 소망, 여전히 '갈 수 없는 땅'을 가진 우리이기에 더할 것이다.

이어령은 끊임없이 변화하는 바람에 더 관심이 있는지도 모른다. 이 움직이지 않는 땅 위에 불어오는 바람을 어떻게 읽을까. 어떻게 이 바람을 탈거나, 이 바람을 타고 어디로 날아갈거나 말거나, 어디서 불어오는 바람인가, 이 바람을 어떻게 잠재울까? 바람은 잘 잡히지 않는다.

이들의 작품을 처음부터 끝까지 읽었든 아니든, 박경리와 이어령 저작의 영향권을 의식하지 않는 사람은 거의 없으리라. 나 역시 10대와 20대를 이들 책의 영향권에서 살았다. 책 표지에 저자 얼굴이 나오지 않던 시절에 나는 박경리를 한동안 남자로 생각했었다. 박경리가 '여인'임을 알았을 때의 그 '기쁜 놀라움'을 나는 지금도 기억한다.

이어령은 그 인물에 대한 호기심보다도 『흙 속에 저 바람 속에』를 놓고 열심히 토론하던 젊은 청년들이 오히려 이미지에 남아 있다. 1960년대 격변의 시대를 살았던, 내가 선망의 염으로 올려다보았던 '오빠' 청년들이다. 그래서 그런지 이어령에게서는 항상 '청년'이 느껴진다.

'女人'의 강한 힘을 느끼게 된 것은 순전히 박경리 덕분이다. '여인'이라는 말이 박경리 앞에서처럼 힘차고 성숙된 느낌으로 다가올 수 있을까. '인간'이라는 말보다 더 치열하게 오는 그 느낌이 좋다. '靑年'의 도전이란 언제나 불안할 수밖에 없다는 것을 막연하게 느끼고, 우리 사회란 어떻게 이렇게 계속 청년에 남아 있는가 의문을 가지면서도, 이어령이 던져주는 '청년성'은 흥미롭고 신기하고 무엇보다도 설레는 마음을 갖게 한다.

'女人' 박경리 앞에서는 경건해지고 '靑年' 이어령 앞에서는 경쾌해진다. 박경리에게서는 숙명의 존재와 운명의 힘이 느껴진다. 존재의 무게에 대해 휘청거리는가 하면, 이 존재의 가벼움이 싫어지기도 한다. 이어령 앞에서는 어딘가 날고 싶은 욕망에 겨드랑이에 날개가 돋을 듯싶다. "날아라, 날아라…." 이카루스가 되어도 괜찮지 않은가. 설령 떨어지는 한이 있더라도.

누구에게도 '델파이'

박경리와 이어령은 환영받는 '델파이delphi' 역할을 하는 몇 안 되는 인물이다. 정치 성향이나 취향에 구애받지 않을 수 있다. 이들을 좋아한다고 얘기해도 이들을 존경한다고 해도 이들을 인용해도 눈치 볼 이유가 별로 없다. 당연한 듯싶지만, 사실 편 가르기가 무성한 세상이고 보면 이런 위상의 사람을 찾아보기 쉽지 않은 우리 사회 아닌가.

물론 두 인물의 행적은 극히 다르다. 박경리는 스스로 고독 공간을 만들었고 그 고독을 기꺼워하고 설령 외로워할지라도 그 고독이 깨질까 봐 걱정하는 듯한 모습이다. 그야말로 '땅'에 뿌리박은 모습이다. 이어령은 어디에도(?) 나타났다. 적어도 문화를 얘기하고 변화를 얘기하는 그 어디에도. 한국뿐 아니라 일본에도 중국에도. 문학평론가나 작가로서뿐 아니라, 문화행정가로서 문화기획가로서, 문화이론가로서 문화커뮤니케이터로서.

두 인물에 대한 비판은 물론 있다. 그러나 이들의 델파이 위상을 회의할 정도는 아니다. 박경리에 대해서는 『토지』 3부 이후가 긴박감이 떨어진다거나 "왜 최서희의 '보복'이냐?" 같은 불만도 있지만, 묻혀버리는 불만이다. 나 개인적으로서는 미디어를 통해서나마 별로 뵐 수가 없어서 불만이다. 그러나 한편 그렇게 가끔씩 볼 수 있는 상징적 모습이 더 좋기도 하다.

이어령은 공적 활동이 많으니 당연지사 입방아에 자주 오른다. 그러나 그의 활동반경에 비하면 놀랍도록 적다. 이어령의 '다변'에 대한 불만은 애교에 속하는 편이다. 시간을 다투는 방송이 나

인터뷰에서 그의 '다변'은 '어쩔 수 없다'고 아예 포기한 정도다. 이어령은 종종 '재사才士'로 표현되는데, 알다시피 '재사'라는 말은 우리 사회에서는 은근히 폄하하는 말이라는 것에 쓴웃음도 나온다. 문화행정인으로서의 이어령의 '아이디어'가 너무 '깜짝 쇼'적이라는 비판도 있지만 여전히 그 아이디어에 귀를 기울이는 것은 또한 흥미로운 현상이 아닐 수 없다.

이미 만들어진 델파이라는 권위에 도전하지 못해서일까? 이들의 '상징적 역할'이 별로 위협적이지 않아서일까? 그보다는 이어령, 박경리에게 '비非'적인 요소가 많기 때문일 것이다.

비논쟁적, 비사교적, 비무리적 인물의 우산雨傘

박경리와 이어령은, 우선, '비논쟁적' 인물이다. '정치' 또는 '정치화'에서 멀찌감치 비껴나 있다. 이어령의 '장관직 역임'에도 불구하고, 이어령이 그의 20대에 "우상의 파괴"라는 글로부터 날카로운 비평의 칼을 휘둘러댔다고 하나 대중에 나타난 그의 모습은 갈등이나 논쟁보다는 조화와 통합에 있다. 박경리의 기본 파워는 그 누구도 거부할 수 없는 '생명력'이고 '투지'이고 '자기 몰입'이다. 어떤 노선에 있건 깊이 감동하게 되는 힘이 아닐 수 없다.

박경리와 이어령은 '비사교적'이라고 해도 좋을 것이다. 박경리는 스스로 만든 고독에 들어앉아 있는 것을 누구도 받아들이고 있고, 이어령은 물론 엄청난 사교생활과 공적 출연에도 불구하고 어느 정도는 항상 '거리'를 둔 모습이다. 두 인물 모두 외로워 보인다.

박경리와 이어령은 '비무리적' 인물이라는 말이 정확할 것이다. '박경리'만으로 언제나 족하다. 언제나 '이어령'만으로 족하다. '홀로 인물'이다. 원주의 '토지문학관'이 문을 열어서 활발한 문화활동이 벌어지더라도 박경리는 어느 파에 속하는 것이라 상상조차 할 수 없다. 이어령은 다채로운 미디어 활동 외에 월간지 『문학사상』을 창간하고 많은 인재들을 발굴했음에도 불구하고 어떤 무리를 형성한 바가 없다. '어디에 속하나' 같은 의문이 오히려 어리석다.

이런 비논쟁성, 비사교성, 비무리성 덕분에 박경리와 이어령은 오히려 '우산'이다. 아주 큰 우산이다. 멀리서 지켜준다. 멀어서 오히려 사람을 촉발하는 힘이 있다. 이들이 발굴하고 지원한 인재를 거론할 것도 없이 이들의 기와 혼을 얻는 것으로 족하다.

언어 감각과 공간 감각

박경리와 이어령은 언어 감각에 더하여 공간 감각이 탁월하다는 공통점이 있다. 이어령의 문학작품에 대한 공간기호학적 분석은 물론이요, 우리 문화의 소재들을 공간적으로 분석하고 언어로 의미화하는 그의 역량은 '독특한' 능력이다. 디자이너들이 그 뜻의 반의반만 소화해도 우리의 현대 디자인은 어떤 단계를 넘어서기도 하련만. 그의 문화기획은 언어 이미지를 공간 이미지화 하는 특출한 작업이다. '막막하게 큰 스타디움에 한 어린아이가 굴렁쇠를 굴려간다, 수십만의 눈이 지켜보고 긴장으로 숨이 막히도록 조용한 가운데……' 강력한 이미지다.

박경리의 인터뷰 중에서 "다시 태어나면 건축가를 하고 싶다"는 대목이 있다. 분명, 박경리는 '자연 파괴'라는 건축가의 운명적 속성을 뛰어넘는 건축가가 될 것을 나는 믿어 의심치 않는다. 이 생에서 박경리는 글로 건축을 한 것 아닐까? 나는 『토지』에서 우리 한옥과 마을의 생생한 아름다움과 뜻을 언어를 통해 먼저 깨우쳤다. 나중에 소설 속의 공간이 온통 박경리의 상상 공간이라는 것을 알았을 때 나는 그 속아버린 것에 아주 기분 좋아졌던 것은 물론이다. 최근 지어졌다는 하동 평사리의 '최참판 댁'이 과연 소설 속의 공간 상상력만큼 실제로 살아났을까?

언어 감각과 공간 감각을 넘나드는 두 사람, 그래서 이들의 세계는 커지는 것일 게다.

그러나 대비적 인물

물론 박경리와 이어령은 대비되는 성격이 더 강하다. 박경리는 심플하다. '원초적'이라는 말이 더욱 맞을 것이다. 말이 별로 필요 없다. 눌변은 아니지만 부끄럼을 타는 게 아닐까 싶을 정도로 공적인 자리에 나서지 않기도 하거니와 그의 메시지는 '수사'가 필요 없다. 생명, 염치심, 수고함의 가치, 보잘것없음에 대한 감사함…….

이어령은 복합적이다. 추상적 화법과 모순 화법과 화려한 수사학을 즐겨 구사하기 때문이기도 하겠지만, 이것인가 하면 저것이고 저것인가 하면 이것이다. 이어령은 때로는 과장되게 때로는 과단순화하는 것이 아닐까 싶게 수많은 정의를 내리지만 사실은 여전히 잡히지 않도록, 해석과 궁리의 여지를 남겨둔다.(물론 이에 대해서는 더욱 구체적인 논쟁의 여지가 있을 것이다.)

박경리는 항상 '깊이 절망하라'고 시작한다. 절실하게 절망할 수 있어야 희망도 피울 수 있다고 한다. 이어령은 항상 '희망'을 얘기하는 것처럼 보인다. 이어령의 공적 역할은 그렇게 희망을 전해주는 것임을 그 자신도 알고 있다. 그러나 박경리의 절망 속에 오히려 희망을 느끼게 되고, 이어령의 희망 속에서는 절망할지도 모를 기운이 감돌지 않나. 흥미로운 대비다.

박경리가 『토지』의 최치수를 자신의 분신처럼 생각한다는 인터뷰를 본 적이 있는데, "아하!" 했었다. 자신의 태생 비밀을 막연히 짐작하면서도 감히 입에 내지도 못하고 배신의 배신을 거듭 겪으면서도 꼿꼿이 자신을 지키는 것. 박경리의 깊은 콤플렉스 그러고도 버텨나는 자존심은 뿌리 인간을 지켜내는 힘이 아닐까?

복합적인 이어령에게서는 '근대 인간, 날개 인간', '이상李箱'이 묻어나온다. 시간을 초월하고 싶어 했던, 현실을 넘어서고 싶어 했던 인간. 그러나 이상과 달리 현실 공간에 몸이 얽매이면서 끊임없이 날개를 퍼덕이는 미래 인간. 이어령의 프로젝트는 결코 끝나지 않을 듯싶다.

뿌리 인간과 미래 인간의 거인

박경리는 큰 산, 그것도 산자락 주름이 깊이 파인 산이다. 그 주름 자락에 무엇이든 받아들이고, 절망과 실패와 한숨과 회한조차도 그 주름 속에 다 숨어 있지만, 여전히 든든하고 푸근하다. 이어령은 큰 바다 아닐까? 도대체 그 안에 무엇이 들어 있을지 모를, 햇빛에 반짝이고 수많은 파도가 넘실대고 폭풍우가 몰아치는 변화를 그대로 반사한다. 그러고는 떠남을 부추긴다.

나는 판단하고 싶지 않다. 다만 박경리와 이어령이라는 인물이, 더구나 그 세대에 나타났고 지금도 같은 시간에 있고 여전히 자신의 탐구를 그치지 않고 있다는 것에 기쁨을 느낄 뿐이다. 수

많은 의문을 던져주고 단서를 던져준다는 것이 고마울 뿐이다.

『토지』를 일본어로 한 자 한 자 번역하고 있는 박경리의 모습을 상상하는 것만으로도 뿌듯하다. 그 작업을 끝내든 아니든, 그의 뿌리 또는 우리의 뿌리를 또 하나 내리고 있다는 사실로 좋다. 공적 자리를 은퇴하고 저작 작업에 정진하겠다는 이어령, '나비'처럼 날아다니는 언어를 잡는 것으로 충분했던 젊은 날이 아니라고 하지만, 그에게는 수많은 나비가 여전히 날아다닐 것으로 나는 상상한다. 미래란 그렇게 날갯짓 아닌가.

나에게 뿌리는 무엇이며 나에게 미래란 무엇인가? 답은 없어도 의문은 뜻이 있다. 우리의 아픈 시간을 돌아보면서도 오히려 깊은 애정을 느끼게 하는 거인, 박경리. 아무리 부질없는 부나비 짓이라 하더라도 그 퍼득임이 뜻 있음을 느끼게 하는 거인, 이어령.

그들이 하지 않은 그 어떤 것을 탓하기보다, 그들이 한, 하려 했던 작업의 뜻을 찾고 또 이을 수 있는 우리가 될 수 있을까? 사회에 묻기 전에, 나 자신이 그럴 수 있을까?

—『월간중앙』 2003년 6월호 「김진애의 男女열전-6」

김진애

서울대 건축학과를 졸업하고, 미국 MIT에서 건축학 석사 및 환경설계학 박사학위를 취득했다. 건축가, 도시계획가이며 (주)서울포럼 대표로 있다. 선농테라스, 산본 신도시, 인사동길, 수영 정보 단지, 밀라노 트리엔날레 서울전시관 등을 설계했으며, 『김진애의 우리도시예찬』, 『이 집은 누구인가』, 『매일매일 자라기』, 『남자 당신은 흥미롭다』, 『메타우먼』, 『나의 테마는 사람, 나의 프로젝트는 세계』 등의 저서가 있다.

이어령 작품 연보

문단 : 등단 이전 활동

「이상론-순수의식의 뇌성(牢城)과 그 파벽(破壁)」	서울대 《문리대 학보》 3권, 2호	1955.9.
「우상의 파괴」	《한국일보》	1956.5.6.

데뷔작

「현대시의 UMGEBUNG(環圍)와 UMWELT(環界)-시비평방법론서설」	《문학예술》 10월호	1956.10.
「비유법논고」	《문학예술》 11,12월호	1956.11.

* 백철 추천을 받아 평론가로 등단

논문

평론·논문

1. 「이상론-순수의식의 뇌성(牢城)과 그 파벽(破壁)」	서울대 《문리대 학보》 3권, 2호	1955.9.
2. 「현대시의 UMGEBUNG와 UMWELT-시비평방법론서설」	《문학예술》 10월호	1956
3. 「비유법논고」	《문학예술》 11,12월호	1956
4. 「카타르시스문학론」	《문학예술》 8~12월호	1957
5. 「소설의 아펠레이션 연구」	《문학예술》 8~12월호	1957

6. 「해학(諧謔)의 미적 범주」	《사상계》 11월호	1958
7. 「작가와 저항 - Hop Frog의 암시」	《知性》 3호	1958.12.
8. 「이상의 시의와 기교」	《문예》 10월호	1959
9. 「프랑스의 앙티 - 로망과 소설양식」	《새벽》 10월호	1960
10. 「원형의 전설과 후송(後送)의 소설방법론」	《사상계》 2월호	1963
11. 「소설론(구조와 분석) - 현대소설에 있어서의 이미지의 문제」	《세대》 6~12월호	1963
12. 「20세기 문학에 있어서의 지적 모험」	서울법대 《FIDES》 10권, 2호	1963.8.
13. 「플로베르 - 걸인(乞人)의 소리」	《문학춘추》 4월호	1964
14. 「한국비평 50년사」	《사상계》 11월호	1965
15. 「Randomness와 문학이론」	《문학》 11월호	1968
16. 「최남선의 「해에게서 소년에게」 분석」	《문학사상》 2월호	1974
17. 「춘원 초기단편소설의 분석」	《문학사상》 3월호	1974
18. 「문학텍스트의 공간 읽기 - 「早春」을 모델로」	《한국학보》 10월호	1986
19. 「鄭夢周의 '丹心歌'와 李芳遠의 '何如歌'의 비교론」	《문학사상》 6월호	1987
20. 「'處容歌'의 공간분석」	《문학사상》 8월호	1987
21. 「서정주론 - 피의 의미론적 고찰」	《문학사상》 10월호	1987
22. 「정지용 - 창(窓)의 공간기호론」	《문학사상》 3~4월호	1988

학위논문

1. 「문학공간의 기호론적 연구 - 청마의 시를 중심으로」	단국대학교	1986

단평

국내신문

1. 「동양의 하늘 - 현대문학의 위기와 그 출구」	《한국일보》	1956.1.19.~20.
2. 「아이커러스의 귀화 - 휴머니즘의 의미」	《서울신문》	1956.11.10.

3. 「화전민지대 - 신세대의 문학을 위한 각서」	《경향신문》	1957.1.11.~12.
4. 「현실초극점으로만 탄생 - 시의 '오부제'에 대하여」	《평화신문》	1957.1.18.
5. 「겨울의 축제」	《서울신문》	1957.1.21.
6. 「우리 문화의 반성 - 신화 없는 민족」	《경향신문》	1957.3.13.~15.
7. 「묘비 없는 무덤 앞에서 - 추도 이상 20주기」	《경향신문》	1957.4.17.
8. 「이상의 문학 - 그의 20주기에」	《연합신문》	1957.4.18.~19.
9. 「시인을 위한 아포리즘」	《자유신문》	1957.7.1.
10. 「토인과 생맥주 - 전통의 터너미놀로지」	《연합신문》	1958.1.10.~12.
11. 「금년문단에 바란다 - 장미밭의 전쟁을 지양」	《한국일보》	1958.1.21.
12. 「주어 없는 비극 - 이 시대의 어둠을 향하여」	《조선일보》	1958.2.10.~11.
13. 「모래의 성을 밟지 마십시오 - 문단후배들에게 말한다」	《서울신문》	1958.3.13.
14. 「현대의 신라인들 - 외국 문학에 대한 우리 자세」	《경향신문》	1958.4.22.~23.
15. 「새장을 여시오 - 시인 서정주 선생에게」	《경향신문》	1958.10.15.
16. 「바람과 구름과의 대화 - 왜 문학논평이 불가능한가」	《문화시보》	1958.10.
17. 「대화정신의 상실 - 최근의 필전을 보고」	《연합신문》	1958.12.10.
18. 「새 세계와 문학신념 - 폭발해야 할 우리들의 언어」	《국제신보》	1959.1.
19. *「영원한 모순 - 김동리 씨에게 묻는다」	《경향신문》	1959.2.9.~10.
20. *「못 박힌 기독은 대답 없다 - 다시 김동리 씨에게」	《경향신문》	1959.2.20.~21.
21. *「논쟁과 초점 - 다시 김동리 씨에게」	《경향신문》	1959.2.25.~28.
22. *「희극을 원하는가」	《경향신문》	1959.3.12.~14.
* 김동리와의 논쟁		
23. 「자유문학상을 위하여」	《문학논평》	1959.3.
24. 「상상문학의 진의 - 펜의 논제를 말한다」	《동아일보》	1959.8.~9.
25. 「프로이트 이후의 문학 - 그의 20주기에」	《조선일보》	1959.9.24.~25.
26. 「비평활동과 비교문학의 한계」	《국제신보》	1959.11.15.~16.
27. 「20세기의 문학사조 - 현대사조와 동향」	《세계일보》	1960.3.
28. 「제삼세대(문학) - 새 차원의 음악을 듣자」	《중앙일보》	1966.1.5.
29. 「'에비'가 지배하는 문화 - 한국문화의 반문화성」	《조선일보》	1967.12.28.

30. 「문학은 권력이나 정치이념의 시녀가 아니다-'오늘의 한국문화를 위협하는 것'의 조명」	《조선일보》	1968.3.
31. 「논리의 이론검증 똑똑히 하자-불평성 여부로 문학평가는 부당」	《조선일보》	1968.3.26.
32. 「문화근대화의 성년식-'청춘문화'의 자리를 마련해줄 때도 되었다」	《대한일보》	1968.8.15.
33. 「측면으로 본 신문학 60년-전후문단」	《동아일보》	1968.10.26.,11.2.
34. 「일본을 해부한다」	《동아일보》	1982.8.14.
35. 「푸는 문화 신바람의 문화」	《중앙일보》	1982.9.22.
36. 「떠도는 자의 우편번호」	《중앙일보》 연재	1982.10.12.~1983.3.18.
37. 「희극 '피가로의 결혼'을 보고」	《한국일보》	1983.4.6.
38. 「북풍식과 태양식」	《조선일보》	1983.7.28.
39. 「창조적 사회와 관용」	《조선일보》	1983.8.18.
40. 「폭력에 대응하는 지성」	《조선일보》	1983.10.13.
41. 「레이건 수사학」	《조선일보》	1983.11.17.
42. 「채색문화 전성시대-1983년의 '의미조명'」	《동아일보》	1983.12.28.
43. 「귤이 탱자가 되는 사회」	《조선일보》	1984.1.21.
44. 「한국인과 '마늘문화'」	《조선일보》	1984.2.18.
45. 「저작권과 오린지」	《조선일보》	1984.3.13.
46. 「결정적인 상실」	《조선일보》	1984.5.2.
47. 「두 얼굴의 군중」	《조선일보》	1984.5.12.
48. 「기저귀 문화」	《조선일보》	1984.6.27.
49. 「선밥 먹이기」	《조선일보》	1985.4.9.
50. 「일본은 대국인가」	《조선일보》	1985.5.14.
51. 「신한국인」	《조선일보》 연재	1985.6.18.~8.31.
52. 「21세기의 한국인」	《서울신문》 연재	1993
53. 「한국문화의 뉴패러다임」	《경향신문》 연재	1993
54. 「한국어의 어원과 문화」	《동아일보》 연재	1993.5.~10.
55. 「한국문화 50년」	《조선일보》 신년특집	1995.1.1.

56.「半島性의 상실과 회복의 역사」	《한국일보》 광복50년 신년특집 특별기고	1995.1.4.
57.「한국언론의 새로운 도전」	《조선일보》 75주년 기념특집	1995.3.5.
58.「대고려전시회의 의미」	《중앙일보》	1995.7.
59.「이인화의 역사소설」	《동아일보》	1995.7.
60.「한국문화 50년」	《조선일보》 광복50년 특집	1995.8.1.
외 다수		

외국신문

1. 「通商から通信へ」	《朝日新聞》 교토포럼 主題論文抄	1992.9.
2. 「亞細亞の歌をうたう時代」	《朝日新聞》	1994.2.13.
외 다수		

국내잡지

1. 「마호가니의 계절」	《예술집단》 2호	1955.2.
2. 「사반나의 풍경」	《문학》 1호	1956.7.
3. 「나르시스의 학살-이상의 시와 그 난해성」	《신세계》	1956.10.
4. 「비평과 푸로파간다」	영남대 《嶺文》 14호	1956.10.
5. 「기초문학함수론-비평문학의 방법과 그 기준」	《사상계》	1957.9.~10.
6. 「무엇에 대하여 저항하는가-오늘의 문학과 그 근거」	《신군상》	1958.1.
7. 「실존주의 문학의 길」	《자유공론》	1958.4.
8. 「현대작가의 책임」	《자유문학》	1958.4.
9. 「한국소설의 현재의 장래-주로 해방후의 세 작가를 중심으로」	《지성》 1호	1958.6.
10.「시와 속박」	《현대시》 2집	1958.9.
11.「작가의 현실참여」	《문학평론》 1호	1959.1.
12.「방황하는 오늘의 작가들에게-작가적 사명」	《문학논평》 2호	1959.2.
13.「자유문학상을 향하여」	《문학논평》	1959.3.
14.「고독한 오솔길-소월시를 말한다」	《신문예》	1959.8.~9.

15. 「이상의 소설과 기교-실화와 날개를 중심으로」 《문예》 1959.10.
16. 「박탈된 인간의 휴일-제8요일을 읽고」 《새벽》 35호 1959.11.
17. 「잠자는 거인-뉴 제네레이션의 위치」 《새벽》 36호 1959.12.
18. 「20세기의 인간상」 《새벽》 1960.2.
19. 「푸로메떼 사슬을 풀라」 《새벽》 1960.4.
20. 「식물적 인간상-『카인의 후예』, 황순원 론」 《사상계》 1960.4.
21. 「사회참가의 문학-그 원시적인 문제」 《새벽》 1960.5.
22. 「무엇에 대한 노여움인가?」 《새벽》 1960.6.
23. 「우리 문학의 지점」 《새벽》 1960.9.
24. 「유배지의 시인-쌍죵·페르스의 시와 생애」 《자유문학》 1960.12.
25. 「소설산고」 《현대문학》 1961.2.~4.
26. 「현대소설의 반성과 모색-60년대를 기점으로」 《사상계》 1961.3.
27. 「소설과 '아펠레이션'의 문제」 《사상계》 1961.11.
28. 「현대한국문학과 인간의 문제」 《시사》 1961.12.
29. 「한국적 휴머니즘의 발굴-유교정신에서 추출해본 휴머니즘」 《신사조》 1962.11.
30. 「한국소설의 맹점-리얼리티 외, 문제를 중심으로」 《사상계》 1962.12.
31. 「오해와 모순의 여울목-그 역사와 특성」 《사상계》 1963.3.
32. 「사시안의 비평-어느 독자에게」 《현대문학》 1963.7.
33. 「부메랑의 언어들-어느 독자에게 제2신」 《현대문학》 1963.9.
34. 「문학과 역사적 사건-4·19를 예로」 《한국문학》 1호 1966.3.
35. 「현대소설의 구조」 《문학》 1,3,4호 1966.7., 9., 11.
36. 「비판적 「삼국유사」」 《월간세대》 1967.3~5.
37. 「현대문학과 인간소외-현대부조리와 인간소외」 《사상계》 1968.1.
38. 「서랍 속에 든 '不穩詩'를 분석한다-'지식인의 사회참여'를 읽고」 《사상계》 1968.3.
39. 「사물을 보는 눈」 《사상계》 1973.4.
40. 「한국문학의 구조분석-反이솝주의 선언」 《문학사상》 1974.1.
41. 「한국문학의 구조분석-'바다'와 '소년'의 의미분석」 《문학사상》 1974.2.
42. 「한국문학의 구조분석-춘원 초기단편소설의 분석」 《문학사상》 1974.3.

43. 「이상문학의 출발점」	《문학사상》	1975.9.
44. 「분단기의 문학」	《정경문화》	1979.6.
45. 「미와 자유와 희망의 시인-일리리스의 문학세계」	《충청문장》 32호	1979.10.
46. 「말 속의 한국문화」	《삶과꿈》 연재	1994.9~1995.6.

외 다수

외국잡지

1. 「亞細亞人の共生」	《Forsight》 新潮社	1992.10.

외 다수

대담

1. 「일본인론-대담:金容雲」	《경향신문》	1982.8.19.~26.
2. 「가부도 논쟁도 없는 무관심 속의 '방황'-대담:金環東」	《조선일보》	1983.10.1.
3. 「해방 40년, 한국여성의 삶-"지금이 한국여성사의 터닝포인트"-특집대담:정용석」	《여성동아》	1985.8.
4. 「21세기 아시아의 문화-신년석학대담:梅原猛」	《문학사상》 1월호, MBC TV 1일 방영	1996.1.

외 다수

세미나 주제발표

1. 「神奈川 사이언스파크 국제심포지움」	KSP 주최(일본)	1994.2.13.
2. 「新瀉 아시아 문화제」	新瀉縣 주최(일본)	1994.7.10.
3. 「순수문학과 참여문학」(한국문학인대회)	한국일보사 주최	1994.5.24.
4. 「카오스 이론과 한국 정보문화」(한·중·일 아시아 포럼)	한백연구소 주최	1995.1.29.
5. 「멀티미디아 시대의 출판」	출판협회	1995.6.28.
6. 「21세기의 메디아론」	중앙일보사 주최	1995.7.7.
7. 「도자기와 총의 문화」(한일문화공동심포지움)	한국관광공사 주최(후쿠오카)	1995.7.9.

8. 「역사의 대전환」(한일국제심포지움)	중앙일보 역사연구소	1995.8.10.
9. 「한일의 미래」	동아일보, 아사히신문 공동주최	1995.9.10.
10. 「춘향전'과 '忠臣藏'의 비교연구」(한일국제심포지엄)	한림대·일본문화연구소 주최	1995.10.

외 다수

기조강연

1. 「로스엔젤러스 한미박물관 건립」	(L.A.)	1995.1.28.
2. 「하와이 50년 한국문화」	우먼스클럽 주최(하와이)	1995.7.5.

외 다수

저서(단행본)

평론·논문

1. 『저항의 문학』	경지사	1959
2. 『지성의 오솔길』	동양출판사	1960
3. 『전후문학의 새 물결』	신구문화사	1962
4. 『통금시대의 문학』	삼중당	1966
* 『축소지향의 일본인』	갑인출판사	1982
* '縮み志向の日本人'의 한국어판		
5. 『縮み志向の日本人』(원문: 일어판)	学生社	1982
6. 『俳句で日本を讀む』(원문: 일어판)	PHP	1983
7. 『고전을 읽는 법』	갑인출판사	1985
8. 『세계문학에의 길』	갑인출판사	1985
9. 『신화속의 한국인』	갑인출판사	1985
10. 『지성채집』	나남	1986
11. 『장미밭의 전쟁』	기린원	1986

12.『신한국인』	문학사상	1986
13.『ふろしき文化のポスト・モダン』(원문: 일어판)	中央公論社	1989
14.『蛙はなぜ古池に飛びこんだのか』(원문: 일어판)	学生社	1993
15.『축소지향의 일본인-그 이후』	기린원	1994
16.『시 다시 읽기』	문학사상사	1995
17.『한국인의 신화』	서문당	1996
18.『공간의 기호학』	민음사(학위논문)	2000
19.『진리는 나그네』	문학사상사	2003
20.『ジャンケン文明論』(원문: 일어판)	新潮社	2005
21.『디지로그』	생각의나무	2006
22.『이어령의 삼국유사 이야기1』	서정시학	2006
* 『하이쿠의 시학』	서정시학	2009
* '俳句で日本を讀む'의 한국어판		
* 『젊은이여 한국을 이야기하자』	문학사상사	2009
* '신한국인'의 개정판		
23.『어머니를 위한 여섯 가지 은유』	열림원	2010
24.『이어령의 삼국유사 이야기2』	서정시학	2011
25.『생명이 자본이다』	마로니에북스	2013
* 『가위바위보 문명론』	마로니에북스	2015
* 'ジャンケン文明論'의 한국어판		
26.『보자기 인문학』	마로니에북스	2015
27.『너 어디에서 왔니(한국인 이야기1)』	파람북	2020
28.『너 누구니(한국인 이야기2)』	파람북	2022
29.『너 어떻게 살래(한국인 이야기3)』	파람북	2022
30.『너 어디로 가니(한국인 이야기4)』	파람북	2022

에세이

1. 『흙 속에 저 바람 속에』	현암사	1963
2. 『오늘을 사는 세대』	신태양사출판국	1963

3. 『바람이 불어오는 곳』 현암사 1965
4. 『하나의 나뭇잎이 흔들릴 때』 현암사 1966
5. 『우수의 사냥꾼』 동화출판공사 1969
6. 『현대인이 잃어버린 것들』 서문당 1971
7. 『저 물레에서 운명의 실이』 범서출판사 1972
8. 『아들이여 이 산하를』 범서출판사 1974
* 『거부하는 몸짓으로 이 젊음을』 삼중당 1975
  * '오늘을 사는 세대'의 개정판
9. 『말』 문학세계사 1982
10. 『떠도는 자의 우편번호』 범서출판사 1983
11. 『지성과 사랑이 만나는 자리』 마당문고사 1983
12. 『푸는 문화 신바람의 문화』 갑인출판사 1984
13. 『사색의 메아리』 갑인출판사 1985
14. 『젊음이여 어디로 가는가』 갑인출판사 1985
15. 『뿌리를 찾는 노래』 기린원 1986
16. 『서양의 유혹』 기린원 1986
17. 『오늘보다 긴 이야기』 기린원 1986
* 『이것이 여성이다』 문학사상사 1986
18. 『한국인이여 고향을 보자』 기린원 1986
19. 『젊은이여 뜨거운 지성을 너의 가슴에』 삼성이데아서적 1990
20. 『정보사회의 기업문화』 한국통신기업문화진흥원 1991
21. 『기업의 성패 그 문화가 좌우한다』 종로서적 1992
22. 『동창이 밝았느냐』 동화출판사 1993
23. 『한,일 문화의 동질성과 이질성』 신구미디어 1993
24. 『나를 찾는 술래잡기』 문학사상사 1994
* 『말 속의 말』 동아출판사 1995
  * '말'의 개정판
25. 『한국인의 손 한국인의 마음』 디자인하우스 1996
26. 『신의 나라는 가라』 한길사 2001
* 『말로 찾는 열두 달』 문학사상사 2002

* '말'의 개정판

27. 『붉은 악마의 문화 코드로 읽는 21세기』	중앙M&B	2002
* 『뜻으로 읽는 한국어 사전』	문학사상사	2002
* '말 속의 말'의 개정판		
* 『일본문화와 상인정신』	문학사상사	2003
* '축소지향의 일본인 그 이후'의 개정판		
28. 『문화코드』	문학사상사	2006
29. 『우리문화 박물지』	디자인하우스	2007
30. 『젊음의 탄생』	생각의나무	2008
31. 『생각』	생각의나무	2009
32. 『지성에서 영성으로』	열림원	2010
33. 『유쾌한 창조』	알마	2010
34. 『빵만으로는 살 수 없다』	열림원	2012
35. 『우물을 파는 사람』	두란노	2012
36. 『책 한 권에 담긴 뜻』	국학자료원	2022
37. 『먹다 듣다 걷다』	두란노	2022
38. 『작별』	성안당	2022

소설

1. 『이어령 소설집, 장군의 수염/전쟁 데카메론 외』	현암사	1966
2. 『환각의 다리』	서음출판사	1977
3. 『둥지 속의 날개』	홍성사	1984
4. 『무익조』	기린원	1987
5. 『홍동백서』(문고판)	범우사	2004

시

『어느 무신론자의 기도』	문학세계사	2008
『헌팅턴비치에 가면 네가 있을까』	열림원	2022

『다시 한번 날게 하소서』	성안당	2022
『눈물 한 방울』	김영사	2022

칼럼집

1. 『차 한 잔의 사상』	삼중당	1967
2. 『오늘보다 긴 이야기』	기린원	1986

편저

1. 『한국작가전기연구』	동화출판공사	1975
2. 『이상 소설 전작집 1,2』	갑인출판사	1977
3. 『이상 수필 전작집』	갑인출판사	1977
4. 『이상 시 전작집』	갑인출판사	1978
5. 『현대세계수필문학 63선』	문학사상사	1978
6. 『이어령 대표 에세이집 상,하』	고려원	1980
7. 『문장백과대사전』	금성출판사	1988
8. 『뉴에이스 문장사전』	금성출판사	1988
9. 『한국문학연구사전』	우석	1990
10. 『에센스 한국단편문학』	한양출판	1993
11. 『한국 단편 문학 1-9』	모음사	1993
12. 『한국의 명문』	월간조선	2001
13. 『뜻으로 읽는 한국어 사전』	문학사상사	2002
14. 『매화』	생각의나무	2003
15. 『사군자와 세한삼우』	종이나라(전5권)	2006
1. 매화		
2. 난초		
3. 국화		
4. 대나무		
5. 소나무		
16. 『십이지신 호랑이』	생각의나무	2009

17. 『십이지신 용』	생각의나무	2010
18. 『십이지신 토끼』	생각의나무	2010
19. 『문화로 읽는 십이지신 이야기 – 뱀』	열림원	2011
20. 『문화로 읽는 십이지신 이야기 – 말』	열림원	2011
21. 『문화로 읽는 십이지신 이야기 – 양』	열림원	2012

희곡

1. 『기적을 파는 백화점』	갑인출판사	1984
* '기적을 파는 백화점', '사자와의 경주' 등 다섯 편이 수록된 희곡집		
2. 『세 번은 짧게 세 번은 길게』	기린원	1979, 1987

대담집&강연집

1. 『그래도 바람개비는 돈다』	동화서적	1992
* 『기업과 문화의 충격』	문학사상사	2003
* '그래도 바람개비는 돈다'의 개정판		
2. 『세계 지성과의 대화』	문학사상사	1987, 2004
3. 『나, 너 그리고 나눔』	문학사상사	2006
4. 『지성과 영성의 만남』	홍성사	2012
5. 『메멘토 모리』	열림원	2022
6. 『거시기 머시기』(강연집)	김영사	2022

교과서&어린이책

1. 『꿈의 궁전이 된 생쥐 한 마리』	비룡소	1994
2. 『생각에 날개를 달자』	웅진출판사(전12권)	1997
1. 물음표에서 느낌표까지		
2. 누가 맨 먼저 시작했나?		
3. 엄마, 나 한국인 맞아?		

4. 제비가 물어다 준 생각의 박씨

5. 나는 지구의 산소가 될래

6. 생각을 바꾸면 미래가 달라진다

7. 아빠, 정보가 뭐야?

8. 나도 그런 사람이 될 테야

9. 너 정말로 한국말 아니?

10. 한자는 옛 문화의 공룡발자국

11. 내 마음의 열두 친구 1

12. 내 마음의 열두 친구 2

3. 『천년을 만드는 엄마』 삼성출판사 1999

4. 『천년을 달리는 아이』 삼성출판사 1999

* 『어머니와 아이가 만드는 세상』 문학사상사 2003

* '천년을 만드는 엄마', '천년을 달리는 아이'의 개정판

* 『이어령 선생님이 들려주는 축소지향의 일본인 1, 2』

* '축소지향의 일본인'의 개정판 생각의나무(전2권) 2007

5. 『이어령의 춤추는 생각학교』 푸른숲주니어(전10권) 2009

1. 생각 깨우기

2. 생각을 달리자

3. 누가 맨 먼저 생각했을까

4. 너 정말 우리말 아니?

5. 뜨자, 날자 한국인

6. 생각이 뛰어노는 한자

7. 나만의 영웅이 필요해

8. 로그인, 정보를 잡아라!

9. 튼튼한 지구에서 살고 싶어

10. 상상놀이터, 자연과 놀자

6. 『불 나라 물 나라』 대교 2009

7. 『이어령의 교과서 넘나들기』 살림출판사(전20권) 2011

1. 디지털편 - 디지털시대와 우리의 미래

2. 경제편 - 경제를 바라보는 10개의 시선

3. 문학편 – 컨버전스 시대의 변화하는 문학

4. 과학편 – 세상을 바꾼 과학의 역사

5. 심리편 – 마음을 유혹하는 심리의 비밀

6. 역사편 – 역사란 무엇인가?

7. 정치편 – 세상을 행복하게 만드는 정치

8. 철학편 – 세상을 이해하는 지혜의 눈

9. 신화편 – 시대를 초월한 상상력의 세계

10. 문명편 – 문명의 역사에 담긴 미래 키워드

11. 춤편 – 한 눈에 보는 춤 이야기

12. 의학편 – 의학 발전을 이끈 위대한 실험과 도전

13. 국제관계편 – 지구촌 시대를 살아가는 지혜

14. 수학편 – 수학적 사고력을 키우는 수학 이야기

15. 환경편 – 지구의 미래를 위한 환경 보고서

16. 지리편 – 지구촌 곳곳의 살아가는 이야기

17. 전쟁편 – 인류 역사를 뒤흔든 전쟁 이야기

18. 언어편 – 언어란 무엇인가?

19. 음악편 – 천년의 감동이 담긴 서양 음악 여행

20. 미래과학편 – 미래를 설계하는 강력한 힘

8. 『느껴야 움직인다』	시공미디어	2013
9. 『지우개 달린 연필』	시공미디어	2013
10. 『길을 묻다』	시공미디어	2013

일본어 저서

* 『縮み志向の日本人』(원문: 일어판)	学生社	1982
* 『俳句で日本を讀む』(원문: 일어판)	PHP	1983
* 『ふろしき文化のポスト・モダン』(원문: 일어판)	中央公論社	1989
* 『蛙はなぜ古池に飛びこんだのか』(원문: 일어판)	学生社	1993
* 『ジャンケン文明論』(원문: 일어판)	新潮社	2005
* 『東と西』(대담집, 공저:司馬遼太郎 編, 원문: 일어판)	朝日新聞社	1994. 9

번역서

『흙 속에 저 바람 속에』의 외국어판		
1. *『In This Earth and In That Wind』(David I. Steinberg 역) 영어판	RAS-KB	1967
2. *『斯土斯風』(陳寧寧 역) 대만판	源成文化圖書供應社	1976
3. *『恨の文化論』(裵康煥 역) 일본어판	学生社	1978
4. *『韓國人的心』 중국어판	山佐人民出版社	2007
5. *『B TEX KPAЯX HA TEX BETPAX』(이리나 카사트키나, 정인순 역) 러시아어판	나탈리스출판사	2011
『縮み志向の日本人』의 외국어판		
6. *『Smaller is Better』(Robert N. Huey 역) 영어판	Kodansha	1984
7. *『Miniaturisation et Productivité Japonaise』 불어판	Masson	1984
8. *『日本人的縮小意识』 중국어판	山佐人民出版社	2003
9. *『환각의 다리』『Blessures D'Avril』 불어판	ACTES SUD	1994
10. *「장군의 수염」『The General's Beard』(Brother Anthony of Taizé 역) 영어판	Homa & Sekey Books	2002
11. *『디지로그』『デジログ』(宮本尙寬 역) 일본어판	サンマーク出版	2007
12. *『우리문화 박물지』『KOREA STYLE』 영어판	디자인하우스	2009

공저

1. 『종합국문연구』	선진문화사	1955
2. 『고전의 바다』(정병욱과 공저)	현암사	1977
3. 『멋과 미』	삼성출판사	1992
4. 『김치 천년의 맛』	디자인하우스	1996
5. 『나를 매혹시킨 한 편의 시1』	문학사상사	1999
6. 『당신의 아이는 행복한가요』	디자인하우스	2001
7. 『휴일의 에세이』	문학사상사	2003
8. 『논술만점 GUIDE』	월간조선사	2005
9. 『글로벌 시대의 한국과 한국인』	아카넷	2007

10.『다른 것이 아름답다』	지식산업사	2008
11.『글로벌 시대의 희망 미래 설계도』	아카넷	2008
12.『한국의 명강의』	마음의숲	2009
13.『인문학 콘서트2』	이숲	2010
14.『대한민국 국격을 생각한다』	올림	2010
15.『페이퍼로드-지적 상상의 길』	두성북스	2013
16.『知의 최전선』	아르테	2016
17.『이어령, 80년 생각』(김민희와 공저)	위즈덤하우스	2021
18.『마지막 수업』(김지수와 공저)	열림원	2021

전집

1. 『이어령 전작집』	동화출판공사(전12권)	1968

1. 흙 속에 저 바람 속에
2. 바람이 불어오는 곳
3. 거부한는 몸짓으로 이 젊음을
4. 장미 그 순수한 모순
5. 인간이 외출한 도시
6. 차 한잔의 사상
7. 누가 그 조종을 울리는가
8. 하나의 나뭇잎이 흔들릴 때
9. 장군의 수염
10. 저항의 문학
11. 당신은 아는가 나의 기도를
12. 현대의 천일야화

2. 『이어령 신작전집』	갑인출판사(전10권)	1978

1. 현대인이 잃어버린 것들
2. 저 물레에서 운명의 실이
3. 아들이여 이 산하를
4. 서양에서 본 동양의 아침

5. 나그네의 세계문학

6. 신화속의 한국인

7. 고전을 어떻게 읽을 것인가

8. 기적을 파는 백화점

9. 한국인의 생활과 마음

10. 가난한 시인에게 주는 엽서

3. 『이어령 전집』	삼성출판사(전20권)	1986

1. 흙 속에 저 바람 속에

2. 노래여 천년의 노래여

3. 푸는 문화, 신바람의 문화

4. 내 마음의 뿌리

5. 한국과 일본과의 거리

6. 여성이여, 창을 열어라

7. 차 한잔의 사상

8. 거부하는 몸짓으로 이 젊음을

9. 누군가에 이 편지를

10. 하나의 나뭇잎이 흔들릴 때

11. 서양으로 가는 길

12. 축소지향의 일본인

13. 현대인이 잃어버린 것들

14. 문학으로 읽는 세계

15. 벽을 허무는 지성

16. 장군의 수염

17. 둥지 속의 날개(상)

18. 둥지 속의 날개(하)

19. 기적을 파는 백화점

20. 시와 사색이 있는 달력

4. 『이어령 라이브러리』	문학사상사(전30권)	2003

1. 말로 찾는 열두 달

2. 하나의 나뭇잎이 흔들릴 때
3. 흙 속에 저 바람 속에
4. 뜻으로 읽는 한국어 사전
5. 장군의 수염
6. 환각의 다리
7. 젊은이여 한국을 이야기하자
8. 푸는 문화 신바람의 문화
9. 기적을 파는 백화점
10. 축소지향의 일본인
11. 일본문화와 상인정신
12. 현대인이 잃어버린 것들
13. 시와 함께 살다
14. 거부하는 몸짓으로 이 젊음을
15. 지성의 오솔길
16. 둥지 속의 날개(상)
16. 둥지 속의 날개(하)
17. 신화 속의 한국정신
18. 차 한 잔의 사상
19. 진리는 나그네
20. 바람이 불어오는 곳
21. 기업과 문화의 충격
22. 어머니와 아이가 만드는 세상
23. 저 물레에서 운명의 실이
24. 노래여 천년의 노래여
25. 장미밭의 전쟁
26. 저항의 문학
27. 오늘보다 긴 이야기
29. 세계 지성과의 대화
30. 나, 너 그리고 나눔

5. 『한국과 한국인』 삼성출판사(전6권) 1968

1. 한국인의 정신적 고향(상)
2. 한국인의 정신적 고향(하)
3. 노래여 천년의 노래여
4. 생활을 창조하는 지혜
5. 웃음과 눈물의 인간상
6. 사랑과 여인의 풍속도

편집 후기

지성의 숲을 걷기 위한 길 안내

34종 24권 5개 컬렉션으로 분류, 10년 만에 완간

이어령이라는 지성의 숲은 넓고 깊어서 그 시작과 끝을 가늠하기 어렵다. 자칫 길을 잃을 수도 있어서 길 안내가 필요한 이유다. '이어령 전집'의 기획과 구성의 과정, 그리고 작품들의 의미 등을 독자들께 간략하게나마 소개하고자 한다. (편집자 주)

북이십일이 이어령 선생님과 전집을 출간하기로 하고 정식으로 계약을 맺은 것은 2014년 3월 17일이었다. 2023년 2월에 '이어령 전집'이 34종 24권으로 완간된 것은 10년 만의 성과였다. 자료조사를 거쳐 1차로 선정한 작품은 50권이었다. 2000년 이전에 출간한 단행본들을 전집으로 묶으며 가려 뽑은 작품들을 5개의 컬렉션으로 분류했고, 내용의 성격이 비슷한 경우에는 한데 묶어서 합본 호를 만든다는 원칙을 세웠다. 이어령 선생님께서 독자들의 부담을 고려하여 직접 최종적으로 압축한 리스트는 34권이었다.

평론집 『저항의 문학』이 베스트셀러 컬렉션(16종 10권)의 출발이다. 이어령 선생님의 첫 책이자 혁명적 언어 혁신과 문학관을 담은 책으로

1950년대 한국 문단에 일대 파란을 일으킨 명저였다. 두 번째 책은 국내 최초로 한국 문화론의 기치를 들었다고 평가받은 『말로 찾는 열두 달』과 『오늘을 사는 세대』를 뼈대로 편집한 세대론 『거부하는 몸짓으로 이 젊음을』으로, 이 두 권을 합본 호로 묶었다. 베스트셀러 컬렉션의 세 번째 책은 박정희 독재를 비판하는 우화를 담은 액자소설 「장군의 수염」, 보카치오의 『데카메론』 형식을 빌려온 「전쟁 데카메론」, 스탕달의 단편 「바니나 바니니」를 해석하여 다시 쓴 한국 최초의 포스트모던 소설 「환각의 다리」 등 중·단편소설들을 한데 묶었다. 한국 출판 최초의 대형 베스트셀러 에세이 『흙 속에 저 바람 속에』와 긍정과 희망의 한국인상에 대해서 설파한 『오늘보다 긴 이야기』는 합본하여 네 번째로 묶었으며, 일본 문화비평사에 큰 획을 그은 기념비적 작품으로 일본문화론 100년의 10대 고전으로 선정된 『축소지향의 일본인』은 베스트셀러 컬렉션의 다섯 번째 책이다.

여섯 번째는 한국어로 쓰인 가장 아름다운 자전 에세이에 속하는 『하나의 나뭇잎이 흔들릴 때』와 1970년대에 신문 연재 에세이로 쓴 글들을 모아 엮은 문화·문명 비평 에세이 『현대인이 잃어버린 것들』을 함께 묶었다. 일곱 번째는 문학 저널리즘의 월평 및 신문·잡지에 실렸던 평문들로 구성된 『지성의 오솔길』인데 1956년 5월 6일 《한국일보》에 실려 문단에 충격을 준 「우상의 파괴」가 수록되어 있다.

한국어 뜻풀이와 단군신화를 분석한 『뜻으로 읽는 한국어사전』과 『신화 속의 한국정신』은 베스트셀러 컬렉션의 여덟 번째로, 20대의 젊은이에게 들려주고 싶은 말을 엮은 책 『젊은이여 한국을 이야기하자』는 아홉 번째로, 외국 풍물에 대한 비판적 안목이 돋보이는 이어령 선생님의 첫 번째 기행문집 『바람이 불어오는 곳』은 열 번째 베스트셀러 컬렉션으로 묶었다.

이어령 선생님은 뛰어난 비평가이자, 소설가이자, 시인이자, 희곡작가였다. 그는 남들이 가지 않은 길을 가고자 했다. 그 결과물인 크리에이티브 컬렉션(2권)은 이어령 선생님의 장편소설과 희곡집으로 구성되어 있다. 『둥지 속의 날개』는 1983년 《한국경제신문》에 연재했던 문명비평적인 장편소설로 10만 부 이상 팔린 베스트셀러이고, 원래 상하권으로 나뉘어 나왔던 것을 한 권으로 합본했다. 『기적을 파는 백화점』은 한국 현대문학의 고전이 된 희곡들로 채워졌다. 수록작 중 「세 번은 짧게 세 번은 길게」는 1981년에 김호선 감독이 영화로 만들어 제18회 백상예술대상 감독상, 제2회 영화평론가협회 작품상을 수상했고, TV 단막극으로도 만들어졌다.

아카데믹 컬렉션(5종 4권)에는 이어령 선생님의 비평문을 한데 모았다. 1950년대에 데뷔해 1970년대까지 문단의 논객으로 활동한 이어령 선생님이 당대의 문학가들과 벌인 문학 논쟁을 담은 『장미밭의 전쟁』은 지금도 여전히 관심을 끈다. 호메로스에서 헤밍웨이까지 이어령 선생님과 함께 고전 읽기 여행을 떠나는 『진리는 나그네』와 한국의 시가문학을 통해서 본 한국문화론 『노래여 천년의 노래여』는 합본 호로 묶었다. 한국인이 사랑하는 김소월, 윤동주, 한용운, 서정주 등의 시를 기호론적 접근법으로 다시 읽는 『시 다시 읽기』는 이어령 선생님의 학문적 통찰이 빛나는 책이다. 아울러 박사학위 논문이기도 했던 『공간의 기호학』은 한국 문학이론사에서 빼놓을 수 없는 명저다.

사회문화론 컬렉션(5종 4권)은 이어령 선생님의 우리 사회와 문화에 대한 관심을 담았다. 칼럼니스트 이어령 선생님의 진면목이 드러난 책 『차 한 잔의 사상』은 20대에 《서울신문》의 '삼각주'로 출발하여 《경향신문》의 '여적', 《중앙일보》의 '분수대', 《조선일보》의 '만물상' 등을 통해 발표한 명칼럼들이 수록되어 있다. 『어머니와 아이가 만드는 세상』은 「천년을 달리는 아이」, 「천년을 만드는 엄마」를 한데 묶은 책으로, 새천년의 새 시대를 살아갈 아이와 엄마에게 띄우는 지침서다. 아울러 이어령 선생님의 산문시들을 엮어 만든 『시와 함께 살다』를 이와 함께 합본 호로 묶었다. 『저 물레에서 운명의 실이』는 1970년대에 신문에 연재한 여성론을 펴낸 책으로 『사씨남정기』, 『춘향전』, 『이춘풍전』을 통해 전통 사상에 입각한 한국 여인, 한국인 전체에 대한 본성을 분석했다. 『일본문화와 상인정신』은 일본의 상인정신을 통해 본 일본문화 비평론이다.

한국문화론 컬렉션(5종 4권)은 한국문화에 대한 본격 비평을 모았다. 『기업과 문화의 충격』은 기업문화의 혁신을 강조한 기업문화 개론서다. 『푸는 문화 신바람의 문화』는 '신바람', '풀이'라는 키워드를 통해 고금의 예화와 일화, 우리말의 어휘와 생활 문화 등 다양한 범위 속에서 우리 문화를 분석했고, '붉은 악마', '문명전쟁', '정치문화', '한류문화' 등의 4가지 코드로 문화를 진단한 『문화 코드』와 합본 호로 묶었다. 한국과 일본 지식인들의 대담 모음집 『세계 지성과의 대화』와 이화여대 교수직을 내려놓으면서 각계각층 인사들과 나눈 대담집 『나, 너 그리고 나눔』이 이 컬렉션의 대미를 장식한다.

2022년 2월 26일, 편집과 고증의 과정을 거치는 중에 이어령 선생님이 돌아가신 것은 출간 작업의 커다란 난관이었다. 최신판 '저자의 말'을 수록할 수 없게 된 데다가 적잖은 원고 내용의 저자 확인이 필요한 부분이 있었으니 난관이 아닐 수 없었다. 다행히 유족 측에서는 이어령 선생님의 부인이신 영인문학관 강인숙 관장님이 마지막 교정과 확인을 맡아주셨다. 밤샘도 마다하지 않으면서 꼼꼼하게 오류를 점검해주신 강인숙 관장님에게 이 지면을 빌려 감사의 말씀을 드린다.

KI신서 10656
이어령 전집 19

저 물레에서 운명의 실이

1판 1쇄 인쇄 2023년 2월 17일
1판 1쇄 발행 2023년 2월 26일

지은이 이어령
펴낸이 김영곤
펴낸곳 (주)북이십일 21세기북스

TF팀 이사 신승철
TF팀 이종배
출판마케팅영업본부장 민안기
마케팅1팀 배상현 한경화 김신우 강효원
출판영업팀 최명열 김다운
제작팀 이영민 권경민
진행·디자인 다함미디어 | 함성주 유예지 권성희
교정교열 구경미 김도언 김문숙 박은경 송복란 이진규 이충미 임수현 정미용 최아림

출판등록 2000년 5월 6일 제406-2003-061호
주소 (10881) 경기도 파주시 회동길 201(문발동)
대표전화 031-955-2100 **팩스** 031-955-2151 **이메일** book21@book21.co.kr

ISBN 978-89-509-3931-1 04810

(주)북이십일 경계를 허무는 콘텐츠 리더

21세기북스 채널에서 도서 정보와 다양한 영상자료, 이벤트를 만나세요!
페이스북 facebook.com/jiinpill21 포스트 post.naver.com/21c_editors
인스타그램 instagram.com/jiinpill21 홈페이지 www.book21.com
유튜브 youtube.com/book21pub